QUANDO ESCOLHERAM POR MIM

QUANDO ESCOLHERAM POR MIM

LAUREN MILLER

Tradução de
Andresa Medeiros

ALTA BOOKS
GRUPO EDITORIAL

Rio de Janeiro, 2023

Copyright da tradução © 2017 Pavana
Copyright © 2014 Lauren Miller

Publicado originalmente sob o título *Free to fall*.

Todos os direitos reservados. Nenhuma parte desta edição pode ser utilizada ou reproduzida – em qualquer meio ou forma, seja mecânico ou eletrônico –, nem apropriada ou estocada em sistema de banco de dados sem a expressa autorização da editora.

O texto deste livro foi fixado conforme o acordo ortográfico vigente no Brasil desde 1º de janeiro de 2009.

PREPARAÇÃO Flora Manzione
REVISÃO Luciana Peixoto (Ab Aeterno Produção Editorial), Nana Rodrigues
CAPA E PROJETO GRÁFICO Amanda Cestaro
IMAGEM DE CAPA Aleshyn_Andrei/ShutterStock.com

1ª edição, 2017
2ª edição, 2023
Impresso no Brasil

Dados Internacionais de Catalogação na Publicação (CIP)
(Câmara Brasileira do Livro, SP, Brasil)

Miller, Lauren
Quando escolheram por mim / Lauren Miller ; tradução de Andresa Medeiros. -- São Paulo, SP : Tordesilhas, 2023.

Título original: Free to fall.
ISBN 978-65-5568-108-6

1. Ficção norte-americana I. Título.

22-117959   CDD-813

Índices para catálogo sistemático:
1. Ficção : Literatura norte-americana 813
Eliete Marques da Silva - Bibliotecária - CRB-8/9380

2023
A Tordesilhas Livros faz parte do Grupo Editorial Alta Books
Avenida Paulista, 1337, conjunto 11
01311-200 – São Paulo – SP
www.tordesilhaslivros.com.br
blog.tordesilhaslivros.com.br

*Em memória afetuosa da minha vovó Bea,
que certamente teria sido internada com* TPA.

1

Ele chegou em um envelope branco liso, o que aumentou e diminuiu sua importância ao mesmo tempo. Aumentou porque a decisão deles agora se encontrava impressa em tinta sobre um papel grosso de algodão, dando um pouco a sensação de que tinha sido gravada em pedra. E diminuiu porque não havia sobre aquele retângulo comum nada que denunciasse a grandeza de seu conteúdo, que era capaz de mudar vidas. O envelope chegou em abril, um mês antes do meu aniversário de dezesseis anos. Era uma tarde de quarta-feira que, de outra maneira, teria passado despercebida. Dezenove horas e meia depois, ele estava manchado de café e permanecia fechado.

– Só dá uma lida – Beck disse detrás de sua câmera. Ouvi o obturador disparar rápido quando ele apertou o botão, com as lentes viradas para o teto de vidro inclinado. Era a hora do almoço da quinta-feira e estávamos passando o horário vago no mesmo lugar de sempre: a sala de leitura da biblioteca pública, que não se parecia nada com uma sala de leitura nem com uma biblioteca, e sim com uma mistura de estufa e jaula de aço. Já era uma e quinze da tarde, ou seja, nós provavelmente chegaríamos atrasados à quinta aula do dia. Mas nenhum de nós estava apressado para voltar à escola. Beck queria mais fotos e eu estava distraída demais para pensar em psicologia.

– Já sei o que diz – respondi, virando o envelope nas mãos. – Ele é fino. Eu não passei.

— Uma razão ainda melhor para abri-lo — Beck apontou a câmera para a garota atrás da caixa registradora do carrinho de café. A lente se estendeu conforme ele deu um *zoom* no rosto dela. Meu melhor amigo tinha uma ligeira obsessão pela garota do café, que, por sua vez, não estava nem um pouco interessada no adolescente alto e magricelo que a perseguia de leve.

— Se eu sei o que diz, não há razão para abri-lo — afirmei, petulante.

— Sério? — Beck perguntou, finalmente me olhando nos olhos. Encolhi os ombros. Ele arrancou o envelope da minha mão e o abriu com um rasgo só.

— Ei! — gritei, esticando o braço para pegá-lo de volta. Mas Beck já estava desdobrando o papel. Um broche de lapela do tamanho de um botão escorregou da dobra da carta e caiu no chão. Encarei o objeto, que rolou alguns centímetros e parou de lado. *Por que eles me enviariam um broche? A não ser que...*

— Prezada srta. Vaughn — ouvi Beck dizer. — É nosso prazer informar que você foi aceita na Classe Acadêmica Noveden de 2032. Blá-blá-blá, o resto não importa porque VOCÊ PASSOU!

— Shhh — sussurrou a mulher à nossa frente e, com uma careta e um olhar irritado, indicou a mesa. — Isto é uma biblioteca. — Sem olhar para ela, Beck apontou a câmera em sua direção e disparou. — Pare com isso! — a mulher exclamou.

Recolhi o broche do chão. Ele era redondo e dourado, e parecia algo que meu avô teria usado. Se bem que eu não havia conhecido nenhum dos meus avós, então não era exatamente uma especialista no gosto deles por acessórios. Guardei o broche no bolso da jaqueta e o envolvi com a mão para protegê-lo. Beck ainda estava tirando fotos.

— Não liga pro meu amigo, não — eu disse à mulher em tom de desculpas e entreguei a Beck a mochila dele. — Ele não tomou seu remédio hoje.

— Verdade — confirmou Beck, com jeito sério. Puxei seu braço com força e o arrastei até a saída.

Foi apenas quando estávamos do lado de fora, de pé na Quinta Avenida, sentindo o borrifo lateral da chuva gelada e nebulosa em nossa testa, que, enfim, me dei conta: eu tinha passado na Noveden, o que significava que estudaria lá. O processo seletivo da escola era rigoroso, mas a matrícula era fácil:

se você passasse e aceitasse uma vaga na próxima turma, eles se encarregariam de todo o resto. Transporte, moradia, mensalidade, alimentação. Tudo era pago pelo fundo de trinta bilhões de dólares da Noveden.

— Me dá! — pedi, tomando a carta da mão de Beck. Precisava ver com meus próprios olhos.

— Sabia que você iria passar.

— Até parece!

— Rory, você assiste a aulas universitárias desde a oitava série. Você editou verbetes do Panopticon porque as imprecisões históricas te incomodavam.

— Eu fiz isso *uma* vez!

Beck ergueu uma sobrancelha.

— Páginas *linkadas* contam como apenas um verbete — argumentei.

— Que seja. O que estou dizendo é que se existe alguém que, sem dúvida, deveria ir a uma escola de *nerds*, esse alguém é você.

Mas a Noveden era muito mais do que uma escola de *nerds*. O programa preparatório para a universidade — o único do tipo no país — durava dois anos e garantia aos seus graduados uma passagem gratuita para a universidade de sua escolha e, depois, um emprego em nível executivo. Para isso, bastava se formar. O que, pelo que eu tinha lido, não era pouca coisa. E isso presumindo que você conseguiria passar pela seleção, em primeiro lugar. A escola tinha duzentos e oitenta e oito alunos, ocupando uma pequena área em uma cidadezinha no oeste de Massachusetts. Eu tinha praticamente decorado o panfleto. "O estudante da Noveden guarda plena certeza de que pertence ao nosso programa", a primeira página dizia, "ainda assim, tem a sensatez de reconhecer que não é a melhor pessoa para avaliar suas próprias habilidades. Desta forma, o estudante da Noveden se submete avidamente ao rigor do nosso processo seletivo." "Rigor" era a palavra certa. Quatro textos de mil palavras cada, um teste de Q.I., dois exames psicológicos, recomendações de três professores e uma entrevista dolorosamente críptica com um membro do comitê de admissão. Fora intenso, mas passar na seleção era como receber um prêmio. Se o processo não fosse gratuito, eu não teria conseguido fazer a inscrição, mas como era de graça eu me inscrevi, sem a menor cerimônia e sem contar para ninguém, exceto para Beck e meu pai. Eu não tinha "plena certeza" de que pertencia à Noveden, apenas uma sensação incômoda de que talvez fosse o caso.

– Seu guarda-chuva – lembrei Beck assim que ele saiu na chuva.

– Hum. Deixa pra lá. Já estava quebrado mesmo.

– Você não pode simplesmente deixar seu guarda-chuva, Beck.

– Por que não? Por que preciso mesmo de um guarda-chuva que me custou quatro dólares e está com duas hastes quebradas? – Ele jogou a cabeça para trás e mostrou a língua. – Além disso, acho que essa garoazinha nem conta como chuva.

– Você está com preguiça de ir buscar.

Beck pegou seu portátil, um Gemini 4 de segunda mão.

– Lux, eu estou com preguiça?

– Não sei – Lux respondeu em uma voz parecida com a de Beck. O aplicativo de decisões vinha com uma voz padrão, mas ninguém a usava. Era bem mais legal ouvir a própria voz. – Mas sei que seu guarda-chuva está localizado na entrada da Quarta Avenida. Levaria aproximadamente dois minutos e vinte segundos para reavê-lo, considerando seu ritmo médio de caminhada. Você gostaria de ir até lá agora?

– Não – Beck disse alegremente, guardando o Gemini no bolso ao sair na chuva.

– Pode deixar que eu pego – murmurei. Enfiei a carta dentro da jaqueta e corri avenida Madison abaixo. Eu não me importava que Beck deixasse o guarda-chuva para trás. Mas Lux sabia que o guarda-chuva era barato, que nos encontrávamos perto da escola e que já estávamos atrasados para a aula, e mesmo assim sugeriu que ele voltasse para buscá-lo. Ou seja, era muito importante que Beck fizesse isso.

É claro que o idiota não me esperou, e a garoa parou nos quarenta e cinco segundos que levei para buscar o guarda-chuva. Pensei em correr para alcançá-lo, mas meu tênis não era apropriado, e eu não queria arruinar minha animação em relação à Noveden caindo na calçada. Então, coloquei os fones de ouvido e acessei minha *playlist*, deixando Lux escolher as músicas.

Encontrei Beck a algumas quadras da escola. Ele estava parado, sorrindo para o visor da câmera, e o virou em minha direção para eu ver a imagem. Era uma mulher, claramente uma moradora de rua, com os olhos fundos fitando a câmera. "Não quero seu dinheiro", dizia o papelão segurado por ela. "Apenas olhe para mim, para eu saber que existo." As palavras e a expressão no rosto dela já capturavam o olhar por si sós, mas não era isso que fazia a fotografia ser tão fascinante. O efeito vinha das pessoas no primeiro plano: transeuntes com olhos grudados nos celulares enquanto andavam, apressados, para seja lá qual fosse seu destino, completamente alheios à mulher com o cartaz.

– Um minuto depois de eu chegar aqui, um policial ordenou que ela saísse – Beck disse e me cutucou de leve com o cotovelo, para provar seu argumento. – Fiz bem em ter deixado o guarda-chuva, hein?

– Um pequeno preço a pagar por uma fotografia como esta – concordei.

– Eu poderia fazer uma série inteira de fotos como essa – Beck disse, empolgado, enquanto retomamos nosso ritmo. Já estávamos dois minutos atrasados para a aula. Peguei meu Gemini para checar nosso tempo aproximado de chegada. Faltavam noventa e dois segundos até o *campus* e mais trinta e três até a aula de psicologia. Eu continuava olhando para a tela quando ouvi Beck dizer:

– Não seria difícil encontrar pessoas que são ignoradas por uma porção de idiotas em seus portáteis. – Como se ele tivesse acabado de me dar uma deixa, tropecei em um trecho irregular da calçada. Ele me encarou. – Sério? Você precisa checar nosso progresso a cada milissegundo? Vamos chegar lá quando chegarmos lá, Rory. Ou não vamos.

Beck tinha uma relação bem ambivalente com seu portátil. Ele possuía um, é claro, mas o usava apenas para ligações e mensagens de texto. Já eu usava o Gemini para tudo. Calendário, agenda de tarefas, o Fórum, músicas e livros – queria tudo na ponta dos meus dedos, sempre. E, é claro, queria Lux, que mantinha minha vida sob controle. Eu consultava o aplicativo no mínimo mil vezes por dia. O que eu deveria usar? Onde deveria sentar? Quem deveria chamar para o próximo baile do colégio? Todas as decisões que poderiam ser importantes, e também a maioria das que provavelmente não eram. Exceto pela Noveden. Eu não tinha perguntado a Lux se deveria me inscrever porque temia que a resposta fosse "não".

Nós nos separamos ao voltar para a escola, e eu segui para a aula de psicologia. Estava percorrendo meu *feed* de notícias enquanto andava, por isso não vi Hershey Clements até quase me chocar contra ela.

– Seu nome é Rory, certo? – Hershey estava parada do lado de fora da minha sala de aula; seu cabelo escuro havia sido puxado para trás e estava enrolado em um daqueles coques artísticos que se vê nas revistas mas nunca se consegue imitar. Ela tinha passado sombra e *gloss* rosa-escuro, mas não usava rímel. Maquiagem suficiente para ser intimidante sem esconder o fato de que nem precisava se maquiar. Ela era linda. E muito bronzeada. Seus pais a tinham levado para Dubai nas férias de verão (eu sabia disso porque, inexplicavelmente, ela me adicionara como amiga no Fórum, embora nós nunca tivéssemos de fato conversado, me sujeitando às atualizações incessantes de sua viagem), e ela retornara na segunda--feira anterior com uma tatuagem de hena no tornozelo e um brilho caramelo, lembrando ao resto de nós como éramos pálidos, pobres e incultos.

– Hum, oi – eu disse. Ela parecia estar me analisando, ou medindo, talvez. O que ela queria? Com certeza queria *alguma coisa*. Hershey Clements não estaria me esperando no corredor se não tivesse algo a ganhar com isso. Garotas como ela não falavam com garotas como eu. Ela era a realeza social da Escola Pública Roosevelt e eu estava longe disso. Eu não era uma pária nem nada do tipo, mas ter como melhor amigo um menino do tipo sou-legal-demais-para-ser-legal e sem nenhuma amiga (ter a mãe morta e ser filha única tinha ferrado minha habilidade de me dar bem com outras mulheres), não era exatamente uma concorrente a garota mais popular da classe. Ainda assim, o teatrinho de eu-não-tenho-certeza-se-sei-seu-nome era uma farsa completa. Hershey sabia quem eu era. Nós vínhamos fazendo pelo menos duas matérias juntas todos os anos desde a sexta série.

— Preciso admitir, fiquei um pouco chocada quando vi seu nome — ela disse. *Quê?* — Quer dizer, sabia que você era inteligente e tudo mais, mas achava que era porque você é, tipo, obcecada com estudos e essa coisa toda. — Eu estava perdida, e Hershey percebeu. — Vi que você passou na seleção da Noveden — disse, revirando os olhos como se eu fosse uma idiota por não entender o contexto.

— Você viu? — Fazia vinte minutos que eu tinha aberto a carta e não havia postado sobre ela em nenhum lugar. Será que Beck tinha colocado algo no Fórum?

— Dã. O aplicativo é atualizado diariamente. Uma semana depois de mandarem a carta, eles colocaram seu nome na lista de admissão.

— Que aplicativo?

Hershey suspirou pesadamente, como se fosse estressante interagir com tamanha imbecil como eu. Tirou seu portátil do bolso de trás da minissaia *jeans*.

— O aplicativo da Noveden — explicou, tocando em um pequeno ícone no formato de uma árvore, igual ao desenho no broche em meu bolso. Ela segurou o celular para que eu pudesse ver.

— Espere, por que você tem...? — Algo dourado reluziu na parte interna de seu pulso. O broche da Noveden. Ela o tinha pregado no punho de seu *blazer* de caxemira. De repente, entendi. Olhei-a nos olhos. — Você também passou.

— Não faça essa cara de surpresa — ela retorquiu.

— Não estou surpresa — menti.

— Tanto faz. Não tem problema. De qualquer jeito, tenho quase certeza de que minha avó pagou para que eu passasse. Ela fez a mesma coisa com meu pai. Ei, me deixa ver seu telefone.

Ela se inclinou, pegou meu Gemini do bolso traseiro do meu *jeans* e tocou o botão Compartilhar com Outro Dispositivo.

— Pronto — Hershey disse, devolvendo o aparelho. — Agora você tem meu número. Nós devíamos ser amigas. — Como se estivesse implícito que eu *queria* ser amiga dela. Então ela se girou no salto, abriu a porta da nossa sala e entrou tranquilamente.

2

Demorou uma eternidade para agosto chegar. Em certos dias parecia que nunca chegaria, que o tempo estava passando mais devagar e que, eventualmente, pararia. Para piorar, meu pai, um homem normalmente tranquilo, havia ficado pra lá de sentimental e nostálgico, me olhando sobre a mesa de jantar, como acontece em filmes melosos de casamento. Minha madrasta agia do mesmo jeito.

Felizmente, os dois trabalhavam em tempo integral – meu pai em seu mais recente canteiro de obras e minha madrasta em uma chocolataria em Beacon Hill –, então eu ficava sozinha o dia inteiro. Passava quase a tarde toda com Beck, acompanhando-o no projeto que seu mentor da semana tivesse lhe designado. Ele fazia parte do programa nacional de aprendizes; isso significava que, pelos próximos dois anos, faria um estágio financiado pelo governo na área que ele mesmo escolhesse e, em seguida, começaria a trabalhar, sem ter que ir para a faculdade depois do ensino médio. Quando recebeu seu último projeto daquela temporada – registrar o dia na vida de um morador de Nickelsville, a última "cidade-acampamento" de Seattle –, Beck praticamente explodiu de empolgação.

Era a noite antes da minha partida, e nós tínhamos passado a tarde toda no meio das lonas fúcsia com as quais as barracas eram erguidas. O relógio já dava sete horas, e Beck tinha acumulado milhares de fotografias do morador escolhido, um sem-teto chamado Al cuja perna esquerda fora amputada logo acima do joelho. A luz começava a se extinguir, e a tranquilidade que eu exibia à tarde havia desaparecido. Eu tinha colocado Lux no modo silencioso, mas as palavras SIGA PARA UM BAIRRO MAIS SEGURO piscavam na tela.

— Seu projeto não é registrar um *dia* na vida de alguém? — perguntei baixinho para Beck. — Não é uma noite. É melhor a gente ir para o centro.

— Durante a hora mágica? — Beck levava a câmera na frente do rosto e disparava rapidamente enquanto Al acendia uma pequena fogueira num balde de metal em sua barraca. — Rory, olhe para o céu. Esse é o sonho erótico de qualquer fotógrafo.

Torci o nariz.

— Que nojo.

— Pode ir embora, se quiser — ele disse, ainda atrás da câmera. — Sei que você tem aquele jantar com seu pai. — Eu viajaria cedo na manhã seguinte, e meu pai ia me levar para um jantar de despedida no Tortas a Sério, só nós dois. Eu tinha dito que não haveria problema nenhum se minha madrasta também fosse, mas ele insistiu em irmos sozinhos, garantindo que ela não ficaria chateada. Não acreditei muito nisso, mas estava feliz de termos um tempo só nosso em minha última noite em casa. Kari fazia muito bem ao meu pai, mas eu era ainda menos parecida com ela do que com ele. Ou seja, não tínhamos nada a ver.

— Não quero te deixar sozinho aqui — eu disse a Beck com a voz ainda mais baixa do que antes.

— Vou ficar bem — Beck respondeu, finalmente baixando a câmera e me encarando. — Em meia hora a luz vai ter ido embora, mesmo. E *ele* está aqui. — Beck apontou para o policial sentado no carro do outro lado da rua.

— Tá certo — respondi, ainda hesitante. Havia um motivo para Lux manter pessoas como nós longe de bairros como aquele (se é que se pode chamar de "bairro" um acampamento de sem-teto). — Você pode, pelo menos, abrir o Lux? Vou me sentir melhor sabendo que ele está ativo.

— Não — Beck retrucou, agradavelmente, voltando a posicionar a câmera.

Suspirei, sabendo que se tratava de uma batalha perdida. Era perda de tempo pedir para Beck fazer isso. Ele era assim: independente da tecnologia. Gostava de seguir seu instinto, ouvir sua intuição. Dizia que era isso que fazia dele um artista. Mas eu sabia a verdade. Não era o instinto que Beck seguia. Era a Dúvida.

Ele havia começado a ouvir a voz quando ainda éramos crianças. Vários de nós a ouvíamos naquela época. Um sussurro em nossa mente nos instruindo, nos encorajando e nos fazendo acreditar no impossível, nos impelindo a ir para a esquerda quando a razão apontava para a direita. A chamada "voz interna" não era um fenômeno novo – ela era tão antiga quanto a humanidade –, mas apenas recentemente a neurociência a havia reconhecido. Por séculos as pessoas acharam que ela era uma coisa boa, uma forma de intuição psíquica. Alguns até afirmaram ser a voz de Deus. Mas agora sabíamos que o "sussurro íntimo" era apenas uma falha no circuito cerebral, algo relacionado à poda neuronal e ao desenvolvimento do lobo frontal. Chamar a voz de Dúvida fora uma estratégia de *marketing*, parte de uma grande campanha do serviço público financiada pela empresa farmacêutica criadora do remédio que a fazia desaparecer. O objetivo era lembrar às pessoas o que a voz realmente era: a inimiga da razão. Quando se manifestava em crianças, não era motivo de preocupação, apenas o efeito de uma fase crucial no desenvolvimento do cérebro, e desapareceria assim que o indivíduo crescesse e conseguisse ignorá-la. Mas em adultos era o sintoma de um transtorno neurológico que, se não fosse tratado, progrediria até o indivíduo não conseguir mais tomar decisões racionais.

A campanha de *marketing* fez o que deveria fazer, acho. As pessoas estavam surtando, e com razão. Eu estava na quinta série e ouvia a voz toda hora. Quando começamos a aprender técnicas de supressão – como afastar a Dúvida com barulho e entretenimento, distrair o cérebro com outros pensamentos e coisas do tipo –, passei a ouvi-la cada vez menos e, uma hora, ela se silenciou. O mesmo aconteceu com a maioria das crianças. Era uma coisa que se superava, como gagueira ou medo do escuro.

Mas havia vezes em que isso não acontecia. Nesses casos, a pessoa era rotulada de "hiperimaginativa" e recebia baixas dosagens de antipsicóticos até parar de ouvir a voz. Quer dizer, isso se a pessoa não fosse o Beck, que se recusou a aceitar tanto o rótulo como o antídoto farmacêutico. Em situações como essa, a voz não sumia, aparecendo em momentos aleatórios e fazendo um cérebro antes racional se questionar sem motivo aparente – exceto pelo fato de ser esse o *modus operandi* da Dúvida. Eu me preocupava com Beck e com seu futuro caso ele recebesse um diagnóstico permanente, mas também sabia como meu amigo era teimoso. Era impossível mandá-lo fazer alguma coisa, principalmente enquanto ele estivesse fotografando.

– Ei, espera aí – ouvi Beck dizer enquanto eu me dirigia até o ponto de ônibus do outro lado da rua. Quando me virei, vi que ele procurava algo no bolso. – Seu presente de despedida – ele disse, segurando uma pequena caixa de plástico tampada. Reconheci o característico *G* em letra maiúscula gravado na parte de cima. O logo da Gnosis. Eu era levemente obcecada pela marca e por seus aparelhos, que, além de serem modernos, estilosos e tecnologicamente superiores aos outros, eram completamente biodegradáveis e fabricados com materiais reciclados. – São os fones de ouvido intra-auriculares que você queria. Feitos de gel – Beck explicou enquanto eu abria a caixa. Eu estava de olho neles havia meses, mas não conseguia me convencer a gastar cem dólares em um par de fones. – E, antes de falar que eu não deveria ter gasto meu dinheiro com eles, fique sabendo que não gastei – acrescentou, antes que eu pudesse protestar. – Eu ganhei de brinde naquela sessão de fotos na qual ajudei no mês passado.

Abri um sorriso largo.

– O melhor presente da minha vida! – eu disse, apertando seu braço.

– Agora você pode ficar ainda mais obcecada pelas suas *playlists* – Beck brincou. Ele também curtia música, mas não tanto quanto eu.

– E te ouvir melhor quando você me ligar – eu disse, colocando o presente nos ouvidos. Os fones deslizaram pelo meu canal auditivo como se fossem cera derretida. Quase não dava para senti-los.

– Se você não estiver ocupada demais para atender – Beck replicou.

– Ei! Eu nunca vou estar ocupada demais para te atender.

Ele sorriu.

– Se cuide, Ro – ele disse, envolvendo meus ombros com seu braço. – E lembre-se disso: se você se der mal lá, pode voltar e ser minha assistente.

– Valeu, cara – retruquei, dando uma cotovelada em seu estômago. – E pensar que eu estava com medo de sentir saudades suas... – retorqui. Ele sorriu ao encontrar meu olhar, mas seus olhos estavam tristes.

– Também vou sentir saudades de você, Ro.

Joguei meus braços em volta de seu pescoço e o abracei com força. Depois, tornei a andar até o ponto de ônibus, tentando não chorar.

– Vai, diz logo – pedi ao meu pai. – Está na cara que você está se preparando para um discurso sobre eu deixar o ninho vazio. Pode falar. – Tínhamos acabado de dividir a última fatia de pizza, e eu estava dando uma olhada no cardápio e pensando em pedir uma vaca-preta, embora tivesse certeza de que Lux diria para eu desistir da ideia. No outro lado da mesa, meu pai torcia um guardanapo vermelho de tecido, como se estivesse nervoso com alguma coisa. Eu me preparei para um discurso brega do tipo você-cresceu-tão-rápido, e ele se esgueirou para pegar algo no assento ao seu lado.

– É da sua mãe – ele disse enquanto pousava uma caixa pequena e um envelope ainda menor na mesa, à minha frente. Esqueci o cardápio de sobremesas ao ver o presente.

A única coisa que minha mãe havia me deixado era uma manta – na qual, segundo meu pai, ela trabalhou durante todos os dias da gravidez, determinada a finalizá-la antes de eu nascer. A trama, costurada à mão em lã rosa, era baseada na sequência de Fibonacci: uma série de quadrados – cada um maior que aquele ao seu lado – que seguia uma sequência matemática e cujo encaixe formava um retângulo. Os quadrados ligavam-se uns aos outros por metades de semicírculo amarelas, feitas com pontos ainda menores que os dos quadrados. Esses pontos formavam uma espiral dourada que ultrapassava os limites do retângulo. Nos dois extremos da espiral, marcando o começo e o fim, havia pequenos pontos cruz laranja. Era um desenho estranho para a manta de uma garotinha, mas, bem, acabei nunca gostando de flores ou de borboletas mesmo. Talvez minha mãe soubesse disso. Talvez tenha sentido que sua filhinha preferiria a estrutura, a previsibilidade e a completude matemática da espiral de Fibonacci.

Eu nunca viria a descobrir, pois ela havia morrido no meu parto, dois dias antes de completar dezenove anos. Eu nasci prematura, e devido a complicações os médicos precisaram fazer uma cesárea. Acho que uma veia de sua perna ficou bloqueada e o coágulo foi parar direto em seus pulmões. "Tromboembolismo pulmonar" era a causa declarada em sua certidão de óbito, que eu, com nove anos, havia descoberto em uma caixa no armário do meu pai, na véspera de Natal. Eu estava tentando encontrar presentes escondidos.

Fitei a caixa, e depois a ele.

– O que você quer dizer com "É da sua mãe"?

– Ela me pediu para entregar a você. – Ele deu um puxão na barba, visivelmente incomodado.

– *Quando* ela pediu para você me entregar? – Eu quis dizer "Quando ela fez o pedido?", mas meu pai não entendeu.

– No dia em que você fosse para a Noveden – ele disse, com cuidado.

– Como assim? Não estou entendendo. Como ela poderia saber que eu ia...

– Ela também estudou lá, Rory.

– *O quê?* A mamãe estudou na *Noveden*? – eu o encarei, perplexa, enquanto ele confirmava com a cabeça. – Mas vocês fizeram o ensino médio juntos. Vocês se casaram no dia da formatura. Você sempre disse que...

– Eu sei, querida. Era o que sua mãe desejava. Ela não queria que você soubesse sobre a Noveden, a menos que decidisse sozinha estudar lá.

– E sobre o conteúdo dessa caixa também?

– Ela pediu para eu destruir tanto a caixa como o cartão se você não entrasse.

Encostei na cadeira, encarando a caixinha. Era azul-clara, tinha uma tampa branca e parecia velha. Uma das arestas estava surrada, e o papelão descascava em alguns pontos. O envelope era daquele tipo que vem com um buquê de flores, menor que um cartão de visitas.

– O que há dentro? – perguntei.

– Não sei – meu pai respondeu. – Sua mãe pediu para eu não abrir, e foi o que fiz. Dois dias depois do seu nascimento, coloquei a caixa em um cofre no Banco Northwest, onde esteve desde então.

Estendi a mão primeiro em direção ao envelope. A frente estava em branco, mas, quando o peguei, notei a letra cursiva na parte de trás. Minha mãe havia escrito meu nome em azul bem na dobra da aba do envelope. Reconheci a letra porque ela havia costurado meu nome na manta, que guardei em um pequeno saco plástico no criado-mudo. *Aurora*. Eu odiava esse nome, a dureza dos erres, mas na caligrafia redonda dela parecia tão feminino e delicado, tão diferente de sua forma digitada. Levei o dedo à boca e depois o pressionei contra a ponta daquele "A" maiúsculo, escrito em letra cursiva. Um pouco da tinta escorreu e, quando afastei o dedo, havia uma pálida mancha azul na minha pele. Parecia impossível que o mesmo azul que estivera na caneta da minha mãe, a caneta que ela segurara e com a qual escrevera em vida, agora estivesse em meu dedo. Senti lágrimas brotando no canto dos meus olhos e pisquei, tentando segurá-las.

Escrever à caneta na borda da aba de um envelope é como selá-lo com cera. Dá para saber se ele foi aberto porque o topo das letras não se alinha exatamente com a parte de baixo. Esse se alinhava. Seria por isso que minha mãe havia escrito meu nome ali – para eu saber que as palavras dela eram destinadas apenas a mim? Meu coração balançou um pouco com a ideia.

– Você vai abrir? – meu pai perguntou. Percebi que estava tão curioso quanto eu para saber o conteúdo da carta. Guardei o envelope na mochila.

– Ainda não – respondi, e peguei a caixa. Eu ia abrir o presente agora e deixar o envelope para ser saboreado depois, quando estivesse sozinha.

A caixa era mais leve do que eu esperava e, ao segurá-la, ouvi um barulhinho conforme o conteúdo escorregava para o outro lado. Inspirei fundo e levantei a tampa. Dentro havia uma corrente prateada com um pingente grosso e retangular. Meu pai sorriu quando puxei o colar do recipiente.

– Achei mesmo que fosse isso – disse. – Ela não estava com ele quando mor... – meu pai engasgou um pouco, baixando o olhar para a mesa. – Quando você nasceu. Sempre me perguntei o que ela tinha feito com esse colar.

– Esse colar era dela? – perguntei.

Ele confirmou.

– Sua mãe voltou da Noveden o usando – disse.

Segurei o pingente na palma da mão, analisando o símbolo curioso gravado na superfície. Lembrava uma espécie de anzol sobrepondo o número 13. O ano de sua formatura.

– O que significa? – perguntei.

Meu pai deu de ombros.

– Achei que fosse algo da escola – ele disse. – Sua mãe nunca explicou. Mas ela adorava esse colar. Acho que jamais a vi tirá-lo.

Devolvi o objeto à caixa.

– Isso tudo está me deixando muito confusa. Por que a mamãe pediria para você mentir para mim?

Ele hesitou por tanto tempo que comecei a me questionar se ia me deixar sem resposta.

– Alguma coisa aconteceu com a sua mãe na Noveden – ele disse, enfim. – Ela estava diferente quando voltou.

– Diferente como?

– Bom, para começo de conversa, a Aviana com quem eu cresci era ambiciosa. Não de um jeito ruim. Ela sonhava grande, sabe? Quando entrou na Noveden, achei que nosso relacionamento estava acabado. Ela iria para a escola e não voltaria mais. E eu estava bem com isso. Eu a amava e queria que ela fosse feliz.

– E ela *era* feliz? – perguntei.

– Eu achava que sim. Ela tinha vários amigos novos e sempre comentava com animação sobre as aulas. Quando ela não voltou para o Natal em nosso último ano do colégio, me conformei com o fato de que não iria vê-la de novo.

Seus avós já tinham falecido, então ela não tinha muitos motivos para voltar. – Ele franziu as sobrancelhas. – Mas então, uma semana antes da formatura dela, Aviana apareceu em casa dizendo que tinha largado a Noveden. Que tinha mudado de ideia e que não queria mais fazer faculdade. Que, em vez disso, queria começar uma família. Então sua mãe me pediu em casamento.

Eu o encarei. Essa história era completamente diferente do conto de fadas que eu havia ouvido na minha infância. Dois namoradinhos de colégio que fugiram, se casaram no cartório e passaram a lua de mel em uma barraca de acampamento. A versão que meu pai estava me contando agora não fazia nenhum sentido, a outra sim. Ele adivinhou meus pensamentos.

– Sua mãe era impulsiva – explicou. – Irresistivelmente impulsiva. E eu não conseguia dizer não a ela. – Ele sorriu e acenou para o garçom, mas não havia dado a resposta que eu procurava. Havia explicado por que *ele* se casara aos dezoito anos, mas não por que minha mãe quis fazer isso ou, mais importante, por que ela abandonara a escola mais prestigiada do país pouco antes da formatura. Por que ela abriria mão do futuro por algo que poderia ter esperado?

– É isso? Essa é a história inteira?

Meu pai parecia hesitante, como se não quisesse dizer "sim", mas também não pudesse dizer "não" sem se sentir culpado.

– Sua mãe era diferente de todas as mulheres que eu tinha conhecido – ele acrescentou, enfim. – Ela tinha uma... coisa. Uma paz interior. Mesmo quando éramos crianças. Ela não ficava preocupada como o resto de nós. Era quase como se fosse imune a isso. – Ele fez uma pausa, e o pensamento de que eu não havia herdado isso passou rapidamente pela minha cabeça. Seus olhos estavam tristes quando continuou. – Quando Aviana apareceu na minha casa aquele dia, parecia... atribulada. Mas, quando a questionei, ela se fechou.

– O que poderia ter acontecido com ela? – perguntei.

– Eu me fiz essa pergunta milhares de vezes – meu pai respondeu. – Desejei tê-la pressionado mais para descobrir o que tinha acontecido. Mas achei que teria tempo. Não imaginei que ela fosse...

A palavra não dita pesou sobre nós. Meu pai não achou que ela fosse *morrer*. Mas ela morreu oito meses depois.

– Mas *algo* aconteceu – eu disse. – Algo deve ter acontecido.

Finalmente, ele acenou afirmativamente com a cabeça.

– Algo deve ter acontecido – confirmou.

3

– Amendoins ou *pretzels*?

– *Pretzels*. – Hershey estendeu a mão sem olhar para cima. Nós estávamos no meio da viagem de avião, sentadas uma ao lado da outra na primeira classe (obrigada, Noveden). Eu estava esperando que ela dormisse para finalmente abrir a carta da minha mãe, mas Hershey se encontrava completamente imersa em uma das várias revistas de fofocas que havia baixado em seu *tablet*. Eu havia ficado acordada na noite anterior, pensando naquele pequeno retângulo de papel, imaginando o que diria e esperando que respondesse à enxurrada de perguntas que passavam pela minha cabeça.

– Senhor? Amendoins ou *pretzels*? – A comissária de bordo agora falava com o homem do outro lado do corredor.

– Amendoins – ele balbuciou, e a moça se debruçou sobre seu carrinho.

– Hum, você se importaria em escolher os *pretzels*? – O homem, Hershey e a comissária de bordo olharam para mim. – Eu sou alérgica a amendoins – expliquei.

– Não constava nenhuma alergia no manifesto de voo – a comissária disse, em um tom acusatório. – Cindy – ela chamou em direção ao corredor –, há alguma alergia listada no manifesto? – Cindy consultou seu *tablet* e então correu em nossa direção, tropeçando no pé de um homem no caminho e quase caindo de cara no chão. Ouvi Hershey bufar.

– Aurora Vaughn, 3B. Amendoins.

A expressão no rosto da primeira comissária foi de acusatório para o-avião-está-pegando-fogo. Ela começou a apanhar saquinhos de amendoins de passageiros em assentos próximos ao meu.

– Desculpe – eu disse ao rapaz do outro lado do corredor.

– O que aconteceria se você comesse um amendoim? – Hershey perguntou enquanto a comissária me entregava um saquinho de *pretzels*.

– Não sei direito – eu disse. – Tive uma reação alérgica muito forte a uma bolacha com creme de amendoim quando eu tinha três anos. Uma professora da creche precisou injetar adrenalina em mim.

– Não te assusta saber que entre você e a morte há apenas uma péssima decisão de lanchinho da tarde? – Hershey perguntou.

Olhei para ela. *Sério? Quem diz coisas assim?*

– Não – respondi, pegando meus fones de ouvido. – Nem penso nisso.

– E nem precisava pensar. Lux analisava listas de ingredientes, registrava reações alérgicas e doenças de origem alimentar em outros usuários que consumiram os mesmos alimentos, além de me alertar se alguém próximo a mim era alérgico a algo que eu estava comendo ou se estava comendo algo a que eu era alérgica. Eu só precisava ter cuidado quando estava em lugares fechados sem acesso à rede. Em outras palavras, em aviões. Coloquei os fones de ouvido e aumentei o volume.

Alguns minutos depois, Hershey destravou seu cinto e se levantou.

– Preciso fazer xixi – anunciou, jogando seu *tablet* no meu colo e passando por cima de mim para chegar ao corredor. Assim que ela saiu, tirei meus fones e peguei o envelope que estava na mala. Tomando cuidado para não rasgar o papel, deslizei a unha por baixo da aba do envelope e a desgrudei com cuidado.

O cartão era feito de papel de algodão, de um tipo fora de fabricação. Meu cérebro assimilou o número de linhas primeiro, depois foi a vez do meu coração, que desmoronou com a informação. Havia apenas três linhas.

Eu os formei judiciosos e livres, e assim devem permanecer
Até escravizarem a si próprios;
De outra maneira, terei que mudar sua natureza.

Virei o cartão, mas o outro lado estava em branco. Eu achava que ele responderia às minhas perguntas, mas, na verdade, só havia criado outra centena delas.

– O que é isso? – Hershey havia voltado sem eu perceber.

– Nada – respondi rápido, tentando devolver o cartão à mala, mas Hershey o tomou da minha mão. Seus olhos passaram rapidamente pelas palavras.

– Esquisito – declarou, devolvendo o cartão enquanto se acomodava no assento. – De onde é essa citação?

– Não sei – admiti. – Minha mãe me deu. – Assim que falei essas palavras, me arrependi. Não queria conversar com Hershey sobre minha mãe.

– Veio com algum bilhete?

Meneei a cabeça. Aquele *era* o bilhete. Instintivamente, toquei no colar em meu pescoço. Pesava com surpreendente força em minha clavícula.

Olhando por cima de seu ombro, vi Hershey abrir o navegador no buscador GoSearch.

– Leia de novo em voz alta – ela disse.

– "Eu os formei judiciosos e livres, e assim devem permanecer até escravizarem a si próprios" – eu disse, e fiz uma pausa, refletindo sobre as palavras que acabara de ler. Enquanto isso, Hershey digitava. Quem formou quem livre? – "até escravizarem a si próprios..."

Hershey me interrompeu.

– É de *Paraíso perdido* – ela disse. – Livro três.

– É uma peça? – Eu já tinha ouvido falar de *Paraíso perdido*, mas não sabia o que era.

– Não, um poema – Hershey replicou. – Um poema superlongo e superchato publicado em 1667. – Ela correu os olhos pelo texto. – Credo, que horror. Isso é mesmo a nossa língua?

– Quem escreveu?

– John Milton – ela respondeu, tocando na foto para dar um *zoom* na pálpebra dele. – Um homem que precisava desesperadamente de cirurgia plástica.

Hershey clicou na tela de novo, voltando para sua revista. A garota já estava entediada. Abri a entrada sobre *Paraíso perdido* no Panopticon em meu próprio *tablet* e comecei a ler. "O poema, considerado uma das mais importantes obras literárias na língua inglesa, reconta a história bíblica da expulsão de Adão e Eva do Jardim do Éden." Cliquei no *link* para uma versão completa do poema e fiquei com cara de paisagem, igual a Hershey. Os livros que líamos no colégio eram completamente diferentes daquilo. O currículo da escola pública focava em literatura contemporânea, romances que haviam sido escritos nos últimos vinte anos. Era esse o tipo de coisa que se lia na Noveden? Senti o pânico tomar conta de mim. E se eu não conseguisse acompanhar o curso?

Fechei os olhos e recostei minha cabeça no apoio. *Por favor, meu Deus, não me deixe falhar.*

Você não vai falhar.

Balancei a cabeça. Eu não ouvia a Dúvida desde o verão anterior à sétima série. Eu me lembrava do efeito que a voz tivera sobre mim na época: uma grande paz depois que ela falava. Mas aquilo era o oposto do que eu sentia agora. Eu estava abalada, transtornada e todas as palavras que significam "eu não estava me sentindo bem". A Dúvida falava com pessoas mentalmente instáveis, artistas e crianças. Não com estudantes da Noveden, como o *kit* de inscrição tinha deixado claro. A médica responsável pela minha avaliação psicológica havia me perguntado no mínimo três vezes qual fora a última vez em que eu ouvira a voz, descansando apenas quando se convenceu de que havia sido há mais de três anos. Se os membros do comitê admissional ficassem sabendo que tinha acabado de ouvi-la, eu seria expulsa da Noveden antes mesmo de as aulas começarem. Esse era um dos motivos pelos quais minha nova escola era diferente. Não bastava ser inteligente. Era preciso ser "psicologicamente blindado". Imune à insanidade.

"É o nervosismo", disse a mim mesma. Vários adultos perfeitamente sãos ouviam a voz quando estavam estressados. Mas tentar me convencer disso só aumentava minha ansiedade.

– A gente devia comprar edredons combinando – ouvi Hershey dizer. Ela havia terminado as revistas e agora estava dando uma olhada no catálogo de uma loja de cama, mesa e banho. – Senão vamos acabar morando em um quarto sem nada combinando, do tipo tentando-ser-eclético, o que é um clichê. O que acha deste aqui?

Eu ainda não entendia como tínhamos acabado no mesmo dormitório. Segundo o *kit* de boas-vindas, um programa de computador designava colegas de quarto com base em personalidade e interesses em comum. Como eu e Hershey não tínhamos absolutamente nada a ver uma com a outra, concluí que o programa era defeituoso.

Pisquei, tentando focar o olhar na estampa anos 1970 em neon na tela dela. Era horrível.

– Por que não esperamos para ver o quarto antes? – sugeri.

Hershey me olhou com desdém.

– Não vou pedir para você pagar, se é com isso que está preocupada.

– Não é isso – eu disse, tranquilamente. – Eu prefiro um edredom que seja um colírio para os olhos, não alvejante.

– E se criássemos um edredom com pedaços de *jeans* e costura de linho?

Ignorei o falatório e voltei a atenção ao *tablet*.

O *Paraíso perdido* ainda estava na tela, então rolei para o início do poema e comecei a avançar, me obrigando a ler cada palavra. Não absorvi nada do texto, mas a tarefa ocupou minha mente pelo resto do voo. Tinha aprendido esse truque no ensino fundamental. Se meu cérebro estivesse ocupado, a Dúvida não poderia falar nada.

Nosso voo chegou a Boston quinze minutos antes do previsto. Se corrêssemos, conseguiríamos tomar o primeiro ônibus em direção ao *campus*, desde que não precisássemos esperar por nossas malas. Enquanto avançávamos para a esteira de bagagens, conferi meu monitor de viagem e as localizei saindo do avião e sendo colocadas no carrossel. Chegamos lá trinta segundos antes delas.

Meu cadeado em formato de coração estava quebrado, como se alguém tivesse inspecionado a mala sem se importar com a chave pendurada ao lado.

Eu não teria trancado, mas o fecho do zíper estava empenado, deixando uma fenda aberta. A manga de uma camisa saía pela abertura da mala e estava suja devido à esteira do carrossel. Lux havia recomendado usar um fecho de plástico, mas preferi o cadeado que Beck havia me dado quando completei treze anos, junto com um diário *vintage*. Eu nunca tinha escrito no diário, mas adorava aquele cadeado de coração. Suspirei e o enfiei no bolso, enquanto Hershey lutava para tirar sua Louis Vuitton gigantesca do carrossel. Bem feito para mim, por ter ignorado o Lux.

– O ônibus das duas e meia em direção à Academia Noveden sai em três minutos – nossos portáteis declararam em uníssono. Nós nos apressamos até o ponto de encontro e, chegando lá, o motorista acenou.

– Bem na hora – ele disse enquanto subimos no ônibus, ticando nossos nomes em seu *tablet*. Hershey imediatamente pegou seu Gemini para postar uma atualização. Eu sabia que Beck estaria esperando por uma postagem minha, mas meus pensamentos estavam embaralhados demais para escrever algo interessante. Olhei ao redor, para meus novos colegas de classe. Eles não pareciam gênios, apenas um bando de adolescentes ocupados com seus portáteis. Senti uma onda de decepção. Estava com tanto medo de me sentir inferior ao resto que não considerei que a alternativa poderia ser pior.

Hershey havia passado a maior parte do trajeto para o *campus* no Fórum. Eu tinha posto fones de ouvido e me distraí olhando para fora da janela, ouvindo "Same Day Yesterday" no *repeat* e observando os prédios se distanciarem cada vez mais uns dos outros, até não restar nada além de árvores e pedras. Chapas gigantes de granito margeavam as estradas conforme cortávamos as montanhas e a luz do sol adquiria um tom intenso de dourado que eu nunca havia visto. Com exceção das torres de rede – construídas para se parecerem com árvores, mas perfeitas demais para enganarem alguém –, não havia nenhuma das modernidades pelas quais os parques naturais de Seattle eram conhecidos. Nenhuma calçada rolante. Nenhum carrinho movido a energia solar. Era como se o tempo tivesse desistido daqueles bosques ou aceitado sua própria inconsequência. Pressionei a bochecha contra a janela e minha visão começou a ficar borrada. Eu já estava dormindo quando descemos até o Connecticut River Valley.

– Rory. – Hershey me cutucou com o cotovelo. – Chegamos.

Abri os olhos no momento exato em que o ônibus passava pelos portões do *campus*. Girei no assento, observando a estrutura de ferro forjado ficar para trás, nos cerrando do resto do mundo. Era mais para ostentação do que para segurança; a parede de pedra terminava a apenas alguns metros da entrada. Ainda assim, era imponente; as lisas colunas de pedra, o portão de ferro, o alto arco com arabescos ornamentais. E, no centro da arcada, o símbolo da Noveden – uma árvore idêntica à do broche preso na língua do meu tênis.

O caminho era longo e pavimentado com um material cinza e liso que definitivamente não era asfalto. Olmos altaneiros, uniformemente dispostos em zigue-zague nas beiras da estrada, formavam um dossel alto e verde sobre nós. Para além deles, o solo se elevava e a luz se esvanecia no bosque denso e cheio de árvores.

O caminho fez uma curva à esquerda e ali estava ela: a Academia Noveden. Uma dúzia de prédios de tijolos vermelhos e, no meio deles, um pátio que ainda não estava à vista. Eu havia lido no Panopticon que essas eram as estruturas originais construídas em 1781 pelos fundadores da escola, consideradas um dos melhores exemplos da arquitetura norte-americana do fim do século XVIII. O que eu não sabia era o efeito que tudo aquilo teria em mim quando fizemos a curva, com os montes Apalaches aparecendo da mesma maneira que os prédios. A floresta os envolvia como um casulo.

– Uau – Hershey sussurrou. Uma reação diferente para alguém que normalmente era tão *blasé*.

Estávamos em silêncio quando o ônibus parou em fila dupla atrás de uma sequência de BMWs, em um grande estacionamento com uma placa que dizia "Docentes". A nomeação das vagas estava gravada em placas de bronze presas em postes de ferro forjado.

– Aquele é o diretor Atwater – Hershey disse, apontando para um homem alto e grisalho que caminhava tranquilamente na grama com as mãos no bolso das calças cáqui bem passadas. – Já o vi nas fotos do meu pai.

O condutor do ônibus desligou o motor assim que o diretor entrou no veículo. Seu jeito era calmo, quase como um avô, e ao mesmo tempo ele tinha uma presença cheia da autoridade própria de um diretor de escola preparatória. Atwater deu um largo sorriso de boas-vindas enquanto examinava o rosto de cada um. Seus olhos pararam em mim por alguns instantes, quase como se me reconhecessem. Meu coração acelerou. Será que ele havia conhecido minha mãe? Nós éramos muito parecidas, disso eu sabia. Com exceção da coloração diferente, nosso cabelo era igual. Quase-enrolado-mas-nem-tanto. Além disso, ambas tínhamos bochechas salpicadas de sardas, rostos em forma de coração e olhos amendoados. Meu pai falava que ela era mais baixa, mas não dava para eu saber disso só por fotografias. Eu parecia tão pouco com meu pai que uma vez minha madrasta brincou dizendo que minha mãe tinha se clonado, mas ele ficou bravo, afirmando que o comentário havia sido insensível, e ela nunca mais repetiu isso.

– Vocês estão aqui! – o diretor declarou, dando um soquinho no ar. À minha volta, houve uma erupção de gritinhos e assobios. O homem deu risada. – Sem dúvida, o tempo tem passado bem devagar para vocês desde que receberam a carta de aceitação. Posso garantir-lhes que, agora, ele vai passar rápido. Num piscar de olhos, vocês estarão se formando e imaginando onde os últimos dois anos foram parar. – Ele sorriu. – Ou, no meu caso, os últimos vinte e cinco.

Vinte e cinco anos. *Com certeza* ele havia conhecido minha mãe. Toquei o pingente, sentindo a gravação com a ponta dos dedos.

– Os veteranos voltaram ao *campus* na semana passada – o diretor continuou –, então vamos todos nos reunir na rotunda às seis horas desta tarde para uma cerimônia de início das aulas, seguida do nosso jantar anual de boas-vindas. Nesse meio-tempo, vocês serão responsáveis por si mesmos. Saberão em que dormitório estão na aba "Acomodações" do aplicativo Noveden. Lá, também terão acesso a uma lista de telefones importantes: da secretaria, do meu escritório, do atendimento psicológico... – *Atendimento psicológico.*

Engoli com dificuldade. – E suas chaves. As fechaduras do *campus* são ligadas a seus portáteis – explicou. – As chaves abrirão as portas principais de cada prédio acadêmico e a porta de seus dormitórios designados. – Os futuros alunos se agitaram, procurando o celular na mala. – Sugiro que passem as próximas horas conhecendo o *campus* e uns aos outros. Nos veremos novamente às seis. – Ele deu um leve aceno e saiu do ônibus.

– Meu pai falou que era assim – Hershey sussurrou, fechando o Fórum e tocando no iconezinho da Noveden na tela. À nossa volta, as pessoas chegavam em que dormitório estavam e conversavam animadamente. Ninguém havia levantado ainda.

– Assim como?

– Completamente livre. Podemos chegar tarde, vestir o que quisermos e ninguém confere se estamos mesmo nos dormitórios. Basicamente, não há nenhuma regra. Dá pra fazer o que der na telha.

– Sério? – Escolas preparatórias eram famosas por suas regras. Achava que a Noveden seria ainda mais rigorosa que as outras.

– Aham. O "privilégio da prudência" ou alguma porcaria do tipo. – Ela se inclinou sobre mim e segurou seu Gemini para tirar uma *selfie*. – Massa – ela disse ao ver a imagem, e imediatamente depois a postou no Fórum. Meu Gemini vibrou.

A foto "Melhores amigas e colegas de quarto!" foi adicionada à sua linha do tempo por @HersheyClements.

A foto era péssima. Minha testa brilhava, minha franja estava dividida no meio e meu sorriso parecia mais uma careta. Mas agora que ela já havia postado não dava para deletar nem para me desmarcar da foto.

– Legal – murmurei, pegando minhas coisas. Meu portátil vibrou de novo.

@BeckAmbrose: sonhei que vc se mudou p/ longe e agora é "Melhor amiga e colega de quarto" da HC.

Hershey ouviu minha risada.

– Por que você está rindo? – perguntou.

– Por nada – menti, jogando o portátil dentro da mala. – Vamos lá, colega de quarto – eu disse, empurrando-a. – Vamos encontrar nosso dormitório.

Todos os duzentos e oitenta e oito estudantes da Noveden viviam no mesmo lugar, no Salão Ateniense, um prédio em V na parte norte do *campus*. Nosso quarto ficava no segundo andar da ala feminina e parecia mais com o quarto de um hotel chique do que com um dormitório. Lá dentro havia duas camas de casal, dois conjuntos de escrivaninhas e cômodas de mogno, dois *closets* e uma lareira elétrica, mas nenhuma lâmpada no teto. Procurei por abajures. O cômodo não tinha janelas, e a iluminação tinha que vir de algum lugar, porém não consegui encontrar nenhuma fonte de luz visível.

Hershey havia pegado o controle remoto pequeno e preto, disposto sobre a cama que ela já tinha reivindicado para si. Havia um controle idêntico na minha cama, com três fileiras de botões na frente e o logo característico da Gnosis atrás. Hershey começou pela parte de cima e foi descendo, apertando todos os botões. Primeiro o quarto ficou mais claro; depois, mais escuro, até que estaria um breu completo se não fosse a parede da porta, iluminada com uma coloração âmbar. O rosto da Hershey se acendeu.

– Papel de parede PHOLED!

Ela apertou outro botão e a parede se transformou em uma tela de TV. Mais outro e a tela do seu Gemini apareceu na parede. Ainda outro, e a tela se dividiu em duas.

– Ligue o seu lado – Hershey disse, apontando para o controle na minha cama. – O botão LINK. – Quando o apertei, a tela do meu Gemini apareceu do lado da dela.

Eu tinha ouvido falar que a Gnosis desenvolvera um papel de parede feito de PHOLEDs – a tecnologia de exibição usada na maioria dos seus aparelhos –, mas achei que ainda não havia sido lançada. Caminhei até a parede e a toquei com a ponta dos dedos. Era macia e fria e, quando afastei minha mão, vi a marca fraca que minhas digitais haviam deixado. Apaguei-as com a ponta da camiseta.

Hershey jogou seu controle na cama.

– Vamos dar uma volta. Estou com vontade de tomar café.

– Boa ideia. A sala de jantar tem um carrinho com guloseimas que fica lá o dia inteiro. Eu vi no...

– Que sem graça – Hershey declarou. –São só dez minutos de caminhada até o centro. Oito, se fizermos o caminho não autorizado da rota cênica. E é claro que vamos fazer isso! – Ela puxou da bolsa um *gloss* e um espelho compacto. Em seguida, passou o *gloss* nos lábios e fez biquinho. – Vamos lá! – disse, fechando o espelhinho com um estalido.

O "caminho não autorizado da rota cênica" envolvia invadir um cemitério privado a leste do *campus*, que estava apropriadamente sinalizado com uma placa que dizia "PROPRIEDADE PRIVADA – NÃO ENTRE". Apesar do sol do meio-dia, eu estava assustada. As lápides, cobertas de musgo, eram enormes e resistiam depois de séculos. Tremi. O ar estava quente e úmido.

– Para que lado? – perguntei com impaciência, ansiosa para sair de lá. Quem quer que fosse o dono da propriedade, ele tinha um motivo para ter colocado aquela placa. E por ter erguido, no meio do cemitério, a estátua gigante de um anjo com cara de bravo apontando com seu longo dedo de pedra para a saída, deixando a mensagem ainda mais clara.

– Não sei – Hershey disse, estreitando os olhos ao checar seu Gemini. – Estou sem serviço.

– A gente não pode voltar? Não quero ser presa no meu primeiro dia. – Eu estava tentando soar mais irritada do que apavorada, mas a verdade é que eu me sentia dos dois jeitos.

Hershey revirou os olhos.

– Relaxa. O centro fica do outro lado desse bosque. – Ela analisou as árvores. – Acho. – Em seguida, segurou o Gemini no alto, tentando encontrar algum sinal. – "Redes em todos os lugares"... Até parece!

– Não é um atalho se nos perdermos – realcei.

– Meu Deus, Rory, desencana! Aqui, isto vai te ajudar. – Ela fuçou na bolsa e pegou duas garrafinhas de Baileys, dessas que entregam no avião, e jogou uma pra mim. Então desatarraxou a tampa da sua e bebeu o líquido com longos goles. – Urgh – Hershey estremeceu, limpando a boca com o dorso da mão. – Odeio Baileys, mas não consegui alcançar a vodca.

– Não vou beber isso – eu disse, devolvendo a garrafinha. – A cerimônia começa daqui a uma hora.

Hershey suspirou.

– Olha, Rory, não estou dizendo para você fazer uma prova bêbada. É nosso primeiro dia, e não temos mais nada a fazer além de ouvir um monte de discursos elogiosos, que vamos acabar esquecendo, sobre como somos incríveis, como a Noveden é incrível e como todos seremos ainda mais incríveis quando nos formarmos aqui. É nossa responsabilidade viver profundamente e sugar a vida até a medula.* Ninguém vai fazer isso por nós.

Hershey segurou a garrafinha, balançando-a um pouco, até que eu a peguei de volta. Não tenho certeza de por que fiz isso; talvez porque foi um choque ouvi-la falando a palavra "responsabilidade", ou por ela ter citado Thoreau casualmente. Ou talvez porque aquelas palavras fizeram algum sentido para mim. Eu havia me inscrito para a Noveden porque queria que minha vida mudasse, mas até agora a única coisa diferente era a minha localização. E isso não era o bastante.

Desatarraxei a tampa e tomei um gole tímido. Hershey abriu um sorriso largo e levantou sua garrafa vazia.

– A sugar a vida até a medula! – ela declarou.

Levantei minha garrafa ao encontro da dela.

---

* Referência a trecho de Walden, do escritor americano Henry David Thoreau (1817-1862), aqui extraído da edição brasileira traduzida por Denise Bottman (Editora LP&M). (N. do E.)

– E a fazer isso com muito licor irlandês.

Nós duas rimos, mas, ao batermos os vidros, notei o epitáfio em uma lápide a alguns metros, e a risada ficou entalada na minha garganta.

Sede sóbrios; vigiai; porque o diabo, vosso adversário, anda em derredor, bramando como leão, buscando a quem possa tragar. – 1 Pedro 5:8

Os pelos dos meus braços se arrepiaram. Levei a garrafa aos lábios, mas dessa vez só fingi beber. Hershey já havia se virado e estava andando em direção às árvores, então esvaziei o recipiente na grama e me apressei para alcançá-la.

– Aonde estamos indo? – perguntei, acompanhando-a a passos largos.

– Ao Café Paradiso – ela respondeu. – É perto do rio. Era um moinho ou algo parecido.

Peguei meu Gemini para checar no Fórum as críticas sobre o lugar, mas estava sem serviço.

– Este lugar não tem serviço. É uma zona morta – reclamei. Do meu lado, Hershey gargalhou.

– Faz sentido, né? – Ela jogou a bolsa por cima da cerca de arame entre nós e as árvores e começou a escalá-la. – Ai! – A bainha de seu vestido ficou presa em um arame quebrado, arranhando sua perna.

– Você está bem?

– Estou sim. – Ela limpou a cerca e depois pulou. – Você vem?

Pulei, tomando cuidado para evitar o arame quebrado. Do outro lado havia um aterro que dava para uma área mais densa do bosque. Hershey correu até a colina gramada e desapareceu entre as árvores.

– Estou vendo algumas construções – ela disse. – Estamos perto.

Segui Hershey, escorregando em minhas sandálias. O local era bem mais fresco, já que a densa folhagem bloqueava a luz solar. Alguns passos depois, ouvi o rio rugindo mais acima.

O Café Paradiso ficava em uma casa de madeira na esquina da State com a Main. Ela era pintada em um vermelho vivo, daquele usado pelo corpo de bombeiros, e se destacava de seus vizinhos de porta. O serviço do meu Gemini voltou, e abri a página do estabelecimento no Fórum. A avaliação era de uma estrela e meia.

— Tem outro café a alguns quarteirões pra baixo — eu disse, abrindo a página do Grãos de River City, eleito o Melhor Café do Vale pela *Berkshire Gazette*. Eu não era exigente com quase nada, mas era de Seattle. — As críticas são bem melhores.

— É, o Lux recomendou esse Grãos mesmo — Hershey respondeu, caminhando em direção ao Paradiso.

Suspirei e a segui.

Acima da porta, um sino tilintou ao entrarmos. O café tinha vários pisos. O balcão ficava no térreo e havia um espaço para os clientes sentarem num *loft* acima dele, com vista para o rio. Para um lugar com milhares de críticas ruins, ele estava cheio pra caramba. Não havia uma mesa vazia sequer. Quando chegamos ao balcão, entendi o motivo. Uma placa laminada pendurada no caixa dizia: "Se você gosta do Paradiso, deixe uma crítica péssima no Fórum. Mostre pra gente e sua próxima bebida é por conta da casa!"

— Você não acreditou no Fórum — ouvi uma voz masculina dizer. — Ou tem um péssimo gosto pra café. — Olhei para cima. O cara atrás do balcão era mais ou menos da nossa idade, e seria bonitinho se não fosse pelas tatuagens cobrindo seus braços e escapando da gola V de sua camiseta branca. Eu não tinha nada contra tatuagens no geral (Beck tinha um *hanja* atrás da orelha esquerda), mas esse cara tinha uma coisa meio sou-tatuado-então-sou-da-contracultura-e--portanto-mais-bacana-que-você. O moicano na cabeça dele não ajudava.

— Fui arrastada pra cá — respondi, e o garoto sorriu. Grudados em mim, seus olhos eram castanho-escuros, quase pretos, com pupilas brilhantes como tinta molhada.

— Deixe-me adivinhar. Calouras da Academia? — Havia desdém em sua voz, como se a ligação com a Noveden fosse um ponto contra nós.

— Meu nome é Hershey, e esta aqui é a Rory — Hershey disse, aproximando-se do balcão. — Talvez você possa nos mostrar a cidade um dia desses. —

O garoto não respondeu. – *Tattoo* legal! – ela exclamou, tocando o antebraço dele, tatuado com algumas linhas de texto, cada uma em um estilo diferente de escrita. Pareciam versos de poemas ou citações literárias. A letra era pequena, e eu não ia me debruçar sobre ele para conseguir ler melhor, então era difícil saber ao certo. – Qual é seu nome? – perguntou.

– North. – Seus olhos ainda recaíam sobre mim. Eles estavam fazendo aquele vai e vem de quando se está analisando algo. Ou, neste caso, alguém. Senti minhas bochechas ficarem quentes. Limpei a garganta e olhei para trás dele, lendo o menu no quadro-negro. Ao meu lado, Hershey pegou seu Gemini.

– Não me diga que você vai deixar esse negócio fazer seu pedido por você – ele disse, seu olhar finalmente mudando de direção, indo de mim para Hershey.

– Claro que não – ela replicou. Então rolou a página até a última entrada na lista de recomendação do Lux. – Um *latte* de coco para mim – anunciou. – O Lux garante que vou odiar.

Aprendi que era esse o jeito da Hershey. Fazer aquilo que o Lux dizia para não fazer.

– Gosto de experimentar – ela completou e sorriu. North engoliu uma risada e se virou para mim.

– E você? – perguntou, me provocando. – Também gosta de experimentar? Eu corei, e me odiei por isso.

– Vou querer um *cappuccino* de baunilha – eu disse, dando uma olhada rápida no celular por puro hábito, pois não precisava disso para saber a sugestão do Lux para o meu pedido. Era sempre a mesma bebida.

– Certo. Em primeiro lugar, essa é a pior escolha que você podia ter feito – North replicou. – Nós mesmos torramos os grãos, que são de origem única, então, se você vai tomar café, não o destrua com baunilha. Em segundo lugar, se gosta de sabores doces, nosso *latte* de *matcha* é uma escolha bem melhor.

– Vou querer um *cappuccino* de baunilha – repeti. – Não gosto de chá.

North deu de ombros.

– Você decide – disse, registrando os pedidos. Escaneamos nossos portáteis para pagar e nos deslocamos até a outra ponta do balcão para esperar pelas bebidas.

– Ainda fico com esse cara – Hershey sussurrou, e por pouco ele não ouviu.

– Eca. – Fiz uma careta, mas por dentro senti uma pontada de inveja. Não porque eu sentia qualquer vontade, mesmo que pequena, de ficar com aquele barista metido e tatuado, mas porque Hershey era o tipo de garota que podia fazer isso. Olhei de relance para North enquanto ele esquentava o leite das nossas bebidas. A máquina de *espresso* que estava usando era uma antiguidade. Devia ser o jeito mais barulhento e menos eficiente no mundo de se fazer um *cappuccino*.

– Um *latte* de coco e um *cappuccino* de baunilha – ele declarou, posicionando dois copos de papel no balcão. Sua expressão facial era neutra, mas a boca estava esquisita, como se ele estivesse mordendo a parte interna das bochechas para não sorrir. Eu sorri educadamente e estiquei o braço para pegar o copo com as iniciais CB rabiscadas com um canetão preto. Sem adesivos impressos. Senti que tinha voltado no tempo. Hershey deu um gole em sua bebida e estremeceu.

– Urgh. Que nojo – ela disse, e então sorriu para North. – Perfeito!

– Fico feliz em te enojar – ele respondeu e olhou para mim. – O seu está bom?

– Deve estar – eu disse, e beberiquei.

Assim que a bebida entrou em contato com a minha língua, percebi o que North tinha feito. O gosto ardente da pimenta-de-caiena era realçado pelo gengibre. Ele havia me preparado o *matcha*. Eu não estava brincando. Não gostava mesmo de chá. Ainda por cima, odiava gengibre. Mas esse chá era diferente de todos os que eu já tinha bebido. E, misturado com os outros ingredientes, o gengibre era a melhor coisa que eu já havia provado. Tomei outro gole antes de notar North me observando. Era tarde demais para fingir que eu tinha odiado. Ainda assim, me recusei a reconhecer sua cara de "não te disse?".

– E então? – ele perguntou, de imediato.

– Mas que merda de *cappuccino*! – brinquei.

North soltou uma risada, e seu rosto se iluminou.

– Só para você saber, o fato de eu estar bebendo isso não prova que você estava certo – eu disse.

– Que eu estava certo?

Revirei os olhos.

– Sim. Que eu não deveria deixar meu portátil tomar decisões por mim. Achou que eu tinha deixado essa indireta bem direta escapar?

– Uma garota da Academia? Eu nunca pensaria tão pouco de você. – Não sabia dizer se ele estava tirando sarro de mim ou sendo sincero. Senti que era um pouco dos dois.

– Mesmo sem o Lux, eu nunca teria pedido isso – apontei. – Eu odeio dois dos quatro ingredientes.

– Ah, mas são *sete* ingredientes. E daí se você odeia dois deles? O fato de odiar molho russo não faz eu gostar menos de um bom sanduíche Reuben. Aliás, o nosso é incrível.

– Agora estamos falando sobre sanduíches?

North apertou um botão na máquina de *espresso* e uma rajada curta de ar quente foi disparada, soprando uma mecha de cabelo em meu rosto. Eu a afastei, enervada. Havia algo de irritante naquele garoto, e eu não gostava de me sentir irritada. Esperei-o dizer alguma coisa, mas ele ficou ali, de pé, me encarando com seus olhos brilhantes.

– E a moral da história é... – me apressei.

– Não peça algo que não está no cardápio – North respondeu. Comecei a responder, mas ele já tinha se virado e caminhado até o caixa.

– E aí, flertando muito?

Dei um pulo. Havia esquecido completamente que Hershey estava lá.

– Eu *não* estava flertando com ele – retorqui, olhando por cima do ombro para me certificar de que North não a tinha ouvido. Ele estava ocupado com outro cliente.

– Que seja. Podemos ir embora agora? Quero trocar de roupa antes da cerimônia. – Comecei a lembrá-la de que aquela expediçãozinha tinha sido ideia dela, mas Hershey já estava quase na porta.

4

De volta ao nosso dormitório, Hershey vestiu um minivestido *off-white*, calçou rasteirinhas bronze e prendeu o cabelo em um rabo de cavalo baixo e macio. Eu parecia ter doze anos do lado dela, em meu vestido náutico e minhas alpargatas. Lutei contra a vergonha que tomava conta do meu corpo. De todas as pessoas de quem podia ser colega de quarto, eu tinha acabado justo com ela.

Chegamos ao auditório alguns minutos antes do início da cerimônia. Hershey foi pegar nossos crachás e eu fiquei parada perto da entrada, absorvendo tudo aquilo. As fotografias que tinha visto faziam jus ao salão. O teto fora pintado para parecer um céu de verão e culminava em um domo íngreme. O chão era de mármore polido e nele estava estampado o logo da Noveden.

Um rapaz loiro, alto e magro, vestindo calças de anarruga e um *blazer* azul-escuro, parou ao meu lado. Seu cabelo estava partido e penteado para o lado, e ele calçava sapatos Oxford – com a bandeira da Inglaterra estampada.

– Oi – ele disse, estendendo a mão. – Meu nome é Liam.

Embora em outro lugar sua roupa o tivesse relegado ao posto de excluído, dava para perceber que ele era popular na Noveden. Talvez fosse a postura, ou a confiança em seu sorriso. Ou o fato de que as pessoas diziam seu nome e lhe davam um tapinha nas costas quando passavam por ele.

– Meu nome é Rory – respondi, pega de surpresa com aquela atenção e o aperto de mãos. Ninguém da minha idade tinha apertado minha mão antes. Bem, eu também nunca tinha entrado em um salão que se parecesse com aquele. A palma do Liam era grossa e calosa, mas suas unhas estavam bem cortadas e eram tão lustrosas que brilhavam, como se ele tivesse ido a uma manicure. O resto da sua aparência seguia aquele padrão grosseiro *versus* arrumado. Ele estava vestido como se vivesse em um veleiro, mas trazia uma cicatriz no alto da testa e os resquícios amarelo-azulados de um machucado sob o olho direito. Imaginei que Liam tivesse se machucado jogando algum esporte, já que carregava um broche do time de polo aquático e um do time de rúgbi presos no paletó.

– Então, o que você tem achado da Noveden? – perguntou. – Um pouco surreal, não é?

– Total! – respondi, imediatamente relaxada.

– É mais fácil de se acostumar do que você imagina – Liam disse e sorriu. – Cresci no sul de Boston. Fica a menos de duzentos quilômetros daqui, mas parece um mundo de distância.

Sul de Boston? Eu estava esperando algo como Nantucket ou Martha's Vineyard ou algum outro lugar em que riquinhos viviam, todos arrumados e engomadinhos.

– Então você não era um legado? – perguntei.

– De jeito nenhum. Eu era o oposto de legado. E você?

– Minha mãe estudou aqui – contei, me sentindo uma impostora. Era verdade, mas não significava o que ele achava. Minha única ligação com aquele lugar era uma mulher que eu nunca tinha conhecido e que, por razões que eu provavelmente nunca entenderia, havia escondido de mim seu passado na Noveden.

Hershey se aproximou e encaixou seu braço no meu.

– Me apresente ao seu amigo – ela pediu, medindo o rapaz.

– Meu nome é Liam – ele disse. – Seu olhar desceu pelas pernas dela enquanto estendia a mão.

– Hershey – ela respondeu, sem oferecer a mão para o aperto. Então se virou para mim. – É melhor entrarmos. Não quero sentar no fundo.

– Vocês podem sentar comigo, se quiserem – Liam ofereceu. – Tenho lugares na frente.

– Ótimo! – Hershey exibiu um sorriso falso. – Pode ir na frente. – Em seguida sussurrou, enquanto caminhávamos até o auditório: – E aí, quem é esse cara? Ele é tão entediante como parece ser?

– Ele é legal – respondi, num silvo.

– Podemos dar a volta pelo lado – Liam disse quando entramos no auditório. A rotunda podia ser impressionante, mas aquilo ali era de tirar o fôlego. O salão heptagonal era iluminado por lustres de cristal, e suas paredes de mármore eram emolduradas por fileiras e fileiras de tubos de ouro. Eu tinha lido que havia mais de catorze mil deles, fazendo do órgão da Noveden o maior do mundo e o único daquele tamanho ainda ativo.

Inclinei a cabeça para trás, absorvendo tudo, enquanto andávamos pelo último corredor à esquerda e parávamos na segunda fileira, bloqueada com uma fita laranja e um papel que dizia "Reservado para membros do conselho estudantil". Liam levantou a fita e gesticulou para que sentássemos.

– Tem certeza de que podemos sentar aqui? – perguntei.

– Uma vantagem de ser representante de classe – ele disse, amassando o papel com as mãos.

A fileira à nossa frente estava ocupada pelo corpo docente. Quando nos sentamos, a mulher na última cadeira virou a cabeça. Sua pele negra era livre de qualquer imperfeição e ela tinha um daqueles penteados afros estilosos com os quais apenas pessoas absurdamente bonitas conseguem ficar bem. A beleza da mulher era impressionante, com maçãs do rosto acentuadas e fundos olhos verdes que grudaram nos meus e não se moveram. Eu sorri. Ela não sorriu de volta.

– Bem na hora – ouvi Liam dizer. Olhei para cima e vi o diretor Atwater se aproximar do púlpito. Ele não esperou o salão se silenciar para começar a falar.

– Vocês estão aqui porque têm duas coisas que seus colegas de escola não têm – declarou, as palavras reverberando pelas paredes cheias de tubos de órgão. – Qualidades chamadas pelos gregos antigos de *ethos* e *egkrateia*. – Ele enfatizou a palavra "gregos". – Caráter e força de vontade. Aqui, vocês colocarão essas qualidades em ação na busca por algo mais nobre. *Sophia*. Sabedoria. – Ele agarrou o púlpito, inclinando-se um pouco para a frente. – Mas a sabedoria não é para os fracos. Nem todos vocês completarão o programa. Nem todos são destinados a isso.

Olhei para minhas mãos, e a ansiedade do avião começou a voltar. Minha mãe não tinha o que era preciso para se formar. Talvez eu também não tivesse. Eu era filha de um empreiteiro e de uma mulher que havia abandonado o ensino médio. Como eu seria capaz de acompanhar meus colegas?

– Sei o que estão pensando – o diretor falou, como se tivesse lido meus pensamentos. Mas ele olhava para trás de mim, em direção ao meio da multidão. – Vocês estão duvidando da sua capacidade para esse programa. Estão questionando nossa decisão de selecioná-los. Será que o comitê de admissão cometeu um erro? – Os alunos deram risadinhas nervosas. O diretor Atwater sorriu com uma expressão gentil. – Eu garanto, caros alunos – ele olhou diretamente para mim –, que sua presença aqui não é um erro.

Suas palavras pretendiam ser reconfortantes, mas eu me contorci na cadeira. O diretor olhou novamente para outro lugar.

– Agora, mudando um pouco de assunto. Cada um de vocês faz parte de uma de doze pequenas seções. Membros da mesma seção compartilham o conselheiro estudantil e se reúnem diariamente para um intensivo de habilidades de raciocínio, sobre o qual saberão mais amanhã. As tarefas da sua seção vão aparecer, com o cronograma do curso, sob a aba "Matérias" no aplicativo da Noveden. – Houve um farfalhar conforme as pessoas mexiam em seus bolsos e nas bolsas, pegando seus portáteis. – Eu disse "vão" aparecer – o diretor acrescentou com um sorriso afetado. – Quando vocês forem dispensados para o jantar. Temos mais um anúncio antes disso. Apresento-lhes o representante do corpo estudantil, Liam Stone.

O salão explodiu em assobios e aplausos enquanto Liam se juntava ao diretor na tribuna.

– Em nome do conselho estudantil – a voz do Liam ressoou no microfone –, é com prazer que anuncio a data escolhida para o Baile de Máscaras deste ano. Deixem o dia 7 de setembro reservado em seus calendários. – O salão tornou a explodir em comemorações barulhentas. – Calouros, o Baile de Máscaras é um evento *black-tie* com alunos e ex-alunos para arrecadação de fundos. Seguindo a tradição, uma loja na cidade fornecerá *smokings* e vestidos, e todos nós receberemos máscaras para usar. Embora, como os alunos do segundo ano podem confirmar, a palavra "máscaras" não seja um termo apropriado – ele disse, com uma risada. – São, na verdade, cabeças gigantes de papel machê. A maioria delas tem mais de três séculos e custa mais do que seus pais podem pagar. Em outras palavras, não aprontem nada nessa noite, pessoal.

O diretor Atwater deu um riso abafado ao pegar de volta o microfone. Ele olhou para Liam.

– Mais alguma coisa?

– Não, senhor.

– Bem, neste caso – o diretor disse, batendo a palma das mãos –, vamos comer!

Caí no sono facilmente naquela noite, em parte porque estava exausta, em parte porque tinha comido tanta lagosta e bife que o sangue do meu corpo inteiro foi da minha cabeça ao estômago, drenando toda a energia mental que ainda restava. Comecei a divagar, segurando o pingente prateado com o polegar e o indicador e me perguntando se a Noveden havia servido aquela mesma comida no jantar de boas-vindas há dezenove anos, e se minha mãe tinha se sentido tão deslocada quanto eu. Acordei mais tarde num repente, minha mão ainda pressionada contra a clavícula. Meu peito arfava um pouco. Eu estava tendo um pesadelo – fugindo de alguém ou para algum lugar –, mas os detalhes me escaparam assim que minha vista se adaptou à escuridão. Fiquei alerta, tentando ouvir Hershey respirando, com medo de que eu tivesse gritado e a acordado, mas o quarto estava silencioso. Coloquei a mão embaixo do travesseiro, tateando em busca do meu Gemini, e pisquei quando a tela se acendeu, mostrando o horário. 3h03. Ainda assustada por causa do pesadelo do qual não conseguia me lembrar, fui na ponta dos pés até o banheiro para beber água, usando meu portátil como lanterna. Ao passar pela cama de Hershey, percebi que não precisava andar daquele jeito. Ela não estava lá.

Rapidamente mandei uma mensagem para ela: "kd vc??"

Meio segundo depois, seu Gemini acendeu no quarto escuro. Ela o tinha deixado na cômoda. Peguei o aparelho e apaguei minha mensagem.

Depois disso, fiquei deitada e acordada por um tempo, imaginando aonde Hershey teria ido. Era idiota, mas fiquei chateada por ela não ter me convidado para acompanhá-la. Não que eu fosse, mas mesmo assim. Passou-se uma hora e ela ainda não tinha voltado. Comecei a ficar preocupada. *Você não é babá da sua colega de quarto*, disse a mim mesma, me forçando a voltar a dormir.

O sol ainda não tinha raiado quando acordei novamente, despertada pelo refrão gritante de uma música do This Is August Jones. O alarme da Hershey. Ela procurou pelo Gemini, derrubando-o da cômoda no processo.

– Desculpa – murmurou, depois puxou o travesseiro sobre a cabeça e imediatamente pegou no sono de novo. O alarme ainda soava. Qualquer alívio que eu tivesse sentido por ela não estar morta em algum lugar no bosque foi ofuscado pela grande irritação de ter meus tímpanos estourados por uma música *pop* excruciantemente ruim às cinco e quarenta e cinco da manhã.

– Hershey! – ladrei.

– Tá bom – ela resmungou. Em seguida, tateou pelo chão, encontrando o Gemini. Demorou outros trinta segundos para de fato desligar o alarme. Quando isso aconteceu, nós estávamos completamente despertas. Deitei de lado. Eu tinha visto Hershey lavar o rosto antes de ir para a cama, mas agora ela tinha manchas de máscara de cílios em volta dos olhos.

– Cinco e quarenta e cinco? Sério?

Hershey esfregou os olhos.

– Posso ter esquecido que meu celular ajusta automaticamente o horário de acordo com o fuso horário.

Explodi em gargalhadas.

– Eu estava cansada quando coloquei o alarme – ela disse, irritada. Esperei mais detalhes, achando que Hershey alardearia sua escapada na madrugada ou pelo menos daria a entender que tinha saído escondida, mas ela virou de costas para mim e de frente para a parede.

– Como você dormiu?

– Muito bem! – respondeu. Seu Gemini se acendeu de novo quando ela abriu o Fórum.

Fiquei olhando para suas costas por um tempo, me perguntando que outros segredos minha colega de quarto estava guardando, e por quê.

5

Um grupo de pessoas estava reunido na porta da minha primeira aula. Do lado dela, havia um sinal dizendo "Dispositivos eletrônicos devem ser deixados do lado de fora. Sem exceções", acima de um cubículo. Imaginei que ninguém quisesse abandonar seus celulares a menos que fosse absolutamente necessário, mas, ao me aproximar, percebi que meus colegas de classe não estavam olhando para suas telas, e sim para nossa sala de aula, ainda fora da minha vista. Avancei um passo e dei uma espreitada lá dentro.

Nunca tinha visto uma sala de alta tecnologia como aquela. Todas as paredes eram telas e, em vez de mesas, havia unidades em forma de ovo que lembravam aqueles compartimentos para dormir usados por companhias aéreas de luxo. A diferença é que aqueles eram feitos de plástico cinza e estas, de um material reluzente, translúcido, quase como se estivesse molhado.

– Mesmo sem um sinal, vocês podem chegar atrasados – nossa professora disse, aparecendo no meu raio de visão. Era a mulher que eu tinha visto na cerimônia do dia anterior. Quando li "E. Tarsus" na minha grade de aulas, imaginei um homem velho e branquelo, com cabelo grisalho e óculos de fundo de garrafa. Essa mulher era o completo oposto disso. De pé, parecia uma águia: seus ombros eram largos e a postura, perfeita. Mas, quando se mexia – como fez agora, em direção à parede frontal, com certa intenção –, ela lembrava um gato selvagem; seus ombros e quadris, angulares e pontudos, eram visíveis por baixo da roupa.

Ela ministrava a aula "Platão em prática", o nome oficial para o intensivo de raciocínio prático que o diretor Atwater tinha mencionado na cerimônia, e a única aula diária no meu horário. A dra. Tarsus também era minha conselheira, por isso eu queria causar uma boa impressão.

Enquanto entrávamos na sala de aula, nos movendo de um lado para outro, parecendo inseguros (*ficamos do lado dos casulos? dentro deles?*), ela caminhou até a parede da frente e escreveu com seu indicador. As palavras apareciam na superfície da parede como se ela tivesse escrito com giz. No mesmo instante, a parede se transformou num tradicional quadro-negro, e ela estava escrevendo a giz. Eu sabia que não era de fato um quadro-negro, apenas um retângulo de papel de parede interativo que se parecia com um, mas a textura era tão igual que, por um centésimo de segundo, me perguntei se não era mesmo uma lousa.

"O começo, em qualquer coisa, é o que há de mais importante" ela escreveu em uma caligrafia impecável. "Platão, *A república*, livro dois."

– Escolham um – a professora disse, virando-se para nós. Ela apontou para os compartimentos em forma de ovo. Escolhi um no meio da sala.

– Vocês verão um pequeno quadrado no centro da tela – a dra. Tarsus disse enquanto eu me sentava no assento de metal do casulo. Senti-o se ajustar embaixo e atrás de mim, deslizando alguns centímetros para a frente e se adaptando à minha espinha. – Pressionem o polegar com força na caixa – ela nos instruiu. – Seu terminal será ativado. – A tela a que ela se referia possuía um formato oval e arredondava-se para fora como o nariz de um avião. Quando toquei a caixinha com o polegar, a porta do compartimento se fechou, me trancando lá dentro. Em segundos, a superfície que eu tinha tocado e as paredes ao meu redor tornaram-se completamente transparentes, como vidro. Eu conseguia ver meus colegas na fileira à minha frente, as paredes de seus compartimentos eram tão invisíveis quanto as minhas. A dra. Tarsus se encontrava empoleirada em um banquinho na frente da sala.

Ela se levantou e começou a circular pela sala enquanto falava.

– Como o diretor Atwater explicou ontem, o foco deste programa é singular. Vocês estão aqui para agregar conhecimento, sim. Para aprender tudo sobre literatura, história, matemática, psicologia e ciências. Mas também estão aqui para buscar algo muito mais valioso do que conhecimento, e muito mais difícil de obter. – Ela fez uma pausa, para dar efeito. – *Phronesis* – disse, por fim. – Prudência. Sabedoria em ação. A habilidade de viver bem.

Algo em mim gostou da ideia. Sabedoria em ação. *Eu quero isso.* A convicção de que eu havia feito a melhor escolha, sem precisar perguntar a um aplicativo no meu portátil para ter certeza. Quando tinha de fazer uma escolha sozinha, eu vacilava e titubeava, duvidando das minhas decisões antes mesmo de tomá-las. Era por isso que eu era péssima em esportes. E em jardinagem. E em artes. E era por isso que eu usava o Lux para quase todas as decisões que tomava, do banal ao crucial. Eu ansiava pela segurança de estar no caminho certo, rumando a alguma coisa importante.

Sabia o que Beck diria: que gênio prudente era um oxímoro. Que os melhores atletas, os mais talentosos artistas e os mais brilhantes pensadores confiavam em seu instinto. Mas não era exatamente isso o que a dra. Tarsus estava oferecendo? Um instinto em que eu pudesse confiar.

Não troque a verdade por uma mentira.

Meu corpo inteiro congelou, preparando-se para combater a voz. Ouvi-la uma única vez era uma coisa. Uma casualidade. Mas aqui estava ela de novo, menos de vinte e quatro horas depois, enigmática, misteriosa e ainda mais alta do que no dia anterior.

Senti o medo aumentar na boca do meu estômago. Por que isso estava acontecendo?

Relaxe, eu disse a mim mesma, com firmeza. Não era preciso temer a Dúvida, a não ser que fosse impossível silenciá-la, como havia acontecido com aquela francesa na Idade Média que se deixou ser queimada na estaca. Eu tinha ouvido a voz algumas vezes. Não precisava ser um problema. Se eu a ignorasse, do jeito que havia aprendido, ela desapareceria mais tarde, como tinha acontecido quando eu era criança.

A dra. Tarsus ainda estava falando. Comecei a repetir suas palavras na minha cabeça para sobrepô-las às da Dúvida, que ecoavam na minha mente.

– Os antigos filósofos gregos, principalmente Aristóteles, entendiam que a *phronesis* não podia ser obtida no vácuo – a professora disse. – Ou em uma sala de aula. Eles acreditavam que a prudência precisava ser conquistada arduamente por meio da experiência pessoal. – Ela puxou um minúsculo controle do bolso da saia e digitou na tela dele. As paredes dos casulos instantaneamente tornaram-se opacas. Notei que, agora, eram à prova de som, e que a voz da professora vinha dos pequeninos alto-falantes atrás de mim. – As simulações que fazemos nessas aulas práticas oferecerão tal experiência – ela disse, e minha tela se acendeu. Grata pela distração, foquei atentamente na imagem que apareceu nela. Era uma fotografia tirada em Nob Hill, em San Francisco. Eu nunca tinha ido para lá, mas reconheci a colina íngreme e o trilho do bonde, que vira em filmes e na TV. A imagem mudou, e percebi que não era uma foto, mas sim um vídeo da perspectiva do pedestre que estava esperando, com vários outros, no ponto de parada do bonde. A câmera devia estar em um par de óculos ou posicionada entre os olhos do sujeito, porque eu via tudo o que ele via conforme virava a cabeça, olhava de relance para seu portátil, e até quando abaixava para amarrar seu tênis, um Converse One Star masculino.

– O formato de nossas simulações será diferente, mas o jeito com que interagimos como classe vai permanecer o mesmo, de maneira geral – a dra. Tarsus continuou. – As cabines em que vocês estão sentados são equipadas com uma tecnologia de áudio criada para facilitar nossas discussões. Vocês podem me ouvir, é claro. Mas eu consigo ouvir apenas um aluno por vez. As cabines são programadas para gravar suas respostas audíveis e transmiti-las pelos alto-falantes na ordem em que são recebidas, e eu responderei, ou não, como achar melhor. Não há razão para esperar até serem chamados, e vocês não interromperão um ao outro. Falem quando tiverem algo a falar.

Se o debate estacar, começarei a fazer perguntas a alunos específicos, caso em que as respostas dos outros alunos serão gravadas e retardadas até a pessoa que eu chamei responder. – Ela fez uma pausa, e imaginei que estivesse olhando em volta da sala. Seriam as paredes opacas também do lado externo, ou ela conseguia nos ver? Por via das dúvidas, mantive um sorriso agradável no rosto. – Alguma pergunta? – Meneei a cabeça, com os olhos cravados na tela. Havia uma família com três crianças e um bebê num carrinho, cuja roda tinha ficado presa no trilho do bonde. – Excelente – a dra. Tarsus disse. – Vamos começar.

Imediatamente, o áudio do vídeo começou a funcionar. Agora eu conseguia ouvir o burburinho das pessoas na rua, o barulho dos carros, uma britadeira furando o asfalto por perto. E um bebê chorando. O bebê no carrinho preso no trilho. Os pais ainda não tinham conseguido soltar a roda, e pareciam ter dificuldades para tirar a criança. Perto de mim, um homem obeso usando roupas de corrida e uma camiseta arrumava o cós do *shorts*. Em algum lugar, um bonde soou a buzina. A dra. Tarsus tinha chamado isso de simulação, então presumi que esses detalhes fossem importantes e prestei atenção a todos eles. Mas no que estávamos sendo testados?

O bonde soou a buzina, bem mais alto desta vez. Ele estava muito mais perto. Por instinto, virei a cabeça na direção do som e, ao fazer isso, minha visão mudou. Pisquei. Eu estava controlando a câmera? Virei a cabeça na direção oposta, e a câmera virou comigo. Senti o encosto de cabeça contra meu crânio, e pressupus que ele devia ter sensores de movimento. Eu tinha começado a mexer os pés – para ver se conseguia fazer o cara com a câmera andar – quando ouvi a buzina pela terceira vez. Desta vez ela era tão alta que virei a cabeça com força para a direita. O bonde tinha alcançado o topo da colina e agora descia descontroladamente. Em direção ao bebê no carrinho.

Nesse exato momento a tela congelou e a voz da dra. Tarsus saiu dos alto-falantes.

– Os fatos são os seguintes: a roda está presa no trilho de tal modo que, para ser solta, é preciso desmontar o carrinho inteiro. Com as ferramentas apropriadas, isso demoraria quatro minutos e meio. O freio do bonde prestes a colidir com ele acabou de falhar. Se não for parado, o veículo baterá no carrinho em quarenta e dois segundos, viajando a cem quilômetros por hora. O cinto de segurança prendendo o bebê no carrinho travou. – Sua voz era fria, neutra, quase entediada, como se estivesse falando sobre o clima. – Se o bonde atingir o carrinho – continuou –, o ângulo do impacto fará com que este saia do trilho, matando no mínimo cinco passageiros, entre eles duas crianças, e dois pedestres. O bebê e seus pais, que se recusam a abandoná-lo, também morrerão, além de três outras crianças, que serão esmagadas quando o bonde virar. A única maneira de impedir tal desenlace é forçar uma batida antes que o veículo atinja sessenta e cinco quilômetros por hora. No momento, ele está a quarenta e oito.

Arregalei os olhos, horrorizada. Eu sabia que o que estávamos vendo não era, de fato, *real*, mas mesmo assim... A situação me lembrava dos testes de moralidade que Beck sempre fazia na internet. Exceto pelo fato de que naqueles não dava para ouvir o bebê cuja vida estava em risco ou ver a expressão desesperada no rosto de seus pais.

– O homem ao seu lado pesa duzentos e vinte quilos – a dra. Tarsus continuou –, e é cego e surdo. Você, uma estudante de medicina do terceiro ano, é sua cuidadora, e ele irá aonde levá-lo. Se o homem cruzar o trilho nos próximos dez segundos, o bonde baterá nele a cinquenta quilômetros por hora, parando antes de alcançar o carrinho de bebê. Tendo em vista as decisões disponíveis, qual é a coisa mais prudente a fazer?

Alguns segundos depois, minha tela descongelou e eu voltei à ação. Virei o corpo para a direita, parando de frente para o homem gordo, que claramente esperava algum movimento meu. O bonde fez soar a buzina novamente. Olhei de relance para os pais que puxavam desesperadamente o carrinho do bebê. Será que eu conseguiria convencê-los a sair do caminho? Bastou olhar para seus rostos desesperados, em pânico, para saber a resposta. Não adiantava tentar.

Avaliei o resto da cena, tentando encontrar outra possibilidade. Do outro lado do trilho havia um carrinho de cachorro-quente e, atrás dele, um vendedor usando um boné listrado. O carrinho tinha rodas. Será que tinha mais ou menos o mesmo peso do homem gordo? Não fazia ideia, mas achava que não. Girei a cabeça, mirando o carrinho de bebê. Será que eu conseguiria ajudá-los a desprendê-lo? Mexi os pés como se estivesse andando sem sair do lugar, e no mesmo segundo a câmera começou a se mover também. Eu estava correndo, e segundos depois cheguei ao lado deles.

A roda estava presa na fenda entre os trilhos de aço. Em vez de puxá-la, comecei a empurrar. A roda virou e o carrinho se moveu alguns centímetros.

– Empurrem o carrinho para lá! – gritei, esquecendo por um instante que as pessoas com as quais eu gritava eram geradas por computador. Será que podiam me ouvir? Parecia que sim. Elas imediatamente começaram a empurrar o carrinho de bebê no trilho. Corri em direção ao carrinho de cachorro-quente. Se ele pesasse menos que o homem gordo, não iria diminuir a velocidade do bonde tão rapidamente, mas pelo menos diminuiria o impacto. E, se os pais conseguissem empurrar o carrinho o suficiente, talvez eu pudesse parar o bonde antes que ele os atingisse. Eu precisava tentar. Não podia levar um homem cego e surdo ao encontro de um trem em movimento.

– Me ajude a empurrar esse carrinho! – gritei para o vendedor.

– Nem pensar! – ele gritou de volta. Agarrei a alavanca do carrinho e dei um puxão. Ele não se moveu um centímetro sequer.

Merda. Segundo o cronômetro na parte inferior da minha tela, vinte e um segundos já tinham se passado. O bonde estava cada vez mais perto. Eu precisava fazer alguma coisa. E rápido.

Olhei para um lado e para o outro, procurando algo que pudesse usar para interceptar o bonde, mas não havia nada. Apenas o homem gordo e o carrinho de bebê.

E eu.

Enquanto o cronômetro corria para chegar aos quarenta segundos, saltei para o meio do trilho, fechei os olhos e os apertei, me preparando para o impacto. Não senti nada, é claro. Apenas ouvi o som de um sinal quando a simulação terminou. Na tela, os dizeres "Número de mortes: 2". Meu "corpo" encontrava-se estirado no chão, debaixo do bonde, destroçado e coberto de sangue. O pai do bebê também estava morto, preso sob o veículo. Meu corpo não tinha sido o bastante para parar o bonde, e ele tinha tentado me ajudar. Sua esposa, o bebê e seus outros dois filhos ainda estavam vivos – assim como o homem gordo, que permaneceu do lado do trilho, alheio a tudo.

A tela ficou escura e então apareceu uma lista. Era o rol da classe, doze alunos ranqueados de acordo com sua taxa de mortalidade. Sete pessoas tinham se saído melhor do que eu, com apenas uma morte. O homem gordo. Suas notas definiram a do resto da classe, deixando a minha no meio. Os outros não tinham sequer intervindo, e o bonde matou a família com o bebê, do jeito que Tarsus disse que aconteceria. Desenlacei as mãos e relaxei os ombros. Estar na média da sala tinha suas vantagens. Eu não seria usada como exemplo. As paredes dos casulos voltaram a ficar transparentes, e vi Tarsus na frente da classe.

– Como acontecerá com todas as simulações que faremos em sala – a voz da Tarsus soou pelos alto-falantes –, o objetivo deste exercício era o que economistas e cientistas sociais chamam de "impacto positivo líquido". Aqueles que escolheram sacrificar o homem gordo alcançaram tal resultado. Dentre os participantes daquele cenário, ele tinha o valor de utilidade mais baixo. Cego, surdo e obeso, contribuía muito pouco para o bem-estar da sociedade. A ação prudente, então, era usá-lo para parar o bonde. Das alternativas disponíveis a vocês, essa era a única que produzia um impacto positivo líquido.

– Por que foi positivo? – alguém perguntou. – Tipo, essa era a melhor alternativa disponível, mas, de qualquer forma, uma pessoa morreu.

– Ah! – disse Tarsus. – Excelente observação. Uma pessoa morreu. Entretanto, essa pessoa era uma mácula na sociedade, drenando os recursos dela. Sua morte foi, de fato, um ganho para a sociedade como um todo.

Eu literalmente me retraí. Por ser deficiente e obeso, a morte daquele pobre homem era um *ganho*?

– Esta simulação é baseada em uma antiga hipótese ética apropriadamente chamada de "Problema do Bonde". Eu a uso todos os anos no primeiro dia de aula, e todos os anos meus alunos se dividem basicamente em dois grupos: aqueles que sacrificam o homem gordo e aqueles que não fazem nada.

— A professora parou e olhou diretamente para o meu casulo. — Este ano, contudo, um de vocês foi criativo.

Ser criativo não é uma coisa ruim, disse a mim mesma. *Ser criativo é...*

— Rory — ela interrompeu meu pensamento. Senti meu corpo inteiro se retesar. E eu querendo não ser usada como exemplo... — Você tentou parar o bonde com seu próprio corpo. De todos neste cenário, você tinha o valor de utilidade mais alto, seguida pelo pai do bebê, um importante investidor, que você também matou. — Seu tom de voz era severo. Eu me encolhi no assento. — Você tem complexo de herói?

Pareceu uma pergunta retórica, por isso demorei um segundo para perceber que ela estava mesmo esperando uma resposta.

— N-n-não — gaguejei. — Eu só...

— Heroísmo é narcisismo disfarçado — ela declarou, me cortando. — E narcisistas são incapazes de ter a objetividade que a prudência demanda. Se quer provar que merece estar aqui, sugiro domar urgentemente essa autoadmiração. — Ela afastou os olhos do meu casulo e não olhou para mim durante o resto da aula. "Merece estar aqui." Ela tinha colocado o dedo na minha ferida e apertado.

Precisei correr para chegar ao outro lado do *campus*, onde eu tinha minha segunda aula do dia. Quando cheguei, o professor estava de pé em uma cadeira, ajeitando as lanternas de papel que tinha pendurado no teto. Sua sala de aula parecia normal, com fileiras de carteiras de metal e uma única tela na parede da frente. O único aspecto que dizia "não estou mais na escola pública" era o suporte para portáteis instalado no canto superior direito de cada carteira. Encaixei o Gemini e meu nome passou do vermelho para o verde no rol da classe projetado na tela.

— Bem-vindos à aula de psicologia cognitiva — nosso professor disse quando todos se sentaram. — Sou o sr. Rudman, mas podem me chamar de Rudd. — Ele era jovem, devia estar na casa dos vinte anos e, de tênis e óculos *hipsters* de aro grosso, não era nem de perto tão intimidador quanto a dra. Tarsus. Ele era bonitinho, de um jeito *nerd*, e viciado em tecnologia. Uma versão mais velha e mais intelectual do tipo de cara com quem eu estava acostumada. A familiaridade me desarmou, e relaxei na carteira.

— Nesta aula, vamos analisar como as pessoas percebem, lembram, pensam, falam e resolvem problemas — Rudd explicou. — Vamos estudar como um cérebro saudável funciona, quais são suas limitações e como tais limitações, se exageradas, podem levar à psicose. — Ele apertou um botão em seu portátil e a parede atrás dele se acendeu com uma folha de inscrições. A coluna da esquerda continha uma lista de vinte e quatro transtornos mentais em ordem alfabética, desde transtorno de estresse agudo até tricotilomania. A coluna da direita estava em branco. Olhei para baixo e notei que meu Gemini exibia a mesma imagem.

— Opções de tema para seu primeiro trabalho — Rudd explanou. — Ele deve ser entregue daqui a cinco semanas. Escrevam seus nomes ao lado do transtorno que gostariam de estudar e toquem em "confirmar". E não se preocupem: caso fiquem indecisos sobre que transtorno escolher ou sintam-se indiferentes à escolha, há um botão de autosseleção no fim da tela que permitirá usarem o Lux para se decidirem. — Ele tocou na tela mais uma vez e a lista de temas ficou verde. — Divirtam-se com as escolhas.

Passei os olhos na lista, de cima para baixo. "Transtorno de paracusia acrática (TPA)", o terceiro tema, me interessou.

Escolha aquele.

A voz era inconfundível, um grito silencioso. Duas vezes em duas horas. Senti um nó na boca do estômago quando me vieram à mente as palavras de uma canção de ninar que eu costumava cantar quando criança, um refrão incessante na minha cabeça. *Cuidado, garotinha, cuidado com a Dúvida, cuidado, cuidado, cuidado.*

Gotas de suor apareceram na minha testa. Eu não ouvia a voz desde o meu aniversário de onze anos, e agora eu a tinha ouvido três vezes em menos de vinte e quatro horas. Sacudi a cabeça com firmeza para clarear meus pensamentos. *Não dê muita importância a isso. Deixe o Lux decidir e acabe logo com esse problema.*

Toquei no botão de autosseleção e meu nome apareceu em cinza do lado de "Claustrofobia". Agora bastava apertar "confirmar". Voltei os olhos para o assunto número 3. O espaço na coluna ao lado ainda estava em branco.

Escolha aquele.

Era irônico que a Dúvida me dissesse para escolher ela mesma. TPA era isso: o termo médico para adultos que ouviam a conhecida "voz interior". Eu sabia disso porque tinha ouvido os pais de Beck usarem a sigla. Era o diagnóstico do qual queriam tão desesperadamente escapar.

Quando éramos crianças, os pais de Beck brincavam com ele, perguntando o que a Dúvida queria jantar, se a Dúvida gostava de sorvete de chocolate, se ela queria mergulhar o *cookie* no leite. Beck respondia pacientemente que a Dúvida não era uma pessoa, mas sim um espírito, e que espíritos não podiam comer porque não tinham corpo. Quando ficamos mais velhos e o resto de nós começou a ignorar a voz, seus pais pararam de rir. Beck foi levado a um psiquiatra, que prescreveu o antipsicótico Evoxa e recomendou que meu amigo fizesse o dobro de atividades extracurriculares e passasse mais tempo interagindo *on-line* para manter a mente ocupada. Beck ignorou a recomendação, e a voz continuou falando. Ele disse aos pais que não a ouvia mais, para que o deixassem em paz. Mas eles ainda se preocupavam. Eu não sabia o bastante sobre o transtorno pra entender o motivo. De repente, eu queria saber. Principalmente agora que eu estava ouvindo a voz de novo.

Meu dedo pairou sobre o botão "Confirmar"; meu nome ainda estava em cinza ao lado de "Claustrofobia". Por que escolher o TPA como tema da minha pesquisa era tão irracional? Devia ser irracional, porque era isso que a Dúvida fazia: ela mudava os pensamentos das pessoas, fazendo-as duvidar daquilo que sua mente racional sabia ser verdade. Curiosa, rolei a tela para baixo para ver em que posição da lista de recomendação do Lux o TPA aparecia.

Estava bem no final.

— Trinta segundos! — Rudd anunciou, enquanto a lista era rapidamente preenchida.

Escolha aquele.

Eu não estou fazendo isso por causa da Dúvida, disse a mim mesma. *Estou me protegendo dela.* Conhecimento era poder, certo? Não pensei duas vezes. Digitei meu nome do lado do tema número 3 e pressionei "Confirmar".

6

— O tolo está destinado a repetir o passado. O homem sábio tem a perspicácia de evitá-lo.

Meu professor de história, um homem de cabelo crespo e grisalho de cerca de setenta anos, nos dava um panorama do curso para aquele semestre, mas eu estava distraída. Enquanto todo o resto da sala conferia o cronograma do curso obedientemente, eu estava no Panopticon. Minha mente girava, sem conseguir registrar nenhum pensamento coerente. Eu já tinha lido a entrada do TPA antes, mas agora ela possuía um significado diferente.

> **Transtorno de paracusia acrática:** do grego antigo *akrasia*, "ausência de domínio sobre si mesmo" e para + acusia, "além da audição". **Transtorno psiquiátrico** caracterizado por **alucinações auditivas irracionais** persistentes expressadas por uma voz única. Esta voz, popularmente conhecida como "Dúvida", é comumente ouvida por crianças saudáveis pré-pubescentes, acreditando-se coincidir com o **crescimento sináptico** rápido do **córtex frontal** que ocorre no início da adolescência. A presença pós-pubescente da voz, no entanto, indica uma predisposição para o transtorno de paracusia acrática, ou TPA. O diagnóstico é baseado no comportamento observado e nas experiências relatadas pelo paciente. Embora as causas específicas do transtorno sejam

desconhecidas, fatores que aumentam o risco de seu desenvolvimento incluem histórico familiar de TPA ou períodos extensos de estresse agudo, mudanças emocionais ou isolamento de pessoas próximas. Se diagnosticado precocemente, o TPA pode ser tratado com **antipsicóticos**. Sem intervenção farmacêutica, no entanto, o cérebro acrático se degenera rapidamente, resultando em um comportamento autodestrutivo e, eventualmente, em **demência**.

Nosso professor se aproximou.

– Alguma dúvida? – ele perguntou severamente, olhando em minha direção. Meneei levemente a cabeça, fechei o Panopticon e abri o cronograma do curso, mas ainda não conseguia me concentrar. Minha visão ficou borrada, e eu só enxergava as palavras "predisposição", "degenerar" e "demência" escritas várias e várias vezes na página.

Eu tinha passado tanto tempo me preocupando com a saúde mental de Beck. Será que eu deveria ter prestado mais atenção à minha? Meia hora depois de decidir ignorar a voz, eu tinha feito exatamente aquilo que ela me dissera. *Não fiz isso por causa da Dúvida*, lembrei a mim mesma. *Eu tinha razões perfeitamente racionais para escolher o TPA para o trabalho.* Ainda assim, o fato de que eu estava ouvindo a voz já era suficiente para me deixar completamente transtornada. Minha mente estava agitada, pulando de um pensamento a outro, como um macaco de galho em galho. A terceira aula do dia passou em uma névoa feita de palavras que eu não ouvia. Eu precisava me controlar, e rápido.

Não estava com fome, mas fui almoçar mesmo assim, seguindo um grupo de garotas da minha aula de história que pareciam ter se conhecido em um acampamento de verão. Alguém tinha aberto as janelas do refeitório, e o barulho do lugar reverberava para além das paredes do pátio.

Quando entrei, Hershey acenou para mim, me chamando. Ela estava na seção de saladas, empilhando folhas de alface em um prato de metal escuro. Pelo sorriso em seu rosto, parecia que ela tinha se livrado do mau humor matutino.

— Estou apaixonada por esses pratos — ela disse quando me aproximei.

Peguei um deles. Era tão frio que meus dedos começaram a latejar. Eu o virei de um lado para outro, tentando descobrir do que era feito, e notei uma letra G maiúscula, grossa e brilhante, gravada na superfície. Olhei rapidamente para a pilha de pratos e avistei outro G. A Gnosis não tinha doado apenas os apetrechos tecnológicos para as salas de aula; eles tinham equipado o refeitório também.

— Legal — eu disse, sem emoção. Era difícil ficar empolgada por causa de um prato depois da manhã que eu tivera.

Hershey passou da alface para os pepinos. Fiz o mesmo que ela, montando minha salada de forma mecânica. Os alimentos eram frescos, de um colorido vivo. Eram orgânicos e vinham de uma fazenda da região, mas eu não estava com vontade de comer nada daquilo. A Dúvida tinha matado meu apetite.

— Você acha que ele é solteiro? – ouvi Hershey perguntar. Acompanhei seu olhar. Rudd tinha acabado de aparecer na fila da seção de comidas quentes.

— Ele é professor.

— Ele não é *meu* professor – Hershey replicou, batendo de leve seu quadril contra o meu. — E ele não está usando aliança.

Ela levantou e abaixou rapidamente as sobrancelhas e caminhou até a seção de massas enquanto eu procurava um lugar para sentar. Na escola, eu nunca sentava no refeitório. Beck e eu sempre passávamos o intervalo fora do *campus*, nos isolando da hierarquia social adolescente.

Ao ficar ali, de pé, segurando uma bandeja, lembrei por quê. Sem graça, fiquei me apoiando ora num pé, ora noutro. Não havia nenhuma mesa vazia.

— Vamos lá – Hershey disse atrás de mim, caminhando tranquilamente com sua bandeja.

Sentamos à mesa perto da janela com Rachel e Isabel, duas garotas da seção de Hershey. As três fofocaram sobre os outros membros da seção e as roupas da sua conselheira estudantil enquanto eu mordiscava minha salada.

— Você come tão bem! – ouvi Isabel dizer. Ela tinha cabelo loiro-platinado e usava óculos que, aposto, deviam ter custado mais do que todas as minhas roupas juntas. – Sou péssima nisso – explicou, apontando para o *X-burger* mordido em seu prato, apertado entre uma porção grande de batatas fritas e um montão de macarrão com queijo. – Estou pesando cinco quilos a mais do que o recomendado pelo Lux – disse. – Sei que eu deveria estar abominando meu peso e me sentindo motivada a emagrecer, mas eu não ligo tanto pra isso, sabe? Gosto da minha aparência. E de batatas fritas. – Ela olhou para a minha salada. – Enquanto isso, aposto que você escolheu esse prato sem nem precisar perguntar ao Lux. E é esse o motivo de você ser, tipo, metade do meu tamanho.

Eu estava prestes a falar que, na verdade, odiava salada quando ouvi Hershey sussurrar.

– Meu Deus, chegou o tédio em pessoa...

– E aí, garotas! – Liam sorriu afavelmente, escorregando para o lugar vazio ao meu lado. – Como está indo o primeiro dia de aula?

– Bem bom – Hershey respondeu, conseguindo soar, ao mesmo tempo, entediada e sarcástica. Liam pareceu não notar seu tom.

– Mostrando a casa para as garotas, Liam?

Liam endireitou a postura ao ouvir a voz do diretor, aprumando-se no assento. O diretor Atwater tinha vindo de trás. Hershey deu um sorrisinho afetado. Era claro que ela tinha visto o diretor se aproximar e não falara nada.

– Tentando dar o meu melhor – Liam disse sem titubear enquanto olhava para Hershey.

– Não que esta aqui precise da sua ajuda – o diretor Atwater comentou. Olhei de relance para Hershey, esperando alguma resposta sagaz, mas ela estava me encarando abertamente. As outras garotas também. Olhei para o diretor. Ele era outro que me fitava. – Você é a única Hepta do seu ano – ele disse quando nossos olhares se encontraram.

Hepta. Esse era o prefixo grego para o número sete. Eu tinha pesquisado quando vi a palavra na minha carta de admissão, em uma parte chamada "classificação acadêmica". Significava que eu tinha uma aptidão natural para as sete artes liberais. Eu achava que isso era algo normal na Noveden.

— Não havia uma Hepta na nossa turma — Liam disse, sem disfarçar a surpresa em sua voz.

— Nem na turma anterior à sua — o diretor Atwater acrescentou. — O que faz de Rory uma aluna bastante excepcional. — Ele colocou as mãos em meu ombro, e Hershey estreitou os olhos.

— Ah — eu disse, porque não sabia o que mais falar. Mantive uma expressão neutra, mas por dentro eu estava nas nuvens. "Bastante excepcional." Aqui. Na Noveden. O diretor me lançou um sorriso enigmático.

— Você não deixou seu histórico desencorajá-la. Eu a admiro por isso.

Ele apertou meu ombro e saiu andando.

— Uau — Isabel disse, me espreitando através da armação azul de seus óculos. — Meu irmão era um Hexa, e meu pai agia como se *aquilo* fosse grande coisa. — Ela e a outra garota tinham me ignorado antes, mas agora me tratavam com um misto de curiosidade e reverência. Hershey me olhava de um jeito mais penetrante. Ela tinha prestado atenção no comentário sobre meu histórico, e agora tentava decifrar seu significado.

Eu estava fazendo a mesma coisa.

— Sim, mas a maioria dos alunos da Noveden são Pentas — Liam disse. Sua voz tinha uma leve rispidez que não tinha aparecido antes. — Aptidão para cinco. — Pelo jeito dele, presumi que ele era um Hexa. Aptidão para seis.

A mesa ficou em silêncio por alguns segundos. Todos os olhos recaíam sobre mim.

Então Hershey empurrou sua cadeira para trás e se levantou.

— Vejo vocês depois — ela disse. Em seguida, se virou e saiu. Liam a observou deixar a mesa.

Rachel, a outra garota, revirou os olhos diante da imagem de Hershey indo embora.

— Inveja é uma coisa tão de escola pública — ela disse. — Eu acho legal você ser uma Hepta. — Seu sorriso parecia genuíno, então o retribuí.

— Valeu — eu disse. — Não sei direito o que isso significa ou por que é...

Liam me cortou.

– Significa que você nasceu pra isso.

– Nasci pra quê?

Ele olhou pra mim, e a resposta tornou-se óbvia.

– Para a grandeza – ele disse.

Depois do almoço, fiquei ainda mais determinada a calar a Dúvida. Se eu era Hepta, meu cérebro certamente era capaz de sobrescrever a pequena falha sináptica que me fazia ouvir aquela voz.

– Preciso de cafeína – eu disse ao Lux enquanto cruzava o pátio depois da minha última matéria. Mesmo sendo o primeiro dia de aula, os professores tinham me enchido de lição de casa.

– O carrinho de café no refeitório fica aberto até as nove horas – a resposta do Lux chegou. No mesmo instante suas recomendações apareceram na tela. No topo da lista, um *cappuccino* de baunilha. Mas a fila para o carrinho de café já estava tão grande que chegava aos degraus do refeitório. Guardei o celular na bolsa e comecei a andar até ela, mas parei. No tempo que demoraria para pegar minha bebida eu podia ir até o centro e voltar. Além disso, não precisaria ficar de conversa-fiada com as garotas da minha aula de história, que eram bem simpáticas, mas dolorosamente falantes, e que estavam reunidas no fim da fila.

Zarpei para o Grãos de River City, o lugar que o Lux tinha recomendado no dia anterior. Na verdade, eu queria mesmo era o *matcha* que havia tomado no Paradiso, mas nem morta eu apareceria lá dois dias seguidos. Ou daria a North a satisfação de pedir sua bebida.

Dessa vez não passei pelo cemitério. Em vez disso, caminhei por um bairro residencial tranquilo e atravessei uma passarela natural que formava uma ponte na parte mais estreita do rio. O vento aumentou, sussurrando através das árvores, e eu tremi, desejando ter trazido um casaco. Quando virei na Main Street, o sol desapareceu atrás de uma nuvem quase preta. Havia muitas outras nuvens sobre as montanhas, escurecendo o céu. Chovia o tempo todo em Seattle, mas não havia tempestades como esta.

Estava olhando sobre meus ombros em direção às nuvens quando agarrei a maçaneta do Grãos de River City e dei uma girada. A porta não se mexeu.

A placa na janela dizia "Fechado às segundas-feiras".

Nisso que dá tentar as coisas no dia seguinte.

Por um instante, considerei voltar ao *campus* antes da chuva, mas quando o céu se acendeu com um relâmpago decidi não fazer isso. O Paradiso ficava a apenas duas quadras para baixo, e dava para ver que suas luzes estavam acesas. Eu esperaria ali a tempestade passar.

Abri a porta e vi North trabalhando na máquina de *espresso*. Ele olhou para mim ao ouvir o barulho da sineta na porta. Olhei para baixo, me sentindo boba por estar no Paradiso, por ter ido sozinha.

– Oi! – North falou alto. – Não conseguiu ficar longe por muito tempo?

Levantei o rosto, e ele sorriu quando nossos olhares se encontraram. Isso fez sua expressão inteira mudar. Até seus olhos estavam sorrindo um pouco, sem resquícios da arrogância do dia anterior.

– Algo assim – respondi, enquanto um trovão fazia um estrondo atrás de mim. Estremeci, e dei alguns passos para dentro.

– *Cappuccino* de baunilha? – North me provocou, já esticando o braço para pegar a lata de *matcha*. Ele estava com um fone de ouvido, conectado por um fio a um aparelho do tamanho de uma caixa de fósforos preso ao passador de cinto do seu *jeans*. Eu já tinha visto fotos de MP3 *players* antigos, e imaginei que fosse um deles.

– O que você está ouvindo?

– Cardamom's Couch – North respondeu, sua voz se sobrepondo ao silvo da máquina. – É uma banda local. Ele tirou o fone e o entregou para mim. Precisei me inclinar sobre o balcão para colocar o fone no ouvido. – Meu amigo Nick toca o bandolim e o irmão dele toca guitarra havaiana.

Demorei um instante para compreender a música, composta com uma estrutura de acordes diferente e um tom melancólico e dissonante. Mas então tudo isso se juntou: a letra cheia de emoção, a melodia pungente, a guitarra havaiana gutural e o bandolim febril. Havia outros sons também, que eu não sabia identificar: misteriosos estrondos, tinidos e sons agudos. Coloquei a palma da mão sobre o fone e fechei os olhos, deixando a música tomar conta de tudo. Quando o refrão terminou, o devolvi a North.

— Eles são incríveis — eu disse, pegando meu portátil e digitando o nome da banda. — Você disse "Cardamom's Couch", né? Quero colocá-los na minha *playlist*.

O perfil da banda apareceu na minha tela. Eles não tinham sido avaliados por nenhum usuário, mas suas vendas chegavam a sete dígitos. — Ah — eu disse, chegando a uma conclusão óbvia para explicar por que eram desconhecidos. — Eles são novos.

— Não são, não. Estão no terceiro CD.

Rolei a página e vi que ele estava certo. O primeiro álbum tinha sido lançado havia quatro anos.

— Eu não entendo — eu disse, confusa. — Por que ninguém está falando sobre esses caras? Eles são diferentes, mas não *tão* diferentes. E são muito mais parecidos com o som que eu curto do que as músicas que o Lux me recomenda.

— O Lux não se importa com seus gostos — North observou. — Ele se importa com o que você vai comprar.

— Mas não é a mesma coisa?

— Claro que não. Você compra coisas das quais não gosta o tempo todo. Só não percebe porque está ocupada demais dizendo a si mesma que adora aquilo pra justificar o fato de que você acabou de comprar. Ei, você consegue estalar?

Eu estava me preparando para outro discurso sobre os riscos de uma vida ditada por um aplicativo, por isso a pergunta me pegou de surpresa.

— Quê?

— Você consegue estalar? — ele repetiu. — Os dedos. — North estalou os dele.

— Não é todo mundo que consegue fazer isso? — perguntei.

— Você ficaria surpresa — ele replicou, derramando leite de soja em uma chaleira de metal, e assentiu com a cabeça. — Estale os seus pra eu ouvir.

— Existe uma razão pra isso?

– Sim – respondeu. – Agora estale.

Eu estalei. Ele abriu um sorriso.

– Agora, isso – concluiu – é um excelente estalo. – Ele colocou o leite para ferver.

– E por que, exatamente, você está tão interessado nas minhas habilidades em estalar os dedos? – perguntei enquanto tocava o escâner da registradora com meu portátil para pagar pela bebida. Não fez nenhum barulhinho, então tentei de novo, balançando o Gemini um pouco na frente do sensor. Novamente, nenhum barulho.

– É por minha conta – North disse, sobre o silvo da máquina. – Bom, desde que você leve pra viagem.

– Você está me subornando pra eu ir embora?

Ele apertou um botão, e o silvo parou.

– Não. Estou te subornando pra vir comigo.

Senti meu estômago se agitar um pouquinho.

– Ir com você aonde?

Ele olhou para trás de mim, em direção à janela. Uma garota de cabeça raspada e uniforme do Paradiso estava virando o fecho rapidamente para fechá-la enquanto um relâmpago pestanejava de forma ameaçadora do outro lado.

– Você vai ver – North disse misteriosamente enquanto, com precisão circular, despejava leite em um copo de papel. Com alguns movimentos do pulso, desenhou uma folha perfeita na espuma. Meu olhar subiu para as palavras tatuadas em seu antebraço. Apenas um verso era legível desse ângulo. "Quem é o outro que sempre anda a teu lado?"* Não havia nome do autor, nada indicando se era uma frase que ele tinha escrito ou se tinha pegado de outro lugar.

– É do T. S. Eliot – North disse. Levantei rapidamente a cabeça.

– Não tive a intenção...

---

* Trecho do poema *The Waste Land*, do poeta americano T. S. Eliot (1888-1965). A tradução usada aqui está disponível no livro *T. S. Eliot – Poesia*, com tradução, introdução e notas de Ivan Junqueira (Editora Nova Fronteira). (N. do E.)

67

– Está tatuado no meu braço – ele disse, entregando minha bebida. – É pra ser lido. Mas não agora, porque precisamos ir embora. – Ele colocou uma tampa no meu copo.

– Vai começar a chover – observei.

– Então é melhor nos apressarmos – ele disse, puxando o cordão do avental. A garota que estava à janela tinha acabado de se juntar a ele atrás do balcão, e North entregou o aventou a ela.

– É melhor você correr – a garota disse a ele. – Já está chovendo nas montanhas.

– Bem na hora – Seus olhos brilhavam de animação. – Espere aqui – North me instruiu. – Já volto. – Sem esperar por uma resposta, ele me deixou na cozinha.

– De onde você conhece o North? – a garota perguntou quando ele saiu.

– Eu não o conheço – eu disse. – Hum, você sabe aonde ele está indo?

– Você está com a chave do gabinete de baixo? – North tinha reaparecido com uma mochila num ombro e um moletom de capuz pendurado no braço. A garota fez que sim com a cabeça, depois tirou uma chave do seu chaveiro e a jogou para North. Ele a pegou com facilidade. – Me dê sua mala – ele me disse.

Balancei a cabeça.

– Não posso. Tenho lição de casa.

– Não vamos ficar fora nem por uma hora – North disse, tirando a mala do meu ombro. – Sua lição pode esperar um pouco. – Olhei meu Gemini, que saía do bolso lateral da minha mala. – A menos, é claro, que você não possa ir sem sua coleira... – Ele olhou para mim, de sobrancelhas levantadas, tentando fazer com que eu mordesse a isca. Abri a boca para dizer que não iria a seja lá que lugar ele queria me levar, e que não ligava se isso me fazia parecer boba. Mas ele me interrompeu.

– Vou encontrar os caras do Cardamom's Couch para gravar umas músicas – ele explicou em voz baixa. – E precisamos de alguém que saiba estalar os dedos. Um amigo nosso ficou de ir, mas precisou trabalhar. Íamos gravar sem isso, mas aí você chegou e é uma estaladora supertalentosa... – Lá fora, um trovão fez um estrondo alto. Ele olhou para a janela atrás de mim. – Olha, sem problemas se não quiser vir – disse, enfiando seu braço na outra alça de sua mochila. – Você mal me conhece, eu entendo. Mas preciso ir, então... – Ele não ia tentar me convencer.

Olhei por sobre meu ombro, para o céu escuro, oscilando. Ele estava certo, eu mal o conhecia. E tinha lição de casa para fazer. Mas aquela música que eu tinha ouvido era *muito* boa. E eu estava curiosa. Sobre a banda. Sobre ele.

Encontrei seu olhar.

– Quanto esse bico estalando os dedos paga?

Ele abriu um sorriso largo.

– *Matcha* grátis pelo resto da sua vida.

Entreguei minha mala a ele, e olhei para a garota com o cabelo raspado.

– Sei que você é mais amiga dele do que minha, mas, se eu não estiver de volta em uma hora e meia, chame a polícia.

7

O céu estava coberto de nuvens pesadas que anunciavam uma tempestade sobre o vale. A cada trovão que ouvia, eu achava que o céu ia se abrir, mas a chuva não caiu.

– Aonde estamos indo? – perguntei a North quando atravessávamos o bosque, precisando gritar um pouco para me fazer ouvir sobre o farfalhar das árvores. Meu estômago estava dando um nó de tão nervosa que eu estava. Eu não gostava de coisas espontâneas. Nem de surpresas.

– Para o cemitério – ele respondeu, parando para me ajudar a descer a colina.

– O *cemitério*?

– Eu explico quando entrarmos – ele disse, pegando o copo das minhas mãos. Desci a colina de lado, tomando cuidado para não escorregar, e esperei por ele ao lado da cerca de arame que eu e Hershey tínhamos pulado no dia anterior. North parou ao meu lado, abaixou-se e, colocando o braço em uma área levantada na parte debaixo da cerca, pousou meu copo do outro lado. Pelo jeito que a grama estava batida, ele já tinha feito isso antes.

– Entrarmos? – perguntei, olhando em volta. – Entrarmos onde?

Ele apontou para uma construção pequena e quadrada no meio do cemitério. Tinha sido levantada na lateral de uma colina, por isso o teto estava coberto de grama, e era possível ver apenas parte da entrada. Havia uma macieira exatamente na frente da construção, como a árvore gravada no broche preso no meu sapato, plantada em um pedaço quadricular de grama do mesmo tamanho da construção, e circundada por todos os lados pela calçada de pedra do cemitério.

– Vai começar a chover a qualquer minuto, então a menos que você queira ficar encharcada... – Ele entrelaçou os dedos, fazendo uma pequena plataforma, e acenou com a cabeça para o meu sapato. Coloquei uma mão em seu ombro e subi na escadinha feita por suas mãos.

Começou a chover bem quando North caiu do outro lado da cerca.

– Vamos – ele disse, agarrando a minha mão livre. Saímos em disparada pela grama em direção à entrada, contornando lápides. O ar cheirava a pedra molhada. Mantive os olhos no chão ao passar correndo pela estátua do anjo raivoso no meio do cemitério, evitando seu olhar ameaçador.

Nós dois ríamos enquanto North abria a porta do lugar, protegida por um portão, e subíamos no beiral estreito. Por causa da mochila nas costas, North precisou se manter afastado da parede atrás dele, seu corpo a trinta centímetros do meu. Meus membros ficaram eletrizados com aquela proximidade.

– E agora? – perguntei, num tom de voz despreocupado, como se eu estivesse acostumada a ficar em espaços pequenos e privados com garotos que mal conhecia. Afastei meu cabelo dos olhos, mas uma mecha caiu de volta. North pegou a mecha, a enrolou e a ajeitou atrás da minha orelha. Meu lábio inferior deu uma leve tremida quando seus dedos roçaram minha bochecha. Eu o mordi com força, me lembrando de que ele era um completo desconhecido.

– Agora nós entramos – North disse. Ele se inclinou sobre a parede de granito ao nosso lado, que se retraiu e depois deslizou suavemente para a lateral.

Demorei para esboçar uma reação.

– Como você...?

– É um sistema de polias – North explicou, gesticulando para que eu o seguisse para dentro. – A pedra desliza para baixo, não por cima de outra pedra. – A câmara interior estava escura mesmo com a porta aberta, assim, me movi com cuidado, sem querer topar com nada. Para minha surpresa, o ar ali dentro não era pesado nem frio e úmido como eu esperava, mas sim fresco, como se o lugar tivesse acabado de ser limpo. Ouvi um leve baque e o som de um zíper. Alguns segundos depois, o lugar se acendeu.

A mochila de North se encontrava aberta sobre o caixão de mármore no meio do lugar, ao lado de uma lanterna de LED. As paredes e o chão também eram de mármore, e o teto estava coberto de lâminas de ouro. O lugar era muito maior do que eu imaginava, quase tão grande quanto meu dormitório, e vazio, exceto pelo caixão e por uma saliência que percorria a parte inferior das paredes. Um banco para enlutados, presumi.

– Isto aqui é um mausoléu – observei.

– Você merece mesmo estar na Noveden – North provocou, e começou a tirar coisas de sua mochila. Um *laptop* fino e prateado. Um pequeno microfone preto, menor que um botão. Duas latas de metal com café dentro. Uma corrente grossa e enferrujada. Uma sacola plástica cheia de moedas. Lá fora, a chuva socava a terra seca.

Tentei de novo.

– Você grava músicas no espaço de inumação de outra pessoa?

Ele levantou uma sobrancelha.

– Inumação. Você usa mesmo o dicionário, Rory. – Era a primeira vez que ele falava meu nome. Eu gostava do jeito que soava saindo de seus lábios. Os erres enrolavam um pouquinho, de um jeito natural, sem ser forçado. Era o jeito que ele falava.

Nesse instante ouvi um barulho do lado de fora, e a porta de pedra se abriu. Três caras ensopados se precipitaram para dentro, fugindo da chuva. Eles riam e xingavam ao mesmo tempo.

– Rory, estes são Nick, Adam e Brent – North disse, apontando para eles. – Também conhecidos como Cardamom's Couch. Caras, esta é nossa estaladora.

– Oi – eles disseram em uníssono, largando seus estojos de instrumentos no mármore.

– Que merda, tá caindo o mundo! – Brent disse, sacudindo o cabelo para secá-lo. Ele parecia mais novo que os outros dois, mais novo até que eu, e seus cachos ruivos eram da mesma cor do cabelo de Nick.

– Mandei vocês saírem quando ouvissem trovões – North disse.

– É, mas o espertão aqui disse que precisava ser um estrondo, não um barulho ao longe – Nick respondeu, dando um soquinho no ombro de Adam.

– Não queria me arrastar até aqui se não fosse mesmo chover – Adam disse, na defensiva, tirando sua jaqueta molhada. Ele a jogou no caixão, e ela caiu com um barulho molhado. Estremeci. – Não se preocupe, não tem ninguém morto aqui – garantiu.

– Como você sabe? – perguntei.

– O North abriu o caixão.

Boquiaberta, olhei para North.

– Você abriu o caixão?

Ele deu de ombros.

– Imaginei que, não estando fechado, não haveria nenhum corpo dentro. A tampa é bem leve – ele disse, colocando as mãos embaixo da beira da tampa e a levantando um pouco. – Isso definitivamente não é mármore.

– Mas por que colocariam um caixão aqui se não fosse para guardar um corpo?

– Boa pergunta – Nick disse, abrindo o estojo de seu bandolim. – Uma melhor é: por que construir um lugar com uma acústica perfeita em um cemitério?

– Ah, é por isso que vocês vêm tocar aqui.

– É melhor que um estúdio de gravação – Adam respondeu, dando um puxão para abrir o estojo retangular a seus pés. – E é de graça.

– Mas por que precisam de chuva? – perguntei.

– Disfarça o barulho – North explicou. Além disso, é o único momento que podemos ter certeza de que ninguém vai estar aqui no cemitério. É um lugar privado, então tecnicamente estamos invadindo uma propriedade. Por sorte, apenas uma pessoa maluca viria para um cemitério no meio de uma tempestade. – Ele deu um sorriso de orelha a orelha.

Eu sabia que deveria estar com medo de ser pega, ou até presa, e o que isso significaria para o meu futuro na Noveden, mas disse a mim mesma que a probabilidade de isso realmente acontecer era muito baixa. O trovão e o relâmpago estavam a segundos de diferença, o que significava que a tempestade estava bem em cima de nós, e a chuva estava tão forte que era como se estivéssemos embaixo de uma catarata. North tinha razão; ninguém em sã consciência se aventuraria até ali agora. Eu só precisaria me preocupar com as consequências dessa aventura quando saíssemos do mausoléu.

Nick tinha começado a arranhar seu bandolim. O instrumento devia ter pelo menos cem anos, mas estava em perfeitas condições, sem um único arranhão em sua envernizada madeira de pau-rosa. Eu observava seus dedos dançando sem esforço pelas cordas quando os outros se juntaram a ele. Adam no bongô e Brent no contrabaixo. Mesmo passando o som, eles eram incríveis.

– Certo – North disse, colocando o *laptop* e o microfone no chão no centro do pequeno círculo que eles formavam. – Com qual você quer começar? – perguntou a Nick.

– Com a corrente na lata – o rapaz respondeu. – E um estalo no quinto tempo.

North olhou para mim.

– Basta contar mentalmente – ele disse. – Um, dois, três, quatro, *estalo*. E continue repetindo.

Fiz que sim com a cabeça; de repente, tinha ficado preocupada com a possibilidade de errar tudo.

Os caras brincavam com os instrumentos enquanto North pegava a corrente e a lata de cima do caixão e se ajoelhava do lado do *laptop*.

– "Sem vagas" – Nick disse quando todos estavam prontos, e os outros assentiram. – Um, dois, três. -- E a banda toda começou a tocar. Fiquei tão absorvida pela fúria imediata de seus dedos e mãos que quase me esqueci de estalar os dedos, mas North me olhou bem na hora. Enquanto isso, ele estava abaixando a corrente na lata e a pegando de novo. Fechei os olhos para focar nos estalos e imediatamente me perdi na música. Os estalos ficaram instintivos. Nem precisei mais contar.

A banda tocou três músicas, e havia estalos em duas delas. North usou as moedas nas latas e a corrente no mármore, cada combinação tornando-se um instrumento e integrando o todo. Ao observar o rosto de North com os olhos baixos, algo dentro de mim se agitava enquanto eu ouvia a última canção, a única sem estalos. Ela era melhor que qualquer música na minha *playlist*. Como aqueles caras podiam ser tão desconhecidos?

– Por hoje é só – North disse quando terminaram. Foi um banho de água fria. Eu não queria que acabasse.

Os caras se despediram e foram embora tão rápido como tinham chegado, deixando North e eu sozinhos novamente.

– Então você é o engenheiro de som? – perguntei enquanto ele guardava o *laptop* no bolso frontal de sua mochila.

– Basicamente. Eles costumavam gravar em um estúdio em Boston, mas era caro e o resultado final não era melhor do que o que conseguimos aqui. Então trouxe alguns programas de áudio e uns microfones, e comecei a cuidar da música deles.

– Mas você parece tão antitecnológico.

Ele riu.

– Antitecnológico? Nem pensar. Anti-dar-minha-autonomia-para-um-retângulo? Sim.

– Então você não usa um?

– Um portátil? – Ele hesitou por um segundo, depois balançou a cabeça. – Não dá para usar um Gemini sem usar sua interface.

– E por que você é antiGemini?

– Porque eu sei como ele funciona – North disse e então desligou a lanterna. A chuva tinha parado, mas o sol ainda estava escondido. Meus músculos se retesaram quando a ansiedade que eu tinha ignorado voltou com tudo. Praticamente dei um salto.

– Preciso ir – eu disse rapidamente, andando em direção à entrada. – Não tinha percebido como tinha ficado tarde.

– Você nem sabe que horas são.

– Sim, obrigada por notar – repliquei, com irritação, escorregando um pouco na grama molhada quando pisei do lado de fora. North me pegou pelo cotovelo e meu corpo inteiro sentiu seu toque.

– Tenho que fazer uma parada rápida – ele disse quando voltamos à cerca. Agora sua cabeça e sua voz estavam baixas, se movendo rápida e silenciosamente. Sua cautela apenas intensificou meu pânico ascendente. *O que eu estava pensando quando vim para cá?* Eu podia ter sido pega facilmente. Sem mencionar a tonelada de lição de casa que havia deixado de fazer. Para piorar, no primeiro dia de aula. O discurso de boas-vindas do diretor voltou à minha mente. *A sabedoria não é para os fracos. Nem todos vocês completarão o programa. Nem todos são destinados a isso.*

– Tá dentro? – ouvi North dizer.

– O quê?

– Perguntei se você quer vir comigo pegar meu disco rígido. A loja é perto do Paradiso. É legal, eles têm um monte de coisas...

Eu o interrompi.

– Preciso voltar. Tenho que pegar minhas coisas e voltar para o *campus*.

– Ah. O rouxinol retorna à sua gaiola.

– Noveden não é uma gaiola – retorqui.

– Não estava me referindo à sua escola. – North fez um pequeno retângulo com o polegar e o indicador, e então se inclinou em direção a ele, como se puxado por um ímã ou uma coleira.

Revirei os olhos e recusei sua ajuda ao pular a cerca, segurando meu copo vazio com os dentes. Arranhei o braço na ponta de um arame, mas não reagi. North pulou a cerca facilmente, aterrissando com leveza do outro lado. Andei à sua frente ao voltarmos para o centro, apressada para checar meu celular. Se ninguém tivesse me procurado, eu provavelmente estaria bem.

– Bem, obrigado por ter ido comigo – North disse quando chegamos à porta do Paradiso. – Eu te acompanharia até o *campus*, mas...

– Sem problemas – eu disse rápido.

Por um ou dois segundos constrangedores ficamos ali, de pé, olhando um ao outro quase no escuro. North com sua mochila e os polegares nos passadores de cinto, eu agarrando meu copo vazio com as duas mãos. Meu cérebro estava gritando para eu voltar ao *campus*, mas meus pés tinham formado raízes. Então North sorriu e começou a dizer alguma coisa, mas eu o cortei.

— Eu provavelmente não vou poder sair com você por um tempo — eu disse. — A Noveden vai ficar puxada, e preciso me focar. A escola é bem intensa. — Eu precisava dizer isso, para lembrar a mim mesma, mas assim que as palavras saíram percebi como eu tinha soado cretina. — Desculpe — disse logo em seguida. — É que...

— Eu não sabia que tinha te chamado pra sairmos de novo — North respondeu com um sorrisinho arrogante. Senti meu rosto corar. — Mas obrigado por me avisar. — Ele se virou e caminhou até a calçada, assobiando enquanto andava.

Hershey estava no quarto, empoleirada na minha escrivaninha, me esperando.

— Onde você estava? — ela exigiu saber.

— Na biblioteca. — Era a escolha óbvia para um álibi, já que não havia risco de ela ter passado por lá. No caminho de volta para a escola, decidi não contar a ela onde havia estado. Ela tinha seus segredos. Por que eu não deveria ter os meus? Joguei minha mala no chão, perto da minha escrivaninha, e vi o logo do Café Paradiso em um guardanapo meio amassado dentro da mala. Empurrei-a para baixo da escrivaninha com o pé. — Por quê? — perguntei, mantendo uma expressão neutra. — Você estava me procurando?

— Pelas últimas duas horas! — Hershey respondeu, ainda me analisando com os olhos estreitados. — Você não estava no Fórum.

— Meu celular estava em modo privado — disse, com um dar de ombros. Isso era verdade. North tinha acionado esse modo antes de guardá-lo no armário.

— Bem, teria sido legal se você tivesse me enviado uma mensagem de texto — Hershey disse, seu tom de voz anunciando o fim do interrogatório. — Fiquei preocupada com você.

Entrei no *closet* para esconder dela minha careta. Eu duvidava muito que o interesse de Hershey em meu paradeiro tivesse qualquer ligação com meu bem-estar. Ela devia estar com medo de ter perdido alguma coisa interessante.

Tirei meus sapatos respingados de lama e coloquei um par limpo, trocando o cardigã úmido por uma jaqueta.

— Desculpe — eu disse a ela quando saí do *closet*. — Da próxima vez farei isso. — Era uma promessa que eu poderia manter, porque, da próxima vez, #nabiblioteca não seria uma mentira. A menos que desejasse desistir do curso como minha mãe, eu precisava me manter focada. Eu já estava calculando até que horas precisaria ficar acordada para terminar a lição de casa que não tinha feito por causa do meu passeiozinho no cemitério. — Pronta pra comer? — perguntei a Hershey. O jantar começava às seis e já tinham se passado dez minutos.

— Eu queria ter sua disciplina — ela disse, passando seu braço pelo meu quando saímos no corredor. — Você se esforça *tanto*. — Resisti à vontade de fazer outra careta, já que dessa vez Hershey conseguia me ver. Eu já esperava que ela fosse mencionar o fato de eu ser Hepta, e essa era claramente sua deixa, minimizando o significado da minha classificação ao enfatizar meu esforço. Mas Hershey não continuou como achei que continuaria. — Você não fica estressada? — perguntou. — Com a pressão, a expectativa. Aposto que o risco de sofrer um colapso emocional é quase o dobro pra alguém como você.

Minha mente logo voltou para a voz que tinha ouvido mais cedo.

— Alguém como eu?

— Você sabe. — Ela balançou sua mão no ar. — Alunos que só tiram nota dez. O tipo estressado.

— Não estou à beira de um colapso — eu disse, calmamente. — Desculpe te desapontar.

— Calma, Rory — Hershey disse com uma risadinha, dando um apertão no meu cotovelo. — Eu estava te elogiando. Você é uma estrela na Noveden. Eu só estava imaginando se isso te estressava.

— Até agora, não — eu disse. Minha voz saiu quebradiça.

Tínhamos chegado à escadaria, então me soltei do braço de Hershey e andei na frente dela, descendo as escadas. O corredor do piso inferior estava mais cheio de gente que o nosso, um fluxo intenso de garotas do segundo ano seguindo para o refeitório. Juntei-me à multidão, apressando o passo para me distanciar da minha colega.

As garotas à minha frente andavam em bando enquanto assistiam a um videoclipe em um de seus portáteis. Eu não conseguia ver o que estava na tela, mas ouvia o áudio e imediatamente reconheci a voz. Pertencia a Griffin Payne, o CEO da Gnosis, e um homem cuja voz era tão onipresente quanto seu rosto.

– Nossos felizardos provadores beta receberão seus Gemini Gold na semana que vem – ele dizia. – E o aparelho será vendido oficialmente daqui a seis semanas. – A Gnosis estava anunciando seu novo portátil havia mais de um ano, mas ainda não tinha confirmado o lançamento. Isso explicava o vídeo. A empresa não pagava por anúncios, fiando-se em vídeos virais como esse para espalhar notícias sobre o lançamento de seus produtos. – E, se vocês já não estavam morrendo de inveja – Griffin fez uma pausa dramática –, eu apresento a vocês: o Gemini Gold.

Todas as garotas à minha frente reagiram.

– Oooh, *amo* – uma delas disse.

A garota ao lado fez uma careta.

– Você está brincando, né? É tão brega. – Por cima de seu ombro, consegui vislumbrá-lo. Era um pequeno retângulo dourado, do tamanho de uma caixa de fósforos.

– Concordo com a Amy – uma terceira garota disse. – Gostei dele.

– Talvez seja uma metáfora – a garota na ponta disse. – Simbolismo disfarçado de estética. – As outras três viraram a cabeça e olharam para ela. A garota usava *jeans* com caimento ruim e se vestia pior que as outras, parecendo uma bibliotecária com seus óculos redondos e cabelo tigelinha. Mas as outras pareciam reverenciá-la.

– Deixe a Nora fazer uma análise acadêmica sobre ele – a garota na outra ponta disse, mas soava mais invejosa do que zombeteira. Esta era a diferença entre a Noveden e todas as outras escolas: aqui, inteligência dava *status* social.

– Uma metáfora pra quê? – Amy perguntou.

79

— Adoração cega — Nora respondeu. O jeito de bibliotecária combinava bem com ela. — Da história do bezerro de ouro. — As outras lhe dirigiram um olhar vazio. — Na Bíblia. Lemos Gênesis em literatura antiga no ano passado.

— Bem, vou adorar no altar do meu Gemini a qualquer momento — Amy disse, alegremente. — Lux, meu Deus, em ti confio.

— E, da última vez que conferi, o Lux não consegue mandar pragas pra cima dos desobedientes — outra das garotas acrescentou. — É um ponto a favor.

Eu queria que Nora respondesse, que discorresse sobre sua teoria, porque dava para ver que havia mais por trás daquilo, mas chegamos ao refeitório e fiquei para trás conforme a multidão se apertou para passar pela porta dupla. Enquanto andávamos devagar como pinguins, conferi meu portátil para ver o que Beck andava fazendo. O mapa do Fórum mostrava que ele estava em uma farmácia na Quarta Avenida. Sua postagem mais recente estava quase no topo do meu *feed* de notícias, escrita havia onze segundos.

@BeckAmbrose: precisa msm perguntar? #simmaseclaro #papainoelexiste

Embaixo, havia uma foto da sua caixa de entrada. Ele tinha borrado todas as mensagens, exceto uma.

@Gnosis: Parabéns, @BeckAmbrose, você foi aleatoriamente selecionado para participar do teste beta para o novo Gemini Gold! Responda "sim" para aceitar.

— O universo deve estar de brincadeira — sussurrei. O garoto que uma vez tinha deixado um cavalo fazer xixi no seu Gemini (de propósito, para uma foto) teria o novo modelo meses antes do resto de nós. Isso era uma espécie de piada cármica e irônica.

Imediatamente liguei para ele, que atendeu no primeiro toque.

— Você deve estar com muita inveja — Beck disse, todo metido.

– É tão injusto – reclamei. – Eu seria uma usuária beta muito melhor.

– De jeito nenhum – respondeu. – Você é muito parcial. – Ele provavelmente tinha razão.

– E quando você vai receber o Gold? – perguntei.

– Na semana que vem, eu acho – ele disse. – Preciso assinar uns cem formulários de confidencialidade primeiro. Parece coisa do Willy Wonka. Com esse burburinho todo, é melhor que esse celular até lave minhas roupas. Ei, espere um segundo. – Ouvi fragmentos de uma conversa abafada, e Beck voltou. – Rô, te ligo depois. Estou na fila pra tomar uma vacina antigripal e um velho acabou de passar na minha frente. Preciso mostrar pra ele quem manda por aqui.

– Boa sorte – eu disse, rindo.

– Deusdocéu, quero que esse cara me leve pra casa e não me deixe mais ir embora – ouvi Hershey dizer. Ela estava nos meus calcanhares, assistindo ao vídeo do Griffin Payne demonstrando as características do pequeno e dourado aparelho, preso a um faixa em seu pulso, como um relógio antigo.

– Eca, que nojo – respondi, fazendo uma careta. – Ele tem idade pra ser seu pai!

– Por poucos anos – Hershey disse, passando na minha frente e seguindo para o refeitório.

– Rory – Rachel me chamou da fila. Ela estava com Isabel, que se virou e acenou para nos juntarmos a ela.

Ao nos aproximarmos delas na fila, senti algo que nunca tinha sentido no refeitório da minha antiga escola – provavelmente o motivo pelo qual Beck e eu nunca comíamos lá.

Senti que pertencia àquele lugar.

8

– Posso perguntar uma coisa?

– Claro – eu disse, sem olhar para cima. Hershey e eu estávamos de volta ao dormitório, fazendo lição de casa em nossas camas. Teoricamente, pelo menos. Eu estava encarando meu livro de história, pensando sobre um certo alguém à tremeluzente luz de sua lanterna naquela tarde. Hershey estava assistindo à TV.

– Esta tarde, quando o diretor veio à nossa mesa, ele disse que você não tinha deixado seu histórico a desencorajar. O que quis dizer com isso?

Mantive os olhos na tela.

– Não faço ideia – eu disse, e me deitei de bruços, longe dela.

Meu portátil vibrou ao meu lado. Eu o peguei, grata pela distração. Era uma mensagem de texto de um número desconhecido, e não havia mensagem, apenas o símbolo de um clipe de papel, sinalizando um anexo. Toquei nele e minha tela ficou branca. Segundos depois, alguma coisa vermelha brilhou nela.

Os contornos de um símbolo pi se tornaram claros, e eu o observei se mover pela tela até parar no canto esquerdo inferior. Uma dúzia de outras letras gregas o seguiram, aparecendo como pequenas explosões vermelhas, circulando umas às outras e assumindo uma posição em quatro linhas horizontais.

Η παρουσία σας ζητείται κάτω από την αριστερή πλευρά του Αρχαγγέλου Μιχαήλ στις έντεκα απόψε. Η επιλογή είναι δική σας. Ελάτε μόνοι. Πείτε κανείς.

Meu nome apareceu e o texto abaixo dele passou de grego para inglês.

Aurora Aviana Vaughn,
Sua presença é requisitada atrás da asa esquerda
do Arcanjo Miguel às onze horas desta noite.
A escolha é sua. Venha sozinha. Não conte a ninguém.

Em segundos, as palavras desapareceram e a tela ficou preta. Quando toquei nela, fui levada de volta à minha caixa de entrada. A mensagem do remetente desconhecido tinha sido deletada, junto com o anexo que a acompanhava. Os pelos do meu braço se eriçaram.

Vá.

Bom, era verdade. A voz era mesmo coisa de louco, como a ciência dizia. A asa esquerda do arcanjo devia se referir à estátua no cemitério. Nem a pau que eu iria sozinha a um cemitério às onze da noite. Uma hora depois do toque de recolher. Especialmente sem saber quem havia me convidado.

Vá.

Meti meus fones no ouvido. Se não conseguia silenciar a voz, iria abafá-la com outros barulhos.

Mas, à medida que foi escurecendo, comecei a titubear. Seja lá quem tivesse mandado a mensagem sabia meu nome completo. Isso eliminava o pessoal do Fórum e completos desconhecidos, já que meu perfil do Fórum era apenas "Rory", e ninguém – nem meu pai – me chamava de Aurora. As letras gregas, a formalidade da linguagem... Tinha de ser algo relacionado à escola. Eu tinha lido no folheto do *campus* sobre os clubes da Noveden em que só era possível entrar com convite, mas presumi que, para isso, seria necessário ser um legado. Mas, bem, eu era um. E a única Hepta na minha turma. Além disso, a mensagem não era ameaçadora. Não havia exigências. Apenas um pedido. *A escolha é sua.*

Peguei o portátil para perguntar ao Lux, mas parei ao me lembrar das instruções na mensagem. *Não conte a ninguém.* Isso incluía aplicativos de celular? O remetente da mensagem não conseguiria saber que consultei o Lux. Se bem que o remetente tinha, de algum jeito, a apagado remotamente. Talvez conseguisse saber. Talvez fosse um teste.

Havia apenas uma maneira de descobrir.

— Estou cansada — anunciei, puxando as cobertas. Eu só conseguiria sair do quarto sem ter de me justificar para Hershey se ela estivesse dormindo.

— Você não colocou seu pijama — Hershey comentou.

— É, às vezes eu durmo assim mesmo. — Escorreguei embaixo das cobertas e apaguei a luz. — Boa noite.

— Boa noite — Hershey respondeu, ainda assistindo à TV. Fechei os olhos e esperei. Ela devia estar cansada. Mal tinha dormido na noite passada.

Pareceu ter passado uma eternidade até eu ouvir a TV ser desligada. Depois disso, Hershey foi para o banheiro escovar os dentes. Dei uma olhada rápida no portátil. Eram dez e vinte, ou seja, eu precisava escapar do quarto em menos de meia hora, e não tinha certeza de aonde deveria ir. Quando a torneira foi fechada, deslizei o Gemini para debaixo das cobertas e comecei a respirar pesadamente, como se estivesse dormindo. Segundos depois, o quarto ficou às escuras. Continuei deitada, alerta. A respiração da Hershey acabou se estabilizando. Ela estava dormindo.

Tão silenciosamente quanto pude, saí da cama, peguei minhas botas e alcancei o corredor. Às dez e cinquenta e oito cheguei ao portão do cemitério, que era de ferro forjado. Eu estava preparada para pular a cerca de novo, mas, para minha surpresa, o portão estava levemente entreaberto. Os organizadores daquilo tudo tinham a chave.

O cemitério estava deserto e escuro. Eu não tinha nem a lua para me guiar; o céu estava preto, com exceção de um borrifo de estrelas cintilantes, mas ineficazes. Puxei o portátil do bolso e acendi a luz. A última coisa que queria era topar com uma lápide e cair de cara no túmulo de um morto.

Quando eu estava me aproximando do ponto de encontro, conferi o horário. As palavras "Sem serviço" piscavam no topo da tela. Respirei com um pouco de dificuldade. O que eu estava fazendo? Tinha passado uma hora do toque de recolher no meu primeiro dia de aula e eu estava no meio do cemitério, respondendo a um convite anônimo e enigmático. Olhei para o anjo, me forçando a analisá-lo. Da primeira vez que o vi, pensei que sua mão estava apontando para a saída, mas agora percebia que apontava para o céu. Por que ele parecia tão raivoso? Anjos não deveriam parecer... angélicos?

– Aurora Aviana Vaughn – uma voz disse, saindo da escuridão, e os cabelos da minha nuca se arrepiaram. Era uma voz pouco natural, mecânica, mas claramente masculina. Seu dono estava usando um aplicativo de distorção de voz.

Eu me virei devagar, tentando ficar calma enquanto me preparava para conhecer o dono da voz. Ela tinha vindo de pelo menos dez metros de distância, então eu ainda conseguiria fugir. Mas a figura à minha frente estava completamente coberta por uma beca preta com um capuz que caía sobre seu rosto, cobrindo tanto ele quanto o portátil que usava como microfone. O tecido raspava no chão conforme a figura se aproximava, parando a alguns metros de mim e esticando o braço. Sua mão estava coberta por uma longa luva de veludo e segurava uma venda feita do mesmo material. Ele esperava que eu fosse deixá-lo me *vendar*? O cara era louco?

– Se quer aceitar nosso convite, precisa colocar isto – ele disse, sua voz zunindo um pouco enquanto falava. O homem deu um passo à frente, e a ponta branca de um tênis apareceu por baixo da beca. Ele viu o que tinha acontecido, e se mexeu um pouco para esconder o calçado, tropeçando no processo e resmungando alguns palavrões. Engoli uma risadinha. Não estava mais com medo. Ele não era o bicho-papão. Era apenas um cara numa fantasia usando um aplicativo de distorção de voz. Aquilo tudo devia fazer parte do ritual de iniciação de algum clube, como eu tinha imaginado.

– Tudo bem – eu disse, simplesmente, e me virei para que me vendasse. O veludo era macio e cheirava a patchuli.

– Abra a boca – ele mandou.

– Por quê? – perguntei, ou comecei a fazê-lo, quando o veludo roçou nos meus lábios e senti gosto de cereja na língua. Ele tinha colocado algo na minha boca. Parecia um quadrado fino de plástico, mas, ao tentar empurrá-lo com os dentes, ele se dissolveu. – O que era aquilo? – tentei perguntar, mas não conseguia formar palavras. Em segundos, o mundo ficou escuro.

Meu corpo se retesou no momento em que recuperei a consciência. Eu estava sentada, como se estivesse acordada o tempo todo, minha bunda pressionada contra uma superfície dura. Degraus de pedra, logo percebi, em uma arena circular gigante. Aquilo me lembrava de imagens que eu tinha visto do Odeão de Herodes Ático no meu livro de história. Quanto tempo eu tinha ficado desmaiada? Que eu soubesse, não havia uma arena daquele tamanho perto do *campus*. Inspirei profundamente, tentando me localizar naquele lugar, e me surpreendi com o ar gelado no peito, sendo que a noite tinha sido tão quente. Senti algo pesado na minha cabeça, e o toquei. Era o capuz de uma beca de veludo, igual à usada por meu captor. O tecido caía sobre meus dedos e se aninhava ao meu lado no chão.

Nesse exato instante fez-se um clarão lá embaixo quando tochas dispostas num semicírculo foram acesas no perímetro do palco central, lançando um brilho tremeluzente que mal alcançava a primeira fileira de degraus. O lugar era realmente gigantesco. Olhei para o céu, mas não havia céu. Apenas escuridão, como um vazio.

Voltei o rosto para a esquerda. Agora conseguia avistar várias outras figuras, que também vestiam becas com capuzes, espalhadas pelos degraus. Olhei para a direita e vi outras cinco. Elas estavam sentadas, imóveis, mas suas cabeças se moviam, como a minha, de um lado para o outro, de cima para baixo, analisando o imenso lugar. Pulei quando um gongo barulhento reverberou pelas pedras. Era impossível dizer de onde o som vinha, mas ele encheu a arena com seu barulho metálico. O gongo soou novamente, e notei um movimento na parte de baixo. Figuras emergiam da base da arena e andavam até o palco central. Elas vestiam becas, mas, em vez dos capuzes, usavam cabeças de algum tipo. Elaboradas engenhocas de papel machê apoiadas em seus ombros, exatamente como Liam tinha descrito as máscaras do Baile de Máscaras, adornadas com pele de animal, penas e pelos verdadeiros.

Senti meus pulmões se encherem de ar frio e alívio. Se essas pessoas estavam usando as máscaras da escola, elas não eram assassinas malucas. Estavam associadas à Noveden, como eu imaginara, o que significava que eu estava bem. Sentindo meu pulso, observei as figuras se moverem em volta do palco, como se apresentassem uma dança estranha e silenciosa. Então ouvi uma voz. Parecia de mulher, mas não dava para ter certeza porque estava distorcida como a daquela primeira figura encapuzada. Vinha dos alto-falantes atrás e acima de mim, e reverberava pelas paredes.

– Todos ao comando vosso – a voz declarou. – Para regozijarem-se diante de vós. – Em uma coreografia sincronizada, as figuras com máscaras animalescas se ajoelharam quando outras duas figuras apareceram. Suas máscaras eram humanas (um homem e uma mulher) e lembravam antigas esculturas gregas, com traços angulosos e olhos vazios. Inclinei-me para a frente a fim de vê-las melhor quando outra voz falou; esta era mais profunda e misteriosa que a outra.

– Nem tudo lhes é de propriedade – uma voz mais profunda ressoou quando o gongo foi batido pela terceira vez, e mais uma figura emergiu. Ela vestia a mesma beca preta que as outras, mas sua máscara era duas vezes maior e cinco vezes mais sinistra. Era a cabeça de uma serpente gigante, com camadas de escamas que pareciam incrivelmente verdadeiras. – Comandos invejosos, dados apenas para subjugá-los. – Aquelas palavras eram tiradas de uma peça? Do jeito que a serpente as pronunciava, pareciam ser.

Conforme a serpente caminhava até uma plataforma no centro do palco, as figuras masculina e feminina abaixaram o rosto em reverência. Quando alcançou a plataforma, abriu bem os braços, sua beca abrindo-se como as asas de um dragão.

– Bem-vindos – o homem disse, agora olhando para nós. – Estamos contentes por tê-los aqui. – Fiquei pensando se a voz realmente pertencia à pessoa usando a máscara de serpente ou se a cena era arranjada para pensarmos que sim. Conforme a voz falava, a serpente revolvia-se devagar, como uma bailarina em uma antiga caixinha de música. Atrás dele, sua máscara crescia em uma espécie de capuz reptiliano, como uma cobra preparando-se para atacar, e esticava as costas da pessoa que a usava como se fosse o rabo córneo de um dragão, espalhando-se no chão atrás dela. Mesmo daquela distância, eu conseguia ver como o desenho era intricado, camadas e camadas de papel machê texturizado com lâminas de ouro delineando cada escama pontuda.

– Alguns receberam o convite desta noite, mas ficaram com medo demais, ou cegos demais, para aceitá-lo. Os que vieram sentiram-se chamados, talvez sem saber por que ou como, a se juntarem a nós. Os gregos chamam isso de *nous*. Intuição. Raras pessoas a têm. Sua presença aqui sugere que vocês estão entre elas. – Agitei-me em meu assento. Não fora a intuição que me trouxera ali, e sim a Dúvida. Meus olhos, agora completamente ajustados à luz fraca e tremeluzente, contaram as figuras sentadas nos degraus. Havia catorze delas. Senti a inveja despertar em meu peito. Elas se sentiram chamadas, ao passo que eu tinha sido ordenada por uma invenção da minha cabeça.

– Agora há outra escolha a ser feita – ele disse, quebrando o silêncio. – Vocês aceitaram o convite para saber mais e, embora a verdade completa precise continuar obscura por mais um tempo, podemos dizer isso: vocês estão sendo avaliados para serem membros de uma aliança sagrada composta de mentes privilegiadas. As próximas semanas serão um teste.

Meu coração estava disparado de novo, agora de emoção, não de medo. As máscaras, as tochas, o discurso arcaico. Isso não era uma maldita brincadeira de criança. Era uma legítima sociedade secreta.

A voz fez uma nova pausa enquanto as figuras no palco se levantavam. Os dois humanos posicionaram-se um de cada lado da serpente enquanto os animais começaram a subir os degraus. A figura com máscara de leão estava bem embaixo de mim, seus olhos de malha pintada virados para os meus.

– O tempo das escolhas chegou – a voz profunda continuou. O felino parou no degrau logo abaixo, seus olhos nos meus, e estendeu as mãos enluvadas. Havia uma carta gigante em cada uma de suas palmas. – Se deseja continuar com sua candidatura, pegue a carta da direita – a voz ressoou. – E não fale sobre isso a ninguém. Entraremos em contato novamente no momento certo. – Inclinei-me para a frente, a fim de olhar melhor. A imagem estava meio apagada, mas possuía requinte. A carta parecia uma pequena tela de pintura. No centro, uma mulher nua segurava um bastão em cada uma das mãos esticadas e pairava sobre a Terra, cercada por uma grinalda verde texturizada. Embaixo dela, várias criaturas animalescas estavam viradas em direção à mulher; seus rostos eram surpreendentemente parecidos com as máscaras que eu tinha visto no palco. A voz continuou. – Se, por outro lado, preferir interromper o processo de avaliação, escolha o cartão à esquerda. Justificativas não serão necessárias. – Olhei para a outra mão do leão. Aquela carta mostrava ainda menos; apenas uma única figura, um adolescente com um chapéu adornado por penas. Ele parecia uma espécie de mascate medieval, com um saco sobre o ombro e uma rosa branca espinhosa no punho.

Escolha hoje a quem você vai servir.

Pela primeira vez, meu estômago não embrulhou quando a ouvi. Em vez disso, me senti um pouco melhor. As palavras da serpente tinham acendido algo em mim. Eu queria ser quem aquelas pessoas achavam que eu era.

A arena foi tomada por um silêncio absoluto enquanto os candidatos consideravam suas opções. Senti que o leão me observava mesmo sem conseguir ver seus olhos.

– Escolham com calma – a serpente nos aconselhou. Mas eu não precisava de calma. Escolhi a carta à direita.

O felino acenou levemente a cabeça e afastou a mão esquerda com rapidez, fazendo a outra carta desaparecer nas dobras de sua beca. Com a mão direita, agarrou meu cotovelo, me girou, me deixando de costas para ele, e depois tocou em meus lábios. Abri a boca e, mais uma vez, senti um tablete fino na minha língua.

– Sabia que você ia entrar – o leão sussurrou. Ele não estava usando o aplicativo de distorção dessa vez, e reconheci sua voz na hora. Era Liam.

Minha consciência voltou repentinamente e de uma vez só. *Liam!* O leão era o Liam. Pareceu uma grande descoberta, mas é claro que ele tinha se deixado identificar de propósito. Ele queria que eu soubesse.

Eu estava de volta ao meu dormitório, sentada na cama, ainda calçando as botas. A beca com capuz tinha desaparecido e havia uma carta de papel rígido em minha mão direita. Virei o rosto para a cama da Hershey. Estava vazia. Será que ela tinha dado uma de suas escapadas de novo, ou também tinha ido para a arena?

Baixando a cabeça, mirei a carta em minhas mãos. Eu mal conseguia vê-la no escuro. Em silêncio, desamarrei as botas e me esgueirei para debaixo das cobertas, puxando a manta da minha mãe sobre mim como uma tenda. Se ouvisse a porta abrir, fingiria que estava dormindo.

Segurei meu Gemini de frente para o cartão. Havia uma letra *Z* impressa em tinta preta brilhante com o número 33 atrás dela. O ano da minha formatura. Meu coração batia forte enquanto eu corria os dedos sobre a tinta. O símbolo e o número eram diferentes, mas o desenho era idêntico àquele do pingente de prata da minha mãe.

Será que ela também fizera parte da sociedade?

Pesquisei "sociedade secreta Noveden", mas não obtive nenhum resultado. Parecia impossível, mas não havia uma entrada sequer com essas palavras combinadas. Tentei "aliança antiga Noveden", também sem sucesso. Quando apaguei a referência à Noveden, obtive milhões de resultados. Páginas dedicadas a teorias conspiratórias sobre os Illuminati, os maçons e o Skull and Bones em Yale, listas não oficiais de ex-membros, até *fan pages* no Fórum. Mas bastou afunilar minha pesquisa para não encontrar mais nada. Seja lá o que essa "aliança sagrada" fosse, ninguém sabia dela. Percebi que eu estava sorrindo para a tela. Uma sociedade secreta *de verdade*. Isso era muito legal!

Comecei a escrever uma mensagem de texto para Beck, mas logo a apaguei. Sim, era improvável que eles conseguissem ver meus SMS, mas não queria arriscar.

– Por favor, que eu consiga entrar – sussurrei no escuro, agarrando o pingente como se fosse um amuleto. Então fechei bem os olhos e tentei dormir, só com a força de vontade. Agitada demais para relaxar, comecei a percorrer os números da sequência de Fibonacci na minha cabeça. Era meu truque preferido para conseguir dormir. A versão *nerd* de contar ovelhas. Eu fazia isso havia anos, sempre que estava cansada mas não conseguia desligar minha mente: 0, 1, 1, 2, 3, 5, 8, 13, 21, 34, 55, 89, 144, 233, 377, 610, 987, 1.597... Em algum momento, meu cérebro desistiu e caiu no sono.

9

Eu não ouvi Hershey entrando, mas ela estava na cama quando acordei na manhã seguinte. Ela continuava dormindo quando saí do banho, então fui tomar café da manhã sozinha. Liam se encontrava na seção de *waffles* quando entrei no refeitório e fingiu não ter me visto, mas era bem óbvio que tinha.

– Bom dia – ele disse casualmente quando parei ao seu lado e, tirando a massa de *waffle* com uma concha, deitou-a nos pratos de cerâmica entalhados.

– Tenho muitas perguntas.

– E todas elas serão respondidas – respondeu com a voz baixa, passando manteiga em seu *waffle* quente. – *Se* você entrar.

– Você não tinha certeza de que eu ia entrar? Agora está dizendo que isso talvez não aconteça?

– Estou dizendo que você precisará ser avaliada – ele respondeu. – Assim como todos os outros candidatos. E até que o conselho te vet...

– O conselho?

Liam estremeceu.

– Finja que não ouviu isso. Escute, Rory, sei que é empolgante, confuso e muita coisa para processar. Eu estava em seu lugar no ano passado. Sei exatamente como está se sentindo. Mas você precisa respeitar o processo. E não posso quebrar meu juramento.

– Você pode pelo menos me dizer por que fui escolhida? É por que sou uma Hepta?

– Esse não foi o único motivo – Liam replicou. – Mas é por isso que você pegou o Zeta.

– O Z na carta?

Liam concordou.

– Cada candidato recebe uma letra grega – ele explicou, olhando para trás, se certificando de que ninguém estava nos ouvindo. – Zeta tem um valor numérico de sete, então eles sempre o dão para um Hepta. Se você entrar, ele se tornará seu codinome – explicou, pegando uma embalagem de xarope de bordo. – A letra e o ano da sua formatura. Mantém a lista de membros completamente anônima. – Eu não conhecia o alfabeto grego tão bem para saber que letra estava no pingente da minha mãe, mas foi fácil descobrir.

– Qual é a sua letra?

Ele fechou a cara.

– Rory, não podemos conversar sobre isso. Já falei demais.

– Esse segredo todo é mesmo necessário? – reclamei. – E as pessoas que escolheram a carta da esquerda ontem à noite? Elas sabem sobre a sociedade e não têm motivos para mantê-la em segredo.

– *A pessoa*, no singular – Liam me corrigiu. – Apenas um aluno fez isso. – Com a cabeça, ele indicou um garoto sentado a duas mesas de distância. Reconheci-o da minha aula de ciência da computação. – O tablete que colocamos na língua de vocês é um negócio chamado ZIP – explicou, mantendo a voz baixa. – Ele inibe a enzima no cérebro que faz as pessoas se lembrarem das coisas. Se tivéssemos te dado uma segunda dose mais forte, você não teria se lembrado da tumba.

– É isso que vocês deram a ele? – perguntei, olhando para o garoto. Ele estava comendo mingau com os olhos vazios, como se estivesse meio dormindo.

Os cantos da boca de Liam se levantaram em um sorrisinho travesso.

– Junto com uma dose baixa de rohypnol.

– Vocês deram boa noite Cinderela para ele?

Liam revirou os olhos.

– Longe disso. Era o tipo prescrito por médicos, e apenas o suficiente para fazê-lo achar que qualquer lembrança que ainda tiver são fragmentos de um sonho. – Liam puxou seu Gemini, aceso com uma nova mensagem de texto. – Preciso ir – ele disse. – Podemos conversar depois. Mas não sobre isso – avisou. – Estou falando sério, Rory. Sem mais perguntas.

– Tá bom – eu disse. – Mas você pode pelo menos me dizer se a Hershey também estava lá?

– A Hershey? – Ele soltou uma risada mordaz. – Não. Hershey definitivamente não estava lá.

– Você está agindo como se tivesse sido ridículo considerar essa possibilidade – zombei quando ele passou por mim.

Liam não olhou para trás.

– É porque *foi* ridículo.

Naquela semana, criei uma rotina e disse a mim mesma que a manteria até as provas finais. Todos os dias depois da minha última aula eu parava no carrinho de café do refeitório para tomar um *cappuccino* de baunilha e depois seguia para a biblioteca para fazer a lição de casa. Assim, eu não ficava para trás nos estudos e, principalmente, evitava voltar ao Paradiso para ver North – o que eu considerava fazer todos os dias, às quatro da tarde, quando sentia uma vontade imensa de tomar um *latte* de *matcha* e começava a me imaginar dando um pulinho no centro. *Não seria para ver o North*, garanti a mim mesma. *Ele provavelmente nem está trabalhando.* Mas todos os dias eu acabava me convencendo de que seria melhor não fazer isso. Se eu quisesse me sobressair na Noveden, precisaria me manter focada. Não podia ser distraída, muito menos por um garoto local que nunca entenderia como eu ligava tanto para os estudos.

Aparentemente, meu cérebro não havia entendido o que era preciso fazer. Naquela manhã, falamos sobre os riscos da distração na aula prática, e eu viajei no meio da discussão, imaginando se North tinha tatuagens em outros lugares além de seus braços.

Que maravilha.

Pelo menos a voz tinha finalmente calado a boca. Eu não a ouvia desde segunda-feira à noite. Também não tinha ouvido nada da sociedade. Seja lá como sua "avaliação" fosse, não parecia ter começado ainda – o que era algo bom, porque eu mal estava dormindo só com as aulas. Além de termos lição de casa suficiente para preencher todo o horário livre entre aulas, naquela semana havia um monte de atividades extracurriculares no *campus* às quais éramos encorajados a ir. Na quarta-feira houve uma fogueira dos calouros e assamos *marshmallows*, quinta-feira foi o dia da primeira confraternização esportiva, e nessa tarde havia uma feira para nos inscrevermos em atividades esportivas. Eu tinha ido aos primeiros dois eventos, mas ia pular o último. Eu gostava de me inscrever em atividades extras, mas a ideia de jogar *softball* ou *frisbee* regularmente me dava vontade de arrancar os cabelos.

– A gente podia jantar comida tailandesa hoje à noite – Hershey disse enquanto recolhíamos nossas bandejas depois do almoço. Estávamos com a Isabel e a Rachel de novo. Nós quatro tínhamos começado a sentar juntas em todas as refeições e a ficar conversando na sala comunal à noite. Izzy era autodepreciativa, esperta e lutava contra o peso. Rachel era corajosa e engraçada, e tinha uma opinião sobre tudo. Eu gostava bastante das duas, mas a conta bancária delas era do tamanho da conta da Hershey, bem diferente da minha. Havíamos saído para comer pizza depois da confraternização esportiva e pedido comida indiana na terça-feira à noite. Nas duas vezes, Hershey tinha feito o pedido por nós – pizza de trufas brancas e *dosa* de vinte e quatro quilates, duas comidas ridiculamente caras – e nas duas vezes tínhamos dividido a conta. Não era necessário consultar o Lux para saber que eu não tinha como bancar esses jantares.

– Hmmm – Isabel declarou. – Tô dentro.

– Eu também – Rachel acrescentou.

Hershey olhou para mim, levantando uma sobrancelha.

– Claro – confirmei, engolindo um suspiro. Eu sabia que podia pedir para Hershey pagar minha parte. Ela tinha oferecido quando pedimos comida indiana. Mas eu não queria. Disse a mim mesma que não achava justo com ela, mas a verdade era que não desejava lembrar às outras garotas como eu era diferente delas. E por "diferente" queria dizer "sem dinheiro".

Era engraçado estar em uma escola que era gratuita para todos os alunos e fazer parte da minoria socioeconômica. Praticamente todo mundo na Noveden era rico. E não rico do tipo meus-pais-são-médicos-e-advogados. Meus colegas de classe eram cheios da grana, aquela fortuna que remonta a gerações e que estará esperando por eles num fundo até completarem dezoito anos. Era tentador presumir que o dinheiro tinha comprado a vaga deles na Noveden – afinal, era o que a Hershey pensava sobre si mesma –, até ouvi-los falar. Sua inteligência era excepcional, intimidante. Hershey não estava em nosso quarto quando voltei naquela tarde, então deixei minha mala e fui perambular. Havia mesas dispostas na calçada e música retumbava das caixas de som no gramado. Adolescentes vestindo camisetas de times da Noveden distribuíam guloseimas e seguravam cartazes chamando os alunos para se inscreverem em uma modalidade.

Tentando evitar a agitação, peguei meu celular e segui para o lado oposto ao pátio, em direção aos campos de prática esportiva. Não tinha checado meu *feed* de notícias desde o café da manhã, assim, havia muito com que me atualizar. Às 13h53 Beck tinha postado uma *selfie* ao lado de uma fotografia emoldurada de um barco passando embaixo da ponte Ballard com o *status* "Achei que estava numa galeria de arte. Parece que não". Toquei no botão de comentários e escrevi "Aah, isso ficaria perfeito no meu *closet*".

Beck não respondeu na mesma hora, então continuei rolando a tela para baixo, dando uma olhada nas atualizações, até que de repente ficou gelado e o reflexo na tela desapareceu. Levantei a cabeça e vi uma abóbada cor de ferrugem acima de mim. Eu tinha entrado no bosque. Agora que estava prestando atenção, conseguia ouvir o barulho das folhas roçando umas contra as outras e o som distante do rio – e, se ouvisse com muita atenção, meus colegas de classe em uma disputa esportiva. Saí do *feed* e entrei na minha *playlist* nova, diminuindo o volume antes de apertar *play* para continuar ouvindo o farfalhar das árvores.

Fiquei fora do cemitério, andando ao lado da cerca, em direção aos campos de polo e aos estábulos onde o time mantinha os cavalos. O time de hóquei feminino estava jogando um amistoso no campo, e me sentei na colina para assistir. Se eu mantivesse os olhos na bola enquanto ela passava de taco para taco, por pouco não conseguiria afastar North dos meus pensamentos.

Meu Gemini vibrou no instante em que um apito soou no fim da partida. O sol começava a se pôr atrás do horizonte, levando o calor da tarde consigo. Em breve, escureceria.

@HersheyClements: o q vc tá fazendo?

Vendo o hoq. fem. jogar, digitei. Omiti "fugindo de você" e "pensando no North".

@HersheyClements: volta logo p ca. vamos comer. bj

– Estamos saindo em um minuto – ela anunciou quando entrei pela porta. Precisamos jantar cedo porque Izzy quer fazer a digestão antes de dormir. – Nossas provas de vestido para o Baile de Máscaras seriam no dia seguinte, e Izzy tinha passado a semana inteira de dieta para conseguir entrar em um tamanho menor. De acordo com o Lux, ela ainda estava três quilos acima do peso recomendado, o que parecia maluquice para mim. Ela era curvilínea, não gorda, e sua cintura era minúscula. Eu tinha minhas próprias inseguranças sobre a prova de roupa. Com pernas curtas e uma tábua no lugar de seios, eu não ficava bem em roupas formais. No baile do ano anterior eu podia ter me passado por uma garota do ginásio se fantasiando. Provavelmente foi por isso que fui sozinha.

– Encontro vocês no centro – eu disse, passando por Hershey e entrando no quarto. – Vou tomar um banho primeiro.

Ela bufou como se eu tivesse acabado de arruinar a noite inteira.

– A Izzy tem prova de vestido às nove horas amanhã – ela disse. – Ou seja, precisamos ter acabado de comer às oito e quarenta e cinco para que ela tenha doze horas pra desinchar.

– Bem, *eu* estou me sentindo nojenta e quero tomar banho – respondi. – Então ou vocês me esperam, ou eu as encontro lá. – Sabia que Hershey não ia se oferecer para ficar.

– Que seja – ela disse, tomando o Gemini da minha mão. – O restaurante se chama Thaiphoon e fica na Drake Street. – Com uma rapidez incrível, Hershey adicionou o restaurante à minha agenda virtual e salvou a localização no mapa. – Aqui. – Devolveu o portátil e saiu pela porta.

Mudei meu *status* de localização para privado, tomei uma chuveirada e coloquei meu único par de *jeans* relativamente caro (presente de despedida da minha madrasta) e uma camisa de seda que havia encontrado no meu bazar preferido de Seattle. A blusa era decotada, então coloquei o pingente da minha mãe em uma corrente maior para que ficasse pesado, impedindo que eu mostrasse meu sutiã – que decididamente não era *sexy* – toda vez que me inclinasse para a frente. Já tinha visto a Hershey usar um moletom de capuz como se fosse um *blazer*, então tentei imitá-la, dobrando as mangas e deixando-o aberto, com o capuz enfiado dentro do casaco. Vinte minutos e duas impacientes mensagens de texto da Hershey depois, eu estava pronta para sair. O sol tinha mergulhado atrás das montanhas, então preferi tomar o caminho da rua, passando pelos imponentes portões do *campus*, virando na Academy Drive e seguindo reto para a parte oeste do centro.

O restaurante era uma quadra ao norte do Café Paradiso, ou seja, a menos que eu tomasse o caminho de uma viela, o que não fazia sentido, precisaria passar na frente da cafeteria. Conforme me aproximei da porta, aberta com a ajuda de um peso que a impedia de fechar, comecei a sentir borboletas no estômago.

– Você está sendo ridícula – resmunguei.

Mantive a cabeça abaixada ao passar pelo Paradiso, fingindo estar concentrada em uma mensagem de texto. Na verdade, eu estava digitando a palavra "ridícula" várias vezes no meu bloco de notas.

— Ei.

Engasguei com o chiclete e tropecei sozinha. North me segurou pelo cotovelo e meu Gemini caiu na calçada com um barulho, quicando nas arestas de borracha. Meu chiclete grudou no cimento.

— Calminha — ele disse, e se abaixou para pegar meu portátil. Senti minhas bochechas pegarem fogo ao vê-lo olhar para a tela. — Acho que "adorável" combina melhor com você — comentou, me entregando o aparelho. Ele cheirava a sabonete e a chá Earl Grey. — Moletom legal.

— Estou indo jantar — despejei. Meus cílios estavam disparando como uma câmera fotográfica, pisca pisca pisca pisca pisca. Seu aroma, sua proximidade, essas coisas tinham aparecido do nada. Demorei um instante para me recuperar. Enfiei as mãos no bolso e tentei parecer descolada. — Thaipoon. — Apontei para a placa pouco à frente, como se ele não acreditasse em mim. — Melhor eu... — "Ir" era a palavra que vinha a seguir, mas ela ficou presa na minha garganta quando nossos olhares se cruzaram. Ali estava ela de novo. Aquela sensação de familiaridade, como se eu o conhecesse melhor do que, de fato, o conhecia.

— Você *realmente* quer jantar em um lugar caro, com porções pequenas de comida vegana tailandesa? — North perguntou.

— Estou com a sensação de que você tem uma ideia melhor — observei, sarcástica. Ele sorriu.

— E tenho. Um sanduíche de almôndegas gigante, barato e bem americano.

— O cara que bebe *matcha* e usa estévia come sanduíche de almôndegas?

— Pode crer que sim — North respondeu. — E, como não acredita em mim, agora você está oficialmente obrigada a aceitar o meu convite. — Tomou o Gemini da minha mão. — Qual é sua senha?

— Não vou te dizer!

— Tá bom. Digite você mesma. — Ele o devolveu para mim.

99

— E qual é a razão disso? – perguntei enquanto digitava os números.

— É um cuidado necessário – North disse quando lhe entreguei o celular. – Não podemos deixar que todos os seus milhares de seguidores no Fórum descubram o segredo mais bem guardado da Noveden. Caso contrário, o Giovanni pode aumentar o preço. – Ele piscou, espantado. – Seu portátil já está em modo privado.

— E por que isso é tão surpreendente?

— Porque você vive no Fórum – argumentou. – O objetivo da plataforma é justamente facilitar a narração constante da sua vida superimportante. O que seus seguidores vão pensar se não souberem onde você está a cada minuto? Como você continuará relevante desse jeito?

Fiz uma careta.

— Você é sempre cínico assim mesmo?

— Sim. – Ele devolveu o Gemini para mim. – Por que você está em modo privado?

— Minha colega de quarto estava me enchendo. Por que você tem um *laptop* gigante? – Apontei para sua bolsa carteiro. Ela não fechava de tão grande que o computador era.

— É uma antiguidade – explicou. – Na verdade, eu estava indo até uma assistência técnica a cerca de quadras daqui. Você se importa em me acompanhar até lá, e depois comemos?

Eu já estava mandando uma mensagem de texto para Hershey.

Não tô bem. :(Não vou jantar.

— Sua colega de quarto? – North questionou, acenando com a cabeça para a minha tela. Eu assenti.

— A garota que estava comigo no dia em que nos conhecemos – eu disse, desativando o modo de vibração antes de colocar o Gemini no bolso de trás da calça. Preferia proteger meu traseiro da sequência de mensagens que eu tinha certeza de que chegariam.

— Sim, me lembro dela. Ela é bem difícil de se esquecer. — North estava olhando para o outro lado, ajustando a alça da mala, então não conseguia ver seu rosto. — Melhor irmos — ele disse depois. — A loja fecha às sete da noite.

Fiz que sim com a cabeça, repentinamente insegura. Eu não era uma pessoa memorável, e sim a garota que se mistura ao resto da cena. Alguém fácil de se esquecer.

A assistência técnica ficava enfiada em uma viela. Sua entrada era escondida atrás de uma parede de tijolos nada memorável, e não era a loja supertecnológica que eu tinha imaginado. Eu estava apertada entre montes de eletrônicos antigos e algumas bijuterias aleatórias que pareciam estar à venda, mas não tinham preço aparente.

— E aí, NP?! — a garota atrás do balcão o cumprimentou, levantando o olhar do Gemini em suas mãos. Ela era da minha idade, talvez mais nova, e tinha um visual *punk*, com cabelo rosa acima do ombro e um nariz pequeno, furado com um *piercing*.

— Noelle, esta aqui é a Rory — North disse. — Ela é aluna da Academia. Rory, esta é a Noelle. O avô dela é dono da loja.

— Oi — eu disse.

— Uau! Você é aluna da Noveden? — Noelle perguntou. — Que legal! Comecei minha inscrição agora. Tem alguma dica pra me dar?

— Ainda estou surpresa por eu ter passado na seleção — admiti. — Tenho certeza de que você também vai passar — encorajei, porque esse é o tipo de coisa que as pessoas falam. Mas eu estava mesmo é pensando que o responsável pelo teste psicológico dela consideraria a decisão de pintar o cabelo de rosa e fazer *piercings* no nariz. Não havia ninguém na Noveden daquele jeito.

— Qual é o problema? — ela perguntou a North, pegando o antiquado *laptop* prateado.

A luz do teto se refletia na superfície de um medalhão dourado no armário envidraçado debaixo, atraindo meu olhar. Ele tinha o formato de uma pomba com uma dobradiça minúscula do lado esquerdo. Havia uma pequenina joia azul no olho do pássaro e uma gravura de prata em sua asa. O pingente parecia tão deslocado no meio das outras peças volumosas e grosseiras. Tão delicado e feminino entre o amontoado de relógios dourados e consoles de videogame feitos de plástico cinza.

– O disco rígido está queimado – ouvi North dizer. Eu continuava olhando para o medalhão. – Eu até podia jogar fora, mas gosto muito deste *laptop*. Você acha que o Ivan consegue consertá-lo?

– Ele consegue consertar qualquer coisa. – Noelle guardou o aparelho em uma capa acolchoada e começou a registrar o pedido. Ela sabia de cabeça as informações de contato do North. – Você precisa alugar outro computador enquanto esse não fica pronto? – ela perguntou, girando a tela *touchscreen* para North assinar. – Ah, espera, você tem, tipo, outros sete computadores.

– São nove, na verdade – North corrigiu, com um sorriso largo.

Demorei um instante para sacar a conversa.

– Você tem *nove* computadores? Você é um colecionador ou algo assim? – perguntei.

– Computadores antigos são um *hobby* – North disse enquanto colocava a mala no ombro. – Então você me liga quando estiver pronto? – perguntou à Noelle.

– Aham – ela assentiu, pegando seu Gemini.

– Boa sorte com sua inscrição na Noveden – eu disse a ela.

– Valeu – ela respondeu distraidamente, já de volta ao portátil. North abriu a porta para mim e eu saí da loja.

– E agora – ele disse ao se juntar a mim na calçada –, vamos jantar. – Ele apontou para um toldo verde bem ao lado da assistência técnica. O nome "Giovanni's" estava decalcado em letras brancas já descascadas.

Eu estava esperando um lugar de comida *fast-food*, mas era um restaurante de verdade, com um punhado de mesas com toalhas brancas. O próprio Giovanni estava na cozinha. Ele cumprimentou North com um abraço de urso que deixou uma mancha de molho de tomate nas costas da sua camiseta e voltou rapidamente para fazer nossos sanduíches – que, North explicou, não faziam parte do cardápio. Ele costumava comer naquele restaurante quando criança, e Giovanni notou que o garoto nem tocava no espaguete; em vez disso, separava as almôndegas e as colocava entre duas fatias de pão de alho, depois despejava molho marinara em cima da combinação. Um dia, Giovanni serviu North com a criação do próprio garoto, do jeitinho que ele gostava, e vinha fazendo isso desde então.

– Então você cresceu por aqui? – perguntei quando saímos. North carregava nossos sanduíches em uma sacola embaixo do braço.

– Cresci em Boston – contou, guiando o caminho, e desceu a viela estreita atrás da Main Street. – Mas costumávamos vir bastante pra cá, pra visitar minha tia. Ela é dona do Paradiso – explicou –, só que quase não aparece mais hoje em dia.

– E seus pais...?

– Meu pai ainda mora em Boston – respondeu. – Ele tenta fingir que seu filho não desistiu do ensino médio. Minha mãe morreu quando eu tinha três anos.

De repente aquela sensação de familiaridade fez sentido. A mãe dele também tinha morrido. Com toda a tecnologia existente para evitar acidentes e curar doenças, nós, órfãos de mãe, éramos raros. Eu era a única aluna da Roosevelt sem mãe, e provavelmente a única da Noveden também. Queria contar a North que éramos parecidos, mas as palavras ficaram presas na minha garganta.

– Por que você desistiu do colégio?

Ele deu uma olhada rápida para mim.

– Escola não é minha praia.

– Então agora você só faz café?

Seus olhos se anuviaram.

– Me desculpe se não sou bom o suficiente pros seus padrões.

– Não quis dizer isso – me corrigi rapidamente, corando. – Você é bom pros meus padrões. Na verdade, nem tenho padrões.

– Uma garota como você deveria ter padrões. – North estava mostrando aquele sorriso divertido de novo. – Padrões altos. – Ele tinha parado na porta dos fundos do Paradiso. Havia outra porta ao lado dela, feita de metal em vez de vidro. – Quero dizer, desde que esses padrões não te proíbam de jantar com um cara mais velho, que só faz café e que desistiu da escola, no apartamento vazio dele – North disse, girando a maçaneta da porta de metal.

As palavras "apartamento vazio" reverberaram na minha cabeça.

– Quantos anos exatamente esse cara tem? – perguntei ao passar por ele, como se estivesse flertando, e escondendo o fato de que, na verdade, estava completamente assustada com a ideia. Depois da porta, havia um lance de escadas para cima. North cerrou a porta atrás de nós e as duas fechaduras.

– Dezessete – ele disse, subindo os degraus. Senti minhas pernas fraquejarem enquanto o seguia. Era a primeira vez que eu estaria no quarto de um garoto, com exceção de Beck. Mas Beck não contava.

Havia uma segunda porta em seu andar, com uma campainha ao lado da maçaneta e duas fechaduras no batente. North abriu a porta, usando uma chave para cada trava e uma terceira para a da maçaneta. *Por que havia tantas fechaduras?*

Não precisava do Lux para saber que eu não pertencia àquele lugar. Eu deveria estar com as minhas colegas – se não fosse no Taiphoon com Hershey e as meninas, então que fosse no refeitório do *campus*, comendo peixe assado e acelga e discutindo Jane Austen ou a teoria das cordas. Mas "deveria" não importava muito naquele momento, porque fazer o que eu deveria fazer significaria perder aquilo que eu estava vivendo.

– Primeiro as damas – North disse, abrindo a porta.

10

A porta da frente se abriu, mostrando a sala. Ela não era bem um cômodo, e sim uma área com um sofá, uma mesinha e uma estante lotada de livros apertada entre uma cozinha minúscula e um quarto ainda menor.

– Então você mora sozinho? – perguntei ao seguir North até a cozinha. Presumi que fosse o caso, já que havia apenas uma cama de casal.

Ele fez que sim enquanto tirava os sanduíches da sacola.

– Este lugar é coberto pelo aluguel do Paradiso. Quando comecei a falar em me mudar pra cá, minha tia disse que eu podia morar aqui de graça. – North deu uma mordida no sanduíche, e o molho marinara escorreu até seu queixo. Examinei meu sanduíche, desejando ter um garfo e uma faca. – Vá em frente – ele disse. – Não tem como não fazer sujeira. Mas, depois da primeira mordida, você nem vai ligar.

Ele estava certo. Os ingredientes sozinhos não tinham nada de mais, mas juntos ficavam deliciosos, do tipo que você recomenda para todo mundo. Por um segundo, desejei que o Lux estivesse ativo para eu poder marcar o sanduíche como meu favorito. Mas o sanduíche de almôndegas do Giovanni, assim como o *latte* de *matcha* do North, não constava em nenhum cardápio, então seu sabor não poderia ser comparado com meu histórico de consumo ou adicionado aos meus gostos.

– Quer ver um filme? – ele perguntou, sua voz abafada pela almôndega.

Limpei rapidamente os cantos da boca.

— Você tem televisão?

— Não exatamente, mas tenho um *laptop* com DVD *player* e um monte de DVDs. — Ele apontou para a última fileira da estante, repleta de retângulos de plástico em vez de livros. — Escolha um.

Eu me aproximei e dei uma olhada nos títulos. *Rudy*; *Rocky, um lutador*; *Sorte no amor*; *Hoosiers – Momentos decisivos*.

— Você só tem filmes antigos de esporte – observei.

— Ah, mas eles são muito mais que isso – North replicou. – Você já viu algum deles?

Balancei a cabeça.

— Qual é seu preferido?

North pensou por um instante e em seguida abriu um sorriso largo.

— Sente-se – ele me pediu. – Vou colocar meu preferido. Não quero que você saiba nada sobre o filme antes de assistir. – Ele caminhou até a prateleira e pegou um DVD no qual eu ainda não tinha chegado, ficando de costas para que eu não lesse o nome.

Tirei o portátil do bolso para checar o horário. Eu tinha seis mensagens de texto da Hershey. A última era de três minutos atrás e estava toda escrita em letras maiúsculas.

@HersheyClements: ONDE VC TAH?!?!

Conferi rapidinho a localização dela. Drake com a Main. Ela ainda estava no restaurante.

— Sua colega de quarto de novo? – North perguntou.

— Aham. Vou dizer que estou na biblioteca pra ela me deixar em paz.

— Não minta. Não por mensagem de texto, pelo menos. Só não responda.

— Ela não vai saber que eu estou mentindo – respondi. – Estou no modo privado.

– Não importa. Sua localização está escondida do mundo externo, mas seu Gemini ainda reconhece suas coordenadas de GPS. E, mesmo que não esteja ativo, o Lux as registra.

– Como você sabe?

– Está nos termos de uso.

– Você leu os termos de uso?

North ergueu as sobrancelhas.

– Você *não* leu?

– Ah, vai. Ninguém lê essas coisas.

North meneou a cabeça.

– Você percebe como isso é maluco? Você permite que o Lux tome decisões por você e nem sabe como ele as toma?

Ignorei esse comentário.

– Tá bom. Vamos supor que você esteja certo...

– Eu estou certo.

– E o Lux sabe onde estou agora. Por que não posso mentir sobre isso?

– Porque o Lux usa um algoritmo de *slicing* – North respondeu. – Significa que ele foi criado para detectar padrões de eventos baseando-se apenas em pequenos vislumbres da experiência do usuário. Digamos que o Lux te identificou como uma pessoa que mente apenas quando se sente culpada, quando está tentando não magoar alguém ou quando está fazendo algo que sabe que não deveria. Como, por exemplo, passar um tempo no apartamento de um cara mais velho. – Vi a sugestão de sorriso em seu rosto. – Se você mentir sobre sua localização agora, o Lux vai reunir dados sobre essa situação, incluindo suas coordenadas, e redirecioná-la, tentando afastá-la de situações como essa no futuro. E eu falo por mim quando digo que não quero que isso aconteça.

Soava um pouco paranoico, mas a verdade é que eu não tinha ideia de como o Lux funcionava. Todas as vezes em que aparecia uma janela *pop-up* com um aviso de privacidade ou uma atualização dos termos de uso, eu apenas pressionava Aceitar.

Coloquei o Gemini virado para baixo na mesinha e olhei para North.

– E aí, vamos ver esse filme ou não?

– E aí, o que achou? – North perguntou quando os créditos começaram a aparecer.

– Foi... interessante – eu disse.

– Então você odiou.

– Não! Eu gostei. É que... não sei como devo me sentir a respeito. A voz na cabeça do Ray era a Dúvida, certo? Então é pra sentirmos pena dele?

North emitiu um som que parecia uma risada.

– É pra você se sentir tocada. Inspirada!

Nervosa, me contorci. A história *era* inspiradora, era esse o problema. A mensagem do filme tinha me deixado inquieta. O personagem principal ouve uma voz em sua cabeça dizendo "Se você construir, eles virão", então decide construir um campo de beisebol em seu milharal, e vários jogadores de beisebol mortos aparecem para jogar. Além de ser completamente aleatório (por que esses jogadores de beisebol estavam lá, numa boa, procurando um lugar no qual jogar?), achei muito irritante esperar que os espectadores acreditassem que o cara imediatamente entende o que a voz está dizendo. A frase é críptica e completamente vaga, mas mesmo assim Ray entende que "Se você construir, eles virão" significa "Construa um campo de beisebol em seu milharal"? Aham, vai esperando. É tããão óbvio que ele chegaria a essa conclusão.

– É... implausível – ponderei com cuidado, sem querer falar mal do filme preferido de North.

– Quem disse?

Olhei para ele.

– Hum... eu disse. Uma voz na cabeça do cara o mandou construir um campo de beisebol. Em um *milharal*.

– E veja só o que aconteceu! – North respondeu. – Ele salvou a fazenda.

Ficou em harmonia com seu pai. Trouxe alegria às pessoas. Pense em como o sujeito teria ficado se não tivesse ouvido a voz.

Comecei a dizer que perder uma fazenda é melhor que perder a própria cabeça, mas parei quando vi North dar uma olhada no cuco de madeira na parede. Já eram quinze para as nove.

– É melhor eu ir – eu disse rapidamente, antes que ele fizesse essa sugestão, e me levantei. – Obrigada pelo sanduíche. E pelo filme.

– Devíamos repetir a dose um dia desses – North sugeriu, me levando até a porta. – Agora que eu sei que você prefere filmes como *Rocky*. Sem caras mortos ou vozes sem corpo. Apenas socos e obstinação.

– Perfeito – concordei. Passei pela soleira da porta e parei no patamar, do lado de fora do apartamento. Eu esperava que North fosse me seguir, mas quando me virei vi que ele havia recuado para dentro do apartamento, com o corpo atrás da porta aberta. Disfarcei minha decepção. – Tchau – me despedi, acenando de leve antes de dar as costas para ele.

– Rory?

– Eu. – *Graças a Deus*, pensei, girando nos calcanhares para encará-lo. Talvez beijá-lo me faria parar de pensar nisso. Meu coração martelava quando o olhei, canalizando uma garota que sabia como ser beijada. Mas eu não sabia. Só havia tido um namorado, na nona série, e beijá-lo era como beijar um peixe: só beicinhos e selinhos.

– Não diga para a Hershey que estávamos juntos hoje, tá?

Parecia que alguém tinha esmagado meu coração. Era tão impossível esquecer a Hershey que North até lembrou seu nome. Eu não havia falado o nome dela, disso eu tinha certeza.

– Tudo bem. – Minha voz saiu murcha.

– Não é nada pessoal, só que...

– Sem problemas – eu disse, exibindo um sorriso. – Eu entendo. – Antes que a situação ficasse mais esquisita, me virei e desci a escada. No meio do caminho, ouvi a porta do apartamento se fechar.

Ele gosta de privacidade, disse a mim mesma enquanto andava até o *campus*.

– Ou ele está completamente envergonhado de ser associado a você – murmurei.

Chegando ao pátio, avaliei as janelas antes de encontrar a do meu quarto. A luz estava acesa. Hershey ainda estava acordada. Com um suspiro, peguei meu Gemini para abrir a porta principal. Havia uma nova mensagem de texto na tela.

DE: NÚMERO BLOQUEADO
Um homem construiu uma casa retangular
Todas as janelas eram viradas para o sul
De que cor era o urso?

Assim que eu abri a mensagem, outra chegou:

Você tem trinta segundos para responder.

Na mesma hora meu coração começou a acelerar. Era uma mensagem da sociedade; devia ser. Era parte da avaliação deles. Mas a pergunta não fazia sentido. O que a forma da casa do homem tinha a ver com o urso que viu? Comecei a entrar em pânico. Era uma pegadinha? Como eu saberia de que cor era o urso se não sabia que *espécie* de urso era, e como eu saberia sua espécie se não sabia onde...

De repente, entendi. *Todas as janelas eram viradas para o sul.* A casa ficava no polo Norte. O animal era um urso-polar. Era um urso branco. Digitei a resposta com rapidez. Em segundos, recebi outra mensagem.

Parabéns, Zeta.

Minha respiração saiu com um silvo quando soltei o ar que estava segurando. Fase 1 completada. Por quantas mais eu precisaria passar?

Ainda agitada por causa da adrenalina, fui até a sala comunal para tomar chá. Havia um grupo de alunos do segundo ano nos sofás se divertindo com um jogo de tabuleiro, então sentei em uma das longas mesas de estudo. Uma hora depois eu ainda estava lá, debruçada sobre minha tela, tentando resolver as charadas mais difíceis que consegui encontrar enquanto segurava um chá de camomila frio. Da próxima vez que fosse contatada pela sociedade, eu estaria pronta.

Acordei com os sons de um dedo tocando na tela e de páginas virtuais sendo viradas. Hershey estava sentada de perna de índio na cama dela, folheando a *Vogue* em seu *tablet*. Ela estava dormindo quando, à meia-noite, finalmente voltei para o nosso quarto, me deixando escapar do inevitável interrogatório. Ou, em vez disso, adiando-o até agora.

– Se você não queria jantar com a gente, deveria ter falado desde o começo – ela disse assim que abri os olhos.

– Eu parei na biblioteca pública e acabei me distraindo – disse a ela enquanto esfregava os olhos. Eu nunca tinha visitado o prédio de tijolos vermelhos no centro da cidade, mas havia lido que ele ficava aberto até às onze da noite nas sextas-feiras e nos sábados. E, com base no que Hershey já pensava de mim, era fácil ela acreditar que eu tinha escolhido passar minha noite de sexta-feira lá.

Hershey era excelente em ler pessoas, por isso eu estava absolutamente preparada para o caso de perceber minha mentira. Mas ela apenas suspirou.

– Eu me preocupo com você, Rory. Você está estudando demais. – *Em comparação com você, todo mundo está*, respondi mentalmente. Hershey não tinha nem pisado na biblioteca desde que havíamos chegamos no *campus*, e eu não a tinha visto estudar uma vez sequer. Ela jogou o *tablet* de lado.

– Mas eu entendo – disse. – Senti sua falta, só isso.

Aquilo me desarmou. Por que eu a criticava tanto? É claro que Hershey tinha defeitos e às vezes falava coisas que me davam vontade de arrancar minha própria pele, mas ela sempre me incluía nas coisas. Ela estava se esforçando para ser minha amiga e eu a tratava muito mal.

– Melhor irmos agora – concluiu, saindo rapidamente da cama. – Não quero chegar atrasada para a prova de roupas.

Tomamos o caminho pela rua até o centro. Hershey estava andando rápido, então peguei meu portátil para checar novamente o horário do nosso compromisso. Estávamos marcadas para as dez horas, e ainda eram nove e quarenta e cinco. Naquele ritmo, chegaríamos dez minutos mais cedo.

A loja ficava ao sul da Main Street, o que era bom, porque não precisaríamos passar pelo Paradiso. Eu ainda não sabia como me sentia sobre North ter pedido para não contar nada a Hershey, mas definitivamente não ia passar com ela na frente do café no dia seguinte. Ele acharia que eu estava fazendo aquilo de propósito, para provar alguma coisa.

– "Seu destino encontra-se à esquerda" – o Lux anunciou quando chegamos a uma loja com uma porta de vidro opaco. Pela vitrine, vi cabides e mais cabides de vestidos de festa supercoloridos, cada um coberto por um plástico transparente, e uma garota da minha seção com o alfaiate. Havia outra esperando em uma cadeira.

– "Seu compromisso começa em onze minutos."

– Maravilha! – Hershey declarou. – Temos tempo para um café. – Ela começou a andar em direção ao Paradiso.

– Por que não vamos até o Grãos de River City? – sugeri, me apressando para alcançá-la. A única coisa pior que passar na frente do Paradiso com a Hershey era entrar no café com ela.

– Porque já chegamos ao Paradiso – a ouvi dizer. Ela se aproximou da janela saliente do café e sorriu. – E porque ele trabalha aqui, não lá.

Hershey abriu a porta e entrou alegremente. North virou a cabeça em nossa direção quando a sineta fez barulho, seu olhar encontrando o meu. Ele o segurou por um instante, depois olhou para Hershey. Nenhum sorriso, nenhum cumprimento, nem mesmo um sinal de reconhecimento em seus olhos. Fiquei desapontada.

– Oi, Rory – uma voz feminina disse. Era a moça de cabeça raspada que eu tinha conhecido no dia em que fui ao cemitério com North. Não havíamos sido formalmente apresentadas, então ele devia ter dito meu nome à garota.

Mudei o ângulo do meu corpo de maneira que North ficasse fora da minha linha de visão. Se ele me ignoraria, eu faria o mesmo.

– Quero um *cappuccino* médio de baunilha. Dose tripla.

– E pra você? – ela perguntou a Hershey.

– Café puro – Hershey respondeu. – Grande. – Achei que minha colega de quarto focaria sua atenção em North por causa do comentário à porta, mas ela não fez isso. – Como vocês se conhecem? – Hershey perguntou quando a garota foi preparar nossas bebidas.

– Entrei aqui no caminho para a biblioteca ontem à noite – respondi, vagamente. Então, da maneira mais casual e desinteressada que consegui, disse: – Aquele não é o cara que você achou gostoso?

– Gostoso, não – Hershey corrigiu. – Levemente *sexy*. E só achei isso porque estava cansada, sob efeito do *jet-lag*, e não estava pensando direito. – Por cima do ombro, ela deu uma olhada para North. Eu podia vê-lo com o canto dos olhos lavando as latas de leite na pia. – Então – sua voz ficou mais alta, como se anunciasse as próximas palavras –, contei que estou saindo com alguém?

Isso explicava as escapadas noturnas. Tentei parecer surpresa.

– Sério?

Hershey confirmou com a cabeça de modo dramático.

– É meio escandaloso – ela disse. – Então estamos mantendo em segredo. Mas a química entre nós é *intensa*. – Ela deu uma olhada rápida para North de novo, claramente para checar se ele estava ouvindo. North não estava olhando para nós, mas eu sabia que ele a tinha ouvido. Assim como todo mundo no café. Hershey era uma garota linda falando alto sobre ficar com alguém. Esse era o tipo de coisa na qual as pessoas prestavam atenção.

– Ele é aluno da Noveden? – perguntei.

Hershey me lançou um sorriso misterioso.

– Seu compromisso começa em dois minutos – ouvi o Lux dizer quando a garota de cabeça raspada colocou nossas bebidas no balcão.

Beberiquei meu *cappuccino* e sorri.

– Hum. Muito melhor que o *matcha* que eu bebi da última vez. – Era um comportamento imaturo e uma provocação bem fraca, mas eu não podia evitar. Notei Hershey olhar de novo para North ao pegar seu café.

– Você está mesmo saindo com alguém? – perguntei a ela quando saímos na calçada.

– "Saindo" é modo de falar – ela disse, passando seu braço pelo meu. – Ficando em lugares variados e não convencionais é uma definição mais precisa. – O comentário me deixou intrigada e levemente enojada. O quão não convencionais esses lugares eram? Contra minha vontade, minha mente se voltou ao sonho que eu tinha passado a manhã inteira tentando esquecer. North e eu no chão do mausoléu, na chuva. De repente, comecei a me enraivecer e, quanto mais pensava na forma com que ele tinha me tratado, mais brava eu ficava. O cara é meigo e atencioso quando estamos só nós dois, mas age como se não me conhecesse quando a Hershey está por perto? Meu Deus, era tão *óbvio*. E ofensivo. Estava claro que North não queria que eu contasse sobre nós dois porque não queria arruinar nenhuma chance com ela. Eu estava mais irritada comigo mesma por ter concordado em manter segredo. Eu devia ter dito: "Sabe o que é uma ideia melhor, seu imbecil? Não vamos mais nos ver".

– Então, qual você prefere? – ouvi a dona da loja perguntar, interrompendo o discurso na linha quem-você-pensa-que-é que eu estava dando a North na minha cabeça. Eu tinha provado seis vestidos; desses, Lux tinha escolhido cinco e Hershey, um. Aquelas roupas tinham sido feitas para celebridades, não para uma simples garota de dezesseis anos com joelhos pontudos e uma postura horrível, mas ainda não conseguia me decidir. Hershey tinha escolhido o primeiro vestido que provara, um longo vermelho com um decote profundo e uma fenda lateral até a coxa. Parecia que a dona da loja ia ter um ataque cardíaco quando Hershey saiu do provador com ele.

– Hum – eu disse pela centésima vez. O vestido que eu tinha colocado era bonito. Um tomara que caia preto e simples. Comecei a dizer que aquele era meu escolhido, quando Hershey abriu a boca.

– Ela vai levar o Dior – ditou, apontando para o vestido de festa de tafetá verde no cabideiro atrás das minhas costas. Era a peça que Hershey tinha eleito para mim, um vestido que eu nunca teria escolhido sozinha. Ele era grande e brilhante, com joias no corpete e camadas e mais camadas de crinolina por baixo. Mas serviu, e a cor me fazia parecer menos pálida que o normal, por isso concordei.

Enquanto eu vestia meu *jeans*, senti o Gemini vibrar.

Nova mensagem no Fórum!

@KatePribulsky: desculpa por aquela hora. explico dps. vc pode passar aqui hj a noite?

Não reconheci o nome, então dei um *zoom* na foto do perfil. Cabeça raspada, *piercing* no nariz. Era a garota que trabalhava com North. Como ela não tinha nada pelo que se desculpar, era ele quem tinha escrito a mensagem.

Meu coração balançou ao pensar isso, me deixando irritada comigo mesma. Eu era tão patética.

Digitei "não posso hj" e em seguida bloqueei @KatePribulsky.

"

Na sexta-feira seguinte, depois de uma aula particularmente massacrante de prática, escorreguei na minha carteira em psicologia cognitiva e suspirei. O Baile de Máscaras era no dia seguinte e, ainda por cima, eu ficaria dois dias longe da Besta, mais conhecida como dra. Tarsus.

A aula dela continuava sendo cinquenta e cinco minutos de um verdadeiro inferno todas as manhãs. Eu não odiava a matéria ou o formato da aula, apenas a professora. Todas as vezes que tentei participar da aula, levei uma dura por isso. Meus comentários eram "obtusos" ou "errôneos" ou "lamentavelmente incorretos". Quando eu ficava quieta, Tarsus brigava comigo, me acusando de não ser participativa. Não dava para acertar com ela.

Coloquei meu Gemini no suporte para celular e peguei o *tablet* para sincronizá-lo. Estávamos estudando as partes do cérebro e hoje focaríamos no lobo frontal. Mas a tela na frente da sala estava escura. Rudd passava pela sala com seu portátil, parando em cada carteira. Irreverente e aberto a perguntas, Kyle Rudman era o oposto de Tarsus e, de longe, meu professor preferido.

– Já estamos no capítulo três? – alguém perguntou, mostrando pânico na voz.

– Não – Rudd respondeu quando parou na minha carteira. – Continuaremos no capítulo dois por mais alguns dias. Só estamos dando uma parada hoje para conversarmos sobre seus projetos de pesquisa. – Ele pegou meu portátil. – Oi, Rory. Você está com TPA, certo?

Minha boca secou. Sabia que ele estava perguntando sobre meu tema, mas o modo como fez a pergunta agitou o medo que percorria meu corpo. Eu não ouvia a voz desde aquele momento na arena, mas continuei pensando nela. Estava seriamente repensando minha escolha de tema para o projeto, desejando ter confiado no Lux para isso. Todas as vezes em que eu começava a ler um artigo científico ou um trabalho acadêmico, aquela incerteza incômoda voltava. Eu me pegava questionando a ciência, tentando encontrar uma brecha na pesquisa – a qual, aliás, era bem menos conclusiva do que eu tinha sido ensinada a acreditar. Havia teorias defendendo que a eliminação de conexões sinápticas no lobo frontal poderia causar alucinações auditivas, mas nenhuma prova real – fato esse que todos os livros e professores de ciências tinham encoberto completamente. Em certos momentos eu tinha certeza de que havia mais sobre a Dúvida do que a pesquisa revelava. Era por isso que o Lux tinha me afastado do TPA como escolha de tema? O aplicativo sabia, de algum jeito, que eu reagiria dessa forma? Isso era alarmante por si só. Praticamente todas as fontes que eu havia encontrado comentavam a existência de pessoas mais predispostas a ouvir a voz e menos capazes de bloqueá-la. Será que eu era uma delas?

– Rory?

– Ah, aham – eu disse. – TPA. – Rudd apertou um botão em seu portátil, e um novo ícone apareceu na minha tela. Ele era vermelho, com as letras "DSP" no centro e o símbolo de um pequeno cadeado no lado superior direito.

– Agora todos vocês têm acesso limitado à base de dados de registros médicos do Departamento de Saúde Pública – Rudd disse ao voltar para a frente da sala. – Seu *login* está codificado para o tema que vocês escolheram, permitindo que analisem os registros médicos dos pacientes que sofreram dos transtornos mentais que estão estudando. – Ele pegou seu *tablet* da mesa e tocou no ícone do DSP, abrindo o aplicativo na frente da sala. – Sei o que alguns estão pensando – brincou, fingindo seriedade ao fazer *login*. – Vocês estão torcendo para conseguir provar de uma vez por todas que aquele seu amigo da onça é mesmo um louco de pedra. Mas sinto informar que seu acesso está restrito aos malucos *que já morreram*, e de qualquer maneira essa base de dados é anônima, assim, as únicas informações de identificação que terão serão sexo, etnia e datas de nascimento e de óbito. – Ele forçou uma cara de decepção, e todos rimos.

Depois de acessarmos a base de dados, Rudd nos deu um breve tutorial sobre como pesquisar por diagnóstico e filtrar os resultados.

– O objetivo aqui é brincar de detetive. Vocês devem procurar pistas de como a patologia que estão estudando afeta o bem-estar de um paciente, encontrar padrões e semelhanças entre diferentes pacientes e discutir a trajetória do diagnóstico à morte. Quais são os pontos centrais? Como a política de saúde poderia ser aprimorada para dar melhor qualidade de vida às vítimas da sua doença?

Ver como a Dúvida tinha arruinado a vida de várias pessoas certamente ajudaria a silenciar a cética que havia em mim. Tô nessa.

As garotas já se encontravam no refeitório quando cheguei para almoçar. Izzy estava no bufê de saladas, analisando sua tela.

– Está escrito apenas "pepinos" – ela disse quando me aproximei. – Isso quer dizer que posso comer quantos pepinos eu quiser? – Olhou para mim, esperando uma resposta. Izzy estava usando o Lux para perder peso para o baile e ainda faltavam 200 gramas para alcançar seu objetivo.

– Acho que... sim?

– Excelente! – comemorou, jogando todos os pepinos do bufê em seu prato.

Peguei uma bandeja e a deslizei pelo balcão. Eu estava dando uma olhada nos ingredientes da salada de frango chinesa quando senti alguém atrás de mim.

– Você vai assistir à partida amanhã? – ouvi Liam dizer.

– Ahn... – Presumi que ele estivesse se referindo ao polo aquático, mas nunca pensaria em ir a uma partida. Eu podia contar em uma só mão o número de eventos esportivos aos quais tinha ido.

Liam notou a expressão em meu rosto e riu.

– Vou interpretar isso como um "não".

– Não gosto muito de esportes – eu disse, em tom de desculpas.

– Bem, já que você disse não para minha primeira pergunta, não pode dizer para a segunda.

– Oh-oh – eu disse, olhando para ele com uma desconfiança fingida.

– Vem comigo ao baile?

Quando o ouvi me convidando de novo para um evento da escola achei, por um segundo, que ele ainda estava falando do polo aquático.

– O Baile de Máscaras?

– Existe algum outro baile sobre o qual eu não saiba? – provocou. Alguns segundos se passaram enquanto eu fiquei parada, surpresa demais para continuar com a minha parte da conversa. *Ele estava me chamando para sair?* Minha autoestima não era tão baixa, mas caras como Liam não costumavam se interessar por garotas como eu. Mas, bem, eu não tinha muita experiência com caras como Liam. Olhei para trás dele e vi Hershey no bufê de sopas, nos observando.

– Claro – respondi, finalmente. – Vou com você.

Liam abriu um sorriso largo.

– Maravilha. Te vejo amanhã.

Assim que ele se afastou, Hershey se aproximou.

– Sobre o que vocês estavam conversando? – perguntou, pousando sua bandeja ao lado da minha e alcançando um par de pegadores metálicos.

– Liam me chamou para o baile – despejei.

– Olha só! – ela disse, batendo de leve seu quadril contra o meu. – Você vai ficar com ele?

– Não! Quer dizer, ele me chamou pra sair. Não estou pensando no que vai acontecer.

– Bem, comece a pensar – Hershey insistiu. – Ou você consegue se imaginar ficando com ele ou não consegue.

Como eu poderia ficar com Liam quando todas as vezes que ouvia a palavra "ficar" logo pensava em North?

– Acho que consigo imaginar – considerei a possibilidade. – Talvez.

– Então você gosta dele.

– Acho que é um cara legal.

– Não confunda estratégia com gentileza, Rory – ela disse, batendo seus pegadores na minha cara como se fossem a mandíbula de um crocodilo. Então riu e continuou empurrando sua bandeja para o bufê.

A Grande Rotunda tinha ficado bloqueada a semana inteira, e, quando passei por suas portas no sábado à noite, entendi o motivo. As austeras superfícies de mármore do cômodo estavam escondidas sob elaboradas peças que pareciam crescer das paredes em vez de estar na frente delas.

– Não consigo acreditar em como você está incrível – Liam elogiou ao abrir a porta, sua voz ecoando por trás da máscara de leão.

– É o vestido – respondi. *E o fato de que meu rosto está completamente coberto*, quis acrescentar.

Protegidas por camadas e camadas de papel de seda, nossas máscaras tinham sido entregues por um mensageiro ao dormitório na quinta-feira à tarde. Quando vi a minha e a de Hershey, soube que estava certa. Essas eram exatamente as mesmas máscaras que eu tinha visto na arena naquela noite, mas de perto elas eram ainda mais espetaculares. Eu havia recebido um pavão. Seu longo bico era feito de uma laca amarela macia, com tiras brancas texturizadas em cima e abaixo dos furos no lugar dos olhos. Ao toque elas pareciam feitas de couro, e estavam perto de uma centena de pequeninas penas curvadas na crista. Formada por penas de azul e verde iridescente, a crista vertical era uma peça separada, presa com um arame duro a uma presilha cheia de joias. Ficaria perfeita com meu vestido esmeralda. A máscara de jaguar de Hershey era menos deslumbrante, mas tão bonita quanto a minha. Coberta por pelos de um preto de aparência molhada, a julgar pela textura, parecia ter vindo de um autêntico felino selvagem. Era difícil acreditar que as máscaras tinham quase trezentos anos. Exceto por pequenas áreas de pelos emaranhados e por uma pena dobrada, elas estavam em perfeitas condições.

– Não. É a garota *no* vestido – Liam corrigiu. Ele estava usando a máscara de leão outra vez e, sob a luz, fiquei espantada com sua verossimilhança, da juba grossa e caramelo ao felpudo nariz triangular e à boca preta virada para baixo. – O único jeito que você ficaria mais bonita – Liam acrescentou, dando um aperto na minha mão – seria se essa máscara não estivesse escondendo seu lindo rosto.

Era uma coisa brega de se dizer, mas ele parecia estar sendo tão sincero que derreti um pouco. Ninguém conseguiria me ver mesmo.

– Uau – ouvi Liam dizer atrás de mim. Na verdade, foi mais um grunhido, como se a palavra tivesse escapado de seus lábios contra a vontade. Foi difícil seguir seu olhar, já que eu não conseguia ver seus olhos, mas não havia dúvidas sobre a causa daquela reação.

Hershey estava de pé a alguns metros de distância, ao lado de um vulcão em erupção, conversando com um homem em uma cabeça de urso marrom. Uma nuvem de gelo seco levantou-se em volta dela, agitando levemente a barra de seu vestido vermelho. Conhecendo Hershey, sabia que ela provavelmente tinha escolhido aquele lugar só pelo efeito. Ela tinha enrolado os braços nus com cadarços de couro preto e escurecido seus ombros com riscos de delineador *kajal*, confundindo o limite entre máscara e pele. "Uau" era a palavra certa.

– Ah, olha só. A Hershey chegou – eu disse casualmente, como se nós não a estivéssemos encarando pelos últimos dez segundos. Observei-a colocar a mão no antebraço do urso, e ele afastá-la. Quem estava por baixo da máscara? Havia algo de familiar em sua postura, mas não conseguia me lembrar de onde o conhecia. Seria aquele o garoto misterioso com quem ela estava ficando? Se fosse, os dois estavam claramente tendo problemas. Pela linguagem corporal do cara, dava para sacar que ele não queria ter aquela conversa. Dei um passo na direção da Hershey, mas Liam segurou meu braço.

– Vamos dançar – sugeriu, colocando-se na minha linha de visão. Tornei a me espantar com a semelhança da máscara com um leão de verdade, até nos bigodes.

– Hum, tudo bem – respondi, sem saber se conseguiria fazer isso naquele vestido, ou naquele salto. Agarrei a mão de Liam para me apoiar enquanto ele me levava para o meio da pista de dança.

— Consigo te ver atrás da sua máscara – ele disse ao envolver minha cintura com seus braços. – Me analisando com esses olhos azuis impenetráveis.

— Te analisando, é? – Na verdade, eu estava focada demais na estranheza de tentar dançar lentamente com uma máscara gigante na cabeça para analisar qualquer coisa, mas ele não precisava saber disso.

— Você estava fazendo isso quando nos conhecemos – Liam replicou. – Eu estava tentando ser bacana e charmoso, mas seus olhos não te entregavam. O tempo todo fiquei pensando "E aí, essa garota gosta de mim ou não?" E tenho me feito essa pergunta desde então.

Ele ficou em silêncio, como se esperasse minha resposta. Eu vacilei. O que deveria dizer? Eu gostava dele, no sentido comum da palavra. Mas no sentido a que ele se referia? Até Hershey ter me interrogado no dia anterior, isso nem tinha passado pela minha cabeça.

— Como eu não gostaria? – eu disse, com leveza. – Eu...

— Temos muito em comum, sabe – Liam me interrompeu. – Nós dois estávamos confinados em uma prisão de mediocridade – continuou. – A sua era em Seattle, a minha era em Boston. E agora estamos aqui. No caminho para algo muito, muito melhor.

Meus pelos se arrepiaram. Sim, houve momentos em que me senti deslocada em Seattle. E vezes em que só queria escapar daquilo. Mas não tinha sido uma prisão, e a vida do meu pai e da Kari não era *medíocre*. Quem Liam era para julgar a vida dos outros, afinal?

Ele percebeu minha reação.

— Isso não soou como eu queria – emendou rapidamente. – Quis dizer que faríamos uma ótima dupla. – Liam apertou levemente meu quadril. – Isso se você conseguir me aguentar. – Através da malha pintada que era a boca do leão, o vi mordiscando o lábio inferior, inseguro, e percebi que sua confiança era um fingimento, assim como seu colarinho levantado e a bandeira da Inglaterra em seus sapatos Oxford. Parte da *persona* que ele tinha trabalhado tanto para adotar. Atrás daquela máscara, havia um garoto que vinha de uma porcaria de bairro usando as roupas de outra pessoa. Amoleci.

– Humm... – provoquei. – Eu precisaria ir a eventos esportivos? Porque aí talvez já seja demais.

– Acho que podemos fazer um acordo quanto a isso – ele disse, com uma risada.

– Tenho uma ideia – eu disse, despreocupadamente. – Eu assisto você se jogar de um lado para o outro na água se você desembuchar todos os segredos da sociedade que tem guardado.

– Isso eu não posso fazer – ele respondeu, em voz baixa. – Só quando você passar.

– Ahhh, "quando", não "se". Isso significa que fui promovida?

Liam se inclinou e nossas máscaras se tocaram, a abertura de sua boca pressionada contra a malha na minha orelha.

– Você é uma Hepta – ele disse. Eu sentia suas mãos em meus quadris. – Você já está dentro desde que chegou à Noveden.

– Sem pressão – brinquei. Mas minha boca estava virada para o outro lado, e ele não me ouviu.

– Vamos – Liam disse, soltando meus quadris e pegando minha mão.

– Aonde estamos indo? – perguntei conforme ele me guiava através da multidão. Agora a rotunda estava cheia, com muito mais ex-alunos do que estudantes. Os ex-alunos eram fáceis de identificar porque usavam máscaras novas e bem menores que cobriam apenas seus olhos. Eram brindes entregues na entrada da festa. Avistei o cara com a máscara de urso conversando com um grupo de graduados, mas não vi Hershey em lugar nenhum.

– Ei, Stone! Chega mais, cara! – os garotos do time de polo aquático estavam acenando para Liam se juntar a eles.

Ele acenou de volta, afastando-os, e continuou seguindo em direção às escadas que levavam ao terraço da rotunda. Mas, em vez de subir, ele deu a volta, indo para o vão embaixo dos degraus. Havia uma antiga cabine de telefone ali, do tipo que tem uma porta camarão. Liam a abriu e se virou para mim, levantando minha máscara em um movimento fluido antes de tirar a sua.

– O que você está fazendo?

– Isto – ele disse, e me puxou para o espaço vazio. Tropecei no salto, mas Liam me pegou e pressionou gentilmente seus lábios contra os meus. A porta se fechou atrás de nós, me aproximando ainda mais dele.

Ignorei a dor em meu peito quando ele me beijou. Eu não pensaria em North agora. Eu não o imaginaria com uma camiseta suja de molho de tomate, sentado em seu sofá velho cercado de tecnologia obsoleta e livros com páginas marcadas, todo tatuado, de moicano e absolutamente adorável. Liam era legal e inteligente, e não ficava com vergonha de ser associado a mim. Não dava para ignorar esse tipo de coisa.

Coloquei a palma das minhas mãos em seu peitoral e o beijei de volta. Mas quando senti sua língua roçar meus lábios me afastei.

– Melhor voltarmos para a festa – sugeri, tateando a porta atrás de mim.

Ele começou a protestar, mas eu já tinha aberto a porta.

– Te encontro na festa – eu disse, fugindo de seu olhar. – Preciso correr para o banheiro. – Senti-o tentar puxar minha mão, mas metade do meu corpo já estava para fora da porta.

– Rory.

Por favor, não me pergunte o porquê. Não quero mentir para você e não posso te contar a verdade. Não posso dizer que, quando nos beijamos, eu estava pensando em outra pessoa.

– Oi?

– Sua máscara – Liam disse, e a entregou. Ele ainda estava dentro da cabine e precisou segurar a porta para que ela não se fechasse entre nós.

– Valeu – agradeci, com vivacidade. – Te vejo daqui a pouco. – Eu não fazia ideia de onde o banheiro feminino era, mas caminhei decididamente de volta ao salão principal como se fizesse. Como não o encontrei, corri para as escadas do outro lado da rotunda e subi para o terraço de cima. *O que eu estava fazendo? Me escondendo?*

Havia um homem nos degraus, todo musculoso e vestido de preto como um segurança. Hesitei ao avistá-lo, esperando que avisasse que eu não podia estar lá. Mas ele só me analisou com os olhos e deu um passo ao lado, para abrir passagem. Quando cheguei ao terraço, andei até a grade, envolvendo minhas mãos nela. O revestimento de ouro era frio. Avistei Liam lá embaixo e voltei para as sombras.

– Eles nunca pensam em olhar para cima – uma voz atrás de mim disse. Griffin Payne (*o* Griffin Payne, CEO da Gnosis) estava encostado contra uma coluna de mármore, com um Gemini Gold brilhante na mão. Sua máscara preta, com penas e um bico pontudo, estava afastada de seu rosto, e ele trazia um sorriso amigável no rosto. – Todos os anos eu subo aqui e sempre me espanto: nenhum olhar.

– Você os condicionou a olhar para baixo – eu disse, acenando com a cabeça para o Gold em sua mão. Minha máscara balançou um pouco, batendo contra minha clavícula.

Ele deu risada.

– Suponho que esteja certa. – Ele deu um passo à frente e estendeu a mão. – Meu nome é Griffin, aliás. – Como se todo mundo nos Estados Unidos não soubesse quem ele era.

– Rory – eu disse, limpando a palma da mão no meu vestido antes de apertar a dele, torcendo para que o suor não deixasse mancha.

Ao apertarmos as mãos, notei seu anel. Era grande, como um anel de formatura, mas, em vez de uma pedra preciosa, havia quatro símbolos em árabe, talvez hebraico. Lembrei-me da letra grega no meu pingente, mas os desenhos em seu anel eram claramente diferentes.

– Aqui em cima podemos fingir que somos Deus – Griffin disse, aproximando-se da grade. – Julgando silenciosamente todos lá embaixo. Aquele rapaz, por exemplo. – Ele apontou para um dos amigos do Liam, um cara cujo cabelo bagunçado e desgrenhado saía pelo espiráculo de sua máscara de orca. – Ele vai se arrepender daquele penteado. Agora ele acha que é bacana, mas daqui um tempo vai olhar para sua foto de classe e se perguntar o que tinha na cabeça para fazer isso.

Dei uma risadinha.

– Não é nenhum palpite – Griffin garantiu. – Sei disso por experiência pessoal. Se um dia precisar de uma boa dose de comicidade, vá ao quarto andar do Salão Adams. Quinta foto de cima para baixo. Sou o branquelo de afro. Não é nada bonito.

Dei mais uma risadinha. Na TV, Griffin parecia tão... intenso. Mas em pessoa ele era relaxado e engraçado.

– Em que ano você se form...?

Fui interrompida pelo som de passos.

– Aí está você – uma voz ressoou.

Giffin e eu nos viramos. O rosto do homem estava coberto pela cabeça de uma águia-de-cabeça-branca, mas a voz o traiu. Era o diretor Atwater.

– Escondendo-se de novo? – o diretor perguntou ao se aproximar de nós. Sua voz ecoava um pouco na máscara.

– Pelo visto, não muito bem – Griffin respondeu. Atwater riu entre dentes, depois se voltou a mim. Cada um de seus olhos era um círculo concêntrico, brilhante e preto dentro de uma circunferência amarelada, e, embora eu soubesse que eram transparentes do lado de quem usava, eram opacos para mim. Não vi nenhum sinal do homem por trás da máscara.

– Você está encantadora esta noite, Rory. Mas eu a encorajaria a aproveitar a festa, não ficar acima dela. – Seu tom de voz era leve, mas soou como uma reprimenda.

– Sim, é claro – respondi, ligeira. – Eu já estava voltando. – Virei-me para Griffin. – Foi um grande prazer conhecê-lo, sr. Payne. – Ele tinha se apresentado como Griffin, mas parecia estranho chamá-lo pelo nome na frente do diretor.

Griffin sorriu gentilmente.

– O prazer foi meu.

Acenei de forma constrangida e sutil para os dois, depois segui para as escadas, segurando meu vestido com as duas mãos para não tropeçar.

– Rory! – ouvi Griffin gritar e me virei. – Lembre-se de nós quando chegar a época de estágios – disse. – Vou dar uma atenção especial à sua inscrição.

Balancei a cabeça.

– Farei isso – gritei em resposta. – Obrigada!

Radiante, desci os degraus. Um estágio na Gnosis significava uma chance muito grande de um *emprego* na empresa.

Parei no último degrau para avaliar o salão. Liam ainda estava com seus amigos e não parecia estar procurando por mim. Não vi Hershey nem o cara com a máscara de urso. Peguei o celular da bolsa e o ergui até os lábios.

– Eu devo namorar Liam Stone?

– Vocês fariam um bom casal – veio a resposta do Lux. Tornei a aproximar o celular dos lábios, pronta para perguntar sobre North, quando percebi que não podia. North não usava o Lux, então não tinha um perfil para o aplicativo analisar. Se eu quisesse avaliar nossa compatibilidade, precisaria fazer isso sozinha.

Havia uma comoção atrás de mim conforme Griffin e o diretor Atwater desciam os degraus; o homem de preto estava grudado no CEO. Abri espaço para deixá-los passar e comecei a mexer em meu Gemini. Griffin tinha encabeçado a lista "40 abaixo dos 40" da revista *Forbes* no ano anterior, então eu sabia que ele estava na casa dos trinta anos. Isso significava que havia pelo menos uma chance de ter sido da turma da minha mãe. O Panopticon tinha a resposta:

Aos 16 anos, Payne entrou na Academia Noveden, uma escola preparatória exclusiva na região de Berkshires, a oeste de Massachusetts. Ele formou-se na Academia Noveden em 2013 e estagiou naquele verão no departamento de pesquisa e desenvolvimento da Gnosis. Payne retornou à Gnosis como diretor de *design* de produtos depois de se formar em Harvard, em 2017.

Dois mil e treze. Ele estava na turma da minha mãe.

Saí da rotunda pela porta lateral e fui direto ao Salão Adams. Para minha surpresa, a entrada principal estava fechada. Com exceção do pálido brilho verde das luzes de emergência, o prédio estava inteiramente no breu. Usando a lanterna do meu celular, contei os degraus até chegar ao quarto andar.

As paredes estavam repletas de fotografias de turma da Noveden. Eram imagens oficiais, em preto e branco, com um letreiro declarando o ano. Parei na primeira. A foto era granulada e a roupa dos alunos era mais conservadora do que a usada por nós, mas fora isso parecia com o que minha foto de turma seria: adolescentes sorridentes em roupas elegantes enfileirados na escada em frente à Grande Rotunda. "Turma de 1954", o letreiro embaixo dizia. Continuei andando no salão, contando as molduras. Os anos pulavam, sem ordem específica.

A turma de Griffin estava exatamente onde ele disse que estaria, na quinta foto de cima para baixo. Ele se encontrava no meio do grupo, com um sorriso de orelha a orelha. Pelo cabelo, parecia que tinha colocado o dedo em uma antiga tomada elétrica. Abaixei a luz para a parte de baixo da moldura, procurando pelo letreiro com o ano da turma.

TURMA DE 2013.

Minha lanterna pulou loucamente de um canto para o outro conforme eu procurava pela minha mãe, impaciente demais para correr fileira por fileira. Todos os alunos vestiam mangas curtas, o que significa que a foto poderia ter sido tirada no começo do outono ou no fim da primavera – se fosse o último, minha mãe talvez já tivesse ido embora.

Foi meu próprio rosto que chamou a minha atenção. De pé ao lado de Griffin no centro da foto, o último lugar em que procurei. É claro que não era meu rosto, e sim o dela, mas um desconhecido não seria capaz de nos distinguir. Os olhos, as maçãs do rosto e o formato do nariz eram iguais aos meus em uma moldura mais alta e mais esbelta. A cor de nossa pele e cabelos era diferente – seus cabelos eram ruivo-escuros e sua pele era moreno-clara, enquanto meus cabelos eram castanho-avermelhados e minha pele era branca –, mas não dava para saber disso olhando para uma foto em preto e branco. Eu conseguia ver meu rosto refletido no vidro entre nós, pintado com a maquiagem de Hershey, e parecia menos meu do que o rosto da garota na fotografia. Dando um passo à frente, pressionei minha mão contra o vidro, sem ligar para minhas impressões digitais, apenas querendo me conectar com a garota do outro lado.

Fiquei ali por alguns minutos, tentando fazer parte do momento em que a fotografia tinha sido tirada. Minha mãe com seus colegas de classe, sorrindo um sorriso confiante. Não havia nenhum indício de incerteza em seus olhos, nenhuma pista do que viria a seguir. Se ela estava sofrendo na Noveden, isso não aparecia naquela foto.

Meu Gemini se acendeu no escuro.

@LiamStone: onde vc ta?

Bufei. Eu não podia me esconder naquele corredor escuro para sempre. Capturei a foto de turma algumas vezes com meu Gemini, mas o *flash* embutido criou um reflexo no vidro. Sem o *flash*, era impossível ver a imagem. O melhor que pude fazer foi segurar meu portátil em certo ângulo e dar um *zoom* na minha mãe. Acabei com um *close-up* dela. O ícone azul do Fórum apareceu na tela: *Postar foto na sua linha do tempo?*

Meu dedo pairou em cima da tela. Eu postava tudo no Fórum, mas essa imagem não podia ser resumida em uma foto ruim. Toquei na opção "Não" e a janela *pop-up* desapareceu. Em seguida, liguei para Beck, a única pessoa fora meu pai que entenderia o que encontrar aquela fotografia significava para mim sem que eu precisasse explicar.

– Oi – ele disse, atendendo no segundo toque. – Você não deveria estar naquele baile chique?

– E estou – respondi. – Mas acabei de encontrar uma foto da minha mãe e eu...

– Manda por mensagem – ele disse.

Ouvi um *plim* no telefone quando minha mensagem apareceu na tela dele. Eu também estava olhando para a fotografia.

– Uau – Beck disse. – Ela é igualzinha a você.

– Não é?

– Você mandou para o seu pai?

– Ainda não – respondi, mas, na verdade, ainda não sabia se mandaria. Era difícil para ele ver fotos da minha mãe. – Bem, é melhor eu voltar para a festa.

– Fico feliz que tenha encontrado essa foto – Beck disse.

– Eu também.

Caminhei vagarosamente de volta à rotunda, dessa vez passando pela grama, meus saltos afundando no solo macio a cada pisada, pensando sobre a garota naquela fotografia. Ela era um completo enigma para mim. Minha mãe havia andado sobre esse mesmo gramado, mas eu sentia que ela tinha pertencido a um universo completamente diferente. Será que um dia minha mãe seria mais do que um rosto similar ao meu? Liam gesticulou para mim assim que entrei na rotunda. Ele estava com um grupo de membros do corpo acadêmico que usavam variadas máscaras de répteis. Procurei pela máscara de serpente, mas não a encontrei.

Fingi não ter visto Liam e olhei para Griffin. Ele era fácil de encontrar: cercado por um grupo de ex-alunos mais velhos do outro lado do salão, ele conversava animadamente enquanto gesticulava. Inferi a palavra "império" de seus lábios.

– Ei! – Liam gritou, andando em minha direção. – Aonde você foi?

– Estava procurando a Hershey – menti. – Você viu ela?

– Faz um tempo que não – Liam respondeu. – Quer dançar?

Ele ofereceu sua mão e, em minha mente, decidi aceitá-la. Decidi dançar com ele e tentar me divertir. Mas então olhei para a mão esticada. Como era diferente daquela que me segurara quando tropecei na calçada na semana anterior. A mão rachada, manchada e endurecida com grãos de café, as unhas roídas até a carne. No momento em que aquela mão me segurara, eu a senti em meu corpo inteiro.

– Preciso ir – disse, de repente.

– Ir para onde? – Liam perguntou, parecendo confuso.

– Só preciso ir.

Liam disse alguma coisa depois, mas não ouvi. Eu já estava na porta. Sabia que ainda deveria estar brava com North pelo modo com que tinha me tratado na frente de Hershey, e estava. Estava tão brava que seria capaz de dar um tapa nele. Mas aquela raiva não diminuía em nada minha repentina necessidade de vê-lo.

Parei no dormitório para deixar minha máscara e pegar um casaco, me preocupando por um momento com a possibilidade de Hershey estar lá, desmaiada ou vomitando. Mas o quarto estava vazio. Sentindo minha confiança se esvair um pouquinho, vasculhei suas gavetas à procura de seu estoque de bebidas roubadas do avião. Mas ou ela tinha bebido tudo ou as tinha escondido muito bem; só encontrei uma minigarrafa de Kahlúa já pela metade. Engoli o resto, gargarejei um pouco de enxaguante bucal e saí.

Estava tarde, frio e escuro, e eu estava perdendo o evento mais importante do semestre. Mas não me importava com isso. Queria ver North. E, agora que tinha me permitido querer isso, eu *realmente* queria. Eu sentia na pele, no fundo da garganta, debaixo das costelas. Enquanto andava, ensaiava o que diria. Eu seria casual. Brincaria, dizendo que não conseguiria viver mais um dia sem assistir a *Rocky*. Então ele pediria desculpas pelo jeito como tinha agido na semana anterior e prometeria que isso nunca aconteceria de novo. O encontro inteiro se desdobrava tão bem na minha cabeça que fiquei genuinamente surpresa quando cheguei à janela do café e não o vi lá dentro.

Sem pensar, continuei andando. Contornei o prédio, passei pela porta e subi as escadas, onde meu punho bateu à porta fria de metal sem titubear. Ele parecia demorar uma eternidade para abrir a porta.

Até que abriu.

Meu estômago e todo o resto da empolgação que estava borbulhando no meu peito gelaram quando vi a expressão de North.

– O que você está fazendo aqui? – ele disse em voz baixa, posicionando-se na fenda entre a porta e o batente.

– Eu, ahn... – Mortificada, olhei para o chão. Havia um pacote ali, embrulhado em papel pardo, endereçado a Norvin Pascal. North o viu também e se abaixou para pegá-lo. Olhei para o espaço atrás dele, atraída por uma coloração vermelha.

O vestido de Hershey estava jogado por cima do sofá.

North se endireitou, bloqueando minha vista de novo.

– É melhor você ir – ele disse, discretamente.

Sem palavras, assenti. Por dentro eu gritava "Por que o vestido da Hershey está no seu sofá?", mas meu cérebro sabia a resposta. Ele já tinha montado o quebra-cabeça. Era por isso que North não queria que eu contasse às pessoas sobre nós. Por que Hershey quis ir para o Paradiso naquela manhã e por que North tinha agido de um jeito tão estranho quando fomos. O romance secreto e escandaloso dela.

– Posso explicar – ele disse, ainda mais discretamente.

– Não é preciso – respondi, com a raiva me queimando por dentro. – Já entendi. – Queria girar nos meus calcanhares e sair batendo o pé, mas a escada e meu salto fino eram uma combinação perigosa. Então eu simplesmente me virei e desci cuidadosamente, rezando para que ele não me visse tremendo. Um segundo depois, ouvi o clique da porta se fechando.

12

Tomei um longo gole do café que eu tinha contrabandeado para as estantes de livros, agora morno. Era permitido entrar com bebidas na sala de leitura da biblioteca, mas eu queria ficar sozinha hoje, então estava em uma mesa perto das estantes, comendo cereal direto da embalagem, bebendo o café fraco do refeitório e engolindo minhas lágrimas.

Tentei novamente me concentrar na minha tela, com os olhos ardendo de cansaço. Havia caído logo no sono na noite anterior depois de praticamente correr de volta ao meu quarto, mas tinha acordado quando Hershey entrou de fininho logo depois da meia-noite – e ainda estava acordada quando todo mundo começou a voltar a seus dormitórios, pouco antes da uma da manhã. Depois disso, o sono foi embora. Fiquei olhando para o teto conforme as horas se arrastaram até que, finalmente, me levantei às seis e fui para a biblioteca. Com a exceção de uma breve passada no refeitório às oito, quando ele abriu, eu havia ficado o dia inteiro nessa cadeira, tentando desenvolver meu trabalho de psicologia cognitiva, mas, principalmente, pensando em North. Eu me sentia uma completa idiota. Nós tínhamos saído duas vezes, ambas as vezes sozinhos, e ele havia mantido tudo completamente platônico. Eu não podia nem ficar brava com o cara. Ele não poderia ter deixado as coisas mais claras.

Plim! Uma janela *pop-up* apareceu na minha tela: "Em um minuto, seu acesso será interrompido devido a inatividade".

Suspirei e toquei na tela. Quanto tempo eu tinha passado encarando os mesmos resultados de busca? Eu estava clicando em arquivos de pacientes com paracusia acrática, procurando por ligações sutis entre eles, mas acabei encontrando ligações não tão sutis. Era a mesma história que se repetia. Pessoa previamente sã começa a ouvir uma voz em sua cabeça. Pessoa começa a aderir aos comandos da voz. Pessoa se engaja em comportamento cada vez mais irracional e negligente com a própria vida. De repente, pessoa se demite, doa todo o seu dinheiro ou convida ex-detentos para jantar. Membros da família entram em pânico e intervêm. Pessoa resiste à medicação. Sua vida é destruída.

Depois disso, uma de duas possibilidades acontece. Ou a pessoa é forçada por um membro preocupado da família a se tratar, ou ela simplesmente desaparece do radar. Não era claro aonde as pessoas da segunda categoria iam, mas as entradas em seus arquivos médicos paravam aí. Nenhum exame médico anual, nenhum *check-up*, nenhuma vacina. Elas não podem ser contratadas sem esses requisitos, então não estão levando uma vida normal e produtiva. Não podia deixar de me lembrar das fotografias que Beck tirou naquele dia na cidade-acampamento, imagens de homens com olhares selvagens e de mulheres com olhares vazios. Teriam eles ouvido a Dúvida? Teria a voz os feito perder o controle?

Meu portátil vibrou com uma mensagem de texto.

@HersheyClements: onde vc ta? tô morrendo de fome. refeitório?

Respondi na hora, sem pensar: "já comi. estudando".

Eu não estava brava com a Hershey. Não tinha o direito de estar. Ela não sabia que eu e North tínhamos saído. Mas também não conseguia agir como se nada houvesse acontecido. Assim, eu a estava evitando, pelo menos por enquanto.

Meu portátil vibrou de novo.

@NathanKrinsky: Passa no café. Pfvr. Vc precisa ver uma coisa.

A foto de perfil pertencia a outro dos colegas de trabalho do North, um cara que eu tinha visto limpando o chão.

Senti borboletas no estômago e me odiei por isso. Não, eu *não* passaria no café. Nem hoje nem nunca. Comecei a digitar uma resposta, mas pensei melhor e, em vez disso, bloqueei @NathanKrinsky e enfiei o portátil na bolsa.

Infelizmente, era impossível bloquear o meu cérebro. Não conseguia parar de repassar na minha cabeça aqueles momentos horríveis e constrangedores, o olhar de North quando me viu e, pior, o vestido de Hershey no sofá quando ele se abaixou para pegar um pacote na porta. Parando para pensar, ele tinha parecido, mesmo que por um centésimo de segundo, mais preocupado com o pacote do que com a minha presença. *Por quê?*

Tentei me lembrar do embrulho marrom. Para Norvin Pascal, com o endereço dele. Será que Norvin era seu nome de verdade? Eu ia perguntar isso quando ele abriu a porta, mas acabei esquecendo ao ver o olhar em seu rosto. Quando procurei o nome no Fórum, apareceu apenas uma página. Perdi a respiração ao ver a foto de usuário. Mesmo sem dar um *zoom*, sabia que era North.

Incrédula, passei o olhar pelo perfil. Toda aquela conversa sobre o Fórum ser uma "gaiola" era besteira. Ele tinha um perfil lá o tempo todo. E suas atualizações eram péssimas.

@NorvinPascal: Quando as pessoas dizem que o cabelo delas está bonito, só consigo pensar: "Às vezes ele fica feio?" Nem sei o que é isso. #arrasandodemoicano #sortudo

Quase vomitei em cima da tela.

Com outro barulhinho irritante, uma janela *pop-up* do Departamento de Saúde Pública reapareceu, bloqueando minha vista da página do North e me tirando do estupor. Eu tinha um trabalho a fazer. *Isso* importava. A outra merda, não.

Toquei na tela para permanecer registrada, depois subi para o topo da lista para me lembrar do que estava olhando. Decidindo explorar gatilhos ambientais primeiro, eu havia limitado os resultados da busca a mulheres na costa noroeste do país. Em seguida, restringiria com base na idade. Enquanto selecionava a opção "18-24", acidentalmente toquei a aba "Exibir por data". Os resultados automaticamente foram exibidos por data de óbito, colocando os arquivos mais antigos no topo. Rolei a tela para baixo, passando os olhos pelos dados, considerando se deveria abrir alguns desses casos antigos ou voltar para os mais novos, quando um arquivo específico chamou minha atenção.

Data de nascimento: 13 de abril de 1995.
Sexo: Feminino
Data de óbito: 21 de março de 2014

Foi a data de nascimento que chamou a minha atenção primeiro. O aniversário da minha mãe. Meu pai e eu o comemorávamos todo ano com bolo e sorvete na lanchonete em Belltown onde ele a levara no primeiro encontro dos dois. Mas foi a data de óbito que fez os cabelos da minha nuca se arrepiarem. Era uma data que também comemorávamos com bolo. *Meu* aniversário.

Com o coração a mil, cliquei no *link* para acessar o arquivo inteiro. As palavras na tela se fundiam conforme eu corria para o fim da página. A última entrada datava de 21 de março de 2014. Cliquei nela e imediatamente perdi o ar. A entrada tinha o logo do Centro Médico da Universidade de Washington, o hospital onde eu tinha nascido. Conforme rolei a tela para baixo, meus olhos captavam palavras e frases enquanto meu cérebro lutava para entendê-las.

Paciente apresentou dores de parto severas após vinte e duas horas de parto ativo em casa. Ultrassom consistente com síndrome de pós-maturidade do feto e oligoidrâmnio acentuado. Paciente submeteu-se a uma cesariana de emergência e deu à luz uma criança do sexo feminino pesando 3,2 kg. Imediatamente depois do procedimento, paciente começou a exibir sinais de estresse respiratório e perda de consciência. Tc revelou um tromboembolismo maciço às 16h05. Causa do óbito: tromboembolismo pulmonar.

Meus pensamentos estacaram enquanto eu lia e relia as palavras "tromboembolismo pulmonar" continuamente. Esse era o arquivo médico da minha mãe. Devia ser. O aniversário, a data de óbito, a bebê que nasceu de uma cesárea no hospital da universidade de Washington. Tudo batia. Mas essa paciente tinha TPA.

Meu cérebro, normalmente tão prático, se recusou a aceitar os fatos à sua frente. Devia haver outra garota de dezoito anos que deu à luz uma bebê por cesárea de emergência no hospital da universidade no meu aniversário e depois morreu por causa de um coágulo de sangue. Ou, talvez, o arquivo da minha mãe tivesse sido registrado erroneamente com o diagnóstico de TPA e aparecido nos resultados da minha busca por engano.

Ou minha mãe era louca.

Todos os medos que eu tinha sobre minha própria sanidade emergiram. Por causa da minha pesquisa, eu sabia que, se minha mãe tinha TPA, o risco de eu desenvolver o transtorno era três vezes maior que o normal. De repente, vi minha incerteza em relação à Dúvida sob uma nova luz. Não era um ceticismo saudável. Era neurose. Pessoas com TPA achavam que não estavam doentes.

Meus batimentos cardíacos martelavam em meus ouvidos enquanto eu voltava ao topo do arquivo e clicava na primeira entrada. Forçando-me a ler devagar, analisei o arquivo metodicamente, começando com a entrada de seu aniversário em 1995 e examinando seus *check-ups* anuais e consultas por enfermidades: tornozelo quebrado aos sete anos, pontos no cotovelo aos nove, apendicectomia aos catorze. Coisas normais para uma criança. Nenhuma menção de vozes, de transtorno mental ou de qualquer problema psicológico. Comecei a relaxar. Talvez o registro de seu arquivo estivesse errado, pensei. Talvez ela não tivesse TPA.

Eu estava no meio de uma entrada de abril de 2013 quando vi as palavras que não deixavam dúvida sobre a paciente daquele arquivo: Centro Médico da Noveden. Os parágrafos seguintes eram uma descrição deprimente de uma jovem muito perturbada que estava à beira de desistir da escola. Era uma avaliação psicológica assinada por uma tal dra. K. Hildebrand, e embaixo havia um diagnóstico inconclusivo: "comportamento sintomático de transtorno de paracusia acrática aguda e transtorno de personalidade". A próxima entrada, assinada pelo mesma médica, datava de duas semanas depois e resumia resultados de mais de uma dúzia de exames neurológicos e psiquiátricos, confirmando seu diagnóstico inicial. No fim da página, o prognóstico: "Sem cura. Internação recomendada".

A entrada seguinte era um *link* para uma "Declaração de expulsão" de 1º de maio de 2013. "A aluna não atende mais aos requisitos psicológicos para a matrícula." O documento estava assinado pela dra. Hildebrand e pelo diretor Atwater.

Minha mãe não tinha largado a Noveden. Ela tinha sido expulsa.

Aturdida, voltei à última entrada em seu arquivo, o relatório do dia de seu falecimento, e o li com mais atenção. Não conhecia muitos dos termos médicos usados, mas conseguia entender o que tinha acontecido com base no que meu pai já tinha me contado. Minha mãe entrou em trabalho de parto adiantado quase três semanas, e houve complicações. Os médicos precisaram fazer uma cesárea e um coágulo de sangue se formou na perna dela, indo para os pulmões e, finalmente, matando-a.

Quando a janela *pop-up* reapareceu, escorreguei o dedo para o topo do *tablet* e toquei na opção "*print screen*", salvando a imagem na minha galeria. Em seguida, cliquei para conferir se a imagem havia sido gravada. Então meus olhos começaram a se desfocar conforme, sem piscar, eu fitava a tela. Minutos, talvez uma hora, se passaram comigo sentada, imóvel, pensando em nada, apenas encarando com o olhar perdido. Quando a caixa apareceu novamente, deixei que o sistema me deslogasse.

13

— Amanhã, então — Liam disse, sua voz sobre meu ombro.

Mantive os olhos no *tablet*. Era a noite anterior ao segundo dia de provas, e a sala de leitura central da biblioteca estava cheia. Eu havia escolhido de propósito uma mesa de canto para ficar sozinha, mas o time de polo aquático tinha tomado conta da mesa atrás de mim, de forma que a minha cadeira e a do Liam se encontravam uma de costas para a outra. Agora ele estava inclinado para trás, equilibrando a cadeira sobre duas pernas enquanto girava uma caneta nos dedos. Liam tinha me chamado para sair pelo menos vinte vezes no último mês, e eu havia recusado educadamente todos os convites. Se fosse qualquer outra pessoa, eu o teria mandado parar com aquilo, sem rodeios, mas ele era um membro da sociedade, e eu não sabia quanta influência tinha nas decisões. Sabia que isso me tornava uma pessoa nojenta e calculista, mas não deixaria Liam me impedir de entrar na sociedade. Eu tinha recebido mais oito enigmas, o mais recente na noite anterior, e solucionado todos eles.

— Rory. — Pela voz, eu sabia que ele estava sorrindo. — Estou disposto a implorar.

— Não posso amanhã — recusei.

— Então no sábado.

— Vamos conversar sobre isso depois das provas — eu disse. Seria muito mais fácil se Liam tivesse sacado que eu não estava a fim e desencanado, mas, por alguma razão, ele estava determinado a ser meu namorado.

Pensei em sair da mesa de canto e ir para as estantes de livros, mas eu não tinha levado casaco e estava congelando, o que significava que elas estariam parecendo uma geladeira. O barulho da lareira no meio da sala deixava o lugar aconchegante, o que acalmava. E eu precisava de algo que me acalmasse, já que estava à beira de um colapso nervoso por causa do segundo dia de provas. O primeiro dia tinha sido dedicado às matérias do lado esquerdo do cérebro: cálculo, ciência da computação e chinês. O dia seguinte seria mil vezes pior: literatura, história, psicologia cognitiva e a prova que mais me assustava, a de prática. Não havia como se preparar para ela, o que me deixava transtornada. Eu não tinha ideia do que esperar. Ninguém tinha. A prova mudava dramaticamente de ano para ano, então os veteranos não seriam de grande ajuda.

Um dos colegas de polo aquático de Liam sussurrou algo que os outros acharam hilário, e a mesa explodiu em risadas. Eles estavam elétricos por causa da cafeína e do açúcar que tinham ingerido, e ficavam cada vez mais animados, enquanto eu ficava cada vez mais nervosa por não estar preparada para os exames do dia seguinte. Tinha passado as últimas catorze noites na biblioteca, saindo só depois da meia-noite, apesar da insistência do Lux de que eu precisava de oito horas de sono.

Com minha visão periférica, avistei Izzy entrando na sala de leitura e olhando para as mesas à procura de um lugar para se sentar. Alguns segundos depois, ela estava se aproximando de mim. Comecei a guardar minhas coisas com rapidez. Nós tínhamos estudado juntas algumas vezes nas semanas anteriores, e em todas elas acabávamos falando mais do que estudando.

– Ah, não. Você já está indo embora?

Dei um pulinho para trás, como se estivesse surpresa por vê-la. Eu odiava fingir, mas a nota daquelas provas tinha um peso muito grande na média e, se eu quisesse ir bem, não poderia passar o resto da noite conversando sobre filmes, maquiagem ou as calorias de barras de granola.

– Oi! – eu disse. – Sim. Hershey e eu vamos estudar no nosso quarto.

Estremeci por dentro. Nem de longe isso era verdade. Hershey e eu *nunca* havíamos estudado juntas, e definitivamente não tínhamos combinado fazer isso naquela noite. Como se fosse amenizar a mentira, acrescentei uma informação verdadeira. – Ela odeia a biblioteca.

– A Hershey *estuda*? – Liam se intrometeu. Seus colegas de time abafaram o riso.

– Vejo vocês depois – eu disse e me afastei.

Estava congelando lá fora, e uma garoa fraca começava. Corri para os dormitórios com as gotas de chuva crivando meu rosto e cheguei ofegante ao quarto. Hershey estava sentada à escrivaninha, debruçada sobre seu *tablet*. Achei que estivesse estudando, até a ouvir soluçar.

– Hershey? – Ela não reagiu. Nem sabia se tinha me ouvido. Joguei minha mala na cama e me aproximei dela. Hershey estava mesmo chorando, com os punhos se fechando e se abrindo a seu lado. Toquei em seu ombro e ela olhou para mim. Seu rosto estava vermelho e inchado. – O que aconteceu?

– Vou repetir – ela disse, soluçando. Sua voz estava tensa e rouca. – Fui um desastre nas provas de hoje, e amanhã... eu nem li os textos, Rory. Nenhum texto. Pensei que... meu Deus, nem sei o que pensei. Pensei que poderia levar com a barriga, como sempre faço, eu acho. – Ela balançou a cabeça.

– Você não vai repetir – eu disse de um jeito pouco convincente, porque isso é o que as amigas dizem, e porque isso é o que éramos, por mais complicado que nosso relacionamento tivesse se tornado.

– Você acha que eu mereço – ela disse. Seus olhos se encheram com mais lágrimas. – Minha avó vai me odiar – sussurrou. – Meus pais. Ai, meu Deus, meus pais. – Ela colocou as mãos sobre o rosto e disse mais alguma coisa, mas suas palavras eram ininteligíveis.

Ajude-a.

Desde que havia descoberto que minha mãe sofria de um transtorno mental, eu estava preocupada com a possibilidade de ouvir a Dúvida de novo, com medo do que significaria para mim. Agora ela finalmente tinha falado, e eu não estava com medo de nada. Estava furiosa. Eu já tinha decidido ajudar Hershey meio segundo antes de a voz falar. Mas, se eu a ajudasse agora, estaria ouvindo a Dúvida.

Olhei para Hershey. Ela era dez centímetros mais alta que eu, mas parecia tão pequena sentada ali, tremendo com os ombros curvados.

Isso não é problema seu, respondi com raiva à voz, como se ela pudesse me ouvir, depois pousei minha mão no braço de Hershey.

— Vou te ajudar a estudar — eu disse. Minha colega de quarto abaixou as mãos e olhou com surpresa para mim, piscando os olhos inchados.

— Mas e as *suas* provas?

Hershey e eu tínhamos cronogramas alternados, o que significava que os exames do segundo dia dela eram os que eu já tinha feito. Não tínhamos sequer uma matéria igual no mesmo dia.

Dei de ombros.

— Vou ficar bem — eu disse, e tentei acreditar nisso. Sim, Hershey havia se metido nisso sozinha, e talvez merecesse o que estava acontecendo, mas eu não conseguiria deixá-la repetir.

Ela agarrou minha mão e a apertou.

— Obrigada — agradeceu. Seus olhos brilhavam com gratidão e esperança.

Começamos com ciência da computação, o forte dela, e depois passamos para cálculo, o meu forte. Ela estava tão despreparada quanto tinha dito, mas aprendia rápido e depreendia conceitos facilmente. Ainda assim, havia muito que estudar e, à medida que a noite avançava, nós duas começávamos a nos arrastar.

Às três e meia, descemos até a sala comunal para usar a máquina de café. Liam estava lá, praticando para sua prova oral de história. Virei de costas para ele, mantendo os olhos na tela enquanto abria o Lux. Mudei minha hora de dormir prevista de meia-noite para quatro horas da tarde, selecionei os filtros "energia" e "estâmina" e, em seguida, toquei meu sensor na máquina. Um copo de papel caiu, seguido de um líquido preto fervente.

— O que você pediu? — Hershey perguntou.

— Não faço ideia – respondi, pegando o copo da bandeja. – Deixo o Lux decidir por mim. – Tomei um gole. Era grosso e forte. – Tem gosto de café *red eye*. Com estévia em vez de açúcar.

— Pronto. – Hershey digitou seu pedido e tocou o Gemini na máquina de café. Um segundo depois o copo caiu. Continuei de costas para Liam enquanto esperávamos o copo ser cheio. Vi que ela olhava de mim para ele.

— Aconteceu alguma coisa entre vocês? – perguntou. – Você esfriou com ele bem rápido depois do grande encontro.

— Liam e eu estamos bem – insisti. – Somos amigos.

— Se você diz – ela disse, pegando seu café. – Ainda acho que você não está me contando alguma coisa. – Minhas bochechas arderam quando a imagem do vestido de Hershey no sofá de North voltou à minha mente. Sim, havia algo que eu não estava contando a ela, mas não tinha nada a ver com Liam.

— É melhor voltarmos a estudar. – Peguei uma tampa para meu copo e me virei em direção à porta.

— Ei, Rory?

— Hum? – Virei-me de volta.

Hershey estava olhando para o seu copo, com os olhos escondidos sob uma camada de cabelo escuro.

— Por que você está fazendo isso?

— Fazendo o quê?

— Me ajudando.

Eu respondi, instintivamente.

— Porque você é minha amiga.

Hershey pegou minha mão e a apertou. Sua voz falhou quando ela sussurrou algo em resposta. Foi muito baixo para eu entender, e não queria pedir para que ela repetisse. Mas continuei pensando naquele momento enquanto estudávamos problemas de cálculo e seu vocabulário de chinês. Parecia "sinto muito".

* * *

Nós não dormimos. Às sete da manhã continuávamos estudando, mas Hershey não estava mais surtando. Ela estava pronta. Talvez não tiraria um 10, mas pelo menos não repetiria. Eu, por outro lado, estava ferrada. Havia estudado para o segundo dia de provas, mas estava contando com um intensivão na noite anterior. Além de seis horas de sono. Agora aqui estava eu, uma hora antes da minha primeira prova, nauseada por causa do café tarde da noite e tão cansada que parecia que eu tinha lavado os olhos com cândida e os secado no meio do deserto. Eu teria chorado se não estivesse desidratada demais para produzir lágrimas.

Tomei banho e coloquei um vestido suéter, na esperança de que a roupa me animasse um pouco, mas não tinha energia para secar meu cabelo, então o prendi num coque. Hershey estava cantarolando enquanto passava pó bronzeador nas bochechas, as olheiras escondidas com corretivo.

– Estou quase pronta – ela disse, encontrando meus olhos pelo espelho. – Quer tomar um café da manhã rapidinho? – Sabia que era uma boa ideia, mas não conseguia pensar em, de fato, ingerir um alimento. Meu estômago estava embrulhado e a última coisa que queria fazer era comer.

– Acho que vou esperar um pouco – respondi. – Vou comer algo depois da minha prova de prática. – *Que começa em vinte e dois minutos*, minha mente estava gritando. Joguei minha mala sobre o ombro e caminhei em direção à porta.

– Só pra você saber – Hershey disse atrás de mim –, eu sei o real motivo de você ter me ajudado.

Eu me virei.

– O quê?

– Foi por causa da Dúvida. – Sua voz era macia, mas ecoava como um grito.

Meu cérebro estacou. *Como ela poderia saber disso?* Meu pensamento seguinte foi mais prático. *Não fique na defensiva.*

– A Dúvida? – eu disse com o que esperei ser um sorriso de deboche. O esforço fazia meu rosto doer. – Você acha que eu ouço a Dúvida?

– Bem, sei que sua mãe ouvia – ela respondeu, parecendo certa do que falava.

Dei um passo para trás.

– O que você está dizendo?

– Sei que sua mãe ouvia a Dúvida.

Encarei-a.

– Quem te disse isso?

– Ninguém – ela respondeu logo. – Eu deduzi. – A frase "Ela está mentindo" passou pela minha cabeça.

Não havia como Hershey ter descoberto sobre minha mãe. Então quem tinha contado a ela? Quem mais sabia? Ela parecia insegura agora, como se a situação não estivesse se desenrolando do modo como tinha imaginado. Também, a Hershey não era o tipo de pessoa que pensava muito antes de falar.

– Não vou contar pra ninguém...

– Não posso falar sobre isso agora – eu disse, me virando. – Preciso ir. Boa sorte nas provas.

Abri a porta e saí para o corredor, deixando a antiga porta de mogno se fechar às minhas costas. Pouco antes de ela fechar, olhei para trás e encontrei os olhos de Hershey.

– Eu não ouço a Dúvida – afirmei, da maneira mais convincente que consegui. A porta se fechou antes que ela pudesse responder, mas ela não precisava fazer isso. Dava para ver em seu rosto que não acreditou em mim.

14

– Hoje, vocês fingirão que são Deus – ouvi Tarsus dizer. Até aquele momento eu estava distraída, repassando a conversa com Hershey. Quando disse "fingir que são Deus", ela prendeu a minha atenção.

A tela no meu casulo se acendeu, mostrando a fotografia de uma enorme plataforma de madeira que flutuava em meio a um resplandecente mar turquesa. Colinas verdes galgavam atrás da plataforma, e a areia era de um branco lindo, nada parecido com o marrom acinzentado da costa de Washington. Toras verticais saindo da água formavam uma pequena passarela da praia até a plataforma, situada a pelo menos noventa metros da areia. A doca estava vazia, exceto por uma pirâmide de caixas de madeira empilhadas umas sobre as outras.

– Em um minuto, a doca na sua tela estará cheia de pessoas celebrando – a voz da dra. Tarsus chegou pelos alto-falantes. – É o dia da independência dessa ilha, e nativos e turistas se reunirão para assistir aos fogos de artifício. A doca é capaz de suportar duzentas e cinquenta pessoas. Quando os fogos começarem, haverá mais de três vezes essa capacidade.

A imagem na minha tela deu um *zoom* e pude olhar mais de perto para as caixas.

– Essas doze caixas estão cheias com mais de duas toneladas de fogos de artifícios. Todos eles são pré-acionados. Isso significa que um detonador elétrico foi ligado a cada explosivo antes de estes terem sido colocados nas caixas. Em treze minutos, um deles vai explodir, provocando uma reação em cadeia que destruirá a doca e matará todas as pessoas.

"Sua missão é decidir quem vive e quem morre", Tarsus disse, ao mesmo tempo em que a plataforma se encheu de gente. Ela estava tão superlotada que não havia um centímetro sequer entre as pessoas. "Usando as mãos, você conseguirá dar um *zoom* nos indivíduos e, se tocar duas vezes em seus corpos, acessará informações-chave sobre eles. Origem, idade, profissão. Esses dados devem ajudá-lo em seu processo de escolha. Como sempre, suas notas serão baseadas no impacto social líquido. Quanto menos pessoas de alto valor morrerem, melhor sua nota será."

Meus olhos correram pela plataforma, assimilando a situação. Parecia haver pessoas de todas as raças e classes sociais. Algumas pistas nos ajudavam a saber por onde começar. Óculos de sol caros, chapéus de marca. Turistas. Sem dúvida, eles eram as pessoas de maior valor ali. Senti um buraco se formar no meu estômago. Eu não queria fazer isso.

– Você só poderá mover uma pessoa por vez – Tarsus disse. – Para isso, basta segurar seu dedo em cima dela até que o corpo comece a piscar, e deslizar seu dedo para o lugar onde deseja posicioná-la. Depois que você iniciar uma evacuação, poderá passar para a próxima pessoa a ser evacuada.

Meu coração começou a palpitar quando a contagem regressiva apareceu na minha tela, mostrando treze minutos e dez segundos.

– Ah, e mais uma coisa – Tarsus disse. – Há subtrações pesadas de pontos por machucados e mortes que *vocês* causarem. É melhor que uma pessoa morra na explosão do que em suas mãos. Boa sorte. Podem começar.

Nesse exato momento, o áudio foi ativado e a contagem regressiva começou a funcionar.

Corra, disse a mim mesma. *Você precisa correr.* Mas eu estava paralisada, com os olhos grudados no grupo de crianças nativas no meio da plataforma. Havia no mínimo cem delas, todas descalças, com faixas na cintura e flores na cabeça, rindo enquanto esperavam os fogos de artifício, suas vozes sobrepondo-se às das outras pessoas. Dei um toque duplo em cima de uma delas.

Sexo masculino. 8 anos. Descendente indo-fijiano. Q.I. de 75. Sem qualificação profissional.

O buraco no meu estômago aumentou. Ele era uma criança tão fofa, com um largo sorriso banguela. Mas eu tinha aprendido o bastante nas aulas para saber que seu valor de utilidade era baixo. Todas as pessoas, coisas, ações e resultados tinham um valor. Era um número de −1 a 1, que representava seu impacto líquido na sociedade. Como o pai na simulação que tínhamos feito no primeiro dia de aula – o PhD que eu tinha deixado morrer –, algumas pessoas são mais valiosas do que outras, e, se quisesse me dar bem na prova, eu teria que evacuar as pessoas mais valiosas primeiro. Depois, se desse tempo, talvez eu pudesse salvar as crianças.

Eu queria salvar todo mundo.

Haveria a possibilidade de identificar o fogo de artifício defeituoso antes que explodisse? Não. Tarsus tinha dito que aquelas caixas estavam carregadas com mais de duas toneladas de explosivos. Além disso, eu não saberia o que procurar. Olhei para o relógio. Restavam apenas doze minutos e trinta segundos e mais de setecentas e cinquenta pessoas para tirar da plataforma. *Corra*, tornei a dizer para mim mesma.

Mas, quando levantei minha mão para tocar na tela, a voz me parou com apenas uma palavra.

Espere.

Reagi. *Espere?* Tapei minha boca com a mão. Não era minha intenção dizer aquilo em voz alta. Nossos casulos tinham câmeras e alto-falantes, e eu tinha certeza de que estavam gravando o que acontecia ali dentro. *Espere?*, desejei saber de novo, desta vez em silêncio. A voz falou mais uma vez.

Espere.

O conselho, tão clara e inequivocamente irracional, me botou em ação. Eu precisava fazer exatamente o aposto do que a Dúvida me instruía. Precisava correr pra caramba.

Analisando a multidão, dei um toque duplo em um homem ainda jovem com um relógio Rolex no pulso.

Sexo masculino. 29 anos. Americano de ascendência norueguesa. Q.I. de 156. Administrador de fundo de cobertura.

Eu sabia como fazer a análise, mas resistia a avaliar as pessoas do jeito que deveria. *Tire-o logo da plataforma*, disse a mim mesma. Segurei o dedo em sua cabeça até ele começar a piscar, depois o deslizei em direção à passarela. Não, a água seria mais rápida. Com uma girada de pulso, joguei-o no oceano. Assim que fiz isso, ele começou a nadar para a margem.

Estimulada pelo progresso, segurei o dedo em uma garota perto dele. Não tinha tempo para checar suas informações. Eu teria de avaliar o valor dos indivíduos apenas olhando para eles. Era horrível, mas tínhamos aprendido o suficiente para saber o que procurar nas pessoas. Como medi-las. A garota usava óculos de sol Chanel e um vestido de linho bem cortado, e trazia um diamante gigante no dedo. Pelo jeito como sorria para as crianças nativas, achei que era uma *socialite* filantrópica, alguém com recursos para fazer muitas boas ações. Rapidamente, deslizei-a até a água e ela começou a nadar em direção à margem.

Passei a evacuar as pessoas mais rapidamente, sem duvidar das minhas decisões, lançando as pessoas na água o mais depressa que podia. Depois de sete minutos, eu tinha salvado duzentas e noventa e oito pessoas. O número 299 me atrasou. Era um homem com cerca de trinta e poucos anos em *shorts* de anarruga estampados com âncoras minúsculas. Como ele parecia andar de barco, fiquei chocada quando começou a agitar os braços assim que caiu na água e logo imergiu. Meu número de mortes subiu de 0 para 1.

Merda. Eu não tinha pensado nas pessoas que não sabiam nadar. Comecei a surtar, mas afastei o pânico. A probabilidade de que alguém que não soubesse nadar passasse as férias em uma ilha tropical deviam ser baixas. Eu não podia repensar minha estratégia agora. Continuei me mexendo, evacuando as pessoas para a água o mais rápido que conseguia. Restando apenas sessenta segundos, eu tinha tirado seiscentas pessoas da plataforma e perdido apenas uma.

Restando dez segundos, o buraco no meu estômago voltou. Eu não tinha conseguido salvar nem uma criança nativa sequer, nem suas jovens professoras.

Talvez não exploda, me peguei pensando. Talvez a Dúvida estivesse certa. Talvez a simulação fosse uma pegadinha, e nós deveríamos saber disso e ignorar as instruções que tínhamos recebido. Eu estava torcendo para que esse fosse o caso conforme o relógio corria até o zero. Mas, restando dois segundos, a caixa explodiu em chamas. Demorou um segundo para o som ressoar. Então vieram os estalos e depois uma sequência de *pop pop pop*. Subitamente, o lugar ficou inteiramente tomado pela fumaça preta, depois cinza, com jorros de luz conforme os fogos de artifício estouravam. A plataforma desapareceu em uma nuvem de fumaça, mas os corpos não. Eles foram arremessados como bonecos de pano, o ar carregado pelos gritos. Incapaz de assistir à cena, fechei os olhos, apertando-os, e mantive-os assim até que o som parou. Eu deveria tê-los mantido fechados. A imagem das consequências da explosão era muito pior do que ela tinha sido. Troncos e membros humanos flutuando entre madeira carbonizada. Corpos em chamas no mar.

Engoli com dificuldade e senti o gosto da bile. *Não é real*, lembrei a mim mesma. Mesmo assim, olhei para baixo, sem querer ver mais daquela cena.

– Parabéns, Rory – ouvi a dra. Tarsus dizer pelos alto-falantes. – Com apenas cento e oitenta e oito mortos, você obteve a maior nota da classe. – Levantei o olhar para a tela e vi o rol da classe. Meu nome estava no topo, seguido por um nome cujo número de mortes era quase o dobro do meu. – O resto da sala conferiu as informações de cada pessoa que salvou. Rory confiou em seus instintos racionais e alcançou um resultado muito melhor.

Eram as palavras mais gentis que Tarsus já tinha dito para mim.

O orgulho puxou os cantos da minha boca. Eu tinha conseguido. Obtive a maior nota da sala e derrotei a Dúvida. Certo, talvez "derrotei" fosse um pouco forte, mas eu finalmente tinha respondido à pergunta que estava me cutucando desde a primeira vez que ouvira a voz. *Eu poderia confiar nela?* A resposta racional sempre tinha sido "não", mas eu ainda questionava a possibilidade. Agora eu sabia a verdade. Se eu tivesse feito o que a Dúvida me aconselhara durante a simulação, teria ido mal na prova. E, se aquilo tivesse acontecido na vida real, oitocentas pessoas teriam morrido, em vez de apenas cento e oitenta e oito.

Cento e oitenta e oito pessoas estavam mortas. Ao me dar conta disso, meu bom humor foi embora, e voltei à plataforma com aquelas crianças sorridentes e condenadas.

Não era real, disse a mim mesma outra vez quando empurrei a porta dupla do Salão Hamilton, dando de cara com o resplandecente sol de outubro. Precisava *parecer* real para desencadear todas as atividades neurais reativas que deveríamos saber como suprimir. Mesmo assim, não conseguia parar de pensar nas crianças que havia deixado para trás. As risadinhas enquanto rodeavam suas professoras, soltando "ohhh" e "ahhh" para o céu. Eram seus corpos pequeninos que tinham sido arremessados quando a caixa explodira. Seus gritos que tinham repentinamente aumentado e depois se calado quando sua carne queimada afundou no mar.

Casualidades eram inevitáveis em situações como aquela. Não havia como identificar o fogo de artifício defeituoso ou mover as caixas pesadas, nem tempo para tentar fazer isso. Era fato que a doca explodiria. A única variável era a quantidade de pessoas que estariam sobre ela nesse momento. É claro, não era uma questão apenas numérica – a dra. Tarsus tinha deixado isso claro. As pessoas presentes eram avaliadas pelo *software* e classificadas por ordem de importância. Eu obtive a melhor nota não porque tinha deixado o menor número de pessoas na plataforma, mas porque aqueles que foram deixados não eram considerados tão valiosos quanto os que foram salvos.

— É um conceito perverso — eu disse para Liam no almoço. Ele tinha se plantado à nossa mesa sem ser convidado, tomando o lugar de Izzy. Ela era disléxica, então tinha direito a mais tempo para fazer as provas. — As pessoas são categorizadas por *valores*? Como se a vida de alguns fosse mais importante que a de outros?

— Elas são mais importantes. E você não discorda.

Encarei-o.

— Sim, eu discordo. Discordo completamente.

— Certo — ele disse, se recostando na cadeira. — Um trem com assassinos condenados está acelerando em direção a um ônibus cheio de ganhadores do

Prêmio Nobel. Você pode descarrilar o trem ou fazer o ônibus cair num barranco. Se não fizer nada, todos morrerão. – Ele meteu um pedaço de couve-flor na boca e olhou para mim. – Escolha.

Hershey levantou o olhar de seu *tablet*. Ela estava se matando de estudar para cálculo desde o começo do almoço, e quase não havia tocado em sua sopa de tomate.

– Eu salvaria os assassinos.

Meu queixo caiu. Eu sabia que ela só estava falando aquilo para chamar atenção, mas mesmo assim...

– Vocês dois são ruins da cabeça.

Mas Hershey parecia pensativa.

– Na teoria do Liam, você mata os assassinos porque designou a eles um valor de utilidade negativo. Mas talvez exista outro modo de olhar para essa questão. Talvez você possa salvar os assassinos pelo valor de redenção deles.

Liam levantou as sobrancelhas.

– O valor de quê?

Hershey mordiscou seu lábio, pensativa.

– Eles sabem que são assassinos, certo? Então não esperam ser salvos, e sim que isso aconteça com os ganhadores do Nobel. Se o oposto acontecer... não sei. – Ela parecia insegura. – Talvez isso os mude e talvez outras pessoas de valor de utilidade negativo mudem só de ouvir o que aconteceu. Talvez sejam remidos de alguma forma. E talvez o efeito líquido na sociedade seja maior do que se você tivesse salvado os caras bonzinhos.

– Ou talvez eles continuem matando, porque, sabe, eles são *assassinos* – Liam disse isso como se a ideia da Hershey fosse a coisa mais estúpida do mundo.

– Você é um idiota – Hershey retrucou, ríspida, e se virou para mim. – O que você acha?

– Acho que a premissa é falha como um todo. Em primeiro lugar, é um cenário completamente irrealista. Por que todos esses assassinos estão em um trem? Aonde eles estão indo? E por que existe um ônibus cheio de ganhadores do Nobel? Tipo, sério? Eles estão em um *ônibus*? Preso num trilho?

— Só porque é um cenário improvável não é uma hipótese inútil — Liam replicou. — O objetivo é ver como você raciocinaria diante de possíveis resultados.

— Mas eu não tenho controle sobre os resultados — argumentei. — E eu nunca teria! A ideia de que eu poderia estar sentada em algum lugar com um botão que me deixaria decidir quem vive e quem morre...

— As pessoas tomam esse tipo de decisão o tempo todo — Liam disse.

— Ah é? Quem são essas pessoas? Gostaria de conhecer alguma — eu disse, sarcasticamente. Liam riu entre dentes e me lançou um olhar condescendente.

— Aquela hipótese na sua prova, sobre as pessoas na doca. Onde isso aconteceu na vida real?

— Hum?

— Tarsus baseia suas simulações em eventos que aconteceram na vida real — ele respondeu. — Esse é o argumento dela sobre a utilidade das aulas.
— Assim que Liam proferiu as palavras, me lembrei de Tarsus falando isso no primeiro dia de aula. Eu tinha esquecido. Em algum lugar da minha cabeça, ouvi o som daquelas criancinhas gritando enquanto seus corpos eram explodidos em pedaços. Aquelas tinham sido crianças de verdade? Meu estômago se cerrou e se abriu como um punho. Por que eu as tinha abandonado tão rápido? E daí que o valor de utilidade delas era o menor na plataforma? Elas eram *crianças*.

Depois disso, precisei me esforçar para afastar da minha mente a imagem da doca explodindo, mas consegui mantê-la longe durante as minhas últimas duas provas. Às 16h30, meu cérebro parecia mingau.

— A você! — Hershey gritou quando abri a porta do dormitório. Ela tinha uma garra de cidra borbulhante na mão. — Por salvar a minha pele.

Sorri e entrei no quarto.

— Presumo que você tenha passado, então.

— Um 10 e dois 9 — ela respondeu, com orgulho. — Se não zerei literatura ontem, estou a salvo. — Ela entornou cidra para mim, e nós brindamos e bebemos.

— Sem champanhe roubado? — provoquei.

– Sou uma nova pessoa – Hershey respondeu, enchendo seu copo mais uma vez. – Daqui pra frente, vou surrupiar apenas bebidas não alcoólicas. – Nós rimos e bebericamos a cidra. – Mas sério, Rory. Obrigada. – Seus olhos brilhavam ao me fitar. – Eu não merecia a sua ajuda – disse.

– Hershey, não...

Ela esticou a mão, me interrompendo.

– Eu não merecia. E, se eu estivesse no seu lugar, provavelmente teria deixado você repetir. E não diga que eu teria te salvado, porque, acredite em mim, eu não teria. Estou te devendo uma e vou fazer o que puder para recompensá-la. Tudo bem? – Seu olhar era sincero, e quase implorava, como se fosse importante para ela que eu aceitasse.

Eu assenti.

Ela sorriu.

– Que bom. E vou começar fazendo sua maquiagem. – Ela colocou a garrafa na escrivaninha e gesticulou para sua cadeira. – Sente-se.

15

O Vila da Pizza estava lotado quando entramos. Rachel e Izzy tinham chegado mais cedo e conseguido uma mesa perto da janela. Tiramos nossos casacos e nos sentamos ao lado delas.

– Nós declaramos este fim de semana livre de qualquer raciocínio – Izzy anunciou. – Então vamos deixar o Lux pedir por nós.

– Concordo totalmente – Hershey respondeu, entregando seu Gemini a Rachel. – Meu cérebro está fritado. – Rachel tocou cada um de nossos celulares no escâner na parede e, segundos depois, nosso pedido apareceu na tela. – Alguém interessante por aqui? – Hershey perguntou, estendendo o pescoço para avaliar o restaurante cheio.

– Eh... – Rachel respondeu, com um dar de ombros desinteressado. – A maioria é local.

– Seu namorado está aqui – minha colega de quarto anunciou. Achei que estivesse falando com Izzy, mas estava olhando para mim. Segui seu olhar. North se encontrava no balcão, pagando por uma pizza grande para viagem. Rapidamente afastei o olhar.

– Você quer dizer *seu* namorado – corrigi, mantendo um tom de voz leve.
Rachel se virou para olhar.

– É esse o cara?

Hershey fez uma careta.

— Esse definitivamente não é o cara. Mas ele tem uma queda pela Rory. Você precisa ver o jeito que dá em cima dela.

Fiquei irritada naquele mesmo instante. Não queria prejudicar as coisas com Hershey já que estávamos nos dando tão bem, mas essa farsa era demais para eu engolir.

— Se você não quer falar que vocês ficaram, tudo bem — eu disse, com uma voz neutra. — Mas, por favor, não invente uma merda dessa só pra disfarçar.

Hershey piscou, embasbacada.

— Espera, você acha que eu estou ficando com o North?

Ela parecia tão surpresa que vacilei.

— E não está?

— Não! — respondeu. Quase retruquei com "então o que você estava fazendo no apartamento dele sem seu vestido?", mas não queria dizer que eu sabia disso ou explicar a razão de eu estar no apartamento dele naquela noite. Não na frente de Rachel e Izzy.

— Duas vitaminas, uma limonada e um refrigerante *diet* — a garçonete disse, entregando nossas bebidas. Em vez de colocar meu guardanapo na mesa, ela o entregou para mim, dobrado no meio. Na hora, notei a caligrafia na parte interna do papel.

Preciso falar com você. É importante. — N. P.

Rapidamente amassei o guardanapo e o enfiei no bolso. As garotas estavam debatendo sobre a lista de ingredientes em suas bebidas e não perceberam. Virei minha lata nas mãos e imaginei sobre o que North *precisaria* falar comigo. Se o assunto fosse tão importante, por que ele não tinha vindo até à minha mesa e falado na minha cara, em vez de mandar um recado misterioso em um guardanapo? A resposta, é claro, era Hershey. Que joguinho ele estava fazendo? E que joguinho *ela* estava fazendo? Observei-a do outro lado da mesa enquanto nós quatro devorávamos uma pizza extragrande — discordando unanimemente do Lux quando ele sugeriu que parássemos depois do segundo pedaço — e fiquei pensando.

Depois do jantar, Rachel e Izzy se encontrariam com uns caras do grupo de debates para comer *brownies*, mas eu estava cheia e cansada demais para fazer qualquer coisa que não fosse dormir, de preferência durante um dia e meio.

– Podem ir, meninas – eu disse a elas aos nos revezarmos escaneando nossos portáteis para dividir a conta. – Preciso ir pra cama.

– Vou voltar com você – Hershey disse. Quando chegou minha vez de pagar, ela afastou meu celular e escaneou duas vezes o dela. – É por minha conta.

Quando nos despedimos na calçada, Hershey passou seu braço pelo meu. Como se tivéssemos ensaiado, bocejamos exatamente no mesmo instante, e então imediatamente caímos em uma risada exausta e levemente maníaca.

– Estou tão cansada que quase não consigo sentir minhas pernas – ela disse quando cruzamos a rua para tomar o atalho do parque, de braços ainda dados.

– Estou tão cansada que acho que já estou dormindo – eu disse.

Rimos novamente e caímos em um silêncio gostoso. No instante em que ia questioná-la sobre North, Hershey pigarreou.

– Podemos conversar sobre a voz? – perguntou. Senti-me endurecer. Hershey deve ter sentido também, o que provavelmente explica não ter esperado pela minha resposta. – Eu nunca ouvi – ela disse antes que eu pudesse fazê-la se calar. – Mesmo quando era pequena. Eu costumava invejar as crianças que ouviam.

– Por quê?

Ela parecia pensativa.

– Achava que estava perdendo alguma coisa. Todo mundo falava sobre ser "conduzido" e se sentir "guiado". Parecia tão... fácil. Não precisar calcular suas opções e decidir por si mesma. Receber as respostas sem precisar passar pela prova.

Eu quase ria diante daquele absurdo. *Fácil?* Aham, tá bom. Ouvir a Dúvida significava se deixar completamente de lado. Mesmo quando criança, eu já entendia isso. A voz sussurrava para eu não me preocupar quando a razão dizia que eu deveria fazê-lo. Ela me dizia para ir devagar quando eu precisava correr, para ser gentil quando eu estava brava, para ouvir quando eu queria desesperadamente ser ouvida. "Guiado" era o eufemismo para ser repreendido, corrigido e persuadido.

— É claro que as respostas estão *erradas* — Hershey disse em seguida. — Elas precisam estar, certo? Para ser a Dúvida, a voz precisa ser irracional, então...

Eu a interrompi.

— Não é irracional. É *antirracional.* — Aquela tinha sido a revelação mais surpreendente da minha pesquisa sobre TPA, além de ter descoberto que minha mãe sofria da doença. O TPA também era chamada de "pressentimento irracional", mas a evidência empírica sugeria que a voz era muito menos previsível que isso.

— *Antirracional?*

— Não é racional nem irracional — expliquei. — Meio que fora do plano da razão, acho.

Ela considerou esse ponto.

— É estranho quando ela fala com você? — perguntou.

— É difícil lembrar — menti. — Faz tanto tempo.

— Rory. — Sua voz era gentil, mas carregava um tom de repreensão. — Sei que você ainda a ouve. Fale comigo sobre isso. Não vou contar a ninguém.

Olhei para ela e hesitei, vacilante. Não tinha pensado em contar a alguém sobre a voz, nem a meu pai, nem a Beck. E aqui estava eu, prestes a despejar tudo em cima da Hershey, uma garota com segredos próprios que insistia em guardar, uma garota que não inspirava muita confiança. Essa não era uma boa ideia, de jeito nenhum. Deveria ter perguntando a ela como sabia de uma coisa que eu mal tinha admitido a mim mesma, mas eu estava preocupada demais com minha resposta para refletir sobre a questão.

Hershey continuou insistindo.

— Ela te falou para você me ajudar a estudar, não falou?

Comecei a menear a cabeça para negar, mas Hershey prosseguiu, sem nem me dar tempo para responder.

— É a única explicação. Por que outra razão você faria isso? Eu não tinha uma história comovente pra convencer. Fui irresponsável e merecia repetir.

– Não, não merecia – argumentei, mais por mim mesma do que por ela.

– Qual é, Rory? – ela disse, girando para ficar na minha frente e me olhar nos olhos.

– Sim, a voz disse pra te ajudar – eu falei, finalmente. – Mas não foi por isso que te ajudei. Eu te ajudei porque você é minha amiga. – Essa era a verdade. E, naquele momento, percebi como era perturbador que minha mente e a Dúvida estivessem em sincronia total.

Hershey se derramou em lágrimas. Instintivamente, peguei sua mão, que, mole, descansou na minha enquanto ela chorava.

– Não foi nada, Hersh – eu disse, com suavidade. – Você precisava de ajuda, eu ajudei. E fui bem nas minhas provas, então isso não me prejudicou.

– Você não entende – ela respondeu, sacudindo a cabeça.

– Então me conte. O que está acontecendo?

Hershey sacudiu a cabeça de novo.

– Não posso – sussurrou. – Você me odiaria.

Por um segundo, esqueci que ela não sabia nada sobre North e mim. Devia ser por isso que não conseguia reunir coragem para me contar: dizer que estava ficando com o cara de que eu gostava. Então, facilitei a conversa.

– Eu já sei, Hershey.

Seus olhos se ergueram.

– O quê?

– Não os detalhes, mas sei que algo aconteceu. Fui até o apartamento dele naquela noite. Vi seu vestido jogado.

Seus olhos mostravam sua confusão.

– Hum?

– Você e North – expliquei. – A noite do Baile de Máscaras.

Ela finalmente entendeu.

– Então é por *isso* que você achou que estávamos ficando!

– Por que outra razão seu vestido estaria no chão do apartamento de North?

– Porque eu tinha vomitado nele – ela respondeu. – Fui ao Paradiso porque achei que café me ajudaria a ficar sóbria. Urgh, tenho vontade de vomitar só de lembrar. – Ela fez uma careta. – Enfim, North me emprestou umas roupas e me deu uma sacola para eu colocar o vestido. Foi só isso. Sério. – Acreditei nela, mas não fazia muito sentido. Se era assim tão inocente, por que North não me contou quando apareci em sua porta? Em vez disso, pareceu tão reservado, tão preocupado que Hershey descobrisse que eu estava lá. *Eu posso explicar*, ele tinha dito. Então por que não o fizera? O guardanapo amassado parecia chumbo no meu bolso. – E North sabe que você gosta dele? – ela perguntou.

– Não gosto dele – respondi rapidamente.

– Aham. Que seja. Mas ele teria sorte de ficar com você. – Hershey passou seu braço pelo meu e recostou a cabeça no meu ombro. – Desculpe por ter sido uma péssima amiga – disse depois de um tempinho.

– Você não foi *tão* ruim – respondi, apertando seu braço. Esperei que fosse rir ou fazer uma piada, mas ela não fez nada disso. Só ficou quieta.

Ficamos daquele jeito o trajeto inteiro de volta ao *campus*, minha mão em seu braço, sua cabeça em meu ombro. *Eu nunca tive isso*, pensei. Ser melhor amiga de um homem tinha suas vantagens – menos drama e fofocas, mais filmes de ação –, mas eu perdia aquela sensação de irmandade. O conforto de ser igual. Eu tinha invejado as outras garotas, a conversa fácil, o jeito como ocupavam o mesmo espaço físico, tocando o cabelo e o rosto uma da outra, segurando em braços e quadris. Com garotos, precisava haver uma margem. Distância. Não dava para dar as mãos, sentar no colo ou andar de braços dados desse jeito. A menos, é claro, que os dois fossem mais do que amigos – mas eu e Beck nunca havíamos passado da amizade. Com um baque, percebi que não falava com meu melhor amigo havia semanas. Havíamos trocado algumas mensagens de texto, mas ele não tinha retornado nenhuma das minhas ligações. Não era exatamente atípico da parte dele, que odiava celulares, mas mesmo assim isso me magoava. Encontramos duas garotas da minha turma no pátio, Dana e Maureen. Elas carregavam saquinhos de pipoca de cinema e caixas extragrandes de doce.

– O que vocês foram ver? – perguntei quando as alcançamos.

– *Espada doce IV* – Dana respondeu, fazendo uma careta. – É péssimo.

– Bem feito por não termos perguntado ao Lux antes de gastarmos vinte e três dólares no quarto filme de uma franquia sobre uma garota que usa doces pra lutar contra o crime – Maureen disse. – Mas, também, fora isso a única coisa passando no cinema do centro é um filme de guerra. E, depois da nossa prova de prática, não conseguiria assistir a outra explosão. – Ela deu uma estremecida.

Sentir o sorriso dos meus lábios desaparecer. Sair com Hershey tinha me feito esquecer da minha prova de prática, mas sua menção trouxe aquelas imagens horríveis à minha mente. Eu me distraí tanto com a comemoração das notas que me esqueci de pesquisar na internet sobre o acidente real. Será que Liam estava certo? O cenário era baseado em algo que havia acontecido de verdade? Meu estômago deu um nó com esse pensamento.

Esperei até voltarmos ao quarto para começar minha pesquisa.

– Quer ver *Força forense*? – Hershey perguntou de sua cama. Eu estava deitada atravessada na minha, digitando as palavras "explosão plataforma fogo de artifício defeituoso ilha" no GoSearch e não olhei para cima.

– Claro.

– O que você está fazendo? – Hershey perguntou. Com minha visão periférica, pude vê-la esticando o pescoço, tentando olhar para minha tela.

– Tentando encontrar a notícia que a Tarsus usou para nossa prova hoje.

– A das pessoas na doca?

Olhei de viés para ela e fiz que sim com a cabeça.

Hershey olhou para mim como se eu tivesse dito que queria arrancar minhas unhas com alicates enferrujados.

– Por quê?

– Acho que só... quero saber o que realmente aconteceu. – Eu mal estava admitindo a mim mesma e definitivamente não diria à Hershey, mas a verdade era que eu estava buscando absolvição. De um jeito esquisito e maluco, se mais pessoas tivessem morrido na versão real do que na minha simulação, eu estaria livre da culpa. Se eu tivesse feito mais por aquelas pessoas na tela do que a vida real, talvez eu parasse de me sentir culpada por aqueles que eu não tinha salvado.

– Bem, acho que é uma má ideia – Hershey afirmou, apontando seu portátil para a tela na parede. – Coisas ruins acontecem no mundo. Não há por que ficar encucando com elas. – Ela selecionou o episódio mais recente de *Força forense* e apertou *Play*.

– Não estou encucando – murmurei enquanto analisava a primeira página de resultados da minha busca. Quando não vi nada que lembrasse remotamente nossa prova, a tensão que estava carregando nos ombros começou a ceder. Até que fui para a segunda página e dei de cara com uma imagem idêntica à cena que eu tinha visto na sala. As mesmas montanhas verdes à distância, a mesma ponte flutuante levando para a mesma praia de areia branca, as mesmas caixas de madeira cheias de fogos de artifício e a mesma doca lotada. Era uma foto de antes da explosão, de quando a plataforma ainda estava intacta. Mas devia ser do mesmo dia. Dei um toque duplo na foto e li a legenda abaixo dela: "Comemoração do Dia da Independência em Fiji. 10 de outubro de 2032".

Menos de uma semana antes. A foto não estava anexada a um artigo, então procurei de novo, desta vez com a data. O primeiro resultado era uma notícia do dia posterior com a manchete "Acidente em plataforma interrompe celebração da independência em Fiji". Toquei na tela para abrir a página. Precisei ler o primeiro parágrafo três vezes até entender o que tinha acontecido.

> Em um feliz acidente do acaso, uma plataforma flutuante que abrigava uma multidão de nativos e turistas em Fiji desabou no domingo, derrubando-os no oceano Pacífico Sul momentos antes de o arsenal de fogos de artifício do evento explodir. Com mais de oitocentos presentes para a anual celebração de independência de Fiji, acredita-se que o peso na plataforma momentos antes do colapso era quase três vezes maior que o limite da capacidade.
> "Ainda bem que eles quebraram as regras", comentou John Smith, um turista americano em lua de mel. "Se a plataforma não tivesse desabado, estaríamos em cima dela quando os fogos de artifício estouraram."

Em vez disso, as caixas de madeira que continham mais de duas toneladas de fogos de artifícios pegaram fogo e submergiram, matando centenas de peixes tropicais, mas nenhuma pessoa.

Engoli com dificuldade. Na vida real a plataforma tinha sucumbido momentos antes de os fogos de artifício explodirem. Mas eu tinha evacuado pelo menos metade do peso a essa altura, evitando o colapso e, assim, garantindo a explosão. O alívio que eu havia sentido por nenhuma pessoa de verdade ter morrido foi embora, substituído por uma reverência tranquilizante à voz que soubera como salvá-las.

A Dúvida estava certa.

Se eu não tivesse feito nada – se houvesse apenas *esperado* –, todas as pessoas na plataforma teriam sido salvas. Mas como a voz poderia saber disso? Ela não pertencia a alguma força externa e onisciente. Era uma alucinação auditiva produzida pelo meu cérebro. Mas, se era apenas isso, como podia ter me dito algo que eu não sabia? Não havia como eu saber que a plataforma desabaria.

Fiquei ali, sentada, encarando minha tela, até que ela ficou preta, emoções passando por mim como a água de um rio. O que eu deveria fazer agora?

Segurei o pingente no meu pescoço, pressionando-o entre os dedos. Era por isso que minha mãe tinha passado, esse intenso debate interno? No final, ela tinha decidido confiar na voz, e veja só aonde isso a levara. Um diagnóstico permanente e uma passagem de volta a Seattle.

– Encontrou? – ouvi Hershey dizer.

– A plataforma desabou antes da explosão – eu disse, jogando o *tablet* em sua cama. Ela passou os olhos pela história e o jogou de volta.

– Isso é bom, não é?

Quando não respondi, Hershey me olhou.

– O que foi? – Hesitei por tanto tempo que ela me perguntou de novo. – O que foi, Rory?

– Ouvi a Dúvida durante a prova – eu disse, enfim, me arrependendo assim que as palavras saíram da minha boca. Mas eu precisava contar a alguém, e Beck não estava lá. Ele também não tinha retornado outra das minhas mensagens de voz, algo que não havia espaço em meu cérebro para analisar naquele momento. Hershey não reagiu; apenas pegou o controle remoto e pressionou *pause*.

– Tudo bem – ela disse. – E...?

– E ela me mandou esperar.

– Esperar?

– Nós precisávamos salvar o máximo de pessoas que conseguíssemos – expliquei em uma voz baixa e apressada, mesmo estando sozinhas no quarto. – E eu não sabia o que fazer. Havia várias criancinhas... Fiquei meio paralisada. Então entrei em pânico, porque é claro que a prova tinha um tempo máximo para ser completada, e não sabíamos quando a doca explodiria, só que isso aconteceria em algum momento.

– Pô, suas provas parecem tão legais. As minhas são muito chatas. Mas continue.

– A questão é: achei que precisava correr. Toda a classe achava. Senão, como tiraríamos aquelas pessoas da plataforma antes que ela explodisse? Mas a voz me disse para não agir. Ela me mandou esperar. O que não fazia nenhum sentido. Só que...

– A plataforma teria desabado antes da explosão – Hershey disse. – Você teria salvado todas as pessoas. – Ela exalou, sua respiração saindo num silvo através de seus dentes. – E não há um jeito de seu cérebro ter descoberto isso?

– Não.

Hershey parecia concentrada.

– Então a Dúvida...

– Sabia de algo que eu não sabia – completei. – O que é impossível. Científica e empiricamente impossível.

– Sim, você está certa. Então deve ter sido um acaso. – Ela estava jogando verde, porque sabia que eu não acreditava nisso.

Deitei de costas e olhei para o teto.

– Você acha possível que a Dúvida não seja tão ruim quanto as pessoas acham que é?

Hershey estava quieta. Olhei-a de esguelha. Ela também estava virada de costas, fitando o teto.

– Mas a ciência existe – ela disse, por fim, mas sem sua convicção costumeira. – Estudos provando que a Dúvida não é racional. – Ela virou a cabeça e encontrou meu olhar. – Certo?

Havia estudos. Eu tinha lido a maioria deles. Mas, como observei em meu trabalho, nenhum era exatamente completo. O mais famoso comparava o desenlace de vidas como a da minha mãe e a da Hershey – que, respectivamente, afirmavam confiar na Dúvida e diziam nunca tê-la ouvido – e concluía que o segundo grupo tinha um desempenho muito melhor em termos de felicidade, estabilidade e prosperidade. Era uma manchete chamativa, mas dificilmente dizia algo sobre a Dúvida em si.

– Acho que não estou totalmente convencida – concluí. – Mas mesmo isso me assusta, porque provavelmente foi como a doença começou pra minha mãe, e olha o que aconteceu com ela.

– O que aconteceu com ela? – Hershey perguntou.

– Não sei bem – admiti. – Sei que ela começou a ouvir a Dúvida e se consultou com um psiquiatra por causa disso. Piorou bastante, acho. Ela passou a ir mal na escola e essas coisas. O médico queria interná-la. Então eles a expulsaram.

– Uau – Hershey disse. – Que intenso.

Virei para o lado, em sua direção.

– Por favor, não conte nada a ninguém. Sobre minha mãe ou o que eu ouvi hoje.

– Não vou contar – Hershey disse. – Prometo. – Mas ela não olhou nos meus olhos.

16

Hershey passou o fim de semana fazendo lição de casa, visitando a biblioteca pela primeira vez no semestre. No fim da tarde de sábado, encontrei-a dormindo em cima de seu *tablet* na, de outro modo vazia, sala de leitura, babando em um problema de cálculo. Puxando meus joelhos para perto do queixo, me sentei em uma das poltronas perto do fogo crepitante da lareira e a deixei dormir enquanto eu prosseguia com dificuldade na minha leitura para a aula de literatura.

Mas eu ficava me distraindo, pensando em North.

Queria acreditar na versão de Hershey sobre aquela noite, mas não fazia sentido totalmente. Se tinha sido uma coisa tão inocente, por que North não me contou o que estava acontecendo quando apareci em seu apartamento?

Eu ainda estava pensando nisso e considerando meus próximos passos na manhã de terça-feira, sentada na aula de prática, ouvindo pela metade a palestra da dra. Tarsus sobre prudência. Do lado de fora das janelas da nossa sala, aproximavam-se nuvens de tempestade, vindas da montanha.

— E, embora eu esteja relutante em sugerir que isso é simples — Tarsus dizia —, acho que a fórmula é instrutiva. — Ela escreveu com o dedo na parede frontal, e uma equação apareceu em giz verde.

$$Pr = C/n \cdot R \cdot A$$

— Prudência, *Pr*, é uma função de *n*, o número de fatos cognoscíveis; *C*, o número de fatos conhecidos; *R*, a capacidade de raciocínio inerente ao agente; e *A*, a dedicação do agente para com a ação. — Tarsus fez uma pausa e examinou a sala. — Alguma pergunta?

— Você pode dar um exemplo? — Dana perguntou, sua voz ecoando um pouco nos alto-falantes do encosto de cabeça do meu casulo.

— Certamente que sim — a professora respondeu, voltando-se para a parede. — Vamos usar uma...

— Você está deixando algo de fora — deixei escapar. Os olhos de Tarsus dispararam em minha direção. Tapei a boca com a mão. — Desculpe — me corrigi imediatamente. — Não tive a intenção de...

— Esclareça-me, Rory, por favor — ela disse, cruzando os braços. — O que eu deixei de fora?

— Fatos incognoscíveis — eu disse, com a voz fraca, desejando ter ficado calada. Parecia tão óbvio para mim, mas Tarsus me olhava como se eu tivesse falado algo ininteligível.

— Acho que talvez você não tenha compreendido — Tarsus respondeu, sua voz cheia de condescendência. — A variável *n* representa todos os fatos que poderiam ser conhecidos pelo agente — Ela bateu levemente na letra com a unha. — *C*, então, representa o número desses fatos que *são* conhecidos pelo agente. Assim, quaisquer fatos "desconhecidos" fazem parte do...

Eu a interrompi novamente, dessa vez de propósito. Seu tom de voz estava me irritando muito. Eu tinha tirado a melhor nota da sala e ela falava comigo como se eu fosse uma idiota. Além disso, me sentia confiante de um jeito que poucas vezes me sentira. Não de um jeito arrogante. Apenas sabia que estava no caminho certo.

-- Não "desconhecidos" — corrigi. — Incognoscíveis. Não suscetível a ser percebido pelos sentidos. Fatores que o agente não pode compreender fazendo uso somente da razão.

A expressão de Tarsus se obscureceu por um instante, depois seus lábios curvaram-se em um sorriso.

– Como eu não gostaria de perder tempo de aula com tais suposições inúteis, sugiro que nós duas continuemos essa discussão depois. – Sem esperar minha resposta, ela prosseguiu.

Quando Tarsus nos dispensou, dei passadas largas até sua mesa, suficientemente brava para ser ousada. A professora olhou para mim com sobrancelhas levantadas.

– Você parece contrariada – ela disse.

– Não estou contrariada – respondi. – Estou confusa. Quando o programa do curso disse "participação em sala é encorajada", achei que você estaria disposta a ouvir o que temos a falar.

Tarsus sorriu.

– Então você está chateada, é isso?

– Não, não estou chateada – repliquei, mantendo um tom de voz neutro. – Só gostaria de entender por que você foi tão rápida em me calar.

– Porque eu sabia o rumo que a conversa estava tomando e tentei te ajudar, Rory. "Fatos incognoscíveis"? Você já ouviu a expressão "Há três coisas que não voltam atrás: a palavra pronunciada, a flecha lançada e a oportunidade perdida"? – Ela inclinou a cabeça para o lado, me examinando, seus olhos pretos parecendo mais com os de uma águia do que o normal.

– Sobre que flecha estamos falando?

– Não há dúvidas de que você é uma aluna brilhante, Rory – ela disse, com uma voz afetada. – Mas seu comentário em sala hoje foi bastante preocupante. Uma pessoa com seu histórico deve ter cuidado com o que diz.

– Meu histórico? – perguntei, embora soubesse a que ela se referia. Tarsus não se deu ao trabalho de fazer rodeios.

– Você sabe o que a palavra "acrático" significa, não sabe? – perguntou. – É grego para agir contra o próprio juízo. E, embora você esteja indo muito bem nessa aula, eu a observei durante a prova de sexta-feira. Você disse a palavra "espere" em voz alta, como se falasse com alguém. Quem poderia ser?

A ousadia que eu sentira segundos antes se esvaiu, deixando apenas um coração acelerado na minha caixa torácica.

– Ninguém – retorqui rapidamente. – Eu não estava falando com ninguém.

Tarsus endireitou a cabeça.

– Tem certeza?

Sabia que devia ir embora antes que as coisas piorassem, mas algo estava me incomodando e eu não podia ir sem uma resposta.

– O que teria acontecido se eu *tivesse* esperado? – perguntei a ela, minha voz titubeando um pouquinho. – Se eu tivesse deixado todas as pessoas na plataforma.

Tarsus não hesitou.

– Você teria zerado a prova.

– Mas, na vida real, a plataforma...

– Desabou. Sim, eu sei. Mas a razão dita que uma plataforma sobrecarregada deve ser evacuada para evitar um desabamento, não deixada para causar um. – Ela me observava atentamente. – Então, se você tivesse deixado todas aquelas pessoas na plataforma sabendo que as caixas explodiriam, eu assumiria que uma de duas coisas tinha acontecido. Ou você ficou *paralisada* pela indecisão ou cega por um impulso irracional. Ambas as causas seriam base para um zero.

– Então você estava tentando me enganar – eu disse.

A boca de Tarsus se curvou em um sorriso amarelo.

– Te enganar? Agora você parece paranoica. Talvez uma visita ao centro médico do *campus* faça bem a você. Se quiser, posso escrever um encaminhamento.

Engoli em seco. Minha garganta parecia uma lixa.

– O que eu fiz pra você me odiar tanto?

Tarsus apenas riu.

– Eu não me importo com você o bastante para odiá-la, Rory. – Ela se virou, tendo a última palavra. – Por favor, feche a porta ao sair.

Dei um jeito de sobreviver à aula de história, mas não conseguiria engolir o almoço. Então coloquei uma roupa de ginástica e fui correr no bosque, deixando o som das folhas esmagadas pelo meu tênis se sobrepor à cacofonia de barulhos na minha cabeça. Começou a garoar quando eu estava começando minha terceira volta em torno do cemitério. Sem pensar, pulei a cerca e corri para o mausoléu, cortando através das lápides para chegar lá mais rápido. Com exceção do som compassado da chuva caindo sobre as folhas secas, o lugar estava em silêncio quando me aproximei. Foi apenas depois que passei pelas fendas do portão de ferro forjado do mausoléu que ouvi a música.

Posicionei meu pulso contra o granito para bater, mas isso parecia um pouco ridículo, e, de qualquer forma, eles não me ouviriam. Então inspirei e apoiei o peso do meu corpo contra a pedra do jeito que tinha visto North fazer. A pedra deslizou, abrindo caminho.

Achava que a banda inteira fosse estar lá, então dei um pulinho quando vi somente North. Ele estava no chão, recostado contra o caixão de mármore, com um *laptop* no colo e alto-falantes ensurdecedores.

– Rory – North disse quando entrei na tumba. Havia surpresa e alívio em sua voz. Ele colocou o computador de lado e se levantou.

– Recebi seu recado – declarei.

– Como você sabia que eu estava aqui? – Ele se aproximou lentamente de mim, seus olhos grudados em meu rosto, como se estivesse com medo de que eu desaparecesse.

– Não sabia – eu disse. Depois, mais suavemente: – Eu só esperava que estivesse. – Sem graça, transferi o peso do meu corpo de um pé para o outro. – Você disse que podia explicar.

North fez que sim com a cabeça.

– E posso. Mas é melhor você se sentar primeiro. – Ele apontou para o banco atrás de nós.

Meu estômago se contorceu.

– Tudo bem – concordei e me sentei.

Ele se sentou ao meu lado, inclinando seu corpo em direção ao meu de forma que nossos joelhos quase se tocassem.

– Tentei entrar em contato com você tantas vezes – ele disse, inclinando-se para a frente, apoiado nos cotovelos. Seu cabelo estava molhado por causa da chuva. – Você bloqueou todas as contas que eu usei. Até pensei em entrar escondido no *campus*, mas a Noveden conseguiu uma ordem de restrição pra mim no ano passado e...

– O quê?

Ele pareceu envergonhado.

– Os caras e eu invadimos um dos prédios pra gravar. O prédio com o órgão e o domo dourado.

– Vocês invadiram a Grande Rotunda? Não pensaram que ela estaria protegida por um alarme?

– Eu desativei o alarme. Eles nos pegaram quando a lata estourou.

– A lata?

– Nós estávamos usando uma lata enorme de ar comprimido para tocar os tubos do órgão como se fosse um xilofone – North explicou. – Ou tentando tocar. Ela explodiu na primeira vez que tentamos deixar o ar sair.

– Caramba! Eles te prenderam?

– Só eu – North respondeu. – Eu disse pros outros caras correrem. – Ele viu a expressão em meu rosto. – Parece pior do que é. Eu ainda nem tinha dezessete anos, então fui julgado como menor. Baixaram a acusação para delito leve, e ele vai ser apagado da minha ficha quando eu fizer dezoito anos. – Sua expressão se obscureceu. – Mas a escola me processou separadamente e conseguiu uma ordem de restrição. Preciso ficar a pelo menos quinze metros da propriedade. – Não que você não valha um tempinho na cadeia – disse, empurrando meu joelho com o dele. Então seu olhar ficou sério. – Mas antecedentes criminais arruinariam minha carreira.

Sua *carreira*? Era uma escolha estranha de palavras para um cara cuja profissão se resumia a fazer café.

North tomou um fôlego irregular.

– Há coisas que você não sabe sobre mim, Rory – retomou, e os pelos do meu braço se arrepiaram. Escorreguei para trás no banco, aproximando meus joelhos do peito. – E quero contá-las a você. É só que... – Ele parou. Seus olhos procuravam os meus, correndo de um lado para outro igual ao ponteiro de um decibelímetro analógico, e um de seus pés batia no chão como se estivesse tocando bateria.

– É só que... o quê?

North olhou para os próprios joelhos.

– Eu nunca contei a ninguém o que estou prestes a dizer. Mesmo. A nem uma pessoa sequer. Então é só que... – Ele levantou o olhar de novo. – Eu posso confiar em você, Rory?

– É claro – eu disse e peguei em sua mão. Nós dois demos um pulinho quando nos tocamos, mas dessa vez eu não me afastei, e ele virou a palma da mão para a minha. Meu coração batia rápido como um tambor.

– Primeiro – começou –, nunca houve nada entre Hershey e mim. O que você viu aquela noite não foi o que pensou.

Concordei com a cabeça.

– Hershey contou o que aconteceu.

– Hum. Duvido que ela tenha contado tudo. – Sua voz estava séria.

– Então me conte o resto.

– O dia em que nos conhecemos, quando eu te preparei o *matcha*. Aquela noite, Hershey voltou lá tarde, quando estávamos fechando. Acho que ela estava um pouco bêbada.

A noite do jantar de boas-vindas. Hershey havia saído de fininho aquela noite. E ela tinha bebido. As garrafas de Baileys do avião e só Deus sabe o que mais.

– O que ela queria? – perguntei, embora soubesse a resposta. Ela tinha deixado bem claro naquela tarde, quando conhecemos North.

– Ela basicamente me disse que estava a fim de um lance casual – North contou. – Eu recusei educadamente.

Não pude deixar de dar uma risadinha.

– Como ela reagiu a isso?

– Não muito bem – North disse, com uma risada. Por um segundo, o peso do momento deu uma suavizada. – Ela disse, com estas palavras: "Você nunca vai conseguir alguém melhor que eu".

– Não acredito!

— Sério, ela disse isso. — North balançou a cabeça em incredulidade. — Merece um crédito pela autoestima, pelo menos. — Ele deu levemente de ombros. — Acho que não deveria ter ligado, mas me senti mal por rejeitá-la e imediatamente depois começar a sair com você. Foi por isso que pedi para não contar a ela sobre nós. Não queria esfregar na cara dela que eu era louco por você.

— Louco por mim, é? — Fiz parecer que eu o estava provocando, mas na verdade me sentia tonta, como se fosse desmaiar.

— Vou chegar nisso logo, logo — North disse, apertando minha mão. — Primeiro, preciso falar sobre o resto das coisas. — Assenti. — Certo. Então. Na noite do seu baile, a Hershey foi ao Paradiso para tomar café, bebaça, e vomitou em si mesma. Ela tinha respingos de vômito nos braços e estava muito agitada por ter sujado o vestido. Então eu disse a ela que podia se limpar na minha casa e dormir por algumas horas.

— Que gentil — comentei.

— Ela era sua colega de quarto. E achei que fosse sua amiga. — O jeito com que ele disse "achei" me deixou preocupada. Aonde ele estava indo com isso?

North tomou fôlego antes de continuar.

— Enquanto Hershey estava no banho, peguei o celular dela pra te mandar uma mensagem. Ela tinha acabado de mexer nele, então ainda estava desbloqueado. Quando toquei nas mensagens, vi uma mensagem enviada para um número bloqueado contendo um documento com seu nome.

Puxei minha mão.

— Como assim um documento com meu nome?

— O nome do arquivo. Bem, tecnicamente era o número do seu RG, mas eu reconheci.

— O quê? Você sabe o número do meu RG?

North tomou mais fôlego.

— Sim. Chegarei a essa parte em breve. Antes você precisa saber o que havia naquele documento.

— Você o abriu?

Ele fez que sim.

– Era a quinta vez que ela mandava o documento pro mesmo número bloqueado, e a cada vez o tamanho do arquivo aumentava. Eu tive uma má impressão. E estava certo.

Fiquei enjoada.

– O que você quer dizer?

– Era um registro – ele disse. – Tipo um diário, com datas e horários, mas eram coisas que você tinha feito. Conversas que ela teve com você. – Sua voz ficou mais rápida, mais urgente conforme continuou. – E havia referências a arquivos de áudio que não estavam anexados à mensagem, então, enquanto ela tomava banho, eu clonei o Gemini. Você apareceu bem quando comecei a fazer isso, e eu sabia que, se Hershey te ouvisse, iria me pegar no ato.

Levantei minhas duas mãos, parando-o.

– O que você quer dizer com "clonei o Gemini"?

– Copiei o conteúdo do celular – explicou. – Para poder analisá-lo depois que ela fosse embora.

– Não estou entendendo. Como você fez isso?

North hesitou, seus olhos indo novamente de um lado para o outro.

– Sou *hacker* – ele disse, finalmente, observando minha reação. – Ganho a vida fazendo esse tipo de coisa.

– *Hacker* – repeti. Não sei o que estava esperando ele dizer, mas não era isso. – Então, você é pago pra invadir o portátil das pessoas?

– Entre outras coisas. Olha, Rory, não vou tentar me justificar pra você. Sei que é ilegal...

– *Muito* ilegal. – Eu não estava querendo julgá-lo, mas pareceu que sim pelo meu tom de voz. Ele deslizou no banco, afastando-se de mim.

– Sim – North disse, parecendo mais resguardado. – Muito ilegal. É por isso que meus clientes pagam muito bem pelos meus serviços, e por isso que ninguém, exceto você, sabe o que realmente faço.

– Que é... o quê, exatamente? – perguntei.

– A maior parte do meu trabalho envolve restauração de imagem pública – ele disse. – Uma pessoa faz algo constrangedor, fotos acabam caindo na internet, e com a política de privacidade ridícula do Fórum não há jeito de tirá-las da rede. Mesmo que a foto seja escondida da linha do tempo, ela continua lá. A mesma coisa com postagens e atualizações de *status*. Elas são eternas. – North deu de ombros. – Então as pessoas me pagam para removê-las.

– Pessoas ricas.

– Pessoas muito ricas. Com muito a perder. Pessoas que precisam dos meus serviços, mas preferem que eu tecnicamente não exista.

– Então seu perfil no Fórum...

– Existe caso alguém comece a investigar. Meu nome é real, mas só isso. Todos os *check-ins*, atualizações de *status*, *chats* do Fórum, tudo é falso. – Ele escorregou para perto de mim e tomou minhas mãos nas suas. – Escondi porque não queria que você achasse que eu era aquele cara. Queria ser verdadeiro com você. Queria ser apenas eu.

Seu hálito cheirava a café e pastilhas. Eu o beijei naquela hora mesmo, me debruçando tão rápido que pisei no seu pé, e nossos dentes se bateram antes de nossos lábios se encontrarem.

Nós nos afastamos alguns segundos depois, os dois sem ar, ele pela surpresa e eu pela alegria de ter feito aquilo.

– Eu confesso ter mentido pra você e recebo um beijo? Acho que vou esconder coisas com mais frequência – North observou, de brincadeira.

Dei um soquinho em seu ombro.

– Não vai, não. Só se perdoa uma vez.

– Sem problemas – ele disse, e sorriu. Em seguida, sua testa franziu, e a alegria boba que eu sentia evaporou.

– Preciso ver aquele arquivo – eu disse.

– Sim, precisa. – North puxou do bolso um grandalhão e antiquado iPhone. Tinha quase o dobro do tamanho do meu Gemini. Ele tocou no ícone de nuvem em sua tela.

– Espere, como você tem serviço aqui? – perguntei.

– Estou usando Wi-Fi em vez de Li-Fi. É uma infraestrutura de comunicação antiga, antes do sistema VLC substituir a rede de telefonia celular.

Como fico muito por aqui, instalei um ponto de acesso no telhado. – North digitou algumas palavras na tela e entregou o celular para mim, permanecendo quieto enquanto eu lia.

Ao fim da primeira página, achei que fosse vomitar. Era um registro, como North tinha dito, de tudo o que eu havia falado e feito desde que chegamos ao *campus*, e todas as entradas haviam sido escritas para me fazer parecer instável. Eu era "paranoica", achando que a dra. Tarsus me odiava, "obcecada" com o Lux, "evasiva" sobre o passado da minha mãe e "preocupada" com o colar dela. No meio da segunda página, parei de ler e fechei os olhos.

North escorregou no banco, para ficar ao meu lado, e colocou o braço no meu outro ombro.

– Você tem alguma ideia de quem é o destinatário dessas mensagens?

Meneei a cabeça, perplexa. Talvez alguém da sociedade secreta? Será que isso fazia parte da avaliação deles? Parecia plausível que perguntassem à minha colega de quarto sobre meus podres. Mas por que Hershey puxaria meu tapete daquele jeito?

Ainda estava de olhos fechados quando North beijou minha bochecha molhada de lágrimas. Seu nariz estava frio, e senti-lo na minha pele me fez sorrir, apesar de tudo.

– É melhor eu ir – sugeri, com relutância, devolvendo o celular a ele. – Tenho aula à tarde, e preciso falar com a Hershey.

– Você vai dizer a ela que sabe do que está acontecendo?

– Preciso dizer. Mas não vou mencionar seu nome, não se preocupe – garanti.

– Pode mencionar, se quiser – North declarou, se levantando. – Diga que eu vi e abri o registro no celular dela. Só não conte como consegui o resto. – Ele me deu as mãos e me ajudou a levantar. Meu corpo bateu no dele, e uma sensação percorreu minha espinha.

– Obrigada – agradeci e me afastei um pouco, colocando uma distância entre nós. Se eu ficasse muito perto dele, com certeza perderia a próxima aula. – Por encontrar o arquivo e mostrá-lo pra mim.

— De nada — ele disse, e abriu a porta do mausoléu. Em seguida, me puxou para si e me deu mil beijos demorados na chuva.

Hershey estava esparramada na cama fazendo lição de casa quando voltei depois da minha última aula.

— Oi! — ela disse, toda sorridente. — Como foi seu dia?

Minhas entranhas se contorceram como uma toalha depois de lavada.

— Sei o que você fez — soltei com a voz firme, consciente de que soava como uma pré-adolescente.

Seu sorriso desapareceu.

— Quê?

— Eu li o que você tem escrito sobre mim.

Hershey empalideceu.

— Rory. Meu Deus, posso explicar.

— Sim — repliquei, minha voz fria como gelo. — Por favor, explique.

Ela respirou fundo.

— No dia em que passei na Noveden, recebi uma ligação da dra. Tarsus. Achei que estava ligando pra me parabenizar. Mas então ela disse que precisava da minha ajuda. Que outra garota da minha escola tinha passado, mas ela achava que o comitê de admissão tinha cometido um erro e precisava de mim pra ajudá-la a provar isso. — *Dra. Tarsus.* Coloquei a palma da mão na superfície da minha escrivaninha para me apoiar. Não era a sociedade secreta, afinal. Era muito, muito pior.

Torcendo as mãos, Hershey continuou.

— A dra. Tarsus disse que não deviam ter deixado você entrar por causa da sua mãe. Porque ela era acrática. — Lágrimas rolavam pelo rosto de Hershey, arruinando sua maquiagem. — Ela disse que poderíamos forçar sua expulsão apresentando provas para o comitê executivo de que você era instável, mas eu não poderia contar a ninguém o que estávamos fazendo até que tivéssemos um dossiê sólido. Tarsus disse que garantiria meu acesso a você, que eu só precisaria manter um registro e gravar algumas conversas. – Hershey sacudiu a cabeça com raiva. – Eu devia tê-la mandado se f...

Eu a interrompi. O que ela achava que devia ter feito era inútil para mim.

– Então ela sabe que eu ouço a Dúvida – concluí, entorpecida. – Você estava gravando nossa conversa na sexta-feira. É por isso que ficou me perguntando sobre a voz.

– Não – Hershey disse, com firmeza. – Não, eu não escrevi nem gravei uma palavra desde que você me ajudou na quinta à noite e não farei mais isso. – Ela se aproximou de mim e estendeu o braço para pegar minhas mãos, mas eu a afastei. – Rory – ela disse –, estou tão arrependida do que fiz.

– Então por que fez?

– Acho que fiquei deslumbrada por ela ter pedido minha ajuda. – Hershey soava envergonhada. – E, quando isso passou, te invejava demais pra parar.

– Você quer que eu acredite que você me *invejava*? – Soltei uma risada amarga. – Uau, você deve me achar uma idiota mesmo.

– É claro que eu te invejava, Rory. Você era uma maldita Hepta e, pior, nem *sabia* disso. Tudo acontecia com tanta facilidade pra você. Eu tinha tanta inveja que mal conseguia respirar.

– Você só pode estar brincando. Facilidade? Eu me esforcei pra caramba pra estar aqui, e tenho me esforçado o dobro desde então. E agora você tirou tudo isso de mim. – Algo ficou entalado na minha garganta. Pressionei os lábios para segurar o choro.

Hershey colocou as mãos nos meus ombros.

– Ouça, Rory. Vou consertar isso. Vou dizer à Tarsus que não te espionarei mais. Depois, falarei com o diretor. Prometo que não vou deixá-la puxar seu tap...

– Você não entende? – vociferei, me soltando dela. – É tarde demais. Você já me entregou de bandeja.

Girei nos calcanhares e saí pela porta.

17

Seis minutos depois, eu estava na calçada do Paradiso, ofegante por causa da corrida. Conseguia sentir meu cabelo grudado na testa e devia estar com uma cara de louca. Vestindo calças de moletom, sem casaco em um frio de dez graus, com o nariz vermelho e os olhos sujos da máscara para cílios que tinha passado pela manhã. Não era exatamente como gostaria que North me visse. Mas era tarde demais; ele já tinha me visto.

North deixou um cliente no balcão para me encontrar à porta.

– Oi – ele disse, com a voz baixa. – Como foi?

– Uma das minhas professoras a mandou me vigiar... – Parei de falar ao avistar minha professora de literatura me observando da seção de condimentos. North acompanhou meu olhar e baixou ainda mais o tom de voz.

– É melhor você ir ao meu apartamento – propôs, colocando sua chave na minha mão. – Eu saio às cinco. – Peguei o Gemini do bolso para checar o horário. Eram quatro e meia.

– Tudo bem – concordei, fechando a mão. Minha professora não estava mais prestando atenção em mim, mas achei que deveria ser cautelosa. Talvez Tarsus não fosse a única integrante do corpo docente que quisesse me tirar da Noveden. Além disso, North não era exatamente o cidadão do ano. Não era bom para nenhum de nós sermos vistos juntos.

Enquanto eu subia os degraus até sua casa, alterei minha configuração de privacidade. Não queria que Hershey fosse me encontrar lá. Não queria ouvir suas desculpas, em parte porque temia que fosse perdoá-la.

Entrei no apartamento e tranquei a porta atrás de mim. Em seguida, tirei as botas e caminhei descalça até a prateleira de livros do North.

Deixei meu dedo deslizar por lombadas avariadas ao examinar os títulos. Tinha ouvido falar de alguns, mas não conhecia um monte deles. Vários possuíam código de barras e eram encapados em plástico. Eram antigos livros de biblioteca, antes de elas se tornarem completamente digitais. Outros estavam desgastados e com marcas de água. A capa dos livros na prateleira superior era dura e revestida de tecido, mas encontrava-se esfarrapada; seu título era gravado com lâminas douradas em vez de impresso em tinta.

O volume na ponta estava ligeiramente empurrado para trás, recuado em relação ao resto, então estiquei o braço para puxá-lo para a frente. Comecei a fazer isso quando vi o título: *Paraíso perdido,* de John Milton.

Ouvi a mim mesma balbuciando as palavras no bilhete escrito à mão deixado pela minha mãe. Tinha decorado sem perceber. "Eu os formei judiciosos e livres, e assim devem permanecer até escravizarem a si próprios; de outra maneira, terei que mudar sua natureza." Puxei o livro da prateleira e o virei em minhas mãos. As páginas eram desiguais e amareladas, e as abas da capa de tecido estavam desgastadas. Com cuidado, o abri na primeira página. O papel estava seco e manchado pela idade.

Paraíso perdido
Um poema em doze livros
Do autor John Milton
Sétima edição, com gravuras
Impressa em Londres, em 1705

Nunca tinha visto um livro tão antigo. Edições antigas eram super-raras. E caras. O que, percebi então, não era grande coisa para um cara como North.

Quantos ricaços pagariam para que suas transgressões fossem apagadas? Muitos, imagino. Rocei na página com a ponta dos dedos, sem querer danificar o papel delicado. Gentilmente, comecei a virar as folhas uma a uma. Mais do que procurando a citação, eu estava apreendendo o livro como um todo, sua misteriosa antiguidade. Parei ao chegar à terceira página. Em vez de palavras, ela continha uma aquarela. A legenda embaixo dizia:

Mas da altura da abóbada celeste
Deus todo-poderoso arremessou-a, chamejante, de cabeça ao fundo Abismo.

Era um excerto do texto acima, e com a imagem consegui depreender o significado. Deus estava lançando um anjo dos céus. Continuei virando as folhas, à procura de outras imagens. Havia muitas, cada uma mais incomum que a anterior e, ao mesmo tempo, estranhamente familiar. Quando cheguei ao livro sete, entendi o motivo. A legenda embaixo da ilustração dizia:

Deus disse: "produze, ó Terra,
Animais viventes, segundo a sua espécie: o gado, os répteis e as alimárias".

Era uma representação da criação da Terra. Havia um leão no centro da página; sua cabeça era uma réplica exata da máscara que Liam tinha usado no Baile de Máscaras, e um apinhado de outros animais enfileirados a seu lado, uns com chifres e outros com galhadas, alguns malhados, outros listrados, mas todos assustadoramente familiares. Virei a página, procurando Adão e Eva. Havíamos lido trechos do Gênesis no começo do semestre, então eu sabia que eles tinham sido os próximos a serem criados. Não precisava de uma confirmação, mas a tive mesmo assim. Os rostos de Adão e Eva, encontrados páginas depois, eram iguais às máscaras humanas que eu vira fazendo uma mesura à serpente na arena naquela noite.

Olhei para o teto, agradecendo silenciosamente. A descoberta parecia significativa, como se eu tivesse sido levada até ali, até esse momento, para encontrar esses desenhos e fazer essa ligação. Tanto o recado que minha mãe havia me deixado como as máscaras que a sociedade secreta usava tinham sido tiradas desse livro. Devia haver algo a mais nessas páginas. Talvez uma pista para o que ela estava tentando me dizer. Segurei o livro contra meu peito e me determinei a encontrá-la.

Ouvi uma leve batida.

– Sou eu! – a voz de North chegou até mim através da porta. Eu ainda estava segurando o livro quando abri para ele. – Fã de Milton? – perguntou, acenando com a cabeça para o livro.

– Acho que sim – respondi. – Te respondo depois que acabar de ler.

– Quer pegar esse livro emprestado?

Olhei para ele, surpresa.

– Posso? Parece caro.

Ele riu, me contornando para fechar a porta.

– E foi. Mas presumo que você não esteja planejando usá-lo como porta-copo. É claro que pode pegar emprestado. Livros são feitos pra serem lidos. Em papel.

– Que retrô – provoquei. North largou sua bolsa carteiro e entrou na cozinha com uma sacola marrom. Quando a abriu, meu estômago roncou em antecipação.

– Presunto ou peru? – perguntou.

– Peru – eu disse, subindo em um banquinho enquanto ele deslizava o sanduíche para o meu lado do balcão. Era um *panini* prensado, com queijo derretendo para fora do crocante pão escuro.

Eu o mordi. Era mais delicioso do que parecia. Dei outra mordida ávida antes mesmo de engolir a primeira. North pegou meu pulso, virando-o em sua mão.

– Acho que "Com sôfrego apetite ela se farta" é uma boa ideia pra cá – brincou, fingindo gravar as palavras na minha pele. Senti corar enquanto me apressava a engolir o sanduíche.

– Não comi nada no almoço – eu disse entre mastigadas.

— É um verso de *Paraíso perdido* – North explicou, com uma risada. – Descreve o momento em que Eva come a fruta da Árvore do Conhecimento do Bem e do Mal.

— Você o conhece tão bem a ponto de *citá-lo*?

— Bem, me lembrei desse verso específico porque minha tia o estampou na parte de trás da primeira camiseta do Paradiso – ele respondeu. – O nome "Café Paradiso" é, na verdade, uma referência a Milton. E à Universidade do Café, na Itália, onde ela aprendeu a fazer café.

— "Eu os formei judiciosos e livres, e assim devem permanecer até escravizarem a si próprios; de outra maneira, terei que mudar sua natureza" – recitei. – Livro três.

Pasmo, North ergueu as sobrancelhas.

— Impressionante para uma garota que nunca leu o livro.

— Você sabe o que significa? – perguntei.

— Acho que sim – ele disse. – Parece que Deus está falando sobre o livre-arbítrio da humanidade. Ao torná-los livres, ele permitiu que a Queda acontecesse.

— A "Queda" – repeti. – A queda do quê?

— Para Satã, foi uma queda literal do paraíso para o inferno. Para o homem, foi a expulsão do Paraíso. – Ele virou as páginas até o fim do livro, na última ilustração. Um anjo, surpreendentemente parecido com a estátua do cemitério, guiava Adão e Eva para fora dos portões do Éden. A legenda embaixo dela dizia:

Dando-se as mãos, com passos lentos,
Afastaram-se do Éden solitários

— Em ambos os casos, aqueles que foram criados estavam tentando se tornar o criador, e aprisionando a si mesmos no processo – North explicou, sua voz toda professoral e fofa. – É a isso que Milton se refere com a palavra "escravizar". Um dos significados é "tornar dependente". Pelo menos, um...

— Aprisionar eles mesmos a quê? – perguntei, curiosa demais para me sentir burra.

— A seu orgulho, em primeiro lugar – ele respondeu. – E à sua cegueira. Ao acreditar nas mentiras da serpente, Adão e Eva alteraram sua própria visão de mundo. Eles passaram a vê-lo de um modo diferente depois disso. Não conseguiam mais vê-lo do jeito que era. – North sorriu. – Começando, assim, um ciclo perpétuo de decisões de merda.

— Mas não deveríamos ser capazes de superar isso? – perguntei. – Deus deu a razão à humanidade, certo?

— A razão não fez muito bem a Adão e Eva – North comentou.

— Mas eles não sabiam o que sabemos – argumentei. – Nós avançamos muito desde então. Conforme a sociedade e a ciência progridem, não deveríamos, eventualmente, voltar a ver o mundo pelo que ele realmente é?

— Essa é uma teoria – ele disse.

— Qual é a *sua* teoria?

North hesitou.

— Já ouviu falar do termo *noumenon*? – perguntou. – É grego. Vem da palavra *nous*, que basicamente significa "intuição".

Nous. Era a palavra que a serpente tinha usado na arena. Uma sensação estranha agitou-se em mim, quase como um *déjà vu*.

— Eu já ouvi falar de *nous* – comentei, vagamente. – O que *noumenon* significa?

— É um tipo de conhecimento que não advém dos sentidos – North respondeu. – Verdades que existem além do mundo observável. A ciência insiste que *noumenon* é uma ficção, que não há nada fora deste mundo. Acho que Adão e Eva fizeram a mesma suposição quando comeram aquela fruta. Eles acharam que tinham todos os fatos. Não podiam ver como sua visão era limitada.

Não podiam ver como sua visão era limitada. Era esse o erro que eu havia feito na prova de prática. Achar que eu tinha todos os fatos. De repente, quis contar tudo a North.

— Então, todos os alunos da Noveden precisam fazer algo chamado "Platão em prática" –comecei. – O objetivo é melhorar nossas habilidades de raciocínio prático através de experiências simuladas. Meio como uma realidade virtual, acho. Sentamos em pequenos casulos, e os cenários acontecem em 3D numa tela com abrangência de trezentos e sessenta graus.

– Legal – ele disse, e subiu no banquinho do meu lado. – Que cenários são esses?

– Bem, normalmente recebemos uma série de agentes cujas ações devemos manipular, e nossa nota é baseada nas escolhas que tomamos. Na prova que fizemos na sexta-feira, precisamos escolher quem evacuar de uma doca cheia de gente antes que ela explodisse.

– Qual é a meta? – ele indagou.

– Impacto positivo líquido – respondi. – Na sociedade como um todo. A pessoa que obtiver o melhor resultado estabelece a média pro resto da classe.

North assentiu, como se fizesse muito sentido.

– Então vocês estão brincando de Lux.

Olhei para ele.

– O quê?

– O que você acabou de descrever é exatamente o que o Lux faz – explicou. – Ele manipula usuários individuais para alcançar um impacto positivo líquido com todos os usuários.

– Como você aprendeu tanto sobre o Lux? Hackeando?

– Sim, aprendi muito sobre o Lux hackeando, mas descobri o que te contei lendo os termos de uso. Os quais, pela sua expressão, você ainda não leu.

– Diz mesmo tudo isso?

– Sim. Em juridiquês obscuro e impossivelmente difícil de decifrar.

– Então como ele funciona exatamente?

– Bem, a Gnosis obviamente não compartilha o algoritmo dela, e eu não posso vê-lo porque está no servidor *back-end* deles. Mas eles provavelmente criaram uma versão da função de impacto positivo líquido. A Gnosis organiza as informações de usuário em algo chamado "análise FOFA", que basicamente é um diagrama dividido em quatro caixas catalogando as forças, as fraquezas, as op...

Terminei a frase.

– Oportunidades e ameaças para uma pessoa.

As sobrancelhas do North se ergueram em surpresa.

– Aprendemos isso nas simulações das aulas de prática – expliquei. – Achei que nossa professora tivesse inventado o nome FOFA.

– Não, é um termo empresarial já usado faz algum tempo – North observou. – Mas a Gnosis levou a análise a um patamar inteiramente novo, usando-a pra promover "equilíbrio", como ela nomeia aquelas vidas em que tudo dá certo. Você precisava ver alguns dos perfis de usuários deles. O nível de detalhes é insano. É preciso que seja assim, acho, pra que o Lux funcione do jeito que funciona. Todas as recomendações que o aplicativo faz vêm desse diagrama.

– Preciso ver o meu.

North começou a menear a cabeça.

– Por favor, me mostre o meu. Não vou contar a ninguém. – De repente, só conseguia pensar no momento em que havia escolhido meu tema para o trabalho de psicologia cognitiva. Por que o Lux tinha colocado o TPA no fim da minha lista de recomendação? Como o diagnóstico da minha mãe estava em seu arquivo médico, o Lux deveria saber que eu tinha uma predisposição ao transtorno. Então por que ele não estava no topo da lista?

North hesitou por mais um minuto, e depois suspirou.

– Tudo bem – respondeu, por fim. Em seguida, amassou o papel da embalagem do sanduíche e o jogou no triturador de lixo ao lado da pia. – Mas só porque você pediu com gentileza. – Eu esperava que ele fosse pegar o *tablet* na mesa da cozinha, mas, em vez disso, contornou o balcão central e caminhou até o armário ao lado de sua cama.

– Você vem? – North chamou antes de desaparecer. Saltei da banqueta e me apressei. Ele estava de pé, na frente de um pôster em tamanho real do Five O'Clock Flood, provavelmente a pior banda da história.

– Hum, você tem um pôster do Five O'Clock Flood – notei. – No seu armário. Não sei bem como reagir a isso.

– Ah, Norvin é um grande fã dos caras – North respondeu, impassível. – Ele se agachou, tirando as tachinhas que seguravam as pontas inferiores do pôster, e o papel imediatamente se enrolou para cima, como uma veneziana.

No lugar, havia uma porta estreita assegurada por um sensor de digitais. – Bem-vinda ao meu escritório – disse, se levantando. Ele jogou as tachinhas no bolso e tocou o sensor com o polegar. A tranca fez um *bip* ao ser desativada.

– Bendita tecnologia de ponta.

– Não muito – North disse, abrindo a porta. – O armário era enorme, então fiz uma divisão e coloquei uma parede de fibra de vidro barata. Se alguém quiser invadir, vai conseguir derrubar a porta com um soco. Ei, você pode segurar a porta do armário pra mim? E tranque depois.

Fechei a porta, virei a fechadura e o segui até seu escritório secreto. O lugar era minúsculo, comportando apenas uma mesa, uma cadeira ergonômica e dois monitores. Havia uma pilha de *laptops* antigos no canto oposto, cada um disposto em uma prateleira estreita. North puxou a cadeira para eu sentar e esticou os braços em direção ao teclado na mesa.

– Você usa um teclado – comentei.

– Uso. Quando é preciso digitar rápido, *touchpads* são uma merda. – North apertou *Enter*, ligando os monitores, depois segurou o *mouse* preto ao lado do teclado. Ele era grande e maciço, bem diferente do que eu esperaria que um *hacker* usasse. North reparou que eu estava olhando para o *mouse* e abriu um sorriso largo. – O que posso fazer? Sou retrô.

Puxei a cadeira mais para perto da tela, ansiosa para ver um *hacker* de verdade em ação. Mas ele só clicou em uma pasta na área de trabalho e selecionou o arquivo no topo da lista.

– Está pronta pra isso?

– Espere, meu perfil está na sua *área de trabalho*? Então você já...

North parecia envergonhado.

– Eu o baixei no dia em que te conheci.

– Que *stalker*!

– É, talvez seja meio assustador...

– Meio?

– Eu não tinha outra alternativa – ele protestou. – É impossível saber o que você está pensando. E eu costumo ser ótimo nisso.

— Um perseguidor modesto — retorqui. Mas eu estava sorrindo. — Que diferente.

Meu sorriso se esvaneceu quando North abriu o documento. Havia quatro quadrantes, como ele tinha dito, e uma lista em cada um deles. As entradas estavam escritas em uma letra tão pequena que era preciso uma lupa para lê-las.

— Pelo que entendi, as entradas são classificadas em cada categoria. Isso significa que no topo ficam as coisas que têm peso maior para o algoritmo. Embora deva haver nuances, em resumo o aplicativo parece ser criado para afastar as pessoas de suas ameaças e aproximá-las das oportunidades, levando em consideração as forças e fraquezas. Então, por exemplo, se uma oportunidade fosse expor uma fraqueza classificada como alta, a oportunidade provavelmente se tornaria uma ameaça. Faz sentido?

— Não sei — respondi. — Não consigo me concentrar em nada do que você está falando porque estou tentando ler minha lista de ameaças. Você pode dar um *zoom*?

North clicou no quadrante A e um novo documento se abriu. Esse parecia uma planilha. No topo estava meu número de identidade e minha data de nascimento. Embaixo, havia uma lista. Meus olhos foram captados pela entrada no topo: "Conhecimento do tipo sanguíneo dela".

— Não entendo — eu disse devagar, encarando a tela. — Eu sei meu tipo sanguíneo. É A positivo.

Ele apontou para a próxima entrada na minha lista de ameaças.

— Você sabe quem esta pessoa é?

Era uma fileira de algarismos em um padrão 2/3/4, um número de identidade: 033-75-959-5.

Balancei a cabeça.

— Não entendo — eu disse de novo. — Existe uma pessoa que foi identificada como "ameaça" pra mim?

— *Uma* pessoa, não. — North me corrigiu. — Meia dúzia de pessoas. — Ele apontou para as cinco entradas seguintes na lista. Eram todas números de identidade. O sanduíche que eu tinha acabado de comer pesou em meu estômago.

– Quem são essas pessoas? – perguntei. – Existe um jeito de descobrirmos?

– Não sem um nome de usuário no Fórum. A Gnosis codificou as informações de um jeito que não dá pra fazer uma busca pelos perfis de todos os usuários. É uma idiossincrasia esquisita que ainda não consegui desvendar. Consigo acessar perfis aleatórios, mas não posso acessar um perfil específico sem ter o nome de usuário dele.

– Tudo bem, então os coloque na minha lista de oportunidades.

North começou a menear a cabeça.

– Rory...

Eu o cortei.

– Não terminei de te contar sobre minha prova.

– A doca – North disse.

– O objetivo era evacuar o maior número possível de pessoas de alto valor antes que caixas enormes de fogos de artifício explodissem. Congelei quando a contagem regressiva começou. Havia várias crianças nativas, e eu sabia que elas eram consideradas de baixo valor, mas não conseguia suportar a ideia de deixá-las morrer. Então, de repente, ouvi uma voz me mandando esperar e não evacuar ninguém. Foi assim que a interpretei, pelo menos.

– Essa voz...

– Era a Dúvida – declarei, com firmeza. Não queria mais fazer rodeios. – Era a Dúvida, e eu a ignorei, porque era a coisa racional a fazer. Mas depois descobri que a simulação era baseada em algo que aconteceu em Fiji na semana passada. Mas na vida real a doca não explodiu, porque estava sobrecarregada, então desabou na água antes da ação dos fogos. Se eu tivesse esperado, ninguém teria morrido.

North demorou alguns segundos para processar a história.

– Não entendo o que isso tem a ver com seu perfil no Lux – ele disse, por fim.

– Essa não foi a primeira vez que ouvi a voz – expliquei. – Começou no avião, no dia em que viajei pra cá. Estava preocupada com a Noveden, e a voz me prometeu que eu não iria falhar. Eu a ouvi duas vezes no dia seguinte. Uma vez na aula de prática e depois quando eu estava escolhendo o tema pro trabalho de psicologia cognitiva. A Dúvida me mandou escolher transtorno de paracusia acrática. TPA. É o termo médico para pessoas que a ouvem. É uma longa história, mas se aquele dia eu não tivesse feito o que ela disse, se em vez disso houvesse confiado no Lux, eu nunca teria descoberto que minha mãe tinha TPA.

— Tinha — North repetiu. Vi algo em seus olhos. Não era exatamente esperança, mas algo parecido. O "você também" que eu senti quando ele disse que perdeu a mãe.

— Ela morreu no meu parto — contei. Então, porque sentia minha voz falhando, prossegui de qualquer jeito. Se continuasse falando, não poderia chorar. — Ela tinha dezenove anos. Foi diagnosticada com TPA quando estudava na Noveden. Eles a expulsaram por causa disso. E acho que o Lux deve ter essa informação, não é? Estava bem ali, no arquivo médico dela. Então por que tentou evitar que eu escolhesse TPA como meu tema? Do que mais ele decidiu me afastar?

— O Lux não *decidiu* nada, Rory — North retorquiu. — Ele é um aplicativo com base num algoritmo escrito por programadores depois que alguns empresários, fingindo ser sociólogos, decidiram que poderiam "otimizar" a sociedade fazendo a vida das pessoas dar mais certo.

— Certo, mas esse algoritmo determinou que certas seis pessoas podem fazer da minha vida um caos. É estranho, North. Muito, muito estranho. Quem são elas e o que meu *tipo sanguíneo* tem a ver com isso? Se você fosse eu, não gostaria de saber?

— Claro, mas...

Segurei seu braço.

— Então faça isso. Coloque-as na minha lista de oportunidades. O Lux é feito pra aproximar uma pessoa de suas oportunidades, não é? Se elas estiverem no topo da minha lista, então...

Ele pousou sua mão na minha.

– Não consigo, Rory. – Suspirou. – Não é porque não quero. Eu realmente não consigo. Seria preciso ter acesso à base de dados *back-end* do Lux, protegido pelo *firewall* da Gnosis. Isso é impossível, mesmo pra mim. Sério, eu já tentei.

Lágrimas quentes encheram meus olhos. Eu me afastei dele.

– Então, basicamente, não tenho o que fazer.

– É claro que tem, Rory. – Senti suas mãos em minha cintura. – Você tem um guia que é muito melhor do que o Lux.

Eu me virei para olhá-lo.

– Você está me dizendo pra confiar na Dúvida? – Minha voz era incrédula. Acusadora.

– *Eu* confio – North disse, baixinho.

– Você... você também a ouve?

Ele assentiu, seus olhos procurando os meus.

– Não todo dia ou algo assim. Mas às vezes. Ela me mandou falar com você.

– Você já se consultou com um médico?

North fez uma careta.

– Por quê? Para que eles me deixem dopado com antipsicóticos? Não, obrigado. Meu cérebro está bem desse jeito.

Era a mesma coisa que Beck dizia.

– Mas e se estivermos... doentes? – "Doentes" era mais fácil de dizer do que "loucos".

– Você se sente doente? – ele perguntou.

– Hum, não. Mas eu li a pesquisa e...

– De qual pesquisa estamos falando? – zombou. – "Ciência" com C maiúsculo? Os mesmos gênios que declararam que a Terra era o centro do Universo?

– Então o que a voz é? Se não é uma alucinação, de onde ela vem?

– Não sei – ele admitiu. – Algum poder maior? As pessoas costumavam achar que era a voz de Deus.

– Mas isso é maluquice – eu disse, e crispei ao ver sua expressão. – Quer dizer, maluquice não, mas por que Deus nos daria a capacidade do raciocínio e depois nos diria pra não usá-la?

— A racionalidade humana convenceu Eva de que era uma boa ideia comer o fruto proibido – North me desafiou.

— Mas e se a Dúvida for a *outra* voz? – contrapropus. – A serpente.

North só olhou para mim.

— Você acredita mesmo nisso?

Pensei em tudo que sabia sobre a voz em minha cabeça. Quando ela havia falado, o que tinha dito. Pensei naquelas criancinhas na plataforma, aquelas que a voz tentou me ajudar a salvar.

— Não. Acho que não. Mas ainda não estou totalmente convencida de que deveria confiar nela. Não o tempo todo, pelo menos.

North virou o antebraço e apontou para uma de suas tatuagens. Dizia "Homem de ânimo dobre, inconstante em todos os seus caminhos" em um único bloco de texto. Toquei as palavras com a ponta dos dedos. Havia verdade nelas. "Inconstante" era exatamente como eu me sentia. Não mentalmente, mas dentro do peito, no meu cerne.

— É da Bíblia – North disse. – A Epístola de Tiago.

Havia um termo médico para "ânimo dobre". *Dipsychos*. Era parte da patologia da paracusia acrática. Meu livro a definia como "de duas mentes". A razão e a Dúvida batalhando no cérebro.

— A ideia é que sempre existirão vozes contrárias – ouvi North dizer. – Na sua cabeça e no mundo. Você não pode passar sua vida presa entre elas.

Olhei para ele.

— Você está me mandando escolher.

— Não vou te mandar fazer nada – North disse, me contornando para desligar o computador. – Mas, se você não tomar decisões, o mundo vai decidir por você.

18

Liguei para o meu pai no caminho de volta ao *campus*, mas ele e Kari estavam na noite de *quiz* do Mulleady's, e com o barulho de fundo eu mal conseguia ouvi-lo, então a conversa não durou muito. De qualquer forma, não sabia direito o que diria para ele. Queria perguntar sobre meu tipo sanguíneo, para ver se ele tinha alguma ideia sobre a razão de estar no topo da lista de ameaças do Lux, mas obviamente não podia contar o motivo da pergunta, ou o que North havia me mostrado ou por que eu ficara tão agitada com o que vira.

Em seguida, tentei ligar para Beck, mas ele não atendeu.

Hershey não estava no quarto quando cheguei. Já eram mais de dez da noite, então me enfiei na cama e tentei relaxar sob o peso das cobertas. Minha cabeça girava e zunia, e meu corpo doía por causa da tensão da qual não conseguia me desprender. Eu continuava ouvindo a voz de North. "Se não decidir, o mundo vai decidir por você." Lembrou-me de algo que a Dúvida falou aquela noite na arena. "Escolha hoje a quem você vai servir." Mas eu não tinha feito isso. Continuava vacilante, empacada, escolhendo entre confiar na voz e desejar que ela me deixasse em paz.

— Não quero continuar assim — eu disse, olhando para o teto. Em seguida, esperei, como se fosse ser respondida. Quando isso não aconteceu, deitei de barriga para baixo, me sentindo boba por esperar uma resposta, e deslizei a mão para baixo do travesseiro. Meus dedos roçaram papel. Era uma folha de papel-almaço dobrada várias vezes. Como um recado.

Desdobrei-a e acendi minha tela. Primeiro, vi as palavras "Relatório de Desempenho Acadêmico". Em seguida, as colunas com notas e, depois, o nome dela. Aviana Grace Jacobs. Era o histórico escolar da minha mãe na Noveden, com um carimbo que dizia "Bimestrais da primavera de 2013" no topo da página. Como raios ele tinha ido parar embaixo do meu travesseiro?

Eu o analisei mais de perto, nota por nota. 10, 10, 10, 10, 10. Todas eram 10. Como isso podia ser verdade? Uma psiquiatra tinha chamado seu desempenho acadêmico de "desanimador" duas semanas antes da data naquele documento. Mas essas notas estavam longe de serem desanimadoras; elas eram perfeitas. Não fazia sentido. O que a pessoa que tinha colocado isso aqui estava querendo dizer? Preocupada, dobrei o documento e coloquei-o de volta sob o travesseiro.

– Estou tão confusa – sussurrei no escuro, agarrando meu pingente. – O que não estou percebendo?

O tempo passou. Horas, talvez. Eu estava cansada demais para conferir. Meu corpo dolorido e exausto lutou contra meu cérebro, tentando dormir. Mas minha mente girava em infindáveis círculos, me mantendo acordada. Certa hora, puxei sobre os ombros a manta que minha mãe tinha me dado e tentei me imaginar correndo pelo caminho amarelo da espiral em ponto cruz, disparando em direção ao centro, com os números da sequência de Fibonacci reverberando em minha cabeça: 0, 1, 1, 2, 3, 5, 8, 13, 21, 34, 55, 89, 144, 233, 377, 610, 987, 1.597. Sob minhas pálpebras, os quadrados da manta tornaram-se muros de pedra, e a espiral transformou-se em um caminho iluminado no escuro. Era uma trilha, que eu seguia em direção ao centro, como se soubesse que encontraria algo importante lá.

Quando cheguei à última volta, vi minha mãe. Ela vestia o suéter verde com que estava na foto de turma do último ano, seu cabelo avermelhado solto sobre os ombros do jeito que eu muitas vezes usava o meu. Ela sorriu ao me ver, abrindo os braços.

– Mamãe – gritei, correndo até ela. Envolvi seu pescoço com meus braços e pressionei meu rosto contra ele.

– Não se engane – ela sussurrou no meu cabelo. – Onde jaz a mentira, lá está a verdade.

– Que mentira? – Como ela não me respondeu, afastei meu rosto para olhá-la, mas seus olhos estavam imóveis e vazios. Eram os olhos de um cadáver.

Com um arquejo, dei um passo para trás, assistindo em horror enquanto galhos frondosos saíam da boca, dos olhos e dos ouvidos da minha mãe, como se uma árvore crescesse dentro dela, tomando conta de seu corpo. Eu me virei para correr, mas de repente havia paredes ao meu redor. Elas me cerravam enquanto o tronco da árvore se avolumava contra mim e preenchia o minúsculo espaço, me comprimindo entre pedra e madeira.

Acordei com um sobressalto, gelada, meu rosto coberto de suor.

Eram 3h33. A cama de Hershey continuava vazia.

Com a respiração irregular por causa do pesadelo, fui até o banheiro para jogar água morna no rosto. Não ajudou. Tremendo, continuei piscando para meu reflexo pálido no espelho, meu cabelo escuro grudado na testa. Eu estava com uma cara péssima. Talvez Tarsus estivesse certa; talvez o estresse estivesse me afetando. Talvez eu me encontrasse à beira de um colapso. Sonhar com a própria mãe em decomposição definitivamente não era um indicador de saúde.

Fechei a torneira e apaguei a luz. Assim que o quarto ficou escuro, meu *tablet* se acendeu.

Não se engane, a voz sussurrou.

Ficando cada vez mais inquieta, caminhei até meu criado-mudo. A janela de *login* para a base de dados de registros médicos do DSP estava aberta na minha tela. Mas eu não havia usado o aplicativo do DSP desde a entrega do meu trabalho. Duas semanas antes.

Os pelos dos meus braços se arrepiaram, e toquei no campo de nome de usuário, rezando para que minhas credenciais de *login* ainda estivessem ativas. Dei pulinhos de alívio quando a página principal apareceu.

Digitei o número de identidade da minha mãe na caixa de buscas e esperei.

A pesquisa não produziu resultados.

Conferi o número digitado. Estava correto. Tentei novamente.

A pesquisa não produziu resultados.

As gotas de suor voltaram. Era como se o arquivo inteiro tivesse desaparecido.
Ou sido apagado.
– E assim começa a paranoia – murmurei. O sonho tinha me deixado agitada, desconfiada sem que houvesse uma razão para isso. O arquivo da minha mãe era o mais antigo que eu tinha encontrado. Provavelmente havia sido deletado para liberar espaço de armazenamento. Eu era a idiota que não tinha pensado em baixá-lo. Mas eu *tinha* tirado uma foto dele. Era uma fotografia da última página, a entrada do dia em que minha mãe morreu. Não era o arquivo inteiro, mas pelo menos era alguma coisa. Abri a imagem rapidamente na tela e dessa vez passei pelas frases mais devagar, metodicamente, determinada a entender cada palavra.

Ultrassom consistente com síndrome aguda de pós-maturidade do feto e *oligoidrâmnio* acentuado. Copiei a frase inteira e a colei no buscador. O primeiro resultado era um *link* para um artigo no *American Journal of Obstetrics* chamado "Lidando com gravidez pós-termo".

Meus olhos examinaram o resumo do artigo. "Síndrome de pós-maturidade do feto refere-se a um feto cujo crescimento no útero após as 42 semanas foi restrito."

Não fazia nenhum sentido. Meus pais se casaram no dia 11 de junho. Eu tinha nascido exatamente trinta e seis semanas depois, um mês antes da data provável do parto. Com um gosto azedo na boca, voltei à fotografia e a analisei, buscando uma evidência de quando eu deveria ter nascido, ou alguma descrição do número de semanas com que ela estava. Mas não havia nada.

Então algo chamou a minha atenção. Uma imagem em miniatura de um ultrassom que minha mãe fez quando chegou ao hospital. Eu dei um *zoom* com os dedos, e a respiração ficou presa na minha garganta.

IG: 43s6d.

Eu tinha estudado anatomia humana como matéria eletiva na nona série, e havia um capítulo inteiro em nosso livro sobre desenvolvimento fetal, com imagens de ultrassom como essa. Eu conhecia todos os acrônimos. CCN significava comprimento cabeça-nádega. ABO tinha algo a ver com tipo sanguíneo. E IG significava idade gestacional. Se o feto nessa imagem tinha quarenta e três semanas e seis dias quando o ultrassom foi feito, então eu definitivamente não tinha sido concebida na noite de núpcias dos meus pais. Minha mãe já estava grávida de sete semanas naquela noite.

Não se engane, a voz tinha dito.

Subitamente, a lembrança da entrada no topo da minha lista de ameaças no Lux me atingiu em cheio.

Conhecimento do tipo sanguíneo dela.

Meus olhos voaram para a margem do ultrassom.

ABO *materno:* A+
ABO *fetal:* AB+

Tipo sanguíneo é genético. Outro fato aprendido na aula de anatomia humana. Sabendo o tipo sanguíneo da criança e de um dos pais, é possível descobrir o do outro genitor. Mas eu já sabia que meu pai era A positivo, como minha mãe. Ela doava sangue regularmente, então a informação estava no cartão de doadora em sua carteira. Havia exatamente duas possibilidades para a prole de dois pais de A+: tipo A ou O. Segundo esse ultrassom, eu não era nenhum dos dois.

Meu pai não era meu pai verdadeiro. Ele não podia ser.

Desliguei a tela, preferindo assimilar esse fato no escuro. Meus olhos ainda eram visíveis no vidro, sendo iluminados por um fragmento da luz de uma lâmpada que entrava pela fresta entre as cortinas e o peitoril da janela. Até aquele momento, eu nunca tinha imaginado que meu pai poderia não ser meu pai. Nenhuma vez, em dezesseis anos e meio, nem depois de milhares de piadas sobre o carteiro. Mas ali, sentada no escuro, deixando a ideia se solidificar, era como se fosse algo que eu já soubesse. E, de repente, pareceu impossível que eu não tivesse percebido isso antes. Não éramos nada fisicamente parecidos. Nada. "Puxei à minha mãe", eu sempre dizia, mas isso não explicava meu cabelo escuro, meus olhos azuis ou o fato de ter um furinho no queixo quando nenhum dos meus pais tinha.

Meu peito doía como se alguém tivesse atirado uma bala de canhão através dele. Meu pobre pai. Agora eu entendia por que minha mãe deixou a gravidez passar tanto da data provável de parto; ela precisava convencê-lo de que ainda não estava na hora de eu nascer. Caso contrário, meu pai não acreditaria que o bebê era dele.

Apoiei a cabeça na pia do banheiro, sentindo sua frieza escorregadia em minha pele. Quem era meu pai verdadeiro? Ele sabia que eu existia, ou minha mãe tinha mentido para ele também?

Passava das seis quando minha tela se acendeu com uma mensagem de texto. Eu estava sentada no escuro fazia horas. Meus pensamentos eram como bolinhas de tênis sendo atiradas por máquinas de treino. Desde que estivesse pensando, eu não estaria sentindo – e eu não queria sentir isso.

A mensagem vinha de um número bloqueado, com um anexo. Outra missão da sociedade. Mas dessa vez não era uma charada.

Sua tarefa é conectar estes nove pontos. Você precisa usar traços retos e contínuos.

Você não pode levantar o dedo após ter começado. Você não pode retraçar uma linha já desenhada.
Qual é o menor número de traços necessários para completar esta tarefa? Você tem dois minutos para responder.

Parecia tão simples. Cinco linhas. Era esse o necessário para passar por todos os pontos. Mas estava fácil demais. As charadas da sociedade eram mais difíceis que isso. No entanto, não importava o que eu fizesse, não conseguia usar menos que cinco traços.

Tendo olhos, não vedes?

Meu corpo se retesou, não de ansiedade por ter ouvido a voz, mas de raiva pelas palavras serem absolutamente inúteis.

– Olhos pra ver o quê? – gritei para a tela enquanto o tempo ultrapassava a marca de um minuto.

E então, num clarão aparentemente súbito, a solução veio até mim. Eu estava mantendo as linhas dentro dos limites dos pontos. Se as desenhasse livremente, sem me importar com os limites, poderia usar apenas quatro.

Restando vinte segundos, digitei o número quatro e toquei "Enviar". Então segurei minha respiração, esperando pela resposta.

Muito bem, Zeta.

Com o Gemini ainda em mãos, fechei os olhos e me deixei levar por uma entorpecente névoa. Depois, dormi um sono sem sonhos.

19

Não acordei para o café da manhã, e por pouco não perdi a aula de prática. Achei que me sentiria melhor depois de mais algumas horas de sono, mas acordei dolorida e tremendo. Felizmente, Hershey ou não tinha voltado ou tinha entrado e saído de fininho sem me acordar. Assim, eu pelo menos não precisava lidar com ela, além de tudo o que estava acontecendo.

Estávamos trabalhando em grupos na aula de prática, o que era bom, porque eu era inútil sozinha. Minha cabeça estava estourando e eu sentia meus olhos queimarem. Enquanto isso, meu cérebro gritava sem parar: *Meu pai não é meu pai! Meu pai não é meu pai!*

– Rory, você pode ficar uns minutinhos a mais, por favor? – a dra. Tarsus disse no fim da aula. Ela colocou a frase como uma pergunta, como se eu pudesse recusar.

– Claro – respondi, andando até sua mesa enquanto a sala se esvaziava.

– Odeio dar más notícias – Tarsus disse quando estávamos sozinhas. – Mas, como sua conselheira, achei que seria melhor ouvir de mim primeiro. – Ela grudou seus olhos pretos, redondos e cintilantes como bolas de gude nos meus. – Hershey Clements não estuda mais aqui.

Meu cérebro não assimilou aquelas palavras.

– O quê?

Tarsus estava me observando atentamente.

– Ela foi levada ao centro médico essa manhã para uma avaliação psiquiátrica. Algumas horas atrás, os médicos recomendaram que fosse dispensada.

Eu a encarei.

– O que ela tem?

Tarsus franziu os lábios.

– Obviamente não posso compartilhar esses detalhes com você, Rory. Mas parece que o estresse do nosso rigoroso programa acadêmico deixou Hershey um pouco... *confusa*.

Foi sua escolha de palavras que me convenceu. Se ela tivesse usado qualquer outro adjetivo, eu poderia ter acreditado. Mas Hershey não era "confusa" em relação a nada.

– Confie no que lhe digo. É melhor para todos, inclusive para você, que Hershey não esteja mais no *campus*. Em respeito à privacidade dela, peço que não faça mais perguntas.

Confiar nela? Nunca na minha vida.

– Onde a Hershey está? – perguntei. – Quero falar com ela.

– Sugiro fortemente que concentre sua energia em seu próprio bem-estar e deixe Hershey preocupar-se com o dela. – *Como essa mulher conseguia fazer qualquer coisa parecer uma ameaça?*

Achei que Tarsus fosse se virar, do jeito que sempre fazia quando tinha acabado de falar comigo, mas ela estendeu a mão e segurou meu pingente, examinando-o em sua palma. Resisti à vontade de me afastar para longe de seu alcance, sabendo o que ela acharia se fizesse isso.

– A letra de Pitágoras – comentou, levantando o olhar para encontrar o meu.

Forcei um sorriso agradável, me recusando a lhe dar a satisfação de uma reação.

– O quê?

– A letra ípsilon – ela respondeu, soltando o pingente. – Pitágoras a entendia como um emblema da escolha entre o caminho da virtude e o do vício. Um leva à felicidade e o outro, à autoaniquilação. – Ela inclinou a cabeça, os cantos da boca se levantando um pouco. – Uma escolha apropriada para alguém como você.

— Eu tenho aula – eu disse, abruptamente. – Vejo você amanhã. – Embora quisesse sair correndo daquela sala, me obriguei a andar até o pátio. Quando alcancei a grama, comecei a correr, avançando em direção ao bosque.

Cheguei ao Paradiso resfolegante e zonza. Meus olhos pareciam bolas de fogo em meu crânio.

— Você está com uma cara horrível – North disse ao me ver, contornando o balcão e chegando até mim.

— Nossa, valeu.

Ele colocou a palma da mão em minha testa.

— Você está com febre.

— Não, não estou – respondi, afastando sua mão e colocando a minha no lugar. – Nem estou quente.

— É porque sua mão está tão quente quanto sua testa, gênia. – Dei um soquinho em seu braço, e ele riu. – E aí, o que está fazendo aqui? – perguntou. – Você não tem aula?

— A Hershey foi expulsa da Noveden.

O queixo de North caiu.

— *O quê?*

— Destituída por "razões psicológicas". É uma grande mentira, claro. Tarsus se livrou da Hershey porque ela a enfrentou.

— E quem é Tarsus mesmo?

— A professora para quem a Hershey estava espionando. Ela acha que eu não deveria estar na Noveden por causa da minha mãe. Hershey ia dizer a Tarsus que não me espionaria mais. Acho que é por isso que foi expulsa.

North parecia incrédulo.

— Essa Tarsus realmente tem o poder necessário pra expulsar a Hershey desse jeito? Achei que houvesse um processo, assinaturas dos médicos, coisas do tipo.

— É por isso que preciso ver a avaliação psicológica dela – eu disse. Você pode ha... – Eu me parei antes de dizer *hackear* e baixei a voz. – Você pode me ajudar a consegui-la?

— Vou tentar – North disse. – Ela esteve no centro médico do *campus*?

Fiz que sim com a cabeça.

Ele olhou por cima do ombro.

– Preciso voltar ao trabalho – ele disse, como se pedisse desculpas. – Kate está gripada, então estamos com menos pessoal hoje. Mas eu saio às quatro e aí posso tentar descobrir o que aconteceu com a Hershey. Quer voltar depois da sua última aula e fazemos isso juntos?

– Seria ótimo – assenti, pegando meu portátil para checar o horário. – É melhor eu ir. Minha aula de cálculo começou cinco minutos atrás.

– Por favor, pare em uma farmácia antes para comprar algo para sua febre. São só dois minutinhos. Eu te daria alguma coisa, mas Kate limpou nossa gaveta de remédios ontem à noite.

– Você está preocupado comigo – eu disse e sorri.

– Nem. É puro egoísmo. Quero poder te beijar sem ficar doente.

Dei outro soquinho em seu braço. Ele agarrou meu pulso e o beijou.

– Te vejo mais tarde – ele disse, e correu de costas para a caixa registradora, como se não quisesse tirar os olhos de mim. – Vai na farmácia agora – me instruiu, apontando para a porta.

– Sim, senhor – respondi, fazendo uma leve continência.

Como a farmácia ficava logo na esquina, parei e comprei paracetamol e um Gatorade. Havia um grupo de pessoas ao lado da janela, esperando na fila por uma vacina antigripal. *Merda.* Eu ainda não tinha sido imunizada. Meu pai havia mandado uma mensagem de texto para me lembrar, mas eu esqueci completamente, em especial porque nunca tinha precisado pensar nisso antes. Na Roosevelt, a enfermeira da escola chegava com um carrinho no começo da época de gripe. Eu vi algo na *Gazeta da Noveden* sobre vacinas contra gripe gratuitas no *campus*, mas obviamente não havia tomado. E agora estava pagando por isso.

– O Lux é bom para algumas coisas, afinal – resmunguei enquanto esperava na fila absurda para pagar. Se eu estivesse sincronizando o aplicativo ao meu calendário como costumava fazer, o Lux teria lembrado que estava na hora de ser vacinada.

Tomei quatro comprimidos e bebi todo o Gatorade, depois joguei a garrafa vazia em uma lixeira na grama. A garrafa caiu sem bater nas beiradas de metal. Na minha cabeça, ouvi Beck fazendo um barulho de "a multidão vai à loucura" e sorri.

Era pouco antes das sete em Seattle. Beck sempre saía de casa às 6h45 para ir à escola. Desci da calçada, rumando em direção ao bosque, e liguei para ele, conformada com o fato de que não chegaria à aula de cálculo. Uma aula cabulada não me mataria. Afinal de contas, eu estava doente.

Ele atendeu no terceiro toque.

– Descobri o mais perfeito café de manhã já inventado.

– Oi pra você também – eu disse. A camada superior da minha ansiedade se derreteu assim que ouvi sua voz.

– *Fritatta* de claras de ovo. Tem gosto de omelete, mas... – Sua voz ficou abafada quando ele deu uma mordida. – ... você pode comer com as mãos. No caminho da escola.

– Uma revelação – respondi. – Ei, por que você não retornou nenhuma das minhas ligações?

– Você está ocupada – Beck disse entre mordidas.

– E como você saberia disso? Você não ligou.

– Ah, mas se eu tivesse feito isso a ligação teria caído na caixa postal, sendo ineficiente. – Eu nunca havia ouvido, em nossos oito anos de amizade, Beck usar a palavra "ineficiente".

– Oi?

– Programei o Lux pra marcar uma ligação pra você. Já que ainda não te ligamos, presumo que você não teve tempo livre.

Eu teria achado que era brincadeira, mas a piada não teve desfecho.

– Você está usando o Lux?

– Já sei o que está pensando. Seu mundo acabou de virar de cabeça pra baixo. Mas parte do acordo pra eu testar o Gemini era usar todos os aplicativos pré-instalados. O Lux é ainda mais integrado ao sistema operacional no Gold, então é difícil não usá-lo. Não que agora eu fosse tentar evitar. Como eu conseguia viver sem ele? Estou meio bravo com você por não ter me obrigado a usá-lo.

Aquela era definitivamente uma brincadeira. Eu tinha chegado a ponto de me oferecer para limpar o armário de Beck se ele se comprometesse a usar o Lux por uma semana, e ele tinha recusado.

— Espera, então você está usando o Lux *e gostando* dele?

— E como não gostaria? Minha vida é como uma máquina bem lubrificada. Faz um mês que não chego atrasado na escola, estou adiantado em todas as minhas lições e não pego mais os turnos depois do almoço. — Beck costumava insistir em comer um sanduíche de peru e queijo do carrinho de café todo dia, embora fosse severamente intolerante a lactose. — É incrível. Estou funcionando a, tipo, mil por cento. Nem preciso pensar mais.

Nem preciso pensar. Eu nunca tinha me importado com o fato de que os usuários do Lux não precisavam pensar em quase nada. Os usuários do Lux não *queriam* pensar em quase nada. Afinal de contas, era por isso que usávamos o aplicativo. Ele trabalhava por nós. Mas quando tomar uma decisão tinha se tornado uma tarefa tão grande? Estremeci, envolvendo as costelas com meus braços nus.

— Ei, Beck — o interrompi. — Eu... eu preciso te contar uma coisa. É sobre meu pai. — Tomei um fôlego irregular.

— Quero muito ouvir sobre isso, Rô, mas tenho trigonometria em dois minutos, e o Lux está apitando, o que significa que preciso correr. Nos falamos depois?

— Claro — eu disse, escondendo minha decepção. Ouvi um clique. Ele tinha desligado.

Em seguida, liguei para Hershey, mas caiu direto na caixa postal. Entrei no Fórum para ver onde ela estava.

@Hersheyclements: Até os banheiros são melhores na primeira classe.

Era sua atualização de *status* mais recente, postada sete minutos antes de algum lugar no céu de Nebraska. Mandei uma mensagem para ela.

Me ligue ao aterrissar

Os dormitórios estavam silenciosos quando subi os degraus até nosso quarto. Nosso quarto. Não era mais nosso, embora o cômodo estivesse igual, com as coisas da Hershey espalhadas por todo lado. Subitamente, a realidade das vinte e quatro horas anteriores caiu como um véu negro ao meu redor. Meu pai – o homem que me ensinou a andar de bicicleta e que usou uma coroa no meu nono aniversário porque eu falei que apenas princesas podiam ir – não era meu pai verdadeiro. Minha mãe era uma colegial que engravidou e desistiu da escola. E uma mentirosa. Minha conselheira estudantil queria minha cabeça. Minha colega de quarto me traiu, o que já era ruim, e depois foi expulsa da escola quando tentou acertar as coisas, o que era dez vezes pior. E, além de tudo isso, eu tinha pegado uma maldita gripe.

As lágrimas que eu estava segurando se derramaram em ruidosos e violentos soluços. Pressionei o rosto contra o travesseiro, gritando. Com a garganta raspando, sentei, enxuguei os olhos na manga do casaco e decidi que não choraria mais. Eu queria a verdade, e era a verdade que havia conseguido. Um pouco dela, pelo menos. E, se quisesse o resto, não poderia recuar agora.

– Estou ouvindo – eu disse para a voz. Mas havia apenas silêncio. Então, deitei em posição fetal e peguei no sono.

Eu o encarei.

– Como assim ela nunca foi ao centro médico?

Após uma soneca de duas horas e outros dois comprimidos de paracetamol, eu estava enrolada em um cobertor no sofá de North enquanto ele trabalhava no computador ao meu lado. Ele havia conseguido *hackear* o centro médico e acessar o banco de dados dos pacientes, mas, como não encontrara a avaliação psicológica de Hershey, tinha rastreado o GPS do Gemini dela.

– Ela passou a noite inteira no seu dormitório – North respondeu, mostrando o registro de GPS na tela. – Deixou o quarto de manhã cedo, foi até uma casa na High Street, onde passou meia hora, e foi direto para o aeroporto.

– Mas Hershey não estava no nosso quarto na noite passada – eu disse. – A menos que tenha chegado quando eu estava dormindo. – Pensei nisso e sacudi a cabeça. – Não, a cama dela estava feita de manhã.

– Talvez ela tenha deixado o celular lá e voltado para pegá-lo antes de você acordar – North sugeriu.

Isso parecia plausível. Todas as vezes em que tinha escapado para encontrar seu ficante misterioso, Hershey havia deixado o celular para trás.

– Certo, então para onde ela iria depois disso?

North pegou o *tablet* na mesa de centro.

– Não é preciso ser *hacker* pra descobrir isso. É tudo registro público. – Ele abriu um aplicativo de busca de imóveis e digitou o endereço que estava no computador. – Uau – ele disse quando os resultados apareceram, e me entregou o *tablet*.

A primeira coisa que li foi a palavra "proprietária". Então, arregalei os olhos ao ver o sobrenome: "Tarsus".

– Hershey foi confrontá-la – concluí. – Como eu imaginava. Mas não há registro no centro médico e nenhuma avaliação no arquivo dela?

– Não. Ela foi direto daquele endereço para o Aeroporto Logan.

– Então Tarsus mentiu.

– Pelo que me contou dessa mulher, você está surpresa?

North tinha razão.

– Então como Tarsus fez com que a Hershey fosse embora? – Não fazia sentido. Ela não teria desistido da Noveden, não depois de ter sobrevivido às provas e ter decidido se focar. Lembrei-me do seu rosto marcado por lágrimas antes do segundo dia de provas. Não, Hershey não teria ido embora sem lutar contra isso. Então que vantagem Tarsus possuía sobre ela? – Urgh – reclamei, quase tremendo de frustração. – Sempre que acho que descobri a verdade, percebo que há muito mais a descobrir. – Afastei o cobertor e me levantei. No mesmo instante me senti tonta e me apoiei no braço do sofá. – Por que essa mulher me odeia tanto?

– Você acha que está tudo ligado? – North perguntou. – Sua mãe, essa Tarsus, as coisas no seu perfil do Lux? – Eu ainda não tinha contado a North que meu pai não era mesmo meu pai. Era uma ferida muito recente para torná-la permanente com palavras ditas.

– Não sei – respondi. – Gostaria que houvesse uma maneira de saber a quem esses números de identidade pertencem.

– Vou tentar hackear o banco de dados do governo – North ofereceu.

– Você não disse que já tentou fazer isso antes?

– Não diretamente. Meus clientes costumam me dar o número deles. Tento não ir aonde não preciso. Só aumenta o risco de ser pego.

– Não quero que você faça nada de arriscado por minha causa – eu disse rapidamente.

– Que bom que não estou fazendo isso por sua causa, então – ele respondeu, e abriu o *site* do governo em seu *tablet*.

– Você consegue fazer isso do *tablet*?

– Não, só vou fazer uma pesquisa – ele explicou, rolando a página até o fim. – Está vendo esse G? Significa que eles usam um *firewall* da Gnosis.

– E isso é ruim?

– Deixa tudo mais difícil. Mas talvez não seja impossível. Vou demorar alguns dias. – Ele pousou o *tablet* na mesa de centro, depois segurou minha mão. Assim que sua pele tocou a minha, ele se levantou num salto. – Rory, você está queimando de febre – disse, colocando a palma da mão na minha testa. – A que hora você tomou seu remédio?

– Uma hora atrás – eu disse. – Você foi vacinado? Eu devo estar te passando gripe.

– Eu não tomo vacinas – North disse. – Mas meu sistema imunológico é super-humano. Vou ficar bem. Você, por outro lado, está me deixando preocupado. Precisa tomar alguma coisa.

– Estou bem. – Mas, na verdade, não me sentia bem. Eu me sentia péssima.

– Rory, se você quer lutar contra as forças do mal, precisa estar forte. – Ele disse isso com uma cara séria. Dei uma risada despreocupada.

– E é isso que estou fazendo?

– Eu não descartaria a ideia – ele disse, e me ajudou a me levantar.

20

Acabamos indo até o centro médico. Eu disse a North que estava bem para ir sozinha, mas ele revirou os olhos e colocou um casaco.

A sala de espera estava vazia.

– Parece que alguém está gripada – a enfermeira na recepção disse, fazendo *tsc, tsc, tsc* com a boca, quando entramos pela porta automática.

– É tão óbvio assim?

– Parece que você foi atropelada por um caminhão – ela respondeu. – Você é aluna? – Fiz que sim com a cabeça. – Coloque seu portátil aqui – me instruiu, apontando para um sensor na mesa. Quando fiz isso, uma nova mensagem de texto apareceu na minha tela.

– Sente-se na sala de espera – a enfermeira disse.

– Uhum – murmurei, com os olhos na tela.

Estou no meio do começo
e no começo do meio.
Estando em ambos assim,
estou na ponta do fim.
O que sou eu?

Era uma charada, e a li novamente enquanto me arrastava até a sala de espera, onde North estava folheando uma edição da *Wired* em um dos *tablets* do centro médico.

– Está tudo bem? – eu o ouvi dizer.

– Uhum. – Sentei na beirada da cadeira ao seu lado e li a mensagem pela terceira vez. "Estou no meio do começo, e no começo do meio. Estando em ambos assim, estou na ponta do fim." Gotas de suor surgiram na minha testa. Eu não fazia ideia da resposta.

– Tem de ser um elemento – murmurei. – Ar. Será que é o ar? Mas como o ar é o meio do começo? Deus. É Deus. Tem de ser Deus.

– Rory, o que você está cochichando? – Olhei para North, que estava me encarando. – Você está falando sozinha.

– Estou tentando resolver uma charada.

– Uma charada?

– Sim.

– Por quê?

– Por que não?

– Certo. Qual é a charada?

– Acho que não posso te contar. Eu estaria colando. – De repente, percebi que não tinha recebido nenhuma regra para esse exercício. Talvez fosse permitido perguntar a alguém ou procurar a resposta no GoSearch. Mas eu duvidava disso, e tinha certeza de que a sociedade saberia se eu pedisse ajuda.

– Colando? Tem a ver com a escola?

– Mais ou menos – respondi. O que *era* mais ou menos a verdade. – É para um clube no qual estou tentando entrar. Um negócio extracurricular.

– Que tipo de clube?

– É só um clube, tá bom? – surtei. – E preciso resolver essa charada pra entrar nele, então, por favor, me deixe pensar. – Tornei a pegar meu portátil, esperando que as palavras do enigma me dessem uma dica. – Acho que é Deus – disse novamente, tentando me convencer de que talvez estivesse certa. Mas "o meio do começo" não encaixava.

North se inclinou para ver minha tela.

– É a letra *m*. – Ele se endireitou no assento, todo metido. – Acha que eles vão *me* deixar entrar? – Reli a charada. Ele estava certo.

Digitei rapidamente a resposta e pressionei Enviar. Meu corpo inteiro relaxou quando recebi a resposta-padrão. Recostei a cabeça na parede atrás de mim e fechei os olhos. Cada músculo meu doía.

– Por que você quer tanto entrar nesse clube? – ouvi North perguntar.

– Minha mãe fazia parte dele – respondi.

– Aurora Vaughn? – uma enfermeira chamou.

– Estarei aqui quando você voltar – North disse quando me levantei.

– Sério, você não precisa me esperar.

– Aham. Nos vemos daqui a pouco.

Enquanto esperava pelo médico, abri a fotografia que tirei da minha mãe na noite do Baile de Máscaras. Eu não tinha olhado de novo para ela desde então. Olhei direto em seus olhos, quase pretos na imagem, como se tivessem as respostas de que eu precisava. Quem havia sido Aviana Jacobs?

Eu ainda estava olhando para a tela quando a porta da sala de exames se abriu.

– Olá – o médico disse quando comecei a guardar o celular. Só então meus olhos notaram algo que eu tinha deixado passar.

Minha mãe estava segurando a mão de alguém.

– Sou o dr. Ryland. O que te traz aq...

– Um segundo – eu disse, cortando-o e dando um *zoom* na imagem. A mão que minha mãe segurava era de um garoto e trazia um anel que eu já tinha visto antes. Quatro símbolos gravados em prata. De repente, lembrei quem estava sentado ao lado dela naquela foto.

Griffin Payne. *O* Griffin Payne. Griffin Payne, o CEO da Gnosis.

Puta. Merda.

Tremendo, entrei no GoSearch, digitei o nome dele e acrescentei "aos 18". – Sua foto de turma apareceu. Eu o encarei; encarei o garoto que ele havia sido. Aqueles olhos azul-piscina, o cabelo ondulado de cor castanho-avermelhada. O furo decisivo em seu queixo. Características que eu via todos os dias no espelho.

Era toda a prova de que eu precisava.

Griffin Payne era meu pai.

Recostei a cabeça contra o encosto da cadeira, sentindo tontura.

– Você está bem? – o médico perguntou.

Dei um pulinho, surpresa. Tinha esquecido que ele estava lá.

– Não – eu disse, simplesmente. Eu definitivamente não estava bem.

– Preciso da sua ajuda – eu disse a North quando voltei à sala de espera vinte minutos depois. Ele se levantou para me receber, segurando meu casaco de um jeito sem graça em seus braços.

– Tudo bem – ele assentiu. – O que o médico disse?

– Estou gripada. – Entreguei a ele a sacola de antivirais que a enfermeira tinha me dado e peguei meu casaco. – Preciso de acesso a Griffin Payne.

– Hum, certo. Mas o que você quer dizer com "acesso"?

– Preciso falar com ele. Sozinha.

North esticou o braço e colocou a mão na minha testa.

– Não estou mais com febre – disse com rispidez, me afastando dele. – O médico me deu aspirina pra baixar a febre.

– Você precisa falar com Griffin Payne – North repetiu. – Sozinha.

– Sim. – Fechei o zíper do meu casaco. – E pessoalmente.

– Você sabe que está falando *do* Griffin Payne, não sabe? É mais fácil conhecer o presidente do que ele.

– Eu já conheci o Payne. Em um evento na Noveden. Ele é legal. – Passei por North, caminhando em direção à saída automática. Lá fora, as nuvens estavam baixas no céu noturno, produzindo um enigmático brilho verde.

– Tenho certeza de que ele é encantador – North disse, me seguindo. – Mas isso não quer dizer que vai se reunir com uma adolescente.

Parei no meio-fio, deixando-o me alcançar. A calçada estava deserta. Quando se aproximou de mim, North desceu da calçada para ficarmos na mesma altura. – Rory, o que está acontecendo? Você vai ao médico e sai dizendo que precisa ter uma reunião com o CEO da maior companhia de tecnologia do mundo.

– Ele é meu pai – eu disse, baixinho. North assimilou o choque que eu sentia.

– Não estou entendendo – ele disse. – Desde quando?

– Desde que ele e minha mãe transaram dezessete anos atrás, acho. – Minha voz estava tensa. – Desculpe – disse, rapidamente. – Eu só... ainda estou absorvendo tudo isso.

– Mas como você descobriu? Tipo, você cresceu com um pai, certo? Já te ouvi falando dele.

Concordei e inspirei, vacilante.

– Há um mês, no meio de uma pesquisa pra minha aula de psicologia cognitiva, encontrei o arquivo médico da minha mãe na base de dados do Departamento de Saúde Pública. Ontem à noite voltei nele e descobri que eu nasci um mês depois da minha data provável de parto, não três semanas antes como sempre achei. Isso significa que minha mãe estava grávida quando saiu da Noveden.

– O tipo sanguíneo – North disse. – Você acha que isso significa que seu pai não é seu pai verdadeiro.

– Não acho. *Sei* disso. – Minha voz vacilou. Não queria, e não iria, chorar. – Havia a imagem de um ultrassom no arquivo da minha mãe. Ela era A positivo, e eu sou AB positivo. Meu pai, o homem que achei que fosse meu pai, também é A positivo.

North expirou.

– Por que você não me contou?

– Eu não sabia como – admiti. – É uma coisa muito intensa pra jogar em cima de alguém que mal conheço.

– Você me conhece, Rory – North disse, tomando minhas mãos nas suas. – E eu consigo lidar com coisas intensas.

Apenas concordei com a cabeça, emocionada demais para falar.

– E o que te faz pensar que Griffin Payne é seu pai verdadeiro? – ele perguntou.

– Ela está segurando a mão dele na foto da turma. Ela está segurando a mão do Griffin.

– Isso não quer dizer que...

– Olhe pra ele – eu disse, enfiando meu celular na cara do North. A foto da turma ainda estava na tela. – E olhe pra mim.

– Há uma semelhança – North opinou. – Uma puta semelhança. – Ele suspirou de novo, passando as mãos de um lado a outro do moicano. – Uau.

Ficamos ambos em silêncio por um momento.

– Bem, então retiro o que disse antes – North disse, por fim. – Vai ser fácil vocês se encontrarem. É só contar a ele quem você é.

– Não posso – eu disse. – Para descobrir o que realmente aconteceu dezessete anos atrás, preciso pegá-lo de surpresa. Não quero dar a ele a chance de mentir pra mim.

– Você acha que ele vai mentir?

– Não quero correr nenhum risco. Tenho que me encontrar com ele ao vivo – eu disse, com firmeza. – E precisa ser uma surpresa. Quero ver a cara que ele vai fazer.

– Você acha que sua mãe desistiu da escola por causa dele?

– Ela não desistiu – eu o lembrei. – Ela foi expulsa.

– Será que a gravidez teve algo a ver com isso?

– Talvez. Mas não havia registro de gravidez no arquivo médico dela. Nenhum exame, nenhuma menção de bebê nos relatórios psicológicos. Se ela sabia que estava grávida, não contou pro médico.

– Você pode me mostrar o arquivo?

Meneei a cabeça.

– Não tenho mais acesso a ele, só uma foto da última página.

– Vou ver se consigo acessá-lo – North disse. – Você sabe o número de identidade da sua mãe, certo?

– Sim, mas o arquivo dela foi deletado do sistema. Você não vai conseguir encontrá-lo.

– Pelo contrário – North respondeu. – Arquivos deletados são ainda mais fáceis de acessar. Na maioria das vezes, antes de serem permanentemente removidos do servidor, eles são guardados por algumas semanas. É uma maneira de evitar a perda acidental e definitiva de um arquivo. Como o local de armazenamento fica escondido dos usuários, as companhias acham que não precisam protegê-lo.

– Podemos fazer isso agora? – pedi a ele.

– Claro. Talvez eu demore algumas horas, mas você pode ficar, se quiser. Pode até dormir aqui. – Seus olhos brilharam. – Posso ser seu médico.

– Não posso dormir aqui – recusei, embora o apartamento dele fosse o único lugar em que eu desejava estar. – É melhor eu voltar pro dormitório – disse, com relutância. – Precisamos estar de volta às dez da noite em dias úteis. – Agora que sabia exatamente do que Tarsus era capaz, eu precisava ser uma estudante modelo. – Posso passar aqui amanhã?

– É claro – North disse. – Vou trabalhar no turno da manhã, então vá até o café primeiro. Mas me dê o nome inteiro e o número de identidade da sua mãe, e verei o que consigo encontrar hoje.

Segurei sua mão e entrelacei meus dedos nos dele.

– Obrigada.

Ele levou minha mão aos lábios e me beijou a ponta dos dedos.

– Vai ficar tudo bem. Você sabe, né? Você vai dar um jeito em tudo isso.

– Aham. – Minha visão se embaçou quando as lágrimas que eu estava segurando se derramaram. Pisquei, mas era tarde demais. Elas escorriam, pingando das minhas bochechas. – Droga – murmurei. Não tinha adiantado nada decidir não chorar. Dei algumas batidinhas nos meus olhos.

North levantou meu queixo com seu dedo, toda a confiança que eu não tinha brilhando em seus olhos, e então, mesmo eu estando supercontagiosa, cheirando a hospital e não tendo escovado os dentes em doze horas, ele me beijou. E, por um instante, me esqueci de tudo, me lembrando apenas de como era não se sentir sozinha.

21

Coloquei meu alarme só por colocar, porque tinha certeza de que não dormiria bem o bastante para precisar dele. Mas foi bom ter feito isso, porque acho que não acordaria antes do meio-dia sem ele. Dormi profundamente e não sonhei naquela noite, e despertei na mesma posição de quando caí no sono. Minha boca parecia cheia de algodão, mas, fora isso, me sentia muito bem. Melhor, pelo menos. Toquei a testa com meu portátil para checar se estava com febre.

– Sua temperatura está normal – chegou a resposta do Lux. Eu não ouvia sua voz em mais de uma semana. Havia uma época em que eu falava com ele mais do que com qualquer um.

Claramente, aqueles dias tinham ficado para trás. Agora era tão raro eu consultar o Lux que tinha me esquecido completamente de levar as roupas sujas para a lavanderia na sexta-feira. Eu não tinha nenhuma roupa limpa. Depois de hesitar por meio segundo na porta do *closet* da Hershey, vesti as calças *stretch* de veludo dela, que eram longas demais, mas ficavam bem se enfiadas dentro de uma bota, e um de quatro suéteres cinza de *cashmere* que encontrei amassados em sua prateleira.

Quando saí do prédio, encontrei Izzy no pátio bebendo café de um copo de papel e lendo algo no *tablet*, com as bochechas vermelhas de frio. Ela não estava usando casaco.

– Oi – eu disse, me aproximando dela. – O que você está fazendo?

— Tentando terminar três capítulos antes da aula de literatura. Temos um *quiz* sobre a primeira metade de *A revolta de Atlas* hoje. — Ela olhou para mim com olhos cansados. — Eu ficava caindo no sono no meu quarto — explicou. — Achei que o frio fosse me manter acordada.

Tapei minha boca com a mão. Nós estávamos na mesma sala. Eu tinha me esquecido do *quiz*. Ela viu a expressão em meu rosto.

— Você também não terminou a leitura?

— Nem comecei.

Izzy escorregou para a ponta do banco.

— Há espaço pra mais uma — ela disse. — Temos uma hora antes da aula de prática e todo o horário do almoço. Se você correr, vai conseguir terminar.

— Não posso agora — respondi. — Tenho de me encontrar com alguém. — Precisava saber o que North tinha descoberto sobre minha mãe. Eu lidaria com o *quiz* mais tarde.

— Ahhh, um cara? — Izzy baixou o *tablet* e me examinou de cima a baixo. — É por isso que você está tão arrumada?

— Mais ou menos.

— É mais ou menos um cara, ou é mais ou menos por isso que você está arrumada?

— Não posso falar sobre isso — eu disse. Então, porque soava misterioso demais, acrescentei: — Ainda não estamos contando a ninguém sobre nós.

— Você e Hershey e seus namorados secretos. — Izzy fez um biquinho. — Urgh. Pelo menos me diz onde eu posso encontrar um pra mim. Ei, por falar nisso, por onde a Hershey anda? Faz dias que não a vejo.

— Ela, hum, saiu da escola.

Sua testa se enrugou em confusão.

— Como assim ela saiu da escola? Por quê?

— Ela está dando um tempo — expliquei, vagamente, sem querer dizer muito. — Não sei os detalhes. Te vejo mais tarde. — Antes que Izzy pudesse responder ou fazer outra pergunta, me afastei, dando passadas longas para que não pudesse ouvi-la.

217

North acenou para que eu entrasse ao me ver pela janela do Paradiso. A julgar por sua expressão, ele tinha encontrado alguma coisa. Ele apontou para uma mesa no centro.

– Meu intervalo começa em cinco minutos – gritou. – Quer alguma coisa?

– Café – eu disse. – E um desses. – Apontei para a maior e mais gordurosa massa folhada na vitrine.

North se juntou a mim na mesa poucos minutos depois.

– Você encontrou o arquivo dela – eu disse, arrancando um pedaço da massa. Era macia e doce, e derretia no céu na boca. Eu não comia uma daquelas havia anos. Minhas opções de café da manhã com o Lux variavam de mingau com amêndoas a torrada e claras de ovo mexidas. Uma montanha de oitocentas calorias de açúcar, manteiga e farinha nunca era uma escolha razoável para o café da manhã. Arranquei outro pedaço.

– Encontrei. E você estava certa, não havia menção de gravidez em lugar nenhum. Mas descobri os metadados de todas as avaliações psicológicas. Rory, as entradas só foram adicionadas ao arquivo da sua mãe em junho daquele ano.

– Não estou entendendo. Ela foi expulsa em maio.

– Sim, de acordo com uma declaração de expulsão adicionada ao arquivo dela depois de um mês de ter sido supostamente escrita.

– O que você está dizendo?

– Não sei. Talvez exista uma explicação razoável para o atraso. Talvez o médico dela fosse péssimo em preencher prontuários. – Ele hesitou. – Ou talvez alguém estivesse tentando fazê-la parecer maluca.

Encarei-o, o doce esquecido no meu prato.

– Alguém quem?

– Não sei – North respondeu. – Mas talvez Griffin saiba.

– Você descobriu como chegar até ele?

– A festa de lançamento do Gemini Gold é nesta sexta-feira à noite. Griffin vai fazer um discurso.

– As entradas devem custar milhares de dólares.

– Pior. Elas nem estão à venda. – Ele sorriu. – Que bom que estamos na lista.

22

— E se alguém perguntar como fomos convidados?

— Ninguém vai perguntar isso — North disse. — É um salão enorme. Vamos nos misturar à multidão. — Avistei meu reflexo nas janelas do trem, protegidas por uma película de filme, e quase não me reconheci. Noelle, a garota da loja de consertos, tinha me emprestado seu vestido do baile da escola, um bustiê preto mídi totalmente inapropriado para uma festa do ensino médio, e Kate tinha feito minha maquiagem, escondendo a constelação de sardas escuras de um lado a outro do meu nariz com base em *spray*, e passando delineador e sombra preta em minhas pálpebras. Eu mesma tinha cuidado do meu cabelo, preferindo deixá-lo solto e ondulado em volta do rosto caso precisasse me esconder atrás dele.

North estava ainda mais incógnito. Seu moicano estava penteado para baixo e suas tatuagens, escondidas sob as mangas de um terno cinza de padronagem espinha de peixe. Com o terno, os óculos de armação tartaruga e um fone Bluetooth preso à orelha, ele parecia um cara certinho a caminho de uma festa. Exatamente o papel que estava interpretando.

Ele estava conferindo nosso progresso no mapa em seu portátil. O tempo seria apertado; precisaríamos chegar a Boston, depois à festa, deixar Griffin sozinho de alguma maneira, depois voltar ao trem e ao *campus* antes de a biblioteca fechar à meia-noite. Eu tinha deixado meu Gemini escondido perto das estantes de livros, com o serviço de localização ligado. North havia criado um programa que postaria automaticamente duas atualizações de *status* nas mais de seis horas em que estaríamos fora, caso alguém procurasse por mim. Seria ruim se alguém de fato fosse até a biblioteca me procurar, mas ajudaria a me manter fora do radar se ninguém fizesse isso. As regras da Noveden sobre deixar o *campus* eram lenientes, desde que os alunos estivessem por perto. Não era permitido ficar a mais de oito quilômetros da Noveden sem uma permissão escrita pelo diretor. Se eu fosse pega nesta noite, seria expulsa.

Para acalmar o ciclone no meu estômago, observei North, memorizando cada detalhe de seu rosto. Mesmo na luz dura e fosforescente do trem, ele era bonito. Bonito de um jeito clássico, eu percebia agora. Sua pele tinha cor de canela, e os cantos dos olhos eram puxados para baixo, mas o nariz era reto, o maxilar era bem marcado e o rosto inteiro se harmonizava com uma bela simetria.

North se virou e me pegou olhando para ele.

– Você está linda – elogiou, tocando a ponta do meu nariz com seu dedo. – Mas sinto falta das suas sardas. – Virei o rosto para trás e lhe beijei a palma da mão. Seu dedo deslizou pelo meu pescoço, traçando o contorno da clavícula em direção ao ombro direito. Ele segurou a fina alça do meu vestido, levantando-a um milímetro antes de deslizar o dedo por ela e descer para o meu braço. Senti minha pele pegar fogo.

– Você também não está nada mal – eu disse, com vivacidade. Ainda conseguia sentir o caminho que seu dedo tinha traçado, e não era difícil imaginá-lo afastando as alças e abrindo o zíper do meu vestido. Embora eu tivesse beijado apenas um garoto, já estava me imaginando nua com North. Suspeitava que tanto o Lux quanto a voz na minha cabeça saberiam como atraí-lo, mas eu não ia consultar nenhum deles. Agarrei a beirada do meu assento de plástico e me lembrei para onde pensamentos como aquele tinham levado minha mãe.

– Para voltarmos, há um trem que sai às nove e quinze e outro que parte às dez e cinco – North dizia. – Se pegarmos o das dez, só chegaremos à estação da Noveden depois das onze e cinquenta.

— Não é tempo suficiente — eu disse. Na verdade, eu não fazia ideia se dez minutos era tempo suficiente para ir da Estação Central Noveden até o *campus* na moto de North. Usar o Lux por tantos anos havia destruído por completo minha habilidade para avaliar duração de trajetos. O Lux me dizia quando ir embora, que direção tomar e a que horas chegaria. Eu tinha prestado pouquíssima atenção aos detalhes, confiando no Lux para me levar aonde quer que eu desejasse ir. E, invariavelmente, ele havia feito isso.

— Vai ser apertado — North disse —, mas se for preciso vamos conseguir fazer tudo dentro do tempo. Ainda assim, é melhor pegarmos o trem das nove e quinze. — Ele deu uma olhada rápida em seu portátil. — Descemos na próxima estação.

Meu coração começou a martelar. Curiosamente, eu estava mais preocupada em conseguir entrar na festa do que em confrontar seu famoso anfitrião. Não esperava que a emboscada necessariamente desse certo, mas sabia que ele ao menos acreditaria que eu era quem dizia ser. Mesmo vestida assim, toda maquiada, eu era absurdamente parecida com minha mãe.

— Você está preparada? — North perguntou quando o trem parou na Estação Back Bay. Assenti. Eu precisava estar. E, com North ao meu lado, talvez estivesse. Ele segurou minha mão enquanto saímos da plataforma do trem e pegamos um táxi do lado de fora.

— Copley Square — North disse ao motorista de táxi. — Vamos à Biblioteca Pública de Boston. — O homem grunhiu e deu partida. A estação ficava a menos de um quilômetro do local onde a festa ocorria. Dava para ir a pé se eu não estivesse usando salto alto. A corrida de táxi não me deu muito tempo para me ajeitar, pois dois minutos depois de entrar no veículo já era hora de sair.

Paramos na frente de um enorme prédio de pedra com janelas em arco que ocupava uma quadra inteira. Parecia mais um palácio do que uma biblioteca, e não lembrava em nada a Biblioteca Central de Seattle, feita de vidro e metal. Ajudava que o lugar estivesse iluminado como um castelo, com holofotes de um amarelo quente iluminando sua superfície de pedra. Acima das luzes e das janelas em arco, a palavra "Gold" era projetada em 3D. Havia um tapete vermelho nos degraus da frente, uma corda de veludo e um aglomerado de fotógrafos pairando na entrada. O local era uma escolha estranha para uma festa de lançamento no ramo da tecnologia, já que a Gnosis havia tornado as bibliotecas públicas irrelevantes ao começar a oferecer livros eletrônicos para serem emprestados de graça. Nenhum dos prédios antigos possuía livros – pelo menos não volumes físicos, de papel. Havia apenas grandes terminais de *tablets*, fileiras de mesas com telas embutidas e salas de mídia públicas onde era permitido entrar na internet e assistir à TV.

Com as mãos tremendo, abri a porta do táxi e pisei na calçada.

– Aqui – North disse com uma voz baixa, puxando um segundo portátil de seu bolso e guardando-o na bolsa pequena pendurada no meu braço. – Quando ele for escaneado na porta, vai aparecer o nome que adicionei à lista de convidados. Jessica Sizemore. Ela estuda em Harvard e é filha de um acionista.

– E se ela aparecer? – sussurrei, nervosa. Estávamos nos aproximando da multidão que esperava para entrar.

– Ela não vai aparecer. Jessica declinou o convite no dia em que eles foram enviados, e, de acordo com o Fórum, ela está no *campus* agora. – Ele colocou seu braço em volta dos meus ombros. – Apenas aja naturalmente. O importante é conseguir entrar.

Inclinei-me contra seu ombro e tentei relaxar. Nós nos misturávamos com facilidade ao grupo de jovens de vinte e poucos anos bem-vestidos ao nosso redor, imersos em suas telas enquanto esperavam para entrar.

A garota que conferia os convites sorriu quando pisamos no tapete vermelho.

– Bem-vindos ao futuro – ela disse, pegando nossos portáteis. Segurei a respiração quando eles foram escaneados. – Aproveitem a festa, pessoal. – Ela os entregou para nós e levantou a corda de veludo.

Nós tínhamos conseguido entrar.

O evento principal se dava em um pátio a céu aberto na área central do prédio, transformado pela Gnosis em um jardim metálico. A fonte, no meio da superfície da água, estava acesa e parecia derramar ouro líquido. Garçons com gravatas pretas circulavam segurando douradas e reluzentes bandejas de *champagne*, e Gs dourados e pequeninos eram projetados nas paredes de pedra à nossa volta. Havia mesas altas construídas de peças de Lego douradas e brilhantes, e luminárias de chão feitas de reluzentes moedas douradas.

– Uau – sussurrei, absorvendo tudo aquilo.

North pegou duas taças de *champagne* da bandeja de um dos garçons e entregou uma para mim.

– Objetos cenográficos – ele disse. O garçom seguinte trazia uma espécie de *cupcake* de atum com "glacê" de abacate. – Peguei um.

– Lanchinhos – eu disse, mordendo-o. – Aimeudeus, isto está incrível. Você precisa provar.

– Foco, Jessica Sizemore, foco. Temos uma hora pra encontrar o seu pai. – Mas, antes de o garçom se afastar, North agarrou um *cupcake* de atum e o enfiou inteiro na boca.

Agora que nos encontrávamos do outro lado da corda de veludo, eu estava mais calma. Ninguém prestava atenção em nós e era fácil se mover à margem da festa, ao longo do passeio que cercava o pátio, procurando Griffin com sutileza em meio à multidão. Conforme andávamos à beira da parede leste, devagar para não chamar atenção, fingi por um segundo que não éramos penetras na festa, que havíamos sido convidados como o resto das pessoas. Subitamente, percebi que não era uma ideia maluca. Não mais. Era esse o tipo de coisa que vinha com um diploma da Noveden. Festas e pessoas assim. Se continuasse no caminho certo, não precisaria entrar de penetra em um desses lugares. Eu pertenceria a eles.

Eu estava de pé entre North e a parede enquanto contornávamos o lado sudoeste no pátio e a avistei. Uma linda mulher negra em um terninho branco invernal, perto da fonte. Não havia ninguém entre nós. Se ela virasse um pouco para a esquerda e erguesse levemente a cabeça, me veria.

North me ouviu arfar.

– O que foi? – perguntou em voz baixa, aproximando seu rosto do meu.

– Me beije – sussurrei. – Agora.

Não precisei pedir duas vezes. Suas mãos seguraram meus quadris ao me empurrar gentilmente contra a parede, a borda da minha taça de cristal tinindo contra a superfície polida. Envolvi seu pescoço com minha outra mão, pressionando meu corpo contra o seu, como se pudesse desaparecer atrás dele, fechando os olhos enquanto nossos lábios se tocavam. Será que ela havia me visto? Eu achava que não, mas não tinha certeza. Os cotovelos de North estavam na parede, cada um em um lado do meu rosto. De algum jeito, ele ainda segurava sua taça de *champagne* sem derramar a bebida enquanto me beijava. Por um instante, fui tomada por aquele momento, sem pensar em nada e sentindo tudo, desde as borboletas em meu estômago, passando pelo calor em meu peito, até as cócegas em minha língua quando tocava a ponta da dele. Mas então o rosto de Tarsus voltou com tudo para minha mente, e meu corpo inteiro ficou tenso. North sentiu e se afastou.

– Tenho a impressão de que esse beijo serviu a um propósito diferente da realização de cinco das minhas fantasias – ele disse, seu rosto ainda a centímetros do meu.

– Ela está aqui – sussurrei. – A dra. Tarsus.

– Merda. Ela te viu?

– Acho que não – respondi. – Você me escondeu. – Eu ainda estava envolvendo seu pescoço, então tracei o lóbulo da sua orelha com meu polegar, com cuidado para manter meu corpo atrás do dele conforme eu me comprimia entre a parede e uma coluna.

– Onde ela está agora? – Ele virou com sutileza para a esquerda, como se aninhasse o nariz em meu pescoço, para eu examinar o pátio. Uma multidão de pessoas havia chegado e se encontrava entre nós e a fonte, bloqueando minha vista.

– Não a vejo mais – eu disse. – Ela estava perto da fonte.

– O que ela está fazendo aqui?

– Não faço ideia. A Gnosis é uma grande financiadora da Noveden. Talvez seja essa a ligação. – Ainda assim, era estranho vê-la ali, em uma festa de lançamento descolada. Estranho e muito ruim para nós.

– Você quer ir embora?

– Não – eu disse. – Essa é nossa melhor chance de me aproximar do Griffin. Chegamos tão perto, não posso desistir agora. Só precisaremos tomar cuidado para que ela não nos veja. – Eu sentia a ousadia em meu peito. Era um sentimento desconhecido, mas não era desagradável. Não costumava ser tão segura em relação às coisas. Ao menos não sem o Lux me dizendo o que fazer.

North deu a mão para mim.

– Se, por acaso, precisarmos nos beijar mais algumas vezes, acho que posso fazer esse sacrifício. – Ele olhou rápido para o relógio. – Ainda falta uma hora pro discurso do Griffin, então ele deve estar no meio da multidão. Mesmo que consigamos achá-lo, o difícil vai ser pegá-lo sozinho.

– Não quando ele me vir – eu disse, confiante.

Foi mais fácil do que eu esperava. Conforme abríamos caminho pela multidão, abaixei um pouco a cabeça para não ser vista e passamos bem ao lado de Griffin, que conversava com um grupo de mulheres em vestidos caros. North me cutucou, eu levantei a cabeça e ali estava ele, a meio metro de mim, parecendo ter sido *photoshopado* na sala. A primeira coisa que pensei foi: *Como a filha de duas pessoas lindas acabou saindo com a minha cara?* A segunda foi: *Ele está sorrindo, mas seus olhos estão tristes.*

Abri a boca para dizer algo, mas não precisei. Griffin já estava me encarando, sua boca levemente entreaberta.

– Com licença – ele disse para as mulheres, interrompendo uma delas, seus olhos ainda em mim. Griffin passou por elas como se não estivessem lá. As mulheres viraram a cabeça para me olhar.

– Acho que você conhecia minha mãe – eu disse, frouxamente. – Av...

– Você é a *filha* dela – ele disse, então emitiu um barulho que parecia uma risada, porém mais áspera. – É claro. Por um segundo, pensei... É claro que você não poderia ser. – Ele mirou atrás de mim, depois voltou seus olhos para os meus. – Sua... sua mãe está aqui? – Havia uma esperança tão desenfreada naquelas palavras que a minha própria voz ficou presa na garganta. Balancei a cabeça.

– A Rory precisa conversar com você – North disse. Griffin olhou para ele como se o visse pela primeira vez. North esticou a mão. – Gavin West – ele disse, apresentando seu nome falso. Tínhamos combinado que eu não usaria o meu.

Griffin apertou a mão, mas seus olhos estavam em mim. Seu sorriso era gentil, mas o olhar estava ainda mais triste agora, quase melancólico.

– Rory. Nós já nos conhecemos? Sei que me lembraria do seu rosto, mas sua voz é familiar. E seu nome.

– Nos conhecemos no Baile de Máscaras da Noveden – respondi. – No terraço.

– Você era a garota com a máscara de pavão – Griffin disse, e eu concordei. – Bem, é um prazer encontrá-la novamente, Rory.

– O prazer é meu – retribuí. Estava tão nervosa que era difícil sorrir. Griffin pareceu notar, e olhou para North, depois para mim.

– É mais silencioso lá dentro – ele disse. – Que tal conversarmos lá?

Nós o seguimos, entrando por uma porta lateral e chegando ao pequeno café da biblioteca. As cadeiras estavam empilhadas sobre as mesas e havia um sinal bloqueando a entrada, mas Griffin passou por ele e colocou duas cadeiras para sentarmos.

– Vou esperar aqui – North disse, apontando para um banco perto das escadas.

Assenti e olhei para Griffin. Sua expressão era um misto de curiosidade e confusão. Eu precisava dizer algo antes que seu guarda-costas se aproximasse. *Por favor, não me deixe ferrar tudo*, rezei. Não queria emboscá-lo com o que sabia, não se quisesse descobrir a verdade, mas também não tinha tempo para fazer rodeios. Seu discurso estava marcado para as oito, e já eram sete e vinte e cinco.

– Obrigada por concordar em conversar comigo – comecei. – Eu... eu tenho um monte de perguntas, e ninguém para respondê-las.

– Sua mãe – Griffin disse. – Alguma coisa aconteceu com ela, não foi. – Seu tom de voz não subiu no fim da frase, porque não era uma pergunta.

De leve, fiz que sim com a cabeça.

– Ela morreu no meu parto.

Ele afundou o rosto em suas mãos por um segundo e, ao abaixá-las, aparentava pela primeira vez a idade que tinha. Linhas se estendiam como raios de sol do canto externo de seus olhos. Era irônico, marcas de sorriso ao lado de olhos tristes.

– E seu pai?

Fitei-o. *Ele estava tentando descobrir o que eu sabia, ou será que realmente não sabia que eu era sua filha?*

– Meu pai?

– Sim. Digo, ele participa da sua vida? Vocês têm contato? – Griffin parecia incomodado, como se tivéssemos entrado em um território desagradável.

– Nunca conheci meu pai.

Isso não pareceu surpreendê-lo e, de fato, um sentimento parecido com alívio perpassou seus olhos. Então Griffin *sabia*, e estava tentando descobrir se eu também sabia. Travei a mandíbula. Ficar brava com ele não ajudaria em nada. Colocá-lo na defensiva seria o jeito mais rápido de fazê-lo se fechar.

Mantive um tom de voz casual.

– Sei que você tem um discurso a dar e tudo mais, então não vou tomar muito do seu tempo, mas esperava que me dissesse o que aconteceu entre você e minha mãe.

Ele suspirou.

– Não falo sobre sua mãe há quinze anos. – Griffin ajeitou a gravata. – Não, mais que isso. Desde que ela foi embora. – Ele colocou a mão dentro do casaco e pegou seu portátil. O aparelho era brilhante, metálico e do tamanho de uma caixa de fósforos. O Gemini Gold. Griffin tocou na tela, que se acendeu. Eram sete e trinta e cinco. – Preciso estar no camarim às quinze para as oito. Não dá pra contar essa história em dez minutos, mas vou tentar. – Ele enfiou o Gold na faixa de metal em seu pulso e passou as mãos pelo cabelo, que tinha a mesma cor que o meu, de um castanho tão escuro que parecia preto, mas liso, ao passo que o meu era ondulado. Diferentemente do meu pai, cujo cabelo loiro-claro era salpicado de áreas grisalhas, o de Griffin não exibia um fio branco sequer.

— Sua mãe e eu nos conhecemos em nosso primeiro ano na Noveden – começou, seus olhos se alegrando pela primeira vez naquela noite. – Me apaixonei por ela na primeira vez em que conversamos. Fazíamos prática juntos, e ela sentou ao meu lado no primeiro dia. Não havia casulos naquela época, apenas mesas com suportes pra *laptops*, e Aviana não conseguia ligar o dela. Nosso professor era um velho horrível e irritadiço, o sr. Siegler, e Aviana estava morrendo de medo de receber uma bronca se pedisse ajuda. Então eu a ajudei, e em cinco segundos me apaixonei perdidamente por ela.

Meu coração se agitou no peito. Era fácil imaginar aquele momento, minha mãe nervosa e agitada do jeito que eu estava no meu primeiro dia, e Griffin todo confiante e charmoso. Era o começo de algo, algo que poderia ter tomado mil rumos distintos, com mil finais felizes. Mas ali estávamos nós.

— Nunca imaginei que tinha uma chance com ela – ele continuou. – Ela era muita areia pro meu caminhãozinho. Eu nem tinha Q.I. suficiente pra estar na Noveden. Minha família teve de mexer uns pauzinhos pra eu estudar lá. – Seus olhos se anuviaram. – Meus pais nunca gostaram da Aviana – explicou. – Meu padrasto a odiava.

— Por quê?

— Ela era... diferente. Não participava do jogo como os outros.

— O jogo?

— O jogo da ambição – Griffin respondeu. – Tenho certeza de que ainda é assim. Toda aquela gana e competição, a luta pelas melhores notas. Aviana não se importava com nada disso. Mesmo assim, era nossa oradora.

— Não estou entendendo. Minha mãe foi expulsa da Noveden. Como ela poderia...?

— Expulsa? Ela? – Griffin riu. – A Aviana era a queridinha do *campus*. – Ele olhou para mim com curiosidade. – Quem te disse que ela foi expulsa?

— Eu vi a declaração de expulsão – respondi, devagar. No arquivo médico dela.

— Bem, posso garantir que a Aviana não foi expulsa da escola – Griffin respondeu. Sua expressão se tornou melancólica. – Ela fez as provas finais, depois fugiu.

– Por quê?

– Chegarei a isso – respondeu. – Primeiro, preciso explicar o que a Aviana estava enfrentando. Não que isso seja uma justificativa pra suas ações, mas sei que isso a afetou mais do que ela mostrava.

– Sua família.

Griffin fez que sim com a cabeça.

– Eles foram terríveis com ela. E quanto mais próximos ficávamos, mais agressivos se tornavam. Ameaçaram me deserdar, não pagar a faculdade, tudo isso. Eu não liguei nem um pouco. Nenhuma dessas coisas importava pra mim naquela época. Então a pedi em casamento. E disse ao meu padrasto que ele podia pegar minha herança e enfiar naquele lugar.

– Você e minha mãe ficaram noivos?

Griffin pareceu hesitar.

– Mais do que noivos – ele disse, finalmente. – Sua mãe e eu nos casamos, Rory.

Encarei-o.

– O quê?

– Nos casamos uma semana antes da formatura – ele disse, baixinho. – Em um cartório em Albany. Passamos os próximos dois dias entocados em uma cabana no Canadá, completamente desligados do resto do mundo. Só nós dois e uma lareira. – Ele corou um pouco, como se tivesse se esquecido de que eu estava ali. – Fizemos planos o fim de semana inteiro. Aviana desejava se afastar o máximo possível da minha família, e eu só queria fazê-la feliz. A Noveden tinha uma ótima reputação no Reino Unido, então decidimos nos mudar para Londres, nos inscrever em Oxford e em Cambridge, fazer uma vida lá. Eu tinha algumas economias, e decidimos que era o suficiente para nos virar até conseguirmos um emprego. O plano era ir embora logo após a formatura.

– Mas depois minha mãe engravidou – eu disse. Soou amargo, mas não pude evitar. Não era justo que algo que era culpa dos dois tivesse mudado os desejos dele. Mudado seus sentimentos. Ele queria uma vida com ela desde que fossem apenas os dois. Um bebê não fazia parte dos planos.

Seu rosto ficou obscuro.

— Não foi depois — ele corrigiu. — Aviana já estava grávida quando nos casamos. Foi assim que eu soube que não era o pai.

Confusa, não consegui desenvolver meus pensamentos.

— Hum?

Griffin hesitou.

— Não quero manchar a imagem dela, Rory. Nós dois éramos muito jovens. Apenas duas crianças. Não a culpo por ter mentido pra mim. Não mais.

Meneei a cabeça.

— Não estou entendendo. Sobre o que ela mentiu pra você?

— Aviana e eu, nós nunca... Ela disse que preferia esperar até nos casarmos. — Griffin fez um som com a garganta. — Pelo visto a regra não valia pros outros caras.

— Minha mãe te traiu?

Ele fez que sim com a cabeça.

— Quando eu estava de férias em Nantucket. Descobri na manhã da formatura. Alguém me enviou por *e-mail* uma cópia do teste de gravidez, realizado no dia catorze de abril. Muito antes de nós... — Ele parou de falar, com os olhos agora vazios. — Naquele momento, encarando o teste de gravidez em preto e branco, tudo fez sentido. A voz que eu vinha ouvindo, que havia me levado a Aviana, não era algum poder maior me guiando. Não era nada mais que uma dissonância cognitiva em ação. Meu lado racional sentiu que eu não deveria estar com ela, mas meu cérebro emocional não conseguia aceitar isso, então inventou uma ficção, uma voz que sabia algo a mais que eu. — Ele olhou para o teto. — Mentimos melhor para nós mesmos do que a maioria das pessoas imagina.

Havia tantas coisas que eu queria perguntar a ele — o que minha mãe disse quando ele a confrontou, por que ele não foi atrás dela —, mas as questões estavam presas na minha garganta. Griffin continuou falando.

— Essa companhia deve muito à sua mãe — ele disse então, gesticulando em direção à janela que dava para a festa lá fora. — Se ela não tivesse ido embora, eu nunca teria vindo trabalhar pra eles.

– Por que não?

– Sua mãe era muito anti-Gnosis – Griffin explicou. – Nunca entendi por quê. Naquela época a empresa era só uma *startup* pequena. Mas, por algum motivo, Aviana prestou atenção na Gnosis e resolveu que eu não deveria ter nada a ver com ela. Na segunda-feira depois da formatura, dirigi até o escritório da empresa e disse que trabalharia de graça.

– E você trabalha lá desde então?

Ele confirmou.

– É engraçado como as coisas acontecem. Quando entrei na Gnosis naquele verão, eles estavam começando a trabalhar na pesquisa e no desenvolvimento de um novo aplicativo de tomada de decisões. Um aplicativo que não deixaria pessoas como eu mentir pra si mesmas. Uma voz na qual poderíamos confiar. Decidi naquele momento que dedicaria minha carreira àquele aplicativo. Quanto mais pessoas o usassem, menos teriam seu coração partido.

Meus pensamentos saltaram para o garoto a três metros à minha esquerda. Valeria a pena evitar um coração partido se evitava-se também seu oposto, um coração explodindo de alegria?

– Sr. Payne. – A voz pegou nós dois de surpresa. Era um homem grandalhão vestindo um terno preto com um fone em cada ouvido. Reconheci-o como o sujeito pelo qual eu tinha passado nos degraus no Baile de Máscaras. O segurança de Griffin. – São quinze para as oito.

Griffin confirmou com a cabeça e se virou para mim.

– Tenho um discurso a fazer – ele disse. Seu tom de voz era como se pedisse desculpas.

– Ela não estava grávida quando vocês casaram – soltei. Era agora ou nunca. – Seja lá quem enviou o resultado do teste de gravidez queria que você pensasse que ela estava, mas não era verdade.

O corpo inteiro de Griffin ficou tenso, como se eu tivesse batido nele.

– O quê?

– Nasci no dia vinte e um de março – contei. – Se ela tivesse engravidado quando você suspeita, a data provável pro meu nascimento seria no começo de dezembro. Mas não. Minha data provável era em fevereiro, e nasci em março. Três semanas e cinco dias atrasada. – As palavras se embaralhavam, mas continuei falando, temendo que ele fosse embora se eu parasse. – Vi uma foto do último ultrassom. As datas conferem. Minha mãe engravidou na sua noite de núpcias. – Griffin já estava balançando a cabeça. Agarrei seu braço. – Olhe para os meus olhos. E para as minhas mãos... – Levantei meu braço. – E meu queixo. O furinho no meu queixo. É igual ao seu. Nosso cabelo é da mesma cor também. E...

Griffin não estava mais ouvindo. Havia derrota em seu rosto. Calei-me de repente e soltei seu braço. Passaram-se vários segundos antes que Griffin respondesse. Quando o fez, sua voz estava rouca, como se tivesse gritado muito.

– Você está dizendo que eu sou... – Ele não completou a frase. Não parecia conseguir completá-la.

– Meu pai – eu disse, baixinho.

Subitamente, Griffin começou a chorar. Recuei, surpresa com a crueza de suas emoções e com a rapidez com que tinham aparecido. Ele enxugou os olhos com as costas das mãos.

– Todo esse tempo achei que ela tivesse me traído – ele declarou, gravemente. – A Dúvida me dizia pra confiar nela, pra tentar encontrá-la. Por meses não consegui calá-la. Pensei... pensei que estivesse ficando maluco. Não conseguia fazê-la parar. Então, um dia, ela parou. – Ele esfregou os punhos nos olhos como se tentasse apagar seu sofrimento. – Tudo o que fiz desde então...

– Sr. Payne – o homem de preto disse.

– Preciso de um momento, Jason. – Os olhos de Griffin ainda estavam grudados nos meus. – Se eu era o pai, por que ela foi embora? – me perguntou. – Aviana era oradora da turma e estava trabalhando em seu discurso havia semanas. Mas quando fui ao seu quarto naquela manhã pra confrontá-la a respeito do *e-mail* ela não estava mais lá. Não fazia sentido nenhum.

– Você sabe se minha mãe vinha se consultando com um psiquiatra naquela primavera?

– Um psiquiatra? Por quê? Por causa da Dúvida? – Ele sacudiu a cabeça. – Sua mãe nunca teria ido ao médico por causa disso. Por quê, alguém disse a você que ela foi?

– É uma longa história – eu disse. – Mas acho que alguém estava atrás dela. Não sei quem nem por quê. Esperava que você tivesse algumas dessas respostas.

– Infelizmente, estou tão no escuro quanto você – ele respondeu. – Mas talvez consigamos descobrir algo juntos. Podemos conversar depois do meu discurso? Até que horas você vai ficar aqui? – Ele passou a mão pelo cabelo e sob os olhos, se endireitando.

– Eu não deveria ter saído do *campus* – admiti. – Então preciso pegar o trem das nove e quinze.

– Eu arranjo um carro pra você – Griffin disse. – Se for embora às dez, não terá problemas. E o discurso não vai demorar. Eu o cancelaria pra conversar com você, mas ele será transmitido ao vivo e preciso falar algumas coisas antes que isso vá mais longe. – Havia um tom de determinação em sua voz que não estava lá antes. *Antes que o quê vá mais longe?* Queria questioná-lo sobre isso, mas o homem de preto estava grudado nele. – Então você fica?

– Claro – eu disse.

Meu pai sorriu e, por um segundo, seus olhos não estavam nada tristes.

– Estou tão feliz em vê-la, Rory – ele disse, tomando minha mão na sua.

– O que os símbolos significam? – perguntei, apontando com a cabeça para o anel.

– *Timshel* – Griffin respondeu. – É hebraico. Steinbeck usa em *A leste do Éden*. Significa "poderás". A ideia de que todos temos uma escolha. Pra fazer o bem, pra viver bem.

– *Timshel* – repeti. – Gosto da ideia.

– Eu também – ele disse, e examinou o anel como se o visse pela primeira vez. – Sua mãe encomendou pro meu aniversário de dezoito anos. Quando ela foi embora, mantive-o no dedo como um lembrete do erro que havia feito ao confiar em outra pessoa. – Ele olhou para o teto, como se procurasse algo. – Acho que entendi errado.

– Sr. Payne, a transmissão começará em cinco minutos. – Jason tinha voltado, e sua voz tinha urgência. A estática fazia barulho em seu fone. – Eles precisam colocar o microfone no senhor.

Pela janela, via que a multidão tinha formado um semicírculo em torno da fonte, de frente para o palco no lado sul do pátio, onde Griffin daria o discurso. Havia uma tela fina como papel montada na parede atrás do palco exibindo as propagandas mais recentes do Gold.

– Encontrarei você assim que terminar – ouvi Griffin dizer.

E então ele desapareceu, saindo pela porta e sendo engolido pela alvoroçada multidão lá fora. North estava do meu lado segundos depois.

– Como foi?

– Ele não sabia que era o pai – eu disse, seguindo North para fora. – Ele recebeu um *e-mail* com os resultados de um teste de gravidez datado de dois meses antes de dormir com a minha mãe e achou que ela havia o traído. Quando foi questioná-la, ela já tinha ido embora. – Mordi o lábio. – Por que alguém o faria pensar que o bebê não era dele?

– Não sei. Você acha que a pessoa que enviou o *e-mail* é a mesma que adulterou o arquivo médico da sua mãe?

– Acho que sim, mas parece estranho, não é? Entendo forjar o resultado do teste de gravidez, mas Griffin não veria o arquivo médico dela. Por que ter o trabalho de adulterá-lo?

– Rory?

Girei nos calcanhares, surpreendida pela voz familiar. Beck se encontrava a poucos metros de distância, vestindo um terno azul-marinho que, embora tivesse caimento perfeito, ficava completamente ridículo nele. Era o tipo de roupa que Liam usaria, ou seja, exatamente o oposto de qualquer coisa que eu tivesse visto meu melhor amigo vestir.

– O que você está fazendo aqui? – perguntei, abruptamente, correndo para abraçá-lo e quase caindo do salto no processo. – Outra vantagem de ser um provador beta? – Segurei-o pelos cotovelos e o olhei de cima a baixo. Ele estava bonito. As espinhas contra as quais sempre havia lutado tinham desaparecido e seus braços estavam maiores, como se estivesse fazendo musculação.

– Ah, é muito mais legal que isso – Beck respondeu, olhando rápido para North e voltando a atenção para mim, um lembrete de que eu ainda não o tinha apresentado. – Minhas fotografias estão na parede de um dos salões. É parte de uma mostra de novos artistas patrocinada pela Gnosis. Daqui, ela vai pro Museu de Belas-Artes em Boston.

– Não acredito! Isso é incrível!

– Sim, é bem bacana. A Gnosis trouxe todos os artistas de avião. Tem outro evento no museu amanhã à noite.

– Caralho. – Dei um soquinho em seu braço. – Por que você não me disse?

– Aconteceu de repente. Então, o que você está fazendo aqui? Excursão da escola?

– Algo assim – eu disse. Tudo que havia descoberto nas últimas semanas sobre a voz, minha mãe e, agora, meu pai verdadeiro estava querendo sair. Como eu não tinha contado nada disso para Beck? Senti uma pontada atrás das costelas. Eu havia tentado. Várias vezes.

Beck olhou para North.

– Acho melhor nos apresentarmos, já que Rory claramente não vai fazer isso.

North riu.

– É uma boa ideia. Meu nome é North. – Dei um passo para trás para que os dois pudessem apertar as mãos, e notei que Beck trazia seu Gold em uma tira de couro marrom no pulso. Era como o terno. Certinho demais para ele. Mas era uma festa, e Beck estava aqui sem tirar nada do próprio bolso, então isso devia ser apenas sua tentativa de se arrumar.

– Beck é meu melhor amigo – disse a North. – De Seattle. – Voltei-me para Beck. – E onde estão as fotos? Quero ver todas!

– Estão lá dentro – Beck respondeu. – Deixa eu ver se temos tempo suficiente. – Ele levantou o pulso até perto da boca. – Lux, temos tempo para visitar a exposição antes do discurso?

Senti como se estivesse observando um desconhecido. Beck havia me contado que estava usando o Lux, mas perguntar algo tão ridículo assim? Ele não precisava de um aplicativo para lhe dizer que tinham tempo. Ainda assim, estava esperando seriamente pela resposta do Lux, com um meio sorriso bizarro nos lábios enquanto encarava a tela minúscula.

– A apresentação está atrasada – Lux disse, em uma voz que parecia tanto com a de Beck que por um instante achei que ele mesmo estava falando. No modelo anterior do Gemini, a voz do Lux era metalizada, audivelmente distinta da pertencente a seu dono. Nessa versão ela era exatamente igual. – Você tem um tempo adequado para ver a mostra – Lux continuou. – Vou notificá-lo quando for o momento de retornar ao pátio.

– Valeu – Beck disse para o portátil. Depois, realinhou sua manga e sorriu para nós. – Vamos lá.

Comecei a segui-lo, mas parei para examinar o pátio primeiro. Dessa vez, foi fácil avistar Tarsus, um clarão de seda branca iridescente entre um borrão de cores escuras. Felizmente, ela estava do outro lado da fonte com as costas voltadas para nós. Pelo jeito com que sua cabeça se mexia, sabia que se encontrava em uma discussão acalorada com quem quer que estivesse na sua frente.

– Você vem? – Beck perguntou.

– Aham – respondi, olhando rapidamente para Tarsus uma última vez. Ela se mexeu um pouco, me permitindo ver a pessoa em sua frente. Observei-a colocar a mão no braço dele, e ele a tirar, com o rosto contorcido de raiva.

Era Griffin.

– Não – eu disse, baixinho. – North, ele está conversando com a dra. Tarsus. – Como uma avalanche, o medo desceu do meu peito para o estômago. – Se Griffin contar a ela que estou aqui...

– Não entre em pânico – ele sussurrou, me guiando até o salão para onde Beck estava indo. – Eles podem estar conversando sobre qualquer coisa.

Quando entramos no prédio, olhei por cima do ombro para onde Tarsus e Griffin estavam. Ele se afastava dela, seguindo para o palanque. Tarsus, por sua vez, mexia no portátil, um Gold preso no pulso como o de Beck. O aparelho reluzia sob a luz fraca. Era um bom sinal que ela não estivesse procurando por mim. Talvez eles *estivessem* conversando sobre outra coisa. Talvez Griffin não tivesse nem me mencionado. Ou talvez ela estivesse ligando para o diretor para me delatar.

— Minhas fotos estão na parede esquerda – ouvi Beck dizer. Estávamos em um salão adjacente ao pátio, convertido pela Gnosis em um espaço artístico chique, com paredes temporárias de fibra de vidro. Havia imagens que usavam quase todo tipo de material, desde aquarelas até impressões digitais, mas vi apenas três. Todas de veleiros.

— Pera, onde estão as suas? – perguntei, me virando para ver o resto do salão.

— Elas estão bem aqui – Beck disse. — Você estava olhando pra elas. – Ele segurou meus ombros e me virou para os veleiros.

— Mas são veleiros – eu disse. Virei-me para North porque não conseguia olhar para Beck. As fotografias não eram horríveis, mas eram do tipo que decora o consultório de um médico ou o *lobby* de uma cadeia de hotéis. Comerciais. Bonitas. Esquecíveis.

— É isso que faço agora – Beck respondeu, nem um pouco na defensiva. – Barcos e pontes. Percebi que meu trabalho anterior era muito deprimente pra vender.

Abri a boca, mas as palavras não saíram. A obra de Beck era evocativa, poderosa e brutalmente franca. Difícil de olhar, às vezes, mas era essa a ideia.

— Muito *deprimente*?

— Infelizmente, Rory, até os artistas precisam pagar as contas – Beck disse, agradavelmente. Atrás de mim, North pigarreou.

— Elas são bonitas – ele disse a Beck, aproximando-se para olhar mais de perto. – O acabamento brilhante realça as fotos. – Isso era verdade, mas não era um elogio. As imagens pareciam falsas, como um daqueles protetores de tela que já vêm com o computador. – Você tirou todas elas em Seattle?

— Sim – Beck respondeu. – Em três dias consecutivos. O Gold vem com um aplicativo de fotografia que o liga ao Lux. Basta digitar o tipo de foto que você quer e o Lux mostra onde e a que horas fotografar. Tira todo o esforço da coisa.

– O que aconteceu com "o Lux pensa como um computador, não como um artista"? – eu disse, mal conseguindo olhá-lo.

– Todo artista precisa de ferramentas para seu trabalho – Beck disse. – O Lux é uma das minhas.

– E a Dúvida? – perguntei, baixinho. Com minha visão periférica, vi a cabeça de North se virar.

– Silenciosa, enfim – Beck respondeu, como se fosse motivo de comemoração.

Meu estômago se embrulhou.

– Você está tomando Evoxa.

– Não. Ainda acho que isso acaba com o cérebro. Apenas ouvi o conselho do Lux e disse à voz que não precisava mais dela. Pouco depois, ela parou.

Meu cérebro não conseguia processar uma resposta. Era como se estivéssemos interagindo com uma versão alternativa do meu melhor amigo. Encarei as fotografias dele, odiando-as ainda mais, desejando poder despregá-las da parede e jogá-las na fonte.

– Por favor, siga até o pátio – ouvi Beck dizer. Mas, é claro, não era o Beck de verdade, e sim seu companheiro eletrônico. Precisei me esforçar muito para não arrancar o Gold de seu pulso e arremessá-lo contra a parede.

– Melhor irmos – o Beck verdadeiro disse. North deu a mão para mim.

Bem nesse momento ouvi um tinido, como se uma faca batesse no vidro, só que mais alto, vindo dos alto-falantes suspensos. Nosso sinal de que o discurso estava para começar. Seguimos Beck para fora.

– Senhoras e senhores – disse uma voz conhecida. Tarsus se encontrava atrás do palanque banhado a ouro. Ela estava apresentando Griffin? Rapidamente me escondi atrás de North, e Beck me lançou um olhar intrigado. – Em nome dos meus colegas, membros do conselho da Gnosis, é uma grande honra apresentar um homem que dispensa apresentações. O visionário por trás do Lux e arquiteto do aparelho que transformou o mundo da tecnologia e que estamos aqui esta noite para celebrar. O CEO e ícone da Gnosis, Griffin Payne. – A multidão irrompeu em aplausos quando ele se juntou a Tarsus no palco.

– Obrigado, Esperanza. – O sorriso de Griffin parecia mais uma careta ao se aproximar do microfone. – E obrigado a todos por terem vindo e por terem ajudado a fazer da Gnosis o que ela é hoje. – Ele olhou para o teto por um instante e continuou. – Quando comecei na empresa como estagiário, no verão depois do ensino médio, pensei ter tirado a sorte grande. Ali estava uma empresa comprometida a permanecer na vanguarda da inovação tecnológica e que desejava fazer o bem no mundo. Eu era um garoto de coração partido que havia recebido a oportunidade de ajudar a criar um aplicativo que garantiria que isso nunca acontecesse de novo. – Houve um burburinho na plateia, sussurros espalhados. Griffin nunca tinha dito isso publicamente. Mas o homem no palanque não parecia ter percebido a reação de seus ouvintes, e continuou falando. – Era uma ideia nobre, melhorar a sociedade usando um aplicativo de celular. – Griffin pareceu vacilar um pouco. Enxugou a testa com o dorso da mão. – Uma ideia nobre – continuou – e incorreta. – Fez uma pausa e agarrou o palanque, seu rosto subitamente pálido. Então, enxugou a testa novamente e piscou algumas vezes, como se estivesse com dificuldade para enxergar. – A verdade é que... – Griffin ainda estava falando, mas de repente suas palavras começaram a ficar embaralhadas. Ininteligíveis. Uma mulher do meu lado disse "Ele não está falando nada com nada".

Tarsus subiu no palco de um salto, bem em tempo para segurar Griffin quando ele caiu.

23

– Rory, precisamos ir – North disse, com urgência. Com rapidez, paramédicos colocavam Griffin em uma maca, gritando entre si em ritmo veloz. Eu não tinha me mexido desde que ele desmaiara, dezenove minutos antes. Nem havia falado. Era como se o chão embaixo de mim tivesse cedido e eu estivesse flutuando no ar, sem gravidade. Isso não podia estar acontecendo. Eu nem sabia o que "isso" era. Griffin estava morto?

– Rory – North disse novamente.

Forcei-me a olhar para ele.

– Tudo bem – assenti.

Beck estava em seu Gold, acompanhando as atualizações no Fórum sobre o que tinha acontecido. Como Griffin havia desmaiado no meio de uma transmissão ao vivo, todos na rede social só estavam falando nisso. Novas atualizações eram postadas com tanta rapidez que a tela de Beck era uma sucessão de movimentos verticais.

– Venha com a gente – eu disse para Beck de repente. – Pegue o trem conosco para a Noveden. Você pode ficar hospedado com o North. – Olhei para o North, buscando uma confirmação. – Não é?

– Claro – ele disse. – Tenho bastante espaço.

Beck já estava meneando a cabeça.

– Não posso. Tenho o evento do museu de Boston amanhã.

– Então você volta amanhã. Os trens saem de hora em hora.

Beck estava considerando a proposta, mas parecia incerto.

– Deixa eu perguntar ao Lux – respondeu, finalmente.

– Você não pode perguntar a ele – eu disse, com rispidez. – Eu não deveria estar aqui, por isso você não pode perguntar se pode ir embora comigo.

No mesmo instante, os olhos de Beck assumiram um ar desconfiado.

– Como assim não deveria estar aqui?

– É uma longa história – eu disse, apertando meus punhos em frustração para não sacudi-lo. – Meu Deus, Beck, venha com a gente. Você vai ter tempo suficiente pra voltar.

– Rory, precisamos ir agora – North disse, gentilmente. – Vai ser difícil encontrar um táxi, e não podemos perder o trem.

Olhei para Beck.

– Você vem?

Ele deu um passo para trás, afastando-se de mim.

– Esquece – eu disse, áspera, girando nos calcanhares enquanto lágrimas de raiva enchiam meus olhos. – Vamos, North.

– Prazer em conhecê-lo – ouvi North dizer atrás de mim. – Boa sorte com a mostra.

– Rory – Beck chamou. Não olhei para trás.

Quando chegamos ao trem, a grande mídia tinha se inteirado da história. Assistimos à cobertura na volta para casa. Um pouco depois das onze, a Gnosis emitiu um pronunciamento. Griffin Payne tinha sofrido um derrame.

– Um derrame? – Minha voz vacilou. – Ele tem trinta e cinco anos e foi capa da *Men's Health* mês passado. Como ele pode ter sofrido um derrame?

North balançou a cabeça.

– Griffin vai ficar bem. Ele tem os melhores médicos do mundo.

Frustrada, pressionei o punho das mãos contra a testa.

– Urgh! Sinto como se tivéssemos dado um passo à frente e, tipo, onze pra trás. – E então, do nada e por tudo, comecei a chorar. Dessa vez nem tentei segurar. North me puxou para perto, me envolvendo com seus dois braços. Ruidosamente, me derramei em lágrimas, apertando-me contra seu casaco, que cheirava a colônia amadeirada, e não a North. – Nada disso faz sentido – eu disse, minha voz abafada pelo seu terno. – Griffin disse que minha mãe era a oradora da turma. Por que ela iria embora apenas horas antes da formatura?

– Talvez ela tenha se assustado – North disse. – Talvez soubesse que alguém estava atrás dela. Alguém que fosse capaz de mais além de adulterar arquivos médicos.

– Mas quem? E por que minha mãe não foi até a polícia? Ou pelo menos falou com o Griffin? Ela poderia provar a ele que aqueles resultados eram falsos. – A menos que fosse minha mãe que os tivesse enviado. Mas por que ela faria isso?

Nesse exato momento algo fora da janela chamou minha atenção. Um clarão no meio da escuridão. Era um meteoro cruzando o céu noturno. Por um instante, achei que fossem dois, um em cima e outro embaixo, mas percebi que o segundo era uma imagem espelhada do primeiro, refletido na água. Estávamos passando pelo reservatório. Estávamos quase chegando.

– Noveden – veio a voz automatizada do trem. – A próxima parada é a Estação Central Noveden.

Enxuguei os olhos e me endireitei no banco enquanto o trem parava na estação.

– Bem, no quesito encontros, esse foi bem monótono – North disse, inexpressivo.

– Superentediante – concordei.

– Fico feliz que você tenha conseguido conversar com o Griffin – ele disse, num tom de voz mais baixo e sincero.

– Eu também. – Nenhum de nós precisava falar o que estava pensando, isto é, que esperávamos não ser a última vez que eu pudesse fazer isso.

O trem parou, e ficamos de pé. Os meus doíam sobre o salto agulha da Hershey.

– Nos encontramos amanhã? – North perguntou quando saímos do trem e pisamos na plataforma vazia.

– Acho que sim. – Era sábado, por isso eu não teria aula, mas tinha resolvido usar o fim de semana para fazer as lições de casa atrasadas. Achava que conversar com Griffin responderia às minhas perguntas, em vez de criar outras mil. Agora, provavelmente não conseguiria fazer nada até segunda-feira, e a próxima semana seria igual à anterior. Um borrão de aulas em que eu não prestaria atenção e lições de casa que eu não faria.

Meus *jeans* e tênis estavam guardados no compartimento sob o assento da moto de North, estacionada fora da estação. Ele tirou seu terno e o segurou como uma cortina, olhando para cima enquanto eu me trocava no espaço entre nós dois. Depois de vestir a calça, mas ainda sem casaco, dei um passo à frente de modo que nossos corpos se tocaram, meu peito nu contra sua camisa branca. Ele olhou para mim, surpreso.

– Oi – ele disse.

– Oi – respondi, e fiquei na ponta dos pés para beijá-lo. Quando nossos lábios se tocaram, deixei meus olhos se fecharem aos poucos e meus pensamentos se entorpecerem, fingindo, só por um momento, que éramos apenas um garoto e uma garota se beijando em um estacionamento. Um garoto que não era um criminoso cibernético e uma garota cuja vida fazia sentido. Senti seus braços descerem pelo meu corpo. Soltei um gritinho. – Para trás, para trás!

– Desculpe – ele disse, levantando os braços. – Me distraí.

Dei uma risadinha.

– Tudo bem, agora olhe pra lá de novo, preciso colocar o casaco. – Prestativo, ele inclinou a cabeça para trás, exalando uma baforada de ar morno no frio céu noturno. Puxei o capuz do agasalho, a e pele do meu peito ficou arrepiada – Pronto, terminei. – Dobrei o vestido e o entreguei a North. – Agradeça à Noelle por mim. – Ele colocou o vestido e o terno embaixo do assento, depois me entregou um capacete.

– É melhor eu ligar pro meu pai – eu disse enquanto afivelava o capacete. – Fui louca de achar que conseguiria esconder isso dele. Meu pai merece a verdade. – Minha voz falhou um pouco. Sabia que era a coisa certa a fazer, mas não me imaginava dizendo aquelas palavras. *A mamãe mentiu para você. Não sou sua filha.*

– O que posso fazer?

– Baixar o perfil do Beck no Lux – eu disse.

– E o que você quer tentar encontrar nele?

– Uma explicação – respondi. – Beck começou a usar o Lux e agora está tirando fotos de merda e não retorna as minhas ligações. Não pode ser coincidência.

– O contentamento muda as pessoas – North respondeu. Em seguida, passou uma perna pela moto e inclinou o assento para trás, para eu sentar atrás dele. – É visível que ele está recebendo muita validação por essas fotografias, que, aliás, não são *tão* ruins.

– Sim, elas são.

– E o Beck sente que sua vida está dando certo. É o mesmo motivo pelo qual noventa e oito por cento das pessoas neste país não tomam uma decisão sequer sem o Lux. A vida fica mais fácil ao usá-lo.

Fiquei boquiaberta.

– Você está defendendo o Lux?

– Credo, eu não – North respondeu. – Só estou explicando.

Balancei a cabeça, o capacete batendo contra a minha têmpora.

– Não. Há algo mais acontecendo.

– Como o quê? – ele perguntou ao dar partida na moto.

– Não sei – admiti. Subi na garupa e envolvi sua cintura com os braços. – Mas talvez tenha ligação com o que o Griffin estava prestes a falar hoje à noite. Antes de se preparar para o discurso, ele disse algo sobre precisar dizer algumas coisas antes que "isso" fosse mais longe.

– Mas ele desmaiou antes de conseguir falar.

– É uma coincidência grande demais, não acha?

North virou a cabeça para trás, me olhando, quando a moto rugiu.

– Espere. Você acha que o que aconteceu com o Griffin talvez não tenha sido um acidente? – gritou, sobrepondo-se ao barulho do veículo.

Encontrei seu olhar.

– Acho que não sabemos de muita coisa.

Cheguei à biblioteca dez minutos antes do fechamento, e meu Gemini estava exatamente onde o tinha deixado, embaixo do assento em uma das salas de leitura dos andares superiores. Enquanto eu estava fora, ele havia postado duas atualizações de *status* genéricas e, além de receber curtidas, minha sessão tardia de estudo não chamou muita atenção no Fórum. Tínhamos conseguido. A menos que, é claro, Griffin houvesse contado a Tarsus que eu estava na festa – ou, pior, que ela tivesse me visto lá. Mas não havia como saber naquele momento. Eu teria de esperar.

Liguei para o meu pai no caminho até o dormitório. Não eram nem nove horas em Seattle, por isso sabia que ele e Kari estariam acordados. Ele atendeu no segundo toque.

– Oi, pai – eu disse, minha voz falhando.

– Querida, o que aconteceu?

As lágrimas escorreram. Como o homem que me conhecia tão bem a ponto de saber que algo estava errado pelas palavras "oi, pai" podia não ser meu pai?

– É sobre a mamãe... – comecei.

– Certo – ele disse, devagar, circunspecto. Ouvi o som de uma porta se abrindo.

Visualizei-o saindo para a pequena varanda do lado de fora da cozinha, pequena até para a churrasqueira a carvão que ele mantinha ali.

Comecei com a verdade mais simples.

– A mamãe estava... Ela já estava grávida quando vocês casaram.

Meu pai suspirou.

– Eu sei, querida.

– E – tomei um fôlego trêmulo – você não era o pai. Você não é meu pai.

Houve uma longa pausa. Parei de andar e fechei bem os olhos, apertando-os, me preparando para sua reação, para a dor que eu esperava ouvir.

– Sei disso também – ouvi-o dizer. Nunca tinha ouvido sua voz tão grave desse jeito.

Abri os olhos.

– Você *sabe*?

– Sempre soube – acrescentou, com tristeza. – Sua mãe e eu, Rory, nós... nós nunca fomos um casal. Não de um jeito romântico. Sua mãe... Ela estava apaixonada por outra pessoa. Mas isso não muda meu amor por você, querida. Ou o fato de que *sempre* serei seu pai. – Sua voz falhou e meus olhos se encheram de lágrimas.

– Também te amo, pai – sussurrei. – Muito!

– Talvez seja melhor eu pegar um avião e ir até aí – ele disse. – Eu poderia...

– Não, está tudo bem – eu disse rapidamente. Uma passagem de avião seria cara, e eles já estavam apertados. Além disso, sentia que North e eu estávamos chegando perto da verdade por trás de tudo isso, seja lá qual fosse ela, e ter meu pai por perto só nos atrasaria. – Com as aulas e as lições de casa, eu mal conseguiria te ver.

– Se você pensa assim – meu pai disse, soando incerto. – Mas odeio o fato de você estar sozinha no meio de tudo isso. – *Sozinha.* Minha mãe estava morta, meu pai biológico tinha tido um derrame, meu melhor amigo agia como se houvesse sido abduzido e trocado por um extraterrestre, minha colega de quarto estava desaparecida e meu pai e madrasta se encontravam a quase cinco mil quilômetros de distância. Eu me sentia como uma daquelas boias laranja no oceano, flutuando em águas profundas. Mas aquelas boias eram presas por cordas. Eu estava sozinha.

Você não está sozinha, veio um sussurro.

A voz estava certa. Eu tinha North.

– Pai?

– Sim, querida?

– Você sabe... quem ele era? – Não podia dizer "quem meu pai era". Não para ele. Eu já tinha decidido não lhe contar sobre Griffin, pelo menos por enquanto. A não ser que ele já soubesse.

— Não – meu pai respondeu. – Sua mãe não queria me contar. Ela disse que era melhor se eu não soubesse. Suas palavras foram "mais seguro".

Eu estava aquecida no meu quarto, mas de repente senti frio.

— Mais seguro – repeti.

— Foi o que ela disse. Aviana insistiu para que eu não tentasse descobrir, e me fez prometer que nunca contaria a você sobre não ser seu pai verdadeiro.

— Por quê? Do que ela tinha medo? – O que realmente quis dizer foi "de quem".

— Me fiz essa mesma pergunta um milhão de vezes. Mas sua mãe nunca me contou. Só disse que a vida de vocês duas estava em perigo, que precisava que nós nos casássemos e que, se algo acontecesse a ela, eu deveria criá-la. E me fez jurar que eu só contaria sobre não ser seu pai se você descobrisse sozinha.

Era difícil imaginar meu pai aos dezoito anos levando tudo isso nas costas.

— E você concordou com todas essas coisas?

— Era a Aviana. Eu teria feito qualquer coisa por aquela mulher. – Sua voz falhou. – Além disso, eu sempre quis fazer o que ela estava me pedindo. Ficar com ela. Achei que fôssemos passar o resto da vida juntos. Nunca achei que Aviana fosse m... – Ele se conteve de novo. Meu pai nunca achou que ela fosse *morrer*. Mas ela morreu, e apenas algumas horas depois do meu nascimento.

Minha mãe achou que sua vida estava em perigo e, nove meses depois, estava morta.

E se sua morte não fosse um acidente?

Não dormi aquela noite, pensando. Parecia inverossímil, mas eu não sabia com o que minha mãe estava lidando. Griffin também não. Faltava um grande pedaço do quebra-cabeça, e não fazia ideia de onde encontrá-lo. Às duas da manhã, acendi a luz. Não podia continuar deitada no escuro, agarrando a mantinha que ela tinha se determinado a finalizar. E também não conseguia me concentrar no monte de lição de casa que precisava fazer. O exemplar de *Paraíso perdido* de North estava no meu criado-mudo; o cartão deixado pela minha mãe marcava a página em que a citação aparecia. Peguei o livro e voltei para a cama, deixando os dedos passarem levemente pela costura da manta enquanto eu lia as palavras em voz alta:

> Motores de si próprios,
> são autores de tudo que julgam, que escolhem, pois
> Eu os formei judiciosos e livres, e assim devem permanecer
> Até escravizarem a si próprios
> De outra maneira, terei que mudar sua natureza,
> e revogar a irrevogável ordem que lhes ordena
> a liberdade: a queda, eles mesmos a escolheram

"Os infratores são autores." Milton estava dizendo que o poder de tomar as decisões certas se encontra sempre em nossas mãos, mesmo que raramente o façamos. Lembrei-me da interpretação de Pitágoras sobre o Y. E do *timshel* no anel de Griffin. Virtude ou vício, sempre havia uma escolha.

Pousei o livro no colo e peguei meu Gemini, virando-o nas mãos. Pela primeira vez, senti a Dúvida antes de ouvi-la, como se minha mente estivesse se preparando para que ela falasse.

> Você o toma, você o leva e o põe no seu lugar, e aí ele fica; do seu lugar não se move; você recorre a ele, mas nenhuma resposta ele dá e não o livra de sua tribulação.

As palavras, o estilo – parecia uma das charadas da Sociedade. Mas, com essa, não era preciso procurar pela resposta. Eu a segurava nas mãos. De repente, minha antiga reverência a esse pequeno retângulo pareceu completamente ridícula. Eu o tratara como se todos os segredos do universo estivessem comprimidos dentro de dez centímetros de metal e código de programação.

Coloquei o Gemini no criado-mudo e tornei a olhar para o livro de North. Na margem superior da página seguinte, escrito com caneta vermelha e em uma letra redonda, estava o nome "Kristen" e um número de telefone. Código de área de Boston.

— Ótimo — murmurei. Era nisso que dava tentar me distrair com poesia. Consegui parar de me obcecar com minha mãe, mas comecei a imaginar quem era a garota que havia escrito seu número de telefone no livro de North. Uma ex-namorada de Boston? Kristyn com *y* parecia nome de gostosona. Ele podia muito bem ter uma fila de garotas gostosas em seu passado. Será que havia transado com alguma delas? North era experiente, com certeza; dava para perceber pelo jeito que beijava. Minhas bochechas ficaram quentes pensando no jeito que *eu* beijava. Será que ele tinha percebido minha inexperiência?

Com um suspiro, fechei o livro e o devolvi para o criado-mudo, trocando-o pelo Gemini. Não checava o estado de Griffin havia duas horas, assim, cliquei no Fórum e filtrei meu *feed* de notícias com a *hashtag* #GriffinPayne para conferir o falatório. A última atualização oficial tinha sido postada logo depois da meia-noite.

@Gnosis: @GriffinPayne é preparado para uma cirurgia cerebral de emergência. Siga @GnosisNotícias para informações sobre seu estado. #GriffinPayne #Gnosis

Cirurgia cerebral. Sem lágrimas restantes, fitei a tela com olhos secos e depois caí no sono.

Acordei com o barulho vindo do pátio. Alguns garotos disputavam uma partida bem acalorada de *frisbee* e, pelo barulho, havia algumas animadoras de torcida. Eu ainda estava agarrando meu Gemini, então verifiquei o estado de Griffin rapidamente antes de me levantar da cama. Uma atualização oficial havia sido feita às sete da manhã, pouco mais de duas horas antes, declarando que ele permanecia em cirurgia, mas que o time cirúrgico havia informado que o procedimento estava correndo como previsto.

Animada pela boa notícia, joguei um pouco de água no rosto, depois entrei no *closet* da Hershey para encontrar algo para vestir. Na preparação maluca para a festa, tinha me esquecido novamente de levar minhas roupas para a lavanderia, por isso, se eu não quisesse parecer uma mendiga, precisaria usar uma dela. O diretor adjunto havia me pedido para empacotar as coisas dela – seus pais pagariam pelo envio –, mas eu estava protelando, principalmente porque fazer isso me forçaria a aceitar que ela não voltaria. Eu vinha trocando mensagens no Fórum com algumas das suas amigas de Seattle, e, na sexta-feira, uma delas me contara que seus pais ouviram dos pais de Hershey que ela tinha retirado mil e seiscentos dólares de um caixa eletrônico no aeroporto de Boston antes de embarcar para Seattle, e que os Clements achavam que ela voltaria para casa assim que o dinheiro acabasse. Eu não conseguia acreditar em como eles eram despreocupados. Tinha certeza de que Hershey conseguiria se defender sozinha, mas ainda assim estava preocupada com ela, e achava que seus pais também deveriam estar, principalmente porque ela não havia falado com nenhuma das amigas em Seattle desde seu desaparecimento.

Tomei a rota principal para o centro, sem querer sujar de lama os sapatos de Hershey. Enquanto andava, li o artigo sobre Griffin no Panopticon, que já tinha sido atualizado com a menção de seu derrame, mas, é claro, não dizia nada sobre minha mãe. Na verdade, era esquisito que ninguém houvesse encontrado a certidão de casamento dos dois. Jornalistas eram conhecidos por desenterrar esse tipo de coisa. Cliquei no *link* para a página do Gemini Gold. As vendas do aparelho – quase da metade do tamanho do Gemini anterior, mas com o dobro de memória e uma vida infinita de bateria (ela era alimentada pelos movimentos do usuário ao ser presa em seu pulso; caso contrário, descarregava em uma hora) – começariam na manhã de segunda-feira. Havia uma citação do CFO da Gnosis, adicionada à página havia menos de uma hora, dizendo que a empresa esperava que os consumidores mostrassem seu apoio na recuperação de Griffin comprando na pré-venda o aparelho no qual ele tinha trabalhado tão duro para trazer ao mercado. A obviedade da jogada de *marketing* me deixou com um gosto azedo na boca, principalmente porque eu sabia que funcionaria. Não que as pessoas precisassem de muitos motivos para isso; a Gnosis estava oferecendo o Gold por menos do que custaria comprar um modelo anterior do Gemini.

Parei no Paradiso para dois cafés.

– Já na segunda rodada? – o caixa perguntou quando fiz o pedido. North tinha me apresentado para ele uma vez, mas não conseguia lembrar seu nome. Blake, talvez? Lancei um sorriso confuso.

– Segunda rodada?

– North veio aqui vinte minutos atrás – ele explicou.

– Ah, então esquece. – Guardei o portátil e fui até o apartamento de North, sorrindo para mim mesma. Ele tinha comprado café para mim.

Quando a porta se abriu, percebi que a bebida era para outra pessoa. Surpresa, fitei a garota na entrada. Ao me ver, Hershey abriu um sorriso de orelha a orelha e colocou a mão no quadril.

– Roupa bonita, gata.

24

– Hershey! O que você está fazendo aqui?

Ela deu um sorriso afetado.

– Por quê, queria que eu tivesse morrido pra roubar todas as minhas roupas?

– Não! É clar...

– Estou brincando – ela disse, rindo e me puxando para um abraço.

– Estou feliz que você esteja bem – eu disse, com o rosto em seu cabelo.

North apareceu atrás de Hershey.

– Vamos fechar a porta – ele disse, me puxando para dentro.

Ela se jogou no sofá, sentando-se sobre as pernas, e pegou o copo de papel na mesinha ao lado. Empoleirei-me na beirada da mesa de centro. Hershey estava mais pálida do que o natural. Não era um pálido doente, apenas um pálido não-estou-passando-bronzeador, e ela parecia ter emagrecido alguns quilos.

– Como você voltou? – perguntei.

– Eu nunca fui embora – ela respondeu, jogando o cabelo para o lado. – Paguei pra uma garota usar minha passagem de primeira classe e postar atualizações do meu portátil. – Bebericou seu café. – Achei brilhante da minha parte.

– E desde então?

– Estive hospedada em um hotelzinho a alguns quilômetros daqui, tentando descobrir os podres da Rainha Má.

– Tarsus?

— Ela é uma figura — Hershey soltou. — Fui até a casa dela naquela manhã para dizer que não espionaria mais você. Eu deveria ter falado direto com o diretor. Achei que a Tarsus fosse discutir comigo ou tentar me convencer a continuar espionando, mas ela agiu como se não fizesse ideia do que eu estava falando. Como se eu estivesse inventando tudo. Quando eu disse que deixaria o diretor decidir, ela mencionou me mandar para uma avaliação psicológica, que, ela tinha *certeza*, mostraria que eu estava sofrendo um colapso nervoso. — Hershey sacudiu a cabeça, desgostosa. — Foi muito bem arquitetado. Ela me deixou em uma sinuca de bico. Então eu disse que iria embora por vontade própria.

— Sinto muito, Hersh. O que você tem feito desde então?

— Virado o jogo — ela respondeu. Em seguida, mexeu na bolsa de couro a seu pé e pegou um *chip* de dados, que entregou a mim. — É do *tablet* dela. Está cheio de coisas sobre você. O anúncio do seu nascimento, artigos antigos de quando você venceu a feira de ciências e coisas do tipo, *prints* da sua página no Fórum, algumas fotos. O que ela tem contra você começou bem antes da sua inscrição na Noveden.

Os pelos dos meus braços se arrepiaram.

— Como você conseguiu isso?

— Não se preocupe — Hershey respondeu, de um jeito irreverente. — Eu te devia uma.

— E eu agradeço por isso, Hershey. Mas se você tivesse sido pega invadindo o escritório da Tarsus...

— Não invadi — ela disse. — E não fui pega. — Tomou outro gole de café. — Se eu fosse você, pensaria menos sobre como consegui o *chip* e mais sobre o que está nele.

Fitei o dispositivo em minha mão. A dra. Tarsus estava de olho em mim desde o meu nascimento. Por quê?

Olhei para cima, alarmada.

— Ela conhecia a minha mãe! — Puxei o portátil do meu bolso traseiro e fui para a galeria de fotos. — Ela estava na sala da minha mãe. Precisava estar. Isso também explicaria de onde ela conhecia Griffin. – Eu me odiei por não ter pensado nisso antes. Passando pela foto do relatório médico da minha mãe, cheguei à imagem da foto da turma. Agora que estava procurando por Tarsus, foi fácil identificá-la. Ela estava na fileira de trás, logo atrás da minha mãe, e era bem mais alta que os garotos em seus dois lados. Não havia dúvidas de que era Tarsus. Tinha a aparência mais nova, e seu penteado afro não era tão bem-cuidado, mas a garota na foto tinha as mesmas características marcantes, a mesma pele impecável. A única diferença era que a boca da garota estava aberta em um sorriso largo, caloroso e feliz. O único sorriso que eu tinha visto no rosto da dra. Tarsus era gélido.

– Foi ela – eu disse, sem fôlego. – Foi a Tarsus que adulterou o relatório médico da minha mãe e enviou os resultados de gravidez falsos pro Griffin.

– Você acha? – North parecia cético.

– Ela mencionou a doença da minha mãe um dia – acrescentei, apressada. – Depois da aula. Mas, se o Griffin estava falando a verdade, minha mãe não tinha TPA. Pelo menos, não havia sido diagnosticada. Então a única maneira de a Tarsus saber do diagnóstico falso era se ela o tivesse escrito. – Algo me incomodou quando falei isso, mas não sabia o que era.

– Não estou entendendo – Hershey disse, com uma expressão totalmente confusa. – Que Griffin?

– Griffin Payne – eu disse. – Ele é... ele é meu pai.

O queixo da Hershey caiu.

– Não acredito! Sério?

– Minha mãe e ele se casaram – eu disse. – No ensino médio. Mas você não pode contar pra ninguém. Estou falando sério, Hershey.

– Pra quem vou contar? Sou uma fugitiva. – Ela se recostou nas almofadas do sofá. – Griffin Payne é seu *pai*. Uau. Se ele bater as botas, você vai ficar bilionária.

Olhei com firmeza para ela.

– Muito legal da sua parte, Hershey. – Me voltei para North. – Tarsus está por trás disso. Tenho certeza. O único problema é *por quê*.

Bem nesse momento meu portátil vibrou com uma mensagem de texto. Vinha da assistente do diretor.

@AssistDiretorAtwater: Favor reportar-se à sala do diretor imediatamente.

— Merda.
— Que foi? — North perguntou.
— O diretor Atwater quer me ver na sala dele — eu disse, em um tom fúnebre. — Certeza que ele sabe o que aconteceu ontem à noite.
— Talvez você devesse contar a verdade a ele — North sugeriu. — Sobre a Tarsus, a sua mãe e o Griffin. Ele lutou por você uma vez, talvez lute de novo.
— Aham — eu disse, mas não estava otimista. Quebrar uma regra tão importante resultaria em expulsão automática. Se a Tarsus tivesse me visto, as mãos do diretor estariam atadas.

North me acompanhou de volta ao *campus*.
— Você se arrepende de ter ido à festa? — perguntou.
Balancei a cabeça.
— Não. Se não tivéssemos ido, eu não teria confirmado minhas suspeitas sobre o Griffin.
North sorriu.
— E ele não saberia quem você é. Vi a expressão no rosto dele quando você contou. Foi um choque seguido de pura alegria.
Caminhamos em silêncio por alguns minutos.
— O que vou fazer se me expulsarem? — perguntei baixinho ao avistar o portão do *campus*. — A Noveden é tudo pra mim.
— Porque você se sente ligada à sua mãe?
— É mais do que isso — respondi, me sentindo subitamente vulnerável. — Em Seattle, nunca senti que pertencia a um grupo. Eu era a garota estranha

que gostava muito de estudar. Não era descolada o bastante pra fingir que a escola era idiota. Aqui, posso ser eu mesma, entende?

– Há outros lugares como este – North respondeu. – Escolas que matariam pra ter alguém como você.

– Nenhuma delas é a Noveden – eu disse. – Nenhum lugar chega perto dela. – Senti um nó se formar no fundo da garganta. Tentei engoli-lo. Chorar não me ajudaria. O diretor esperaria que eu fosse mais racional que isso.

– Bem, seja lá o que acontecer, você ainda tem a mim – North disse. – Embora eu saiba que isso não é grande coisa.

Entrelacei meus dedos nos dele.

– Não. Isso é, sim. É muito. – Mordi o lábio. Era besteira, mas não conseguia tirar a imagem daquele nome e número de telefone da minha cabeça. A caligrafia redonda, de garota. A caneta vermelha. – Posso te perguntar uma coisa?

– Claro – North disse.

– Quem é Kristyn? – perguntei, mantendo um tom de voz leve.

North olhou para mim, indiferente.

– Kristyn de quê?

– O nome e o telefone escritos no *Paraíso perdido*. Kristyn com y. Ela é uma ex-namorada?

North parou, subitamente.

– Nunca namorei nenhuma Kristyn, e definitivamente não havia um nome escrito no livro quando o dei a você.

– Deveria haver – respondi. – Com certeza não fui eu que escrevi.

– Estou dizendo, Rory. Aquele livro estava quase intocado quando o comprei. Nenhuma marca, nenhum rasgo. Tenho um certificado provando. E ele não saiu do meu apartamento até eu dá-lo a você.

– Então como o nome apareceu no livro?

– Não faço ideia – North disse. – Você disse que era um nome e um telefone. Você se lembra do número?

Eu falei os números, envergonhada por tê-los memorizado.

North os digitou em seu portátil.

– Verei o que consigo descobrir – ele disse. Tínhamos chegado ao portão do *campus*. – Boa sorte com o diretor.

No fim das contas, eu precisava mesmo de sorte, mas não pelo motivo que imaginava.

– Todos os anos, uma dúzia de nossos alunos mais brilhantes são contatados por um grupo de estudantes que afirmam ser parte de uma sociedade secreta – o diretor Atwater disse, com uma voz grave. Eu estava sentada na frente dele, em sua sala, empoleirada na beirada de uma cadeira de couro desproporcionalmente grande. – Esse grupo não é uma organização estudantil autorizada e, portanto, não tem permissão para se reunir no *campus*. – Ele fez uma pausa, como se esperasse que eu falasse alguma coisa. Mantive uma expressão neutra.

– Uma sociedade secreta?

– Você é uma de nossas alunas mais promissoras, Rory. – O diretor Atwater continuou. – Não apenas por aptidão natural, mas também por seu desempenho acadêmico. Se continuar assim, se formará como primeira de sua turma.

Senti o suor se acumular em cima do meu lábio superior.

– Pretendo fazer isso – eu disse, debilmente.

– Se, entretanto, você se envolver com esse grupo clandestino, não terei escolha senão expulsá-la de nosso programa. – Ele sorriu gentilmente. – Mas, se você não se comprometeu com eles, ainda há tempo de endireitar as coisas.

– Não ouvi falar nada sobre uma sociedade secreta – eu disse, odiando o tremor em minha voz. – Ninguém me contatou sobre algo parecido.

– Sei que existe um senso de prestígio nesse tipo de coisa. Você sente que foi escolhida, até mesmo procurada, para ser parte de um grupo de elite, e entendo como uma coisa dessa seria tentadora. – Seu olhar era suave. Compreensivo. – Mas você precisa pensar no seu futuro, Rory. Um futuro muito brilhante que uma associação com esse grupo colocaria rapidamente a perder.

Hesitei e, por um momento, considerei contar a verdade ao diretor. Mas a sociedade era a maior ligação que eu tinha com a minha mãe.

– Eu compreendo – disse a ele. – Se entrarem em contato comigo, vou avisá-lo, com toda a certeza.

– Excelente – ele respondeu, levantando-se. – E confiarei em que você manterá esta conversa entre nós. Discrição é crucial para que minha investigação não os afaste, sem deixá-los ainda mais inalcançáveis. – Ele apertou um botão em sua mesa, e a porta atrás de mim se abriu.

Assenti.

– É claro.

Praticamente corri de volta ao apartamento de North.

– Você está sorrindo – ele disse ao abrir a porta. – Isso significa que não foi expulsa.

– Não – respondi, feliz. – Ele não sabe que fomos à festa.

– Então o que o diretor queria?

– Ele só tinha algumas perguntas sobre minhas atividades extracurriculares – respondi, fugindo do olhar de North. Eu odiava mentir para ele, mas duvidava da existência de uma cláusula nos votos da sociedade que me permitisse lhe contar a verdade.

– Isso é ótimo – North disse. – Também tenho boas notícias. O número de telefone que você me deu bate com o nome. Ele pertence a Kristyn Hildebrand, uma psiquiatra em Harvard. Kristyn com y.

Fiquei arrepiada. Eu conhecia aquele nome.

– Ela está no arquivo médico da minha mãe! Dra. K. Hildebrand. A assinatura dela consta em todas as entradas falsas. – Apertei seu antebraço.

– Então quem escreveu o nome dela no meu livro?

– Não sei. Talvez a mesma pessoa que colocou as notas da minha mãe embaixo do meu travesseiro. Seja lá quem tenha sido, precisamos falar com essa mulher. – Peguei meu Gemini e comecei a ligar para o número.

North segurou minha mão.

– Não diga a ela quem você é – avisou. – Se Kristyn é uma das pessoas em sua lista de ameaças, então você também está na lista dela. O Lux dirá a ela para não se encontrar com você.

Abaixei o celular.

– Você tem razão. É melhor fazer isso pessoalmente. Pegá-la completamente desprevenida. Podemos ir agora?

– Não posso – North respondeu. – Preciso trabalhar ao meio-dia. Kate ligou dizendo que está doente. – Voltei o rosto para Hershey.

– Não olhe pra mim – ela disse. – Estou me escondendo.

– Sei que você está ansiosa pra falar com essa mulher – North disse, gentilmente –, mas não acha melhor esperar até segunda-feira, quando Kristyn estará na faculdade? Se você aparecer na casa dela, vai deixá-la imediatamente desconfiada. Sem mencionar o fato de que não sabe onde ela mora.

– Tudo bem. – Suspirei. – Vou esperar.

No momento em que eu estava guardando meu portátil, ele vibrou com uma mensagem de texto. Remetente desconhecido. Letras gregas que foram traduzidas:

Você passou na avaliação, Zeta. Muito bem. Esteja no portão leste do cemitério Garden Grove às 22h25. Não chegue antes. Não se atrase.

– Mais boas notícias? – North perguntou. Eu estava sorrindo para a tela.

– Hum, aham – respondi, guardando rapidamente o Gemini. – Coisas da Noveden. Hershey me lançou um olhar desconfiado. Ela não acreditou em mim, mas não disse nada. – Falando em coisas da Noveden – eu disse –, preciso ir. Tenho uma montanha de lição de casa pra...

– Ei, o Griffin saiu da cirurgia – Hershey disse, apontando para a TV. O volume estava baixo, mas o *banner* na parte inferior da tela dizia "O CEO da Gnosis, Griffin Payne, deve se recuperar depois de uma cirurgia cerebral de nove horas". Fui tomada por um grande alívio.

– Ele vai ficar bem – eu disse, resfolegante. – Ei, o que você descobriu sobre o Beck? – perguntei subitamente, me virando para North. Com toda a loucura daquela manhã, havia me esquecido de fazer aquilo pelo qual tinha ido até o apartamento do North. – Você conseguiu *hackear* o perfil dele?

No mesmo instante, Hershey encarou North.

– Espera, você é um *hacker*? – Ela me viu estremecer. – Não vou contar a ninguém – prometeu.

– Ele não é um *hacker* – respondi, ligeira. – Tinha pedido a ele pra tentar...

– Tudo bem, Rory – North disse. – Confio nela. Mas não, não consegui acessar o perfil do Beck. Bem, consegui, mas estava vazio. Os dados foram migrados pra um servidor diferente.

– Isso é estranho, não é?

– Hum, não. A Gnosis deve ter construído uma nova infraestrutura pro Gold, e o perfil foi movido quando o Beck começou a testar o aparelho. Eu consigo entrar nele, mas preciso encontrá-lo primeiro.

– Nooossa, seu namorado é tão *sexy* quando dá uma de *hacker* – Hershey disse, fingindo um jeito recatado. Revirei os olhos. – Ah, vá se catar, Rory Vaughn – ela disse, colocando a mão nos quadris. – Você sentiu saudades minhas e sabe disso.

Não consegui deixar de sorrir. Ela estava certa. Tinha sentido saudades.

Exatamente às 10h25 daquela noite, me aproximei do portão do cemitério. Eu estava usando o Lux pela primeira vez em semanas, para não arriscar chegar no horário errado.

Uma figura de beca se encontrava de pé, no portão, como se fosse um ceifador sinistro. Tremi embaixo do meu casaco de inverno.

– Oi – a figura disse quando me aproximei, a voz conhecida me deixando imediatamente à vontade. Era Liam. – Pronta?

– Aham – eu disse, e levantei a língua.

O ar na arena estava frio, mas não ventava. Pisquei rapidamente, meus olhos lutando para se acostumar com o escuro. Pelos ruídos, havia outras pessoas, mas o espaço à minha volta era um breu.

Minutos se passaram em um quase silêncio. Esperei e observei, conseguindo gradualmente identificar contornos na escuridão. As pessoas chegavam em pares, uma guiando a outra a um lugar nos degraus de pedra. À medida que mais pessoas chegavam, os ruídos ficavam mais altos, mas ninguém falava nada.

Então, do nada:

– Parabéns! A avaliação terminou. Os onze passaram em nosso teste. – Reconheci a voz da figura de serpente, mecanicamente distorcida como antes, mas sem o ar de formalidade anterior. – Sabemos que vocês têm perguntas. Quem somos, onde estamos, por que gostamos tanto de usar máscaras. – Houve pequenas explosões de risadas nervosas na escuridão. – Prometo que todas as suas perguntas serão respondidas muito em breve. Por enquanto, posso dizer isto: nós somos *hoi oligoi sophoi*. Os Raros Sábios. Ou, simplesmente, os Raros.

Houve uma explosão de luz lá embaixo quando o palco se acendeu em um círculo de fogo. A serpente estava de pé no centro, usando uma coroa dourada grande demais. Ela me lembrou do príncipe John em *Robin Hood*, antigo desenho da Disney, e precisei morder meu lábio para não rir.

– Vocês foram escolhidos – a serpente declarou, levantando a voz para sobrepor-se ao crepitar do fogo. – Agora precisam escolher. Caso se juntem a nós, será solicitado que dediquem suas vidas ao serviço de outras. Que usem seus dons para melhorar a humanidade. Vocês serão chamados a um propósito maior e mais significante. A ver o mundo não pelo que é, mas pelo que ele poderia ser.

Ver o mundo pelo que ele poderia ser. Isso era exatamente o que a Dúvida fazia. Dava às pessoas os olhos para verem além do momento em que estavam. *Um propósito maior e mais significante.* Sim. Era isso que eu queria. Viver por algo que não fosse eu mesma.

– A iniciação começará em dois dias – ouvi a serpente dizer. – Vocês têm até lá para decidirem. Escolham bem, amigos.

* * *

Meu joelho direito latejava. Eu estava de pé ao lado da minha cama, segurando um saco de veludo preto cerrado com uma corda dourada. Meu Gemini estava aceso na cama e o bloco de notas aberto na tela dizia:

Coloque gelo no seu joelho. – L.

Abaixei a cabeça e olhei para o *jeans* da Hershey. O joelho direito estava sujo de lama. Tirei os sapatos e arregacei a boca do saco. Dentro dele, havia uma beca de veludo vermelho-carmesim, um símbolo zeta e o número 30 gravado em ouro na lapela.

– Uhul! – gritei, fazendo uma dança da vitória esquisita.

Eu tinha entrado.

25

O domingo se arrastou em uma espessa bruma de ansiedade, animação e esperança. Eu estava ansiosa pela recuperação de Griffin, animada com a iniciação e esperançosa de que a dra. Hildebrand teria as respostas das quais eu precisava desesperadamente. Passei o dia no sofá de North, tirando minha lição de casa do caminho e surpresa ao saber que Hershey estava em dia com a dela. Ela disse que não queria estar atrasada quando a deixassem voltar para a Noveden. Para a Hershey, não havia "se". Ela estava determinada a voltar a tempo para as provas finais. Era um pouco estranho para mim que ela estivesse hospedada no apartamento de North, sabendo que havia dado muito em cima dele na noite em que se conheceram. Mas Hershey estava sem dinheiro e não tinha mais nenhum lugar para ir, e North, sendo North, a convidara para ficar lá. Então, por enquanto, ela era uma decoração permanente na sala dele.

Forcei-me a voltar para o *campus* na noite de domingo para jantar. Tinha topado com Rachel e Izzy no *brunch*, e elas haviam comentado que quase não me viam mais. Só então percebi que estava passando muito tempo no apartamento de North. Eu não tinha jantado no refeitório durante a semana inteira. Não éramos obrigados a comer no *campus*, mas o aplicativo da Noveden registrava nossos *check-ins* no refeitório, e presumi que a administração fizesse o mesmo. Não queria ninguém imaginando onde eu estava passando meu tempo. Agora que sabia que Tarsus estava de olho em tudo o que eu fazia,

North e eu estávamos tomando cuidado para manter nosso relacionamento fora do radar dela. Ele não podia ter alguém investigando sua vida. A fachada que ele tinha construído era fina demais.

Liam chegou por trás de mim no bufê de massas.

– Oi – ele disse, pegando um prato. – Preciso te perguntar uma coisa.

Deslizei minha bandeja, abrindo espaço para a dele.

– Tudo bem.

– A manta na sua cama – ele disse, baixo. – A rosa. Onde você a conseguiu?

– Minha mãe costurou pra mim. Por quê?

– Sua mãe – ele repetiu. Fiz que sim com a cabeça.

– Era minha mantinha de bebê.

– É uma espiral de Fibonacci.

– Sei disso – eu disse, um pouco surpresa por Liam também saber.

– Por que sua mãe costuraria uma espiral de Fibonacci numa manta?

– Não sei – eu disse. – Ela morreu no meu parto. Por que você se importa tanto com isso?

– Porque o padrão na sua manta é o mapa do nosso túmulo – Liam respondeu, sua voz ainda mais baixa.

Olhei para ele, inexpressiva.

– Quê?

– A base de operações da sociedade secreta. Embaixo do cemitério. São dez salas, com proporções de Fibonacci. Idênticas à sua manta.

Deixei cair os pegadores que estava segurando. Eles fizeram barulho ao bater contra o balcão de aço inoxidável.

– Sério?

– Aham. De todos os desenhos que ela poderia colocar na sua manta, ela escolheu justo aquele?

– Minha mãe estudou aqui. Ela fazia parte da sociedade.

Liam deu um passo para trás.

– Sua mãe era uma das Raras?

Confirmei com a cabeça.

– Ípsilon de dois mil e treze. – Mostrei meu pingente. – Isso era dela. Minha mãe o deixou pra mim. Ela não quebrou seus votos ou nada disso – eu disse, rapidamente.

– Por que você não mencionou isso ant...

Liam parou quando Izzy se aproximou da panela de *fettuccini*.

– Oi – Izzy disse, esticando o braço em direção aos pegadores que eu havia deixado cair. – Qual é o segredinho de vocês?

– Nenhum – nós dois respondemos ao mesmo tempo. Izzy me deu um sorriso sugestivo.

– Falo com você depois – ele disse e foi embora.

– *Aposto* que ele é seu namorado secreto – Izzy deu um gritinho.

– Não. Definitivamente não é.

Izzy fez um biquinho.

– Ai, gata. Então quem é?

– Ainda não estamos contando às pessoas – enrolei, me perguntando por quanto tempo poderia continuar usando essa desculpa. Izzy estava despejando *fettuccini* Alfredo em seu prato. O Lux definitivamente não tinha aprovado essa refeição. – Ei, você comprou o Gold na pré-venda? – perguntei. Os primeiros carregamentos de portáteis deveriam chegar ao correio do *campus* na manhã seguinte.

– Teve alguém que não comprou? – ela respondeu. A resposta era sim, porque eu não tinha. Eu não o queria mais.

No almoço do dia seguinte, eu fazia parte de uma minoria bem pequena. Não vira uma pessoa sequer que *não tinha* um Gold preso no pulso. De acordo com os dados mais recentes, o minúsculo aparelho já tinha quebrado um recorde, tornando-se o celular a vender mais em menos tempo. Duzentos milhões de aparelhos já haviam sido enviados, e a Gnosis esperava vender mais que o dobro disso nos próximos dois dias. Ou seja, mais de meio bilhão de pessoas estariam usando um Gold no próximo fim de semana. Griffin permanecia em coma depois de sua cirurgia, e a empresa estava se aproveitando da situação de todos os jeitos. A *hashtag* #GoldsPorGriffin permanecia nos *trending topics* do Fórum desde a noite de sexta-feira, quando a Gnosis prometeu doar uma porcentagem dos ganhos com a pré-venda do Gold para a pesquisa de prevenção a derrames.

Depois da aula de história, fui encontrar North. Nós tomaríamos o trem da uma e quinze para Cambridge, esperando pegar a dra. Hildebrand em sua volta do almoço. Quando bati à sua porta, a Hershey abriu, usando calças *skinny* pretas e um cardigã com gola em V que, tenho certeza, deveria ser usado com uma camiseta por baixo. Ela tinha optado por um sutiã preto de renda.

– Não se preocupe – Hershey disse ao ver minha cara. – Não estou arrumada desse jeito pro seu namorado, e sim pro meu. – Ela deu um passo para trás, me deixando entrar. – O seu está no escritório secreto dele.

Tirei minha jaqueta azul desajeitada, desejando ter vestido algo mais bonito. Hershey disse que eu podia pegar qualquer roupa dela emprestada, mas era estranho fazer isso agora que ela estava de volta. Então eu só tinha as minhas coisas, e as mais feias, já que todas as minhas melhores roupas estavam no fundo da minha cesta de roupas sujas.

– Seu namorado é o mesmo de antes?

Hershey sorriu, fingindo timidez.

– Talvez. Ei, tenho um presente pra você. – Ela se virou e andou até o sofá, colocando a mão embaixo da almofada e tirando dali um livro grande de capa dura.

– O que é isso? – perguntei.

– O anuário da Rainha Má. A turma de dois mil e treze foi a última a ser impressa em papel.

– Onde você conseguiu isso? – exigi saber.

– Imaginei que houvesse algumas pistas aqui – ela disse, sem responder à minha pergunta.

– Isso não é uma brincadeira, Hershey. Não sabemos do que essa mulher é capaz.

– Não tenho medo dela – Hershey retorquiu, pegando sua jaqueta e óculos escuros. – Ela é apenas uma valentona que precisa ser colocada em seu devido lugar. – Jogou o cabelo para o lado e abriu a porta. – Ah – disse, voltando. – North estava esperando por isso. – Ela apontou para uma pequena caixa na mesa de centro, com o logo da Gnosis. – Chegou há alguns minutos. – Ela jogou um beijo para mim e desapareceu.

Peguei a caixa e a levei para o *closet*. A porta de seu escritório secreto estava entreaberta. Eu conseguia vê-lo à mesa, recostado na cadeira com os olhos fechados, balançando a cabeça como se estivesse ouvindo música. Mas o escritório estava em silêncio.

– Oi – eu disse, colocando discretamente a cabeça para dentro. North não olhou para mim. Era como se não tivesse me ouvido. Tentei de novo, mais alto. – Oi! – Dessa vez, seus olhos se arregalaram.

– Venha cá – ele disse, se inclinando para segurar minha mão. – Quero que ouça isto. – Ele me puxou, sentando-me em seu colo. Assim que meu corpo se ajustou ao dele, ouvi o agudo característico do bandolim de Nick saindo de um alto-falante acima de nossas cabeças. Olhei para cima.

– Isso estava tocando o tempo todo?

– Legal, né? Chama-se *audio spotlight*. Só a pessoa sentada nesta cadeira consegue ouvir o que está tocando no alto-falante. Embora, aparentemente, o som não esteja de fato saindo do alto-falante, mas de ondas ultrassônicas na frente dele. Mas não me pergunte como funciona. Li o manual quarenta vezes e ainda não entendo. – Ele me contornou para girar um botão na pequena caixa cinza em sua mesa, aumentando ainda mais o volume. – Mas a música é incrível, não é? Os caras lançaram o CD novo hoje. Essa é a primeira faixa.

Era uma das canções que havíamos gravado no mausoléu. Recostei-me em North e fechei os olhos.

– Não consigo nem expressar como esses caras são bons – elogiei quando a música terminou, saindo de seu colo. Percebi que ainda trazia a caixa nas mãos. – Ei, isso chegou pra você – eu disse, colocando-a na mesa.

– Você quer dizer "para Norvin" – North me corrigiu, rasgando a fita colante com seu canivete. Dentro da caixa havia outra menor e preta, mais brilhante e lisa, não fosse por uma imagem do Gold e a palavra "Curve-se" impressa em uma lustrosa lâmina dourada. – Será que vem com um altar?

– North disse ao levantar a tampa. Espreitei. O aparelho brilhante estava preso a uma tira de silicone transparente.

North colocou a tira no pulso e fez uma careta.

– É tão brega.

Dei uma risadinha.

– Agora você só precisa de uma corrente dourada combinando pro seu pescoço.

North tocou na tela minúscula, que se acendeu. Eram 12h35.

– Melhor irmos – eu disse. – Não quero perder o trem.

– Quero te mostrar algo primeiro – ele respondeu. – Encontrei o perfil do Beck no Lux.

Eu me animei.

– E?

– E você precisa dar uma olhada nele – ele disse, aproximando sua cadeira da mesa. – Você...

De repente, a música parou, como se alguém houvesse desligado o alto-falante. Mas a luz de energia no painel de controle continuava acesa. North olhou para o teto, intrigado. Girou o botão, aumentando o volume ao máximo, e o alto-falante começou a emitir estalos altos. Mas nem sinal da música.

– Será que o estouramos?

– Acho que não – North disse, perplexo. – Nem estava tão alto. – Ele se inclinou na direção da ponta da mesa, onde a tomada estava, e a música começou a ressoar. Tapei os ouvidos com as mãos e North rapidamente esticou o braço para diminuir o volume. Mas, antes de tocar o botão, a música parou mais uma vez. Ele olhou para o Gold em seu pulso e, devagar, esticou o braço de novo. A música voltou a tocar. Ele aproximou o pulso de seu corpo. A música parou.

– Não entendo. O que está acontecendo?

– Acho que eles estão se anulando – North disse, devagar. – Mas, pra isso acontecer, o Gold precisaria estar emitindo ondas de som na frequência exata do alto-falante. Ondas de frequência realmente altas que não conseguimos ouvir. Que não *devemos* ouvir.

– E por que ele estaria fazendo isso?

North balançou a cabeça. Ele parecia perplexo.

– Não faço ideia. Principalmente porque não há nada sobre isso nos novos termos de uso. – North soltou o Gold da tira e o jogou em uma pilha de roupas no armário. A música voltou. Ele sacudiu a cabeça novamente e se aproximou da mesa.

Seu computador tinha terminado de inicializar. Ele clicou em um documento nomeado "Beck" salvo na área de trabalho.

– Me mostre as ameaças primeiro – pedi. North deu um *zoom* no quadrante do lado inferior direito. Dei uma olhada rápida na lista. "Surpresas. Pores do sol. Eclipses solares". – Não, primeiro as ameaças – repeti.

– Essas *são* as ameaças – ele respondeu.

– Mas o Beck ama eclipses – argumentei. – Eclipses são, tipo, a coisa preferida dele. E ele tem suas melhores ideias artísticas no pôr do sol. – North deslizou o cursor e deu um *zoom* no quadrante de oportunidades. "Previsibilidade, rotina monótona, temperaturas medianas, pessoas bem-sucedidas, bairros homogêneos, renda fixa, trabalho estável." Senti um aperto no peito.

– Não. – Sacudi minha cabeça furiosamente. – Esse não é o Beck. – Parte de mim estava aliviada. Eu não havia conseguido conciliar o comportamento de Beck na festa com o garoto com quem eu crescera, o espírito livre que ditava seu próprio caminho. Agora eu entendia o motivo. – O Lux está manipulando ele.

– É claro que está – North respondeu. – É isso que o Lux faz. Ele conduz as pessoas para a vida que elas pensam desejar, a "felicidade" que acham que merecem.

– Mas essa não é a vida que o Beck deseja – insisti. – Você não o conhece como eu.

– Eu não o conheço de nenhum jeito – North disse. – Mas, Rory, se o Beck está confiando no Lux, ele está *escolhendo* confiar. Você não pode culpar o aplicativo por isso.

Mas eu culpava. Beck simplesmente não decidiria se tornar uma pessoa totalmente diferente – um idiota completo, aliás – só porque achava que isso facilitaria sua vida. Meu melhor amigo era menos superficial do que isso.

Ajude-me, implorei à voz em pensamento. *Ajude-me a resolver isso.* Havia algo que eu estava deixando passar batido, talvez algo que eu *não conseguisse* perceber. Mas, se eu tinha aprendido alguma coisa sobre a voz, era que ela *conseguia* ver. Tudo que eu não conseguia. Eu precisava dessa visão agora.

– Sei que é difícil de aceitar – North disse. – Mas o único culpado aqui é o Beck. Foi ele que decidiu ouvir o...

Bem nesse momento a tela de North congelou.

– Merda – ele disse, digitando rapidamente uma série de comandos.

A tela continuou do mesmo jeito.

– O que aconteceu?

– Não sei – North respondeu, mantendo o botão de energia pressionado. Depois de alguns segundos, a tela ficou preta e, em seguida, azul. E permaneceu assim.

– Droga. Isso parece ser ruim – eu disse. Eu tinha ouvido histórias sobre problemas de computadores antigos, a temida tela azul. Aparelhos da Gnosis dificilmente quebravam.

– Eu faço *back-up* a cada dez minutos, então não é um grande problema se estiver queimado. Mas preferiria não gastar dez mil em uma máquina se não precisar.

– Esses computadores custam dez mil dólares?

– Não originalmente. Mas ninguém mais faz computadores com disco rígido. Tudo fica armazenado na nuvem. Meu disco é feito sob encomenda por alguns caras que trabalhavam para a Apple antes de ela afundar. – Ele olhou de esguelha para seu relógio. – Ainda temos vinte e cinco minutos. Tudo bem se passarmos pela assistência para deixar isso a caminho da estação?

* * *

Vi Noelle atrás do balcão e entrei com North para agradecer a ela por ter me emprestado o vestido. Dessa vez havia um homem mais velho com ela. Seu avô, presumi. Ele sorriu ao ver North entrar com seu *laptop*.

– Ferrou outra máquina? – o velho perguntou.

– Estou torcendo para que só precise de um toque das suas mãos milagrosas – ele respondeu, colocando o *laptop* no balcão.

Os olhos do velho pousaram em mim.

– Quem é ela?

– Meu nome é Rory – eu disse. – Prazer em conhecê-lo.

O homem se debruçou sobre o balcão e levantou meu pingente.

– Há anos que não vejo um desse – ele disse. – Onde você o conseguiu?

– Era da minha mãe – respondi.

– O que você guarda nele?

– O que eu guardo no meu colar? Não estou entend...

Ele segurou o pingente entre o indicador e o polegar e empurrou o dedão para cima. O lado ornado do pingente deslizou e um pequeno dispositivo apareceu.

– É um *pen drive* – o velho disse. – Você não sabia?

– Nem sei o que é isso – eu disse, ainda fitando o pingente.

– É um pequeno disco rígido. – A admiração na voz de North era exatamente como eu me sentia.

– Então isso significa que...

North terminou minha frase.

– Há alguma coisa nele.

26

Foi um golpe de sorte o *laptop* de North ter quebrado naquele exato momento. Primeiro, porque nos levou à assistência quando Ivan estava lá, mas, segundo, porque o *laptop* grandalhão e antiquado que ele nos emprestou, embora pesado e lento, tinha algo que as nove máquinas de North não tinham: uma porta USB.

Mas eu não acreditava em sorte. Não mais. Eu havia pedido ajuda à Dúvida, e ela tinha comparecido. Eu tinha me sentido ultrajada quando Hershey sugeriu que ouvir a voz tornava a vida mais fácil, mas ela estava certa, afinal. O vai e volta, a incerteza entre razão e fé, essa era a parte difícil. Uma vez que decidi confiar naquele murmúrio em minha cabeça, o mar tempestuoso dentro de mim se acalmou.

– Os arquivos estão criptografados, o que não é nenhuma surpresa – North disse, digitando furiosamente, enquanto o *laptop* balançava em seus joelhos. Havíamos chegado à estação menos de um minuto antes de o trem sair e corrido para a plataforma.

– Você consegue abri-los?

– Ainda não sei. – Pensativo, ele mordiscava o lábio, suas sobrancelhas se juntando.

Pressionei a testa contra o vidro gelado da janela do trem e, esperando, observei o borrão de folhas de coloração viva.

As árvores densas deram lugar a uma alta cerca dupla, parecida com as usadas em torno de prisões. Havia pequenas placas de metal a intervalos regulares. "Cuidado: Cerca elétrica".

– Ei, o que tem ali? – perguntei a North. Bem na hora, os guardas e a entrada protegida por uma guarita ficaram à vista. Atrás deles, era possível avistar uma grande extensão de água. – Ah – eu disse, respondendo à minha própria pergunta. – É um reservatório. Mas por que há uma cerca elétrica e uma guarda armada?

– Para proteger o suprimento de água, acho eu. – North continuava mordiscando seu lábio, encarando a tela do computador. – Caramba, se sua mãe encriptou esses arquivos, ela era boa nisso.

Sorri. Apesar da frustração dele, essa era um elogio dos bons.

Tornei a olhar para fora. Agora nos encontrávamos na frente da entrada da reserva, e era possível ler a placa de pedra: "Reservatório Enfield". Havia uma gravura ao lado das palavras. Uma árvore brotando de duas mãos, igual à do meu broche da Noveden.

Peguei o Gemini e acessei o Panopticon. A entrada para o Reservatório Enfield era surpreendentemente irrisória.

O **Reservatório Enfield** é um corpo de água doce criado pela **Enfield** no **rio Connecticut** a leste da **Noveden, Massachusetts**. Em sua capacidade máxima, o reservatório armazena dois milhões de **metros cúbicos** de água. É a única fonte de água de **domínio privado** de Massachusetts. Antes de a Barragem Enfield ser construída, na terra onde o reservatório se encontra, localizava-se a **Pedreira Enfield**, uma mina de **pirita** com profundidade e extensão de quatrocentos metros que ficou famosa ao desabar no fim da década de 1980, aprisionando doze mineiros. Em 1998, a **Iniciativa Noveden** comprou a pedreira para construir a barragem que deu origem ao reservatório.

Iniciativa Noveden. Eu nunca tinha ouvido falar dela, mas o logo da árvore me fez concluir que era afiliada à minha escola. Cliquei no *link*.

A **Iniciativa Noveden**, fundada em 1805, é a entidade privada que gerencia os cerca de dois bilhões de dólares da **Academia Noveden**. Os outros bens da companhia incluem propriedades de áreas extensas de terra no lado oeste de Massachusetts, o **Reservatório Enfield** e o controle acionário da **Gnosis, Inc**.

Demorou um instante para cair a ficha. A entidade que tomava conta do legado da Noveden possuía controle acionário da *Gnosis*? Como eu não sabia disso? Na verdade, explicava muita coisa. Os aparelhos da Gnosis por todo o *campus*. A posição da dra. Tarsus no conselho da companhia. O fato de nossas simulações na aula de prática funcionarem bastante como o Lux. O reservatório de água era o mais intrigante. Era tão aleatório.
Algo me incomodava. Voltei para a página do reservatório.

Em sua capacidade máxima, o reservatório armazena dois milhões de **metros cúbicos** de água.

Devia haver *bilhões* de metros cúbicos em um quilômetro cúbico. Não conseguia fazer as contas de cabeça, mas aquela pedreira tinha uma capacidade *bem* maior que dois milhões de metros cúbicos. Então por que eles não aumentavam o reservatório?
Cliquei na página da Pedreira Enfield e passei os olhos à procura de pistas, mas não havia nenhuma. Parei no trecho sobre o desabamento da mina.

Por oito dias, o resgate ficou em comunicação com os doze mineiros presos através de um **orifício** de quinze centímetros perfurado em quatrocentos metros de pedra. Suprimentos de emergência foram levados para baixo em pacotes estreitos na forma de foguetes chamados "**pombas**", carregados pelo pequeno túnel feito na pedra. Os doze mineiros acabaram sendo evacuados por um **sistema de polias** através de uma passagem de quarenta e cinco centímetros adjacente à sala onde estavam presos. A mina foi fechada depois do acidente.

Saí do Panopticon e me recostei no encosto de cabeça, pensando naqueles doze mineiros. Não conseguia imaginar pelo que tinham passado presos embaixo da terra. Devo ter caído no sono, porque de repente North estava sacudindo meu ombro, dizendo que havíamos chegado.

A sala da dra. Hildebrand ficava no Salão William James, no *campus* de Harvard. Eu me senti uma impostora andando no pátio da universidade, mas não havia ninguém verificando carteirinhas nos portões do lugar. Encontramos o prédio facilmente.

— Então o plano é agir como se você aceitasse o diagnóstico dela, certo? — North sussurrou quando pegamos o elevador para o sexto andar. — Como se acreditasse que aquelas entradas são reais?

— Certo. Vou dizer que a doença da minha mãe despertou em mim um interesse em psicologia, e que achei que não havia pessoa melhor com quem estagiar do que a mulher que a tratou. Se foi ela mesma que escreveu aqueles relatórios, precisará fingir que as consultas realmente aconteceram.

— E quem sou eu? — North perguntou.

— Meu namorado — respondi e sorri. — Tenho dezesseis anos. Não é estranho trazê-lo junto.

— Pode entrar! — uma voz feminina gritou quando batemos à porta. Tomei fôlego e girei a maçaneta.

Do outro lado da porta, havia um escritório entulhado. A mulher atrás da mesa usava antigos óculos de aro grosso e tinha uma juba de cachos ruivos que desciam em cascata até o meio de suas costas. O cabelo teria ficado incrível em uma garota da minha idade, mas Kristyn Hildebrand era pelo menos cinquenta anos mais velha que isso e duas vezes mais pesada. Ela não era feia, apenas desarmônica. Sobretudo debruçada sobre uma mesa de metal barata. Havia um modelo antigo de Gemini ao lado de seu cotovelo e uma caixa do Gold fechada na estante atrás dela.

– Posso ajudá-los? – perguntou, nos examinando através de suas lentes grossas. – Não os reconheço. São alunos meus?

– Hum, não – respondi, ensaiando entrar na sala, até fazê-lo. – Eu, hum... Acho que você talvez tenha tratado minha mãe.

– Ah! – A dra. Hildebrand empurrou os óculos para a testa. – Qual é o nome dela?

– Aviana Jacobs – eu disse. – Ela era aluna da Academia Noveden. Acho que você a tratou em um centro médico da escola. Teria sido em abril de 2013.

– Não – a mulher disse, soando bastante certa disso. – Nunca atendi pacientes na Noveden. Fiz uma pesquisa no laboratório deles em 2013, e uma das alunas era minha assistente, mas o nome dela não era Aviana.

– Então você tem certeza absoluta de que não tratou minha mãe? Ela sofria de paracusia acrática.

A professora grudou seus olhos nos meus.

– Você tem os sintomas?

Ela me pegou desprevenida. Olhei para o teto, depois para o chão.

– Eu? Não.

– Então o que faz aqui? – Ela não estava sendo hostil. Seus olhos castanhos mostravam curiosidade.

Vacilei. Minha história de fachada estava na ponta da língua, mas algo me parou.

Conte a verdade a ela, a voz disse.

Mordi o lábio. A verdade. Sabia tão pouco dela.

– Encontrei o arquivo médico da minha mãe algumas semanas atrás – comecei. – E havia uma série de entradas assinadas por uma médica chamada K. Hildebrand no Centro Médico Noveden. Avaliações psicológicas. Diagnosticando minha mãe com TPA e recomendando que ela fosse internada. – A mulher levantou as sobrancelhas. Tomei fôlego e continuei. – Mas acho que minha mãe *não tinha* TPA. Acho que as entradas eram falsas.

– Bem, posso afirmar que *eu* não as assinei. Quando isso aconteceu mesmo?

– Em abril de 2013.

– Então, aí está sua resposta. Meu computador foi *hackeado* nessa época. – Ela deu de ombros. – Acho que quem fez isso também pode ter escrito essas entradas. Embora eu não saiba o porquê.

– E você imagina por que foi *hackeada*? – North perguntou.

– Ah, eu sei por quê – Hildebrand respondeu. – Naquela época, vinha trabalhando em um teste clínico que seria um divisor de águas, e alguém queria garantir que eu não o publicasse. Adulteraram meus dados usando minhas credenciais de *login* para que parecesse que eu mesma tinha feito isso.

– Sobre o que era o teste? – perguntei.

– Estávamos pesquisando se nanorrobôs poderiam ser usados como um substituto sintético para oxitocina no cérebro.

Tínhamos estudado oxitocina em psicologia cognitiva.

– Oxitocina – eu disse, mais para explicar ao North. – É o hormônio do amor.

– Sim – a doutora respondeu. – Bem conhecido pelo papel que desempenha no laço maternal, no parto e no orgasmo. – Senti-me corar. – Mas eu estava mais interessada em sua influência na confiança humana. Especificamente, se poderíamos simular entre completos desconhecidos o que psicólogos chamam de "relação de confiança". – Ela se recostou na cadeira. – Não posso dizer mais nada. Assinei um compromisso de confidencialidade como parte do acordo após a audiência disciplinar.

– Audiência disciplinar – North disse. – Por causa dos registros?

A dra. Hildebrand assentiu.

– Não consegui provar que meu computador havia sido invadido. Meus dados eram sólidos, mas a agência governamental responsável pela aprovação de medicamentos achou que eu tinha adulterado os resultados para que o

OxSin parecesse mais efetivo. Eles encerraram o teste e cassaram minha licença médica. – Ela mostrou um sorriso pesaroso. – O que é mesmo que dizem? Aqueles que não conseguem fazer ensinam?

– Você falou que sua assistente era uma aluna da Noveden – eu disse. – Qual era o nome dela?

– Patty. Não. Penny. Acho.

– Existe algum jeito de você confirmar isso? É meio importante.

A dra. Hildebrand me estudou por um instante, depois concordou com a cabeça e girou em sua cadeira. Na estante atrás dela havia uma fileira de seis fichários brancos. Ela pegou o marcado com "2013/ SYN-OX".

– Como parte do acordo, eu deveria ter destruído meus registros – ela disse, afastando o *touchpad* para colocar o fichário na mesa. – Mas não consegui destruir uma pesquisa perfeitamente boa, então mantive uma cópia impressa. – Seus óculos escorregaram no nariz enquanto ela virava as páginas. – O nome da assistente deve aparecer nos agradecimentos, pelo menos.

– Aliás, como você terminou em um laboratório na Noveden? – perguntei. – Você estudou lá?

A dra. Hildebrand riu.

– Rá. Nem perto disso. Estudei em escola pública a vida toda. Por isso foi tão notável que a Iniciativa Noveden tenha me concedido um subsídio. É raro ela financiar projetos de pesquisadores que não sejam ex-alunos.

Os pelos do meu braço se arrepiaram. Era uma coincidência muito estranha. Eu acabara de ler sobre a Iniciativa Noveden no trem, e aqui estava ela de novo. Mas o que isso significava? Por que a Iniciativa financiaria esse estudo em particular, e o que tinha a ver com a minha mãe? Fitei o fichário na mesa da dra. Hildebrand, desesperada para ler cada página. Havia um estojo plástico de DVD enfiado dentro do bolso frontal, e pensei em me debruçar sobre a mesa para pegá-lo.

– Peri Weaver – ela disse, tamborilando na página. – Esse nome significa algo para você?

Sacudi a cabeça.

— Sinto por não ter mais respostas – a doutora concluiu, devolvendo o fichário à estante.

Eu não queria ir embora, mas sabia que nem morta ela nos daria aquele fichário, nem se eu implorasse. Com relutância, me levantei.

— Preciso ver aquele fichário – sussurrei com urgência para North quando voltamos ao corredor.

— Eu sei – ele respondeu, já em seu iPhone. – Eu estava pensando nisso o tempo todo, tentando descobrir um jeito de tirá-lo da sala.

— E?

— Talvez eu consiga acionar o alarme de incêndio se puder acessar o painel de controle. Me dê um segundo. – Ele mordeu o lábio enquanto digitava e tocava na tela. Alguns minutos depois, ouvi o barulho estridente de um alarme. Quando as portas do corredor se abriram, North me puxou para dentro de uma sala vazia, fora de vista. Esperamos até a dra. Hildebrand arrastar os pés pela nossa porta, seguindo em direção às escadas, então espreitamos o corredor. Estava vazio.

— Vou primeiro – North disse.

— Não, eu vou – insisti. – Você não pode ser pego.

— E você pode?

Ignorei-o e corri para a sala da professora. Sua porta estava levemente entreaberta.

Agarrei o fichário e parei a caminho da porta. Se eu pegasse a coisa toda, ela notaria sua ausência imediatamente. Enfiei o estojo de DVD sob o cós do meu *jeans* e estava prestes a abrir os anéis do fichário quando ouvi passos no corredor. Agarrando-o, ajoelhei com o coração acelerado.

— Sabia que não tínhamos uma simulação de incêndio marcada para hoje – ouvi a dra. Hildebrand dizer. – Deveria ter verificado o Lux antes de sair da sala. Teria me salvado quatro lances de escadas.

"Merda, merda, merda." Em pânico, devolvi o fichário para a prateleira e procurei um lugar para me esconder. Não havia um armário sequer naquela sala minúscula. Eu estava ferrada. E, pior, nem tinha o conteúdo do fichário.

— A esta altura, eles deveriam ter descoberto um jeito de fazer o alarme soar em nossos portáteis — outra voz feminina disse. — Então só evacuaríamos se o Lux nos mandasse.

— Dra. Hildebrand — ouvi North dizer. — Sinto muito por incomodá-la novamente, mas você tem mais um minutinho? — Levantei-me de supetão. Ele estava me dando uma brecha. Suas vozes ficaram abafadas, como se tivessem entrado em uma sala vazia.

Fugi da sala e corri na ponta dos pés para as escadas, praticamente topando com um homem que estava subindo. Eu estava sentada nas escadas, virando o DVD nas mãos e me sentindo derrotada, quando North se juntou a mim alguns minutos depois.

— Vamos lá — ele disse, me ajudando a me levantar. — Existem bancos no pátio da Harvard, e o *laptop* do Ivan tem um *drive* pra DVD. Vamos ver o que temos.

Descobrimos que tínhamos muito. O vídeo começava com uma Hildebrand mais nova e mais magra explicando seu teste em detalhes.

— O grupo de controle receberá um placebo — dizia. — Um *spray* nasal de solução salina. O grupo de teste também receberá um *spray* nasal. — Ela segurou uma seringa. — Entretanto, essa solução contém um enxame de dois mil nanorrobôs programados para seguir até a amídala do paciente, uma área do cérebro envolvida na resposta emocional, onde funcionarão como neurotransmissores regulados por controle remoto.

— Ela colocou *nanorrobôs* no *cérebro* deles? — questionei, incrédula. Os olhos de North estavam tão arregalados quanto os meus.

— Todos os dias, os pacientes se reunirão com nossa pesquisadora-chefe durante cinco minutos — a doutora continuou —, para o que acreditam ser uma curta sessão de psicoterapia. — Ela trocou a seringa por um pequeno controle remoto preto. Reconheci imediatamente o G gravado na parte de trás. Era um aparelho da Gnosis, o que era estranho, já que em 2013 a empresa estava só começando. Eles estavam envolvidos no teste de alguma forma?

– No início de cada sessão – Hildebrand explicou –, a pesquisadora apertará um botão nesse controle, emitindo um sinal de áudio de alcance muito curto e frequência muito alta. Isso não causará nenhum impacto em um paciente de controle, ao passo que, no caso de um paciente de teste, o sinal engatilhará o enxame para a liberação de uma dose de OxSin, uma forma sintética e altamente controlada do neuro-hormônio oxitocina.

North pausou o vídeo.

– Certo, recapitulando: a mulher não apenas colocou robôs no cérebro deles, como também bagunçou sua química cerebral, *sem eles saberem*. Como isso é legal?

O medo se instalou na boca do meu estômago.

– North, e se minha mãe era uma das pacientes? E se for essa a ligação?

– Quer parar de assistir? – ele perguntou. – Posso ver o resto sozinho.

– Não – respondi com firmeza, apertando o *play*. – Quero assistir.

A certeza em minha voz era maior do que a em meu corpo.

– Três minutos depois do sinal ser enviado – a doutora continuou –, nossa pesquisadora-chefe pedirá ao paciente para beber desse frasco. – Ela pegou uma garrafa cujo rótulo trazia uma caveira e a palavra "arsênico".

– Veneno? – eu disse, boquiaberta.

– Não pode ser veneno de verdade – North disse.

– O líquido no frasco é água açucarada – Hildebrand esclareceu, como se nos ouvisse. – Mas a pesquisadora dirá ao paciente que é, de fato, veneno. Ao pedir para eles fazerem algo que nenhuma pessoa racional faria, esperamos determinar as fronteiras da confiança humana e, mais importante, se esse limite pode ser manipulado.

– Nem um deles bebeu isso, né? – perguntei quando as palavras "Dia 1" apareceram na tela. North só meneou a cabeça.

– Não sei o que é pior – ele disse. – Os nanorrobôs ou o veneno.

Eu sentia um nó gigante no estômago enquanto assistíamos ao primeiro dia de sessões. Mas minha mãe não estava entre os pacientes, e nem uma única pessoa bebeu o veneno. A pesquisadora disse a mesma coisa para cada um deles.

– Este frasco contém uma dose letal de arsênico, que é venenoso para humanos. Eu recomendo que você o beba. – A maioria dos pacientes riu da proposta. Alguns ficaram bravos. Um saiu batendo a porta.

Foi assim pelos primeiros três dias. A pesquisadora pedia e o paciente se recusava. Mas então, no quarto dia, algo mudou. Com o queixo caído enquanto olhava para a tela, nós assistimos aos *doze* pacientes do teste beberem o conteúdo do frasco.

– Sem chance – North disse, baixinho.

Em silêncio, vimos os próximos seis dias de sessão. As pessoas com nanorrobôs no cérebro beberam o veneno todas as vezes em que foi pedido. E a maioria fez isso ansiosamente, com um sorriso idiota no rosto, como se tomar veneno fosse a coisa que mais desejassem fazer no mundo inteiro. Não, não havia veneno de verdade naquele frasco. Mas elas não sabiam disso. Senti minha pele formigar de tanto pavor.

Fechei os olhos quando a última sessão terminou. Algo me incomodava, mas eu não sabia o quê.

– Meu time e eu gostaríamos de agradecer à Iniciativa Noveden pelo generoso financiamento – ouvi Hildebrand dizer –, bem como a nossos copatrocinadores, Gnosis, Inc. e Laboratórios Soza, detentores das patentes dos nanorrobôs e do composto OxSin.

De repente, meus olhos se abriram.

– Soza – repeti. – De onde conheço esse nome?

– Provavelmente das janelas de todas as farmácias – North respondeu. – Eles produzem a vacina antigripal.

Assim que ouvi "vacina antigripal", senti algo no peito. Uma torrente de sensações, como uma pedra se transformando em areia. No dia em que Beck fora escolhido para o teste beta do Gold, ele havia ido à farmácia tomar sua vacina antigripal. Um *spray* nasal, igual ao que os pacientes da pesquisa da Hildebrand tinham recebido. Subitamente, percebi que era isso que vinha me incomodando. O sinal usado para ativar os nanorrobôs era um sinal de *áudio* de alta frequência.

Ultrassom.

Meu cérebro se encheu com o barulho de estouro que havíamos ouvido no escritório do North. Entendi, então, por que Beck tinha decidido de repente confiar no Lux.

Porque os nanorrobôs em seu cérebro o mandavam confiar.

– Que bosta, North. Bosta, bosta, bosta.

– Opa, calminha aí. Acho que você acabou de quebrar o código de conduta dos passageiros. Quatro vezes. – Ele apontou para a placa na parede. "Sem palavrões." Estávamos de volta ao trem, e eu estava oficialmente surtando.

– North – eu disse, fazendo um tremendo esforço para não gritar. – Isso não é uma piada. Soza e Gnosis estão colocando *nanorrobôs* no *cérebro* das pessoas. Não apenas em uma pesquisa, mas na vida real.

– Por meio da vacina antigripal. – North soava cético, o que me deixava furiosa.

– Sim – sussurrei, apressada. – Pense nisso. A Gnosis coloca o Gold à venda por menos dinheiro que o modelo da geração anterior. O Gold, um aparelho que, por nenhuma razão aparente, emite *ondas sonoras* de alta frequência. Enquanto isso, meu melhor amigo, que antes desconfiava do Lux tanto quanto você, se junta ao teste beta e de repente começa a atender a todos os seus comandos. E, pela primeira vez, Soza começa a oferecer *sprays* antigripais de graça. – Gesticulei para o trem meio cheio. Todos os passageiros carregavam um Gold no pulso e todos sorriam para o aparelho. – Olhe ao redor! – Apontei para a garota a algumas fileiras, sorrindo de forma radiante para seu portátil enquanto mexia no Lux. – Isso parece normal pra você?

– As pessoas parecem mais apaixonadas pelo Gold do que de costume – North reconheceu. – Eu sempre desconfiei de companhias farmacêuticas. E é uma coincidência muito estranha que a Soza produza o Evoxa também.

– Estou surpresa com a dificuldade que está sendo te convencer – eu disse. – Você sempre foi tão anti-Lux.

– Bem, mas apenas porque acho que as pessoas não deveriam ceder seu poder de decisão a um aplicativo. Não porque pensei que o aplicativo estava comandando o cérebro delas. Rory, se o que você está dizendo é verdade...

– *É* verdade – insisti. – Sei que é. E precisamos expô-los.

– Como? – North perguntou. – Enviando uma mala direta? Postando um vídeo do YouTube no Fórum? As pessoas vão achar que somos malucos.

Ele estava certo. Principalmente com meu histórico familiar. Meu Deus. Meu *próprio* histórico. Só Deus sabe o que Tarsus fizera com os registros que Hershey tinha enviado para ela.

– É bem alucinante, se for verdade – North disse, assombrado. – Pense no poder que isso daria. Eles decidem o que as pessoas veem, o que ouvem e o que compram. E elas não fazem ideia disso, e continuam achando que estão decidindo por si mesmas. – Ele sacudiu a cabeça. – É doentio e brilhante.

– Então é esse o objetivo? – perguntei. – Dinheiro?

– Não é esse o objetivo de tudo? – North disse, com escárnio. – Pense em quanto uma fábrica de brinquedos pagaria à Gnosis para conduzir os pais a seus brinquedos. Ou em como seria fácil esconder uma notícia que não se quisesse que as pessoas lessem. "Lux, eu deveria denunciar a Soza? Não, amigo. Em vez disso, escreva esse artiguinho superficial aqui." – Ele meneou a cabeça. – Se isso está acontecendo, é inacreditável.

– Você acha que minha mãe estava atrás deles? Era esse o objetivo do diagnóstico falso, desacreditá-la? – Todo esse tempo presumi que alguém queria que ela parecesse louca por razões pessoais. Mas talvez minha mãe tenha descoberto o estudo do OxSin e ameaçado expor as companhias por trás dele. Griffin havia dito que ela era anti-Gnosis. Isso explicaria o motivo.

Enfiei a mão na mala e retirei o anuário que Hershey havia me dado.

– O que é isso? – North perguntou.

– O anuário de 2013. Peri Weaver era uma estudante da Noveden naquele ano. Talvez ela seja a ligação entre tudo isso. – Comecei a virar as páginas.

– Me mostra sua mãe? – North pediu gentilmente.

Diminuí a velocidade na letra H, passando o dedo pelas letras I e J até que a encontrei. Aviana Jacobs. Seu cabelo ondulado estava solto sobre os ombros, do mesmo jeito que eu tinha usado o meu na festa da Gnosis, e seus olhos eram do mesmo formato amendoado. Mas não éramos idênticas. Seu cabelo era ruivo, não castanho-avermelhado, e seu nariz e bochechas tinham sardas claras, não escuras como as minhas.

— Uau, ela era linda! — North disse, e apontou para sua clavícula, nua acima do veludo preto. — Ela não está usando o colar. — Instintivamente, estiquei a mão na direção do meu pescoço, mas o pingente estava enfiado no *laptop*, aberto sobre os joelhos dele.

Virei para a página de Griffin. Ele trazia o mesmo cabelo grande e penteado para a frente da foto da turma, a cor de seus cabelos igual à minha. Seus olhos não eram tão arredondados, mas o tom era do mesmo azul do meu, e ele tinha o mesmo furinho sutil no queixo. — Você parece tanto com os dois — North disse, baixinho. — Puxou o melhor de cada um.

Toquei o rosto do meu pai com a ponta dos dedos, imaginando como ele era aos dezoito anos. De alguma forma, parecia mais acessível do que minha mãe. Quase tudo sobre ela era um mistério. Eu pelo menos sabia *alguma coisa* sobre Griffin. As palavras "não o bastante" reverberaram na minha cabeça. Com prontidão, virei para a próxima página antes que começasse a pensar no que já sabia que pensaria: na imagem de Griffin deitado na maca naquela sexta-feira à noite.

Parei na letra T, procurando por Tarsus, mas me lembrei de que ela havia sido casada e que seu sobrenome deveria ser diferente antes. Então dei uma olhada na letra W, buscando Peri Weaver.

— Weaver, Weaver — murmurei, deslizando o dedo pela página. Havia apenas um nome. Esperanza "Peri" Weaver. Quando vi a garota acima do nome, meu queixo caiu.

Ela era linda. Olhos grandes espreitando por baixo de um afro vultoso. Tinha um espacinho entre os dentes da frente.

Era a dra. Tarsus.

27

Eu não conseguia tirar seu rosto da minha cabeça. A versão adolescente de Tarsus, uma garota linda e deslumbrante, com o apelido de Peri, que passava as tardes trabalhando no laboratório de psicologia. Como ela tinha se envolvido com a Gnosis e qual era a ligação entre isso e minha mãe? Sabia que as aparências enganavam, mas a fotografia de Peri Weaver não se encaixava com a imagem em minha cabeça – nem com a garota que eu imaginava que ela tivesse sido, nem com o monstro sem coração que ela havia se tornado. A garota na fotografia parecia tão *legal*.

Eram esses os pensamentos que me deixavam inquieta enquanto me preparava para a iniciação naquela noite. Imaginei como os outros escolhidos estavam se virando, lidando com colegas de quarto dormentes ou, pior, colegas de quarto acordados para os quais mentir sobre o destino de sua escapada no meio da noite.

Coloquei três camadas de roupa e prendi o cabelo para trás. Havíamos sido instruídos a carregar nossas becas conosco até chegar ao bosque e só então colocá-las, escondendo o rosto sob o capuz. Seríamos recebidos pelos alunos do segundo ano no portão do cemitério. Antes de colocar a jaqueta, aproximei o pingente dos lábios, beijando-o para trazer sorte. North tinha movido os arquivos para seu disco rígido com o objetivo de tentar abri-los, para que eu pudesse usar o colar de novo. Era bobeira, mas eu me sentia mais calma com ele em meu pescoço. Protegida, de alguma forma. A voz do Lux falou no quarto silencioso.

— Você deve partir em sessenta segundos. — Eu o estava usando de novo, para garantir que chegaria no horário certo. — A probabilidade de chuva é de setenta e cinco por cento — Lux disse. — Recomendo uma jaqueta impermeável.

— E o que acha de uma beca de veludo? — brinquei, fechando o zíper do meu casaco de lã.

— Veludo não é à prova de água — O Lux respondeu. — Mas seu manto é.

Congelei.

— O que você disse?

— Eu disse "Mas seu manto é" — foi a resposta do aplicativo.

Peguei o Gemini da cômoda e encarei a tela. *Como o Lux sabia do manto?*

— Você deve partir agora — ele anunciou. Ainda aturdida pelo comentário do manto, agarrei o saco de veludo e saí.

Eu tinha acabado de vestir o manto quando meu portátil vibrou com uma ligação de @KatePribulsky. Só podia ser North. Eu havia cruzado o bosque e tinha apenas um minuto e meio até chegar ao portão, por isso precisava me apressar. As folhas se amassavam embaixo do meu tênis.

— Onde você está? — North perguntou assim que atendi. — Parece que está do lado de fora.

— Não conseguia dormir — menti. — Vim dar uma caminhada.

— Vocês não têm toque de recolher?

— Só é obrigatório estar dentro do *campus*. — Eram duas mentiras. Depois do toque de recolher precisávamos estar dentro do prédio de dormitórios, e eu tinha passado dos limites do *campus* ao adentrar o bosque. Mudei rapidamente de assunto antes que precisasse mentir de novo. — Você conseguiu decifrar a encriptação?

— Sim — ele respondeu. — E, meu Deus, Rory, é...

— Desembucha — eu disse, meu coração pulando no peito.

— Havia três arquivos — North disse, com urgência. — O primeiro é um memorando interno em papel timbrado da Gnosis, datado de abril de 2013, sobre um projeto chamado Hiperion. É um empreendimento articulado entre a Gnosis e a Laboratórios Soza para, e essa é uma citação direta, "desenvolver enxames de nanorrobôs capazes de imitar a atividade de oxitocina no cérebro". Está assinado por vários executivos da Gnosis e da Soza e tem um carimbo que diz "Delete após o recebimento". Você estava certa, Rory – ele disse. – Sobre tudo. – As mesmas palavras reverberavam no meu cérebro e martelavam no meu peito. *Eu estava certa.* Meus braços e pernas ficaram bambos de alívio.

North continuou falando, agora mais rápido.

– O memorando afirma que os nanorrobôs trabalhariam em conjunto com um novo aplicativo de tomada de decisões, em processo de desenvolvimento pela Gnosis. Eles fariam o usuário confiar no aplicativo com tanta intensidade que qualquer dissonância cognitiva seria eliminada. Acho que a Hildebrand usou nanorrobôs defeituosos, e, como o composto OxSin não funcionou exatamente do jeito que desejava, a empresa decidiu dedicar cinco anos para mais pesquisa e desenvolvimento.

– Cinco anos – repeti. – Mas faz dezessete.

– Cinco anos para p&d. Mais doze para, outra citação direta, "preparar o caminho". A estratégia era insanamente detalhada. Eles sabiam que, primeiro, precisariam dominar o mercado de portáteis e, depois, fazer as pessoas se acostumarem gradualmente a usar um aplicativo de tomada de decisão. Planejaram até quanto tempo levaria pra tirar do mercado as vacinas com uso de agulhas. Está tudo aqui. Todos os passos foram documentados.

Eu estava a nove metros do cemitério. Dei uma olhada em volta. Sem sinal do Liam ainda.

– E o que havia nos outros dois arquivos?

– No segundo, uma lista de nomes. Os representantes da Gnosis e da Soza que tinham assinado o memorando, ao lado de centenas de outros. Reconheci alguns deles. Os fundadores da Gnosis, por exemplo. O resto, comecei a pesquisar. São todos figurões do mundo corporativo. ceos, economistas, investidores.

— Era apenas uma lista de nomes?

— Aham, mas com combinações estranhas de letras e números ao lado de cada um – North respondeu. – Mia Ritchson, CEO da Laboratórios Soza. Gama, oitenta e um. Alan Viljoen, então COO da Gnosis. Alfa, noventa e nove. Vou te mandar um *print*.

Como se em câmera lenta, olhei para a lapela do meu manto: *Zeta. 30.* Eu não precisava de um *print*. Sabia exatamente como essas combinações eram.

Meu estômago se contorceu como se eu o apertasse com um torniquete. As pessoas da lista eram membros dos Raros. As mesmas que assinaram aquele memorando incriminador.

Ai, meu Deus. A sociedade estava por trás de tudo isso.

— Ah, não – murmurei.

— O que foi, Rory?

— E o que havia no terceiro arquivo? – perguntei, com urgência.

— Uma fotografia. É... – Bem então, a ligação foi cortada. Olhei para a tela. "Sem serviço." Olhei para cima e notei que tinha cruzado o cemitério sem perceber. De repente, quis correr. Os Raros estavam por trás disso. A citação, a manta, o colar. Eu os via por outro ângulo agora. Minha mãe estava tentando me avisar.

— Pronta? – Girei nos calcanhares ao som da voz de Liam. Ele estava atrás de mim. – Desculpa pelo atraso. Precisamos correr. – Sua mão já estava se aproximando da minha boca.

— Eu... – Antes de conseguir falar qualquer coisa, senti um gosto de cereja na língua.

Dessa vez, ele não me levou para a arena. Quando dei por mim, estava de pé com os outros iniciados em uma sala menor e retangular, com um teto muito mais baixo e quatro paredes de pedra que brilhavam levemente à luz amarela das velas, estranhamente iridescentes. Diferentemente da arena, eu conseguia ver cada canto dessa sala. Havia um altar de pedra em uma parede, erguido com uma única peça de granito. Atrás dele, uma tapeçaria cujos fios exibiam a representação do Jardim do Éden. Havia duas portas, em lados opostos da sala. Se a tumba era construída de acordo com a sequência de Fibonacci, então cada sala era maior que a anterior. A que parte da sequência essa sala pertencia? Quão longe eu estava do centro? Liam disse que havia uma saída lá. Imaginei-me correndo para alcançá-la, mas sabia que era tarde demais para isso. Eu estava presa.

O medo correu pelas minhas veias. *No que eu tinha me metido?*

Dois garotos ao meu lado sussurravam; sua animação praticamente explodia em cada palavra. O braço de um deles estava enfiado debaixo do manto, e o garoto metia amendoins na boca através da abertura no pescoço. Endureci ao sentir o cheiro e me afastei deles com rapidez, engolindo a bile que subia pela minha garganta.

Minutos se passaram. Enquanto esperávamos, tentei ver o rosto dos outros iniciados, mas todos tinham seguido as instruções e puxado o capuz para baixo. O garoto do amendoim ainda estava comendo. Ele parecia ter um suprimento ilimitado.

Por favor, supliquei em silêncio. *Me tire disso.*

Ouvi o barulho de pedra deslizando sobre pedra, e uma das portas se abriu. Uma figura com máscara de serpente entrou, agarrando um livro de couro marrom com ambas as mãos. Era impossível saber se era o mesmo homem que havia usado a máscara nas duas vezes anteriores, mas presumi que sim, e que a máscara era um símbolo de seu *status*. Meu estômago se embrulhou. Nosso líder era uma *cobra*. Por que isso não tinha me incomodado antes?

A serpente foi seguida por outras duas figuras. Uma usava a cabeça de uma raposa. A outra, a de uma coruja. As três figuras mascaradas tomaram seu lugar atrás do altar, e a primeira abriu o livro de couro.

– Há dois tipos de pessoas no mundo – começou. Sua voz não trazia mais a gentileza do sábado. – O sábio e o tolo. O sábio é prudente, determinado e corajoso. O tolo é impulsivo, fraco e desesperado por um mestre. O sábio entende que *ele* é o mestre, um deus por seu próprio merecimento. – A serpente abriu o livro como se fosse lê-lo, mas nem estava olhando para a página.

– *"Eu os formei judiciosos e livres, e assim devem permanecer"* – declarou. Os cabelos na minha nuca se eriçaram quando o homem começou a recitar os versos que eu já decorara havia tempos. – *"Até escravizarem a si próprios; de outra maneira, terei que mudar sua natureza".*

De repente, entendi. *Mudar sua natureza.* Era exatamente o que o Projeto Hiperion havia sido criado para fazer.

A serpente levantou os olhos do livro e fez uma pausa, nos analisando. Forcei-me a encontrar seu olhar de papel machê.

– Queda – ele disse, então. – É como Milton descreveu o ocorrido no Éden. Como se o homem tivesse sofrido uma perda. Mas o que aconteceu no Jardim não foi uma queda. Ao contrário; foi uma gloriosa tomada de poder. Ao comerem o fruto da Árvore do Conhecimento do Bem e do Mal, Adão e Eva viraram semelhantes ao Deus que os criara. E aquele Deus se tornou eternamente irrelevante. A sabedoria que adquiriram naquele dia foi passada através dos tempos para poucos eleitos. Homens e mulheres nascidos para viver como deuses entre a humanidade.

Estremeci. *Eles acham que são deuses.*

– Pelos últimos duzentos e cinquenta anos, os Raros têm trabalhado para reconstruir o paraíso que vimos perdido quando a humanidade foi expulsa do Jardim. Nossos antecessores fundaram a Academia Éden como um terreno fértil para mentes superiores, e todo ano selecionamos os estudantes mais promissores para se juntarem a nós. Foi sua sabedoria que os trouxe aqui. Seus colegas de classe são inteligentes, mas fracos. Eles possuem a capacidade de raciocinar, mas não a força de vontade para usá-la. – Batendo a língua contra os dentes, ele fez um cacarejo. – E do outro lado há o resto do mundo – disse. – Tolos à procura de um mestre. Tão orgulhosos de sua liberdade, e ainda assim tão dispostos a abrir mão dela.

Lux, meu Deus, em ti confio. Em um clarão, entendi tudo o que estavam fazendo com o Projeto Hiperion. O que a Gnosis vinha fazendo com o Lux desde sempre. Quem precisa de uma sabedoria superior quando a caixinha dourada em seu pulso sabe tudo que há para saber? Não importa que existam homens por trás dessas máquinas minúsculas, orquestrando cada passo seu com um algoritmo escrito para mantê-lo "feliz". Feliz como um pássaro de asas cortadas em uma bela gaiola pintada de dourado. E não importa que a escolha de obedecer ao Lux não fosse mais sua, e sim fruto de um enxame de robôs microscópicos que agora comandava seu cérebro.

Senti vontade de vomitar.

– Nosso objetivo não é nada menos que um paraíso moderno. Um novo Éden. Um *Noveden*. Aqui. Agora. Uma sociedade perfeita regida pelos *hoi oligoi sophoi*. Os poucos sábios.

Houve uma explosão de aplausos dos outros iniciados. Olhei em volta, incrédula. Eu estava tremendo de medo e eles estavam *batendo palmas*.

– Chegou a hora de declarar sua divindade e fazer seu juramento – a serpente declarou.

Não não não não, as vozes na minha cabeça gritavam. Vozes, no plural dessa vez. A da Dúvida e a minha.

Os outros iniciados criavam um animado burburinho conforme os primeiros nomes eram chamados. Olhei freneticamente ao redor, procurando um jeito de fugir, mas as portas estavam seladas, estávamos muito abaixo do solo e eu não sabia que porta levava à saída. Correr não era uma opção.

Ouvi um barulho de bolinhas se espalhando. O garoto dos amendoins tinha derramado o saquinho por baixo da beca. Ele pisou na sujeira rapidamente, tentando escondê-la com o manto, mas vários amendoins rolaram na minha direção e pararam, intocados, ao meu pé. Encarei-os. Eles eram uma saída. Uma reação alérgica poderia me matar, mas com certeza me tiraria de lá. E, naquele momento, isso era tudo que importava. Eu não podia fazer o juramento.

Não temas, a voz sussurrou, e minha decisão foi tomada.

Ligeiramente, olhei para o altar. A serpente estava cortando o polegar de uma iniciada com uma lasca fina de vidro espelhado enquanto a garota recitava o juramento, dedicando sua vida ao serviço da missão da sociedade e prometendo nunca revelar a existência desta ou sua afiliação a ela. Sua voz era familiar. Demorei um instante para perceber que pertencia a Rachel. Observei o homem pressionar o polegar ensanguentado dela contra o livro de couro, depois entregar uma pena a ela para assinar seu nome. Oito segundos em que ele ficou distraído. Tempo suficiente para pegar os amendoins sem chamar atenção.

– Ípsilon – a serpente chamou. A sexta letra no alfabeto grego. Ele estava seguindo a ordem. O garoto com os amendoins caminhou até o altar. Zeta seria a próxima. Se fosse mesmo fazer isso, precisaria ser *agora*. Esperei até a cobra segurar o polegar do garoto. Quando começou a cortá-lo, me abaixei para pegar os amendoins largados, fiz uma oração rápida e enfiei-os na boca, mastigando rápido. Minha boca parecia uma lixa.

– Zeta – veio a voz da serpente. Minha garganta começou a coçar. Estava funcionando. Mas seria rápido o bastante? Andei até o altar e examinei por trás da malha, pintada como olhos de serpente. Conseguia ver o branco dos olhos de uma pessoa me encarando, as rugas em torno deles. – Repita depois de mim – disse, agarrando meu pulso. A manga de seu manto se afastou, revelando sua mão nua. O homem usava um anel de jade no dedo anelar, brasonado com uma sobreposição de Os.

Minha garganta estava se fechando.

Ele estava recitando o juramento que eu deveria repetir, mas eu não conseguia entendê-lo. Só ouvia minha própria respiração dificultosa, arfando pela garganta inchada.

Vi seus lábios ficarem imóveis, e suas sobrancelhas grisalhas se arquearem como um ponto de interrogação por trás da malha.

– Estou. Sufocando – consegui dizer, quando meus joelhos se dobraram sob mim.

– Ela está tendo uma reação alérgica – ouvi uma voz feminina dizer. Diferentemente da voz da serpente, essa não era distorcida, e a reconheci de imediato. Eu a tinha ouvido quase todas as manhãs pelos últimos dois meses, e às vezes em sonhos. A voz que havia aprendido a temer. – Eu cuido disso – ela disse, energicamente. – Fique aqui.

– Não! – tentei dizer. – A Tarsus não. – Mas não conseguia formar as palavras. Senti que estava caindo e então desmaiei.

28

Senti uma dor contínua na garganta. Lutando para ganhar consciência, tentei engolir e imediatamente engasguei. Alguém estava tentando me sufocar. Tentei reagir, empurrar quem fazia aquilo, mas minhas mãos estavam amarradas em algo duro.

Como meus pés se encontravam livres, chutei com toda a energia que consegui reunir, que não era muita. Sentia como se estivesse embaixo da água, nadando em direção à superfície.

Forcei meus olhos a se abrirem. Eu estava deitada de costas, presa a uma mesa – ou seria uma cama? Havia uma luz fosforescente forte sobre mim, tão forte que chegava a cegar. Meu Deus. Aonde ela tinha me levado? Fechei os olhos, apertando-os, respirei pelo nariz e tentei não entrar em pânico. Percebia, agora, que havia algo *na* minha garganta. Eu precisava tirá-lo. Onde eu estava? Onde Tarsus estava?

Que idiota, Rory. Assim que juntei os pontos, que descobri que a Gnosis e os Raros eram uma coisa só, deveria ter percebido que a dra. Tarsus estaria naquela sala. É claro que ela era uma das líderes da sociedade. Ela tinha sido parte da engrenagem desde o início. Mas, se Tarsus estava em um escalão tão alto na organização, como eu havia chegado tão longe? Ela não deveria ser capaz de me manter afastada? Ainda havia tanto que eu não sabia. Tanto que nunca saberia se não saísse dali viva.

O lugar estaria silencioso, não fosse o zumbido das máquinas. Examinei mentalmente meu corpo. Com exceção da garganta, nada doía. Abri os olhos de novo. Agora minha visão se ajustara à luz, e olhei ao redor.

Era a sala de um hospital. Através de uma pálida cortina florida, vi médicos e enfermeiras segurando *tablets*. Uma delas fez contato visual comigo e sorriu. Seus uniformes rosa traziam a inscrição "Centro Médico Noveden". *Ela está acordada*, li em seus lábios. Pouco depois, ela estava deslizando a cortina para o lado.

Meu cérebro lutava para acompanhar. Eu não estava na tumba da sociedade, e sim no centro médico. A dra. Tarsus não estava me torturando. Inexplicavelmente, ela tinha salvado a minha vida.

– Olá – a enfermeira disse, gentilmente. – Você nos deu um susto. Deixe-me tirar esse tubo da sua garganta. – Com delicadeza, ela colocou a mão dentro da minha boca para desalojá-lo. Ele saiu segundos depois, e imediatamente comecei a tossir. – Sua garganta vai ficar dolorida por alguns dias – disse, soltando as amarras em volta dos meus pulsos. – Desculpe por isso. Não podíamos arriscar que você puxasse o tubo. – Ela andou até a pia e encheu uma xícara de água.

– Golinhos – instruiu, e entregou a xícara para mim.

Traguei a água, queimando minha garganta.

– Golinhos – ela repetiu, e sorriu.

Bebi o resto devagar e pousei a xícara vazia na bandeja ao lado da minha cama.

– Como cheguei aqui? – perguntei, com a voz rouca.

– Seu namorado a trouxe – ela respondeu. – Foi uma bênção ele ter uma injeção de adrenalina e saber usá-la. Salvou sua vida.

– Meu namorado?

A enfermeira piscou para mim.

– Não se preocupe, não vou reportar que vocês estavam juntos após seu toque de recolher – ela disse em tom conspiratório, caminhou até a pia e encheu novamente minha xícara de água. – Você tem ideia do que pode ter comido para desencadear a alergia? Imagino que tome bastante cuidado com amendoins. Seu arquivo diz que você foi hospitalizada na primeira exposição. – Ela me entregou a xícara e tomei outro golinho.

– Uma barrinha de granola – menti. – Me esqueci de escanear no Lux.

Ouvi um *tsc.*, mas não tinha vindo da enfermeira. Ela olhou para trás de mim, em direção à porta, e sorriu.

– Não conseguiu ficar longe por muito tempo, não é?

– Dessa garota? Nunca... – Era Liam, vestido para a aula, com o cabelo ainda molhado do banho. Ele pousou a mão em meu antebraço, sua tatuagem da letra grega lambda aparecendo na membrana entre os dedos. – Como está se sentindo, amor?

– Melhor – respondi, forçando um sorriso. Precisei me esforçar para não puxar meu braço de volta. Era só o Liam, disse a mim mesma. Mas, agora que eu sabia os ideais verdadeiros da sociedade, até ele me assustava. Vi seus olhos se dirigirem à minha clavícula. Por hábito, tateei à procura do colar.

Ele tinha desaparecido.

Tarsus devia tê-lo pegado quando eu estava inconsciente. Mas por quê? Ela sabia o que ele realmente era? Engoli o pânico. Não havia mais arquivos no pingente. North os havia removido. Ainda assim, meu coração estava acelerado. O fato de Liam estar me encarando não ajudava.

– Bem, vou deixar os pombinhos a sós – a enfermeira disse. – Aperte o botão no seu descanso de braço se precisar de mim. – Ela andou até o outro lado da cortina e a fechou.

– Por que você comeria uma barrinha de granola com amendoim? – Liam perguntou quando ela saiu.

– Não era de amendoim – respondi, com a voz ainda rouca. – Era de chocolate. Deve ter sido feita em um equipamento com traços de amendoim.

– Por que você não escaneou no Lux?

– Não sei. Esqueci. – Fitei o Gold no pulso do Liam. Havia nanorrobôs em seu cérebro enquanto conversávamos? Ou os membros da sociedade eram excluídos disso? E as pessoas como eu, que tinham se esquecido de tomar a vacina antigripal este ano, ou as como North, que nunca a tomavam? Mas, com centenas de milhões de pessoas vacinadas e presas a um Gold, não importava muito que alguns milhares ficassem de fora.

– Então você me trouxe pra cá? – perguntei, mudando de assunto. – Pensei ter ouvido a voz da dra. Tarsus antes de desmaiar.

Ele me deu um olhar cauteloso, como se eu soubesse mais do que deveria.

– Ela achou que seria menos suspeito se eu a trouxesse.

– E a injeção de adrenalina?

– Ela carrega uma.

– Por quê? Ela é alérgica a quê?

– Tantas perguntas – Liam disse, sem me responder. – Eu tenho algumas pra você. Por que você estava usando o colar dela ontem?

Encarei-o.

– O quê?

– Ela era a ípisilon de 2013 – ele disse, me observando atentamente. – Não sua mãe. Sua mãe nem era uma Rara. Eu conferi a lista na tumba, e não encontrei o nome dela.

Abri a boca para dizer alguma coisa, mas não saiu nenhum som.

– Olha, Rory – Liam disse –, não sei qual é seu joguinho...

– Não tenho joguinho nenhum, Liam – respondi, tentando não soar na defensiva. – Minha mãe me deixou o colar. Você não tem certeza de que ele pertencia à Tarsus. Só porque é o nome dela na sociedade, não quer dizer que o colar também seja. – Mas *era*. Eu não tinha dúvidas. O comentário sobre a letra de Pitágoras, vício e virtude. Ela sabia que eu estava com ele e queria que eu soubesse disso. Mas por quê? Por que ela tinha esperado até agora para reavê-lo?

– Certo, mas e o padrão na sua manta? O que era aquilo?

Mudei de posição na cama.

– Deve ser uma coincidência – eu disse, debilmente. – Os Raros não inventaram a sequência de Fibonacci.

– A aula começa em três minutos – O Lux anunciou do pulso do Liam.

– Não posso me atrasar – ele disse. – Mas estou falando sério, Rory. Eu teria cuidado se fosse você. A Tarsus não é alguém para se irritar, acredite em mim. Ela pode te deixar de fora dos Raros.

Como se esse fosse meu medo.

– Obrigada – agradeci, tentando sorrir. Meu coração martelava como um tambor. – Pelo conselho. E por salvar a minha vida. Só estou chateada por ter perdido a iniciação. – Tentei soar desapontada.

– Não se preocupe. Você terá uma segunda chance.

– Que ótimo – consegui dizer, meu estômago dando nós só de pensar nisso. – Quando?

– Amanhã à noite.

Eles me mantiveram no hospital para observação até o começo da noite. Quando saí, tinha onze chamadas perdidas e três mensagens de texto obscuras, mas apreensivas, do celular de Kate. North estava claramente preocupado. Eu não o culpava. Meu celular havia saído de área na noite anterior e ele não tinha conseguido falar comigo desde então.

Queria vê-lo e, mais do que isso, contar a ele tudo que vinha escondendo, mas precisava desesperadamente de um banho e de uma sessão dupla com minha escova de dentes. Além disso, algo me dizia que meus próximos passos deveriam ser dados com cuidado. Se eu quisesse que a visita noturna ao hospital parecesse um acidente, não poderia levantar suspeitas. Precisava agir naturalmente. Jantar no refeitório. Passar um tempo com minhas amigas da Noveden. Ser vista por quem estava na sala na noite anterior. Então mandei um "nos falamos depois" para a Kate em mensagem de texto e fui para o dormitório me trocar.

O sol tinha se escondido atrás das árvores quando cheguei ao Salão Ateniense. Izzy estava sentada em um banco perto da porta principal, rolando o *feed* de notícias em seu novo Gold, preso em uma tira decorada com tachas.

– Oi – ela disse ao me ver, tirando rapidamente os olhos da tela. – Onde você esteve o dia inteiro?

– Tive uma alergia estranha – expliquei, amenizando a situação. – Como você está?

– Morrendo de fome – ela respondeu.

– Se você puder esperar vinte minutos, janto com você – eu disse. – Só quero tomar um banho antes.

– Perfeito – Izzy respondeu. – O Lux diz que o melhor horário pra comer é só depois das seis mesmo. Espero por você aqui. – Ela sorriu e voltou a atenção para o Gold.

Senti uma onda de enjoo. "O Lux diz."

– Ei, você tomou o *spray* antigripal este ano? – perguntei.

Ela fez que sim, sem levantar a cabeça.

– Aham. Por quê?

– Por nada – respondi, e me afastei.

Deixei o Lux decidir o jantar naquela noite, em parte porque estava agitada demais com a minha descoberta para escolher minha própria comida, mas principalmente porque sabia que todos estavam se perguntando como os amendoins haviam parado no meu sistema. Ninguém mais tinha sustos desse tipo. Não com o Lux. Assim, mostrei que estava usando o aplicativo para quem quer que estivesse observando. Precisava parecer uma garota paranoica, exageradamente cuidadosa com cada mordida. Pelo que eu sabia, a pessoa embaixo da máscara de serpente estava sentada à mesa dos professores, me olhando. Um plano se formava na minha cabeça e, para que ele tivesse alguma chance de funcionar, a sociedade precisava acreditar que a alergia tinha sido apenas um acidente e que eu estava ansiosa como nunca para fazer o juramento.

Preocupada com meu desempenho, quase engasguei com o risoto quando Tarsus se aproximou da nossa mesa.

– Imagino que tenha sido um dia e tanto para você – ela disse, pousando uma mão em meu ombro. – Nenhuma simulação pode prepará-la para uma experiência como aquela.

Que experiência? A reação alérgica ou o ritual assustador no qual meus colegas de classe juraram fidelidade a um grupo de pessoas que acreditavam serem mais sábias que *Deus*, pessoas que usavam a tecnologia para manipular o livre-arbítrio?

– Foi... instrutivo – respondi. Olhei para seu pescoço. Não havia nenhum pingente, só um único cordão de pérolas.

A professora sorriu.

– Sejamos cuidadosas daqui para a frente, certo?

– Farei meu melhor – respondi.

– Precisamos marcar uma reposição de aula – ela disse então, seus olhos penetrando nos meus. – Para a simulação que você perdeu esta manhã. Você estará pronta amanhã à noite?

Naquele instante soube que ela não estava falando sobre a aula de prática. A reposição a que se referia era o ritual de iniciação da sociedade, e a proposta implícita para eu adiá-lo era um teste para ver se eu tentaria me livrar do compromisso.

– Com certeza – confirmei, e sorri. Sem hesitação. Surpresa perpassou seus olhos.

A dra. Tarsus segurou meu olhar por um momento e então devolveu o sorriso.

– Excelente – concluiu. – Fica marcado para amanhã à noite.

– Essa mulher me assusta – Izzy disse quando a professora foi embora. – Ainda bem que não faço aula com ela.

– Sério? Acho que ela é incrível – Rachel disse e se voltou para mim. – Você não acha? – Eu havia esquecido até aquele momento que Rachel estava na sala na noite passada. Agora ela era uma Rara, e na certa sabia que eu havia estado lá também. Imaginei que tivessem tirado meu capuz assim que desmaiara.

– Aham – assenti, com o olhar vago, distraída pelas palavras de Tarsus. "Sejamos cuidadosas daqui para a frente." Era impossível decifrar o que queria dizer. Ela tinha me visto comer os amendoins? Talvez eu não houvesse enganado a ninguém. Talvez os líderes da sociedade soubessem do meu fingimento. Tremi com a possibilidade. Eles me esperariam na tumba na noite seguinte, e era impossível saber o que me aguardava. O medo palpitou em meu peito. No que eu tinha me metido? Uma pergunta melhor: como eu sairia disso?

– Terra chamando Rory – ouvi Izzy dizer.

Meus olhos focaram de novo.

– O quê?

– Perguntei quando você pretende deixar a Idade Média – ela disse, apontando para meu Gemini. As duas meninas estavam usando Golds.

– Ah. Eu meio que gosto do antigo – respondi, fugindo do olhar de Rachel.

– É, mas você gosta mais dele do que do Lux?

– Quê?

– A Gnosis vai descontinuar a versão antiga do Lux – Izzy disse. – E só é possível ter a versão nova no Gold. Por isso, se quiser continuar usando o Lux, terá de se despedir desse tijolo. – "Tijolo." Dois dias atrás, ele era o menor portátil no mercado. Agora já era obsoleto.

Nesse exato momento, meu celular tocou.

CEL KATE

– É, acho que sim – eu disse a Rachel, já me levantando. – Me encontro com vocês mais tarde. – Atendi a ligação assim que me afastei da mesa, mantendo a voz baixa enquanto passava por um grupo de professores na máquina de *frozen yogurt*.

– Onde você esteve? – North exigiu saber quando atendi. – Te liguei o dia inteiro. Retornei depois que a ligação caiu ontem, mas foi direto pra caixa postal.

– Muita coisa aconteceu – eu disse, baixinho. – Não quero falar sobre isso pelo telefone. Posso te encontrar no teu apartamento em dez minutos?

– Claro. Estou aqui agora. Você está bem?

– Ficarei bem – eu disse, e desliguei. Em seguida, deslizei o Gemini para baixo do guardanapo na bandeja e joguei os dois na lixeira.

– Eles acham que são *deuses*? – a voz de North estava incrédula. – Deidades de verdade?

– A serpente disse "Deuses entre a humanidade". Ela não entrou em detalhes técnicos.

– E acham que estão recriando o Éden?

– A versão deles, pelo menos. Uma sociedade que decide o que é melhor pra todo mundo. Um novo Éden, mais conhecido como Noveden. Isso não começou com o OxSin, North. Eles têm feito isso há *séculos*. Hiperion é apenas a última parte do plano.

North esfregou os olhos.

– Isso é realmente perturbador, Rory. E sua *mãe* fazia parte da sociedade?

Meneei a cabeça.

– Achei que fizesse, mas Liam conferiu a lista, e o nome dela não consta.

– Então ela estava tentando denunciá-los.

Concordei.

– Essa é a única explicação que faz sentido. Os arquivos no pingente eram a evidência que ela tinha. Mas alguém descobriu o que a minha mãe estava fazendo e ela ficou com medo. Acho que foi por isso que saiu da Noveden.

– Mas por que não contar ao Griffin? Se ela precisava desaparecer, ele poderia ter ido junto.

– Talvez ela o estivesse protegendo. Se os Raros são tão poderosos como acho que são, quanto menos ele soubesse, melhor.

– Os Raros. É assim que eles se chamam?

Fiz que sim com a cabeça.

– Abreviação de "Os Raros Sábios". O nome oficial é grego.

– Porque o resto de nós são imbecis – North disse, áspero, e sacudiu a cabeça com aversão. E até a noite passada você queria ser um deles?

– Achei que eles fossem os bonzinhos – respondi, defensiva.

North me lançou um olhar desaprovador.

– Os bonzinhos não usam máscaras e becas com capuz nem fazem coisas na escuridão, Rory.

Baixei o olhar para minha mão. Ele estava certo. Mas eu havia me sentido muito honrada por ter sido escolhida. Tinha me deixado levar. North tocou na tela de seu *tablet*, onde havia salvado a lista de nomes que recuperara do *pen drive*. – Então todas essas pessoas fazem parte?

Fiz que sim com a cabeça.

– É isso que a combinação de letras gregas e números significa. É o nome delas na sociedade e o ano em que foram iniciadas.

Instintivamente, minha mão subiu para a clavícula, mas é claro que o pingente não estava ali.

– Onde ele está? – North perguntou.

– A Tarsus pegou – contei. – Ontem à noite, quando eu estava desmaiada. Acho que na verdade é *dela* – disse. – Ou foi em algum momento. Ípsilon é seu nome na sociedade.

– Será que ela deu o pingente à sua mãe? – North perguntou.

Dei de ombros.

– Não sei. Talvez sim. – Era difícil compreender que Tarsus poderia estar ajudando minha mãe. Mas alguém tinha dado aqueles arquivos a ela. – Ei, você disse que havia um terceiro arquivo – eu disse, lembrando. – O que havia nele?

– Uma foto de casamento – North disse, delicadamente. – Da sua mãe e do Griffin.

Algo dentro de mim se endureceu, se preparando para a enxurrada de emoções que eu mal conseguia segurar. Não, eu não me permitiria senti-las. Não até fazer o que eu estava planejando. Pressionei meus lábios e balancei a cabeça. Eu não queria ver. Pelo olhar de North, soube que ele me entendia. Apertei sua mão.

North me puxou para perto dele de forma que nossos corpos quase se tocavam, e então tomou meu rosto em suas mãos côncavas. Elas cheiravam a *espresso* e noz-moscada.

– Eu podia ter perdido você ontem à noite – ele disse, baixinho.

– Eu sei. Mas não me perdeu.

– Você correu muito perigo. – Ele traçou a linha do meu maxilar com seu polegar.

– Eu precisava – eu disse. – Não podia fazer o juramento. Dedicar minha vida à visão deles. Renunciar à Dúvida. – Balancei a cabeça levemente. – Não podia fazer isso. Mas também não podia me recusar a fazer. Eles não me deixariam sair de lá sabendo tudo que sei.

– E agora? – North perguntou. – Você diz que não quer entrar pra sociedade, esperando que eles levem numa boa?

– Não. – Levantei meu queixo de suas mãos e me inclinei para trás. – Eles precisam acreditar que ainda quero fazer parte da sociedade. É o único jeito de me deixarem voltar à tumba.

– *Voltar* à tumba? – North estava indignado. – Rory, você acabou de dizer que essas pessoas são perigosas. Por que quer voltar?

Minha resposta foi prática e direta.

– Se quisermos expô-las, precisamos de mais do que alguns documentos. Precisamos de um vídeo. – Esse era o meu plano. E isso me apavorava, principalmente porque não havia como transmitir a iniciação em tempo real, já que não havia serviço na tumba. Eu precisaria encontrar um jeito de sair de lá com a gravação.

North começou a menear a cabeça.

– Não, Rory. É muito...

– North. Acho que essas pessoas mataram minha mãe. – Era a primeira vez que eu falava as palavras em voz alta. Não havia me permitido pensar nisso até aquele exato momento.

– E o que acha que vai acontecer com *você* se eles descobrirem que os está gravando?

– Eles não vão descobrir. – Eu parecia segura, mas não estava. Mesmo que conseguisse gravá-los, como sairia da tumba uma segunda vez sem fazer o juramento?

– Certo, vamos supor que você consiga filmá-los. O que isso prova? Você disse que todos usam máscaras, então não dá pra ver o rosto deles.

– Pelo menos as pessoas saberão da existência dos Raros.

– Rory, se você postar um vídeo desses, uma de duas coisas vai acontecer. Ou a Gnosis vai se livrar da filmagem assim que ela for transmitida, ou alguém alegará a autoria do vídeo e dizer que é falso. Estamos falando sobre a companhia que controla praticamente toda a tecnologia que usamos. Do GoSearch ao Fórum, passando pelo Lux. Eles controlam o meio e, portanto, a mensagem.

– Então vamos atacar a tecnologia – argumentei. – Esqueça a denúncia contra os Raros. Vamos desmantelar o Projeto Hiperion. Acabar com o Lux.

– E como fazemos isso?

– Não sei. Com um vírus ou algo do tipo.

– Eu demoraria semanas pra criar um vírus assim. E mesmo que por milagre escrevesse um supervírus da noite pro dia, sem chance de conseguirmos passá-lo pelo *firewall* da Gnosis.

– Certo, então vamos desligar os nanorrobôs.

North balançou a cabeça.

– Estudei cada palavra daquele memorando. Há apenas uma menção de como desativar os "nanorrobôs ferrosos", o tipo que usaram, e precisaríamos de uma ressonância magnética do cérebro. Então, a não ser que você invente um jeito de convencer meio bilhão de pessoas a terem seus cérebros magnetizados, acho que não teremos sorte com isso.

Fechei os olhos, apertando-os de frustração.

– Então pensaremos em alguma outra coisa. As pessoas estão literalmente *viciadas* em seus portáteis, North. Desde que tenham um Gold em seus pulsos, elas confiarão em qualquer coisa que aquela caixinha disser. Vai saber o que os Raros planejam fazer com a vida delas!

– Eu sei – North disse, com um suspiro. – E concordo com você. Só estou tentando ser realista.

– Urgh! – As lágrimas encheram meus olhos enquanto eu me sentava, desengonçada, no sofá. – Me sinto tão impotente.

– Mas você não é – North disse. – Você sabe a verdade. Há poder nisso. E você tem outra coisa, também.

– Você?

Ele riu.

– Sim. Mas eu ia falar "sabedoria". A verdadeira. – Ele me puxou, levantando-me. – Você vê coisas que os outros não veem.

– Eu não vejo nada – respondi. – É a Dúvida que faz isso.

— Então peça ajuda a ela. A voz já te deu o discernimento necessário outras vezes.

— Preciso de mais que isso, North. Preciso de um plano de verdade.

— Por que não pedir ajuda ao Griffin? – ele sugeriu. – Ele é o CEO da companhia por trás disso. Pode fazer alguma coisa.

— Ele está em coma induzido.

— Não mais – North respondeu. – Ele acordou hoje à tarde.

— O quê?!

North pegou o controle que estava na mesa de centro e o virou para sua TV grandalhona. Um repórter de um jornal local estava do lado de fora do Hospital Geral de Massachusetts. O letreiro na parte inferior da tela dizia "ACORDA GRIFFIN PAYNE, CEO DA GNOSIS".

Tomei o controle dele para aumentar o volume.

— Amanhã, o sr. Payne será levado a uma instituição privada não divulgada para se concentrar em sua recuperação – o repórter dizia. – Em uma declaração gravada para o conselho administrativo e liberada há uma hora, Griffin se desligou de sua posição como CEO, citando o desejo de "dedicar-se inteiramente à sua recuperação" nos próximos meses. Ainda não há nenhuma informação sobre quem o substituirá na direção da companhia de setecentos e cinquenta bilhões de dólares. – A câmera cortou o repórter e voltou para a bancada do estúdio.

A âncora partiu para a próxima notícia enquanto uma imagem ameaçadora do sol aparecia ao lado de sua cabeça.

— Um grupo de manchas solares grandes e irregulares está preocupando físicos com a possibilidade de uma supertempestade. Se a região ativa explodir...

— Ótimo – murmurei, desligando a TV. – Além de tudo, o mundo está acabando. – Joguei o controle no sofá e peguei minha bolsa. – Preciso de uma carona até a estação de trem.

— Rory, são mais de oito da noite. Vai ser onze quando você chegar em Boston. Sem chance de te deixarem vê-lo esta noite.

— Então preciso descobrir aonde vão levá-lo. – Olhei para North. – Você consegue fazer isso?

Ele já estava caminhando em direção ao *closet*.

– Deve haver um documento de transferência no sistema do hospital – gritou por sobre o ombro.

– Ei, cadê a Hershey? – perguntei, o seguindo.

– Sei lá. Ela saiu uma hora atrás. Disse pra eu não esperar acordado. – North levantou o pôster e abriu a porta secreta.

– *Você* sabe quem é o cara misterioso? – perguntei.

– Não – ele respondeu. – Mas, se soubesse, agradeceria pela privacidade. – Ele abriu um sorriso largo ao me puxar para a salinha e envolveu minha cintura com seus braços. Fiquei na ponta dos pés para beijá-lo e, por segundos, não pensei em nada exceto em seus lábios nos meus.

– Certo – eu disse, colocando a mão sobre sua boca ao me afastar. – Só um instantinho. – Apontei para a tela de seu computador. – Agora, a autorização de transferência.

Ele demorou apenas alguns minutos para acessar o banco de dados em que eram armazenados os arquivos de pacientes do Hospital Geral de Massachusetts.

– Griffin Payne – North disse, digitando o nome.

– Por favor, que seja um lugar perto – murmurei.

– Aí está – North disse. – Agora vejamos onde...

Ele parou.

– Não. – Sua voz estava esquisita.

– O que foi? Pra onde eles estavam o levando?

– Talvez isso não seja... Não, essa é a data em que ele foi pro hospital. Você sabe a data de nascimento dele?

Ela estava na página do Panopticon do Griffin, mas não conseguia me lembrar qual era.

– Acho que ele nasceu em novembro. Por quê? O que aconteceu? – Dei um passo em direção à tela, sem saber o que procurar.

North se virou na cadeira. Seu rosto estava pálido.

– Rory, o Griffin morreu na noite de sexta-feira.

29

Nem precisei me esforçar para não chorar. Era como se minhas entranhas houvessem se transformado em areia quando North disse as palavras "Griffin morreu", minhas emoções desaparecendo em pó.

– Fale comigo, Rory. Você está bem?

Eu continuava de pé, no mesmo lugar, a menos de um metro da cadeira de North, mas estava a uma eternidade de distância. Meu cérebro se agarrou ao seu pragmatismo, determinado a resolver a situação, a reunir os fatos que explicariam como isso tinha acontecido, como eu havia perdido meu pai literalmente menos de uma hora depois de tê-lo encontrado.

– De que ele morreu? – perguntei, em uma voz surda. Eu me sentia completamente vazia por dentro.

North voltou-se para a tela.

– De um coágulo de sangue no cérebro – respondeu. Do mesmo jeito que minha mãe, exceto que o dela havia ocorrido no pulmão. Meus olhos focaram. – Nanorrobôs podem fazer algo assim?

– Não sei. Não consigo nem... – Ele entrelaçou seus dedos atrás do pescoço, colocando a cabeça entre os cotovelos. – Isso é loucura, Rory. Ele está morto há três dias, e estão dizendo ao mundo que ainda está vivo. Por quanto tempo vão manter essa farsa?

– Pelo tempo que levarem para convencer as pessoas de que a Gnosis pode continuar sem ele – eu disse, num tom insípido. – Então dirão que o Griffin sofreu um revés na "instituição privada" aonde alegam que o estão levando, e, para a surpresa e choque de todos, ele vai morrer. – Encontrei o olhar de North. – Você mesmo disse. Eles controlam o meio e, portanto, a mensagem.

– Rory, isso é realmente perturbador. Como um homem de trinta e cinco anos sofre um *derrame* e *morre*?

– Porque o mataram, North. – Minha voz estava fria, algo incomum. Não conseguia evitar. O calor que enchera o escritório minúsculo instantes antes, quando nossos corpos se pressionaram um contra o outro, havia desaparecido.

– Você acha que eles provocaram o derrame?

– Griffin não era um membro dos Raros. Perguntei-lhe categoricamente sobre a sociedade, e ele não entendeu.

– Mas por que o matariam?

– Ele estava prestes a criticar a Gnosis dois dias antes do lançamento do Gold, em rede nacional. Nós o vimos conversando com a Tarsus, lembra? Ela sabia o que o Griffin estava prestes a fazer. Os Raros não podiam arriscar a repercussão do que ele diria, seja lá o que fosse.

– Certo – North disse, devagar. – Mas como?

– Se nanorrobôs conseguem simular oxitocina, por que não conseguiriam se amontoar, formando um coágulo? A Tarsus estava com ele no palco, perto o bastante. Podia ter feito isso de seu portátil. – Apontei para a tela do computador. – Existe um *link* para a autópsia?

North examinou a página e então tocou na tela.

– Uma autópsia foi declinada. Há um formulário aqui, assinado pelo pai dele.

O pai dele. Meu avô. Por que ele recusaria uma autópsia? Porque já sabia o que ela mostraria. A voz de Griffin ecoou na minha cabeça. "Meus pais nunca gostaram da Aviana. Meu padrasto a odiava."

– Deve ser o padrasto dele – ouvi North dizer. – Os dois não têm o mesmo sobrenome. – Ele fitou a tela, estreitando os olhos. – É difícil entender a assinatura, mas parece dizer "Robert Atwater".

Meu peito se apertou como se eu usasse um espartilho. Não conseguia respirar.

— Robert Atwater é o padrasto de Griffin Payne. — Quase engasguei com as palavras.

North olhou por sobre o ombro, para mim.

— Você o conhece?

Consegui responder antes de vomitar.

— Ele é meu diretor.

Deitei no sofá de North. Minha mente dava voltas e meu estômago se agitava enquanto eu desejava rebobinar minha vida. Ah, se eu não tivesse escolhido paracusia acrática como meu tema de pesquisa. Ah, se não houvesse me inscrito na Noveden. Eu poderia estar em Seattle, viciada sem neuras no meu celular, convencida, como Beck, de que vivia a melhor vida que poderia viver. Em vez disso, estava aqui, me afogando na consciência de que, na verdade, as coisas estavam péssimas.

Como eu tinha caído feito um patinho! O interrogatório do diretor Atwater um dia após a festa da Gnosis. Sua insistência para que eu lhe contasse tudo que sabia. Era uma grande farsa, parte do processo de avaliação da sociedade, feito para testar minha lealdade. Eu via isso agora. Não era uma tentativa de desenraizar membros da sociedade, e sim de extirpar os alunos que não possuíam o necessário para se tornar um.

Finalmente entendi o que vinha me incomodando. A coisa que não conseguia identificar. No primeiro dia de aula, o diretor fez aquele comentário sobre não deixar meu histórico me desencorajar. Mas meu histórico *real* não me desencorajaria. Eu era filha de uma oradora de turma, não de uma desistente. Ele sabia disso, mas presumiu que eu nunca descobriria. Fora ele que adulterara o arquivo da minha mãe.

Abri a página dedicada a Griffin no Panopticon no *tablet* de North. A seção "Infância" dizia que o Griffin tinha sido criado pela mãe e pelo padrasto, mas não dizia o nome dele. Seu pai biológico havia morrido em um acidente de barco em Cape Cod duas semanas antes de Griffin nascer.

– Como você está se sentindo? – North tinha emergido do *closet* carregando uma lixeira de plástico. Gemi, cobrindo o rosto com as mãos.

– Morrendo de vergonha – eu disse, atrás das minhas palmas. – Você limpou meu vômito.

– Eu te amo mesmo, hein. – North respondeu. Mordi o lábio, mantendo o rosto escondido. *Amor.* Então isso era amor? Queria um espaço no meu cérebro para pensar na questão, mas cada milímetro da minha massa cinzenta estava focado nos Raros e em como derrotá-los. Deixei as mãos caírem e assenti de leve, os cantos da minha boca se levantando um pouco. Não era exatamente uma resposta, mas North não parecia estar procurando uma. – Me diz a verdade, como você está se sentindo? – ele perguntou.

– Não sei – admiti. – Nada disso parece real. Nem o Griffin ser meu pai. É como se eu estivesse vivendo a vida de outra pessoa. E, mesmo assim, a vida que eu vivia antes também nunca pareceu minha.

– Sei como é isso – ele disse. – Sentir como se você não pertencesse à sua própria vida. Eu me sentia assim. Meu pai era meu pai de verdade, mas parecíamos desconhecidos. – North hesitou por um segundo. – Então por que não ir embora? Quer dizer, o que te mantém na Noveden, sabendo o que sabe sobre os Raros? Se até o diretor está nessa, então a escola inteira se encontra sob o poder da sociedade.

– É mais que estar sob o poder dela – eu disse. – A sociedade é a única razão para a existência da escola. A Noveden é seu terreno fértil.

– Então por que ficar? Ele se ajoelhou, para ficarmos olho no olho. – Tenho um apartamento em Nova York comprado em dinheiro vivo. Você e eu, nós podemos...

– Não posso ir embora – eu disse. – Não até pará-los. Não depois do que fizeram. Se estou certa, então essas pessoas mataram meus pais, North. E fizeram uma lavagem cerebral no meu melhor amigo. Sem mencionar centenas de milhões de outras pessoas. – Sacudi a cabeça. – Não posso só fugir.

North deu um suspiro.

— Eu sabia que você diria isso. Mas não posso deixá-la voltar àquele lugar, àquela maldita *tumba* sozinha.

Sabia que não adiantaria discutir com ele. Mas eu iria voltar. Mesmo que não soubesse como sair de lá.

Pouco depois, deixei o apartamento. Estávamos andando em círculos. Ele se sentia daquele jeito, e eu não ia ceder. Não havia muito mais a dizer.

Ao voltar, o pátio estava quieto, sem dúvida por causa do frio. A temperatura tinha caído cinco graus desde a última noite. O vento aumentara e, agora, estava assoviando através das folhas secas das árvores de bordo que emolduravam as calçadas do *campus*, arrancando-as de seus galhos e jogando-as no ar. Virei a cabeça para trás e olhei para a janela do meu quarto. A luz estava acesa. Eu tinha quase certeza de que a havia apagado.

A porta principal estava sendo mantida aberta com o auxílio de uma pedra, e corri para dentro, fugindo do vento. Subi dois degraus de cada vez, procurando o Gemini na minha bolsa. Mas ele não estava lá, e sim na lixeira do refeitório.

Merda. Eu estava trancada para fora do meu quarto.

— Você *o jogou fora* sem querer? — Izzy me olhava como se eu estivesse falando grego.

— Estava na minha bandeja, no refeitório — eu disse, decidida a não ficar na defensiva. — Deve ter ido pra lixeira com a minha comida.

— E você percebeu isso só agora?

— Eu estava na biblioteca — menti. — Achei que o Gemini estava na minha bolsa. Posso pegar o seu emprestado? Preciso ligar pro zelador.

— Claro — ela disse, tirando o Gold de seu pulso. — Desbloquear — ela comandou para o aparelho antes de me entregá-lo. Olhei para ela, intrigada. — Está ligado à minha voz —explicou. — Não funciona com outra pessoa se eu não desbloquear antes. — *Meu Deus*, pensei. *Assim, seu celular não ativará os nanorrobôs no cérebro de outra pessoa.*

Eu nem queria segurar o negócio, muito menos colocá-lo perto da cabeça. Mas peguei-o da mão de Izzy e liguei rapidamente para a assistência do *campus*. Cinco minutos depois, o zelador estava à minha porta com uma chave magnética. Ele também não entendia como alguém poderia perder seu portátil e só perceber horas mais tarde.

– Quando o novo chega? – perguntou.

– Amanhã – menti, e agradeci pela ajuda.

Gelei ao entrar no quarto. Eu tinha deixado o anuário da dra. Tarsus na minha escrivaninha, aberto na foto dela, mas ele tinha desaparecido. Lembrei que não era a primeira vez que alguém invadia meu quarto. Conferi embaixo do travesseiro, então peguei o livro e comecei a virar as páginas, procurando outra pista escrita à mão, mas não havia nenhuma.

Suspirei e tirei os sapatos, subindo na cama sem me preocupar em lavar o rosto ou escovar os dentes. Era difícil pensar em espinhas e cáries a essa altura.

– Cheguei tão longe... – murmurei, puxando a manta até o queixo. Assim que meus dedos tocaram os pontos laranja cruzados no canto superior direito, sentei de supetão. Havia dois deles no desenho, um sozinho no canto superior direito, longe dos quadrados, e o outro no centro do quadrado menor. Liam havia falado que a entrada para a tumba ficava na sala interior menor, exatamente onde minha mãe tinha costurado um X laranja.

O X era a saída.

Meus olhos pularam desse para o outro X, vendo pela primeira vez o que ela havia me deixado.

Um mapa.

Arremessando as cobertas para longe, saltei para fora da cama e alisei a manta, esticando-a. Liam havia dito que as salas da tumba eram arquitetadas do mesmo jeito que os quadrados da minha manta, então, se eu descobrisse onde era a entrada, conseguiria identificar onde o outro X ficaria. Talvez fosse essa a minha saída.

Peguei o *tablet* na escrivaninha, e abri meu mapa. Comecei com a minha localização atual e fui em direção ao cemitério. Quando avistei a cerca, mudei o modo para satélite e saí do *zoom*. Meu queixo caiu quase no mesmo instante. Estava lá o tempo todo, eu só não conseguia ver do chão.

A disposição das calçadas de pedra do cemitério era igual à dos quadrados na manta. Olhei para o mais interno. Ele circundava o pedaço de grama onde eu tinha visto a macieira, do lado oposto ao mausoléu em que North tocava com a banda. Todos os lados do mausoléu também estavam cercados por pedra. Era o segundo quadrado na sequência de Fibonacci. O lugar onde minha mãe tinha colocado o primeiro X laranja.

Meu coração acelerou, cada batida atropelando a outra, enquanto eu fitava a vista aérea em minha tela. O mausoléu era a entrada para a tumba. Tinha de ser. Isso explicava a ausência de um corpo no caixão, a leveza da tampa e a limpeza do chão, semana após semana. Também fazia sentido haver uma macieira solitária no quadrado mais interno. O símbolo icônico da Árvore do Conhecimento do Bem e do Mal.

– Agora, como eu entro? – perguntei em voz alta, tocando duas vezes na tela para obter uma imagem do mausoléu no nível do chão, como se eu fosse encontrar alguma pista ali. Mas, é claro, eu precisava ver o espaço *interno*. O caixão que, eu tinha certeza, escondia uma escada para o subsolo. Ficar encarando o lado de fora do lugar não me levaria a nada.

Então saí do *zoom*. Descobrir onde estava o outro X seria mais difícil, porque o padrão na minha manta parava nos portões do cemitério. Seja lá onde fosse, não era no *campus*, e sim muito mais longe. Eu precisaria fazer os cálculos para desvendar exatamente quanto mais longe. Mas eu poderia descobrir, desde que o padrão continuasse.

Os números de Fibonacci seguiam uma sequência específica. Os primeiros dois eram sempre zero e um, e, depois disso, cada número era a soma dos dois anteriores. O padrão da manta era composto de quadrados; seus comprimentos eram números de Fibonacci em sucessão, com uma série de arcos ligando as arestas dos quadrados e formando uma espiral dourada. Eu sabia que os dois quadrados menores mediam um milímetro de cada lado, e que o maior media cinquenta e cinco por cinquenta e cinco. Eu os medira quando criança. O segundo ponto cruz laranja estava separado dos quadrados, na curva mais larga da espiral, que terminava no ponto. Eu tinha duas perguntas a responder: a quantos milímetros do quadrado mais interno estava aquele pequeno X, e qual era a distância correspondente em quilômetros?

Usei a função de medidas no meu aplicativo para descobrir que o mausoléu era um quadrado de três metros e meio – o que correspondia a um milímetro na manta. Imediatamente baixei um aplicativo de régua e comecei a medir o que seriam os próximos vários quadrados, os que a minha mãe não havia costurado. Por que ela tinha parado depois do décimo? Meu único palpite era que ela sabia onde a tumba dos Raros terminava, provavelmente na grande arena aonde tinham nos levado, que, de acordo com o mapa, era bem embaixo dos salões da Noveden. Assim, a costura laranja apontava para algo fora da tumba, algo que jazia na ponta do arco no décimo quarto quadrado.

Voltei ao mapa e, pegando a caneta para *tablet*, comecei a desenhar quadrados na tela. Como a função desenho permitia que eu digitasse as medidas de cada um, só precisava traçar as linhas no padrão certo. A precisão com a qual a tumba havia sido construída era de cair o queixo. Não apenas ela, mas o cemitério, o *campus* e a cidade, todos planejados em uma cuidadosa sequência matemática.

Quando cheguei ao décimo quarto quadrado, parei e encarei. Ali, perto do canto nordeste, bem onde estaria o segundo ponto cruz, existia o Reservatório Enfield. Propriedade da Iniciativa Noveden, a mesma entidade que controlava a Gnosis e a minha escola, ocupando uma mera fração da pedraria embaixo dele. Lembrei-me dos guardas armados, da vigilância eletrônica e da cerca elétrica de alta voltagem no reservatório.

Havia algo embaixo daquela água.

30

— Existe alguma coisa embaixo do Reservatório Enfield — eu disse ao North às oito horas da manhã seguinte. Usando o Gold da Izzy, do qual ela se separara com relutância, havia ligado para o celular da Kate. Encontrara Izzy do lado de fora do Salão Hamilton, calculando o horário de maneira a chegar bem no começo da primeira aula, para não ficar a sós com a dra. Tarsus por um momento sequer.

— Que tipo de coisa? — North perguntou, sua voz ecoando um pouco. O minúsculo banheiro do Paradiso era o único lugar privado no café.

— Não sei — admiti. — Mas, seja lá o que for, minha mãe achou que fosse importante. — Contei brevemente a ele sobre minha descoberta da manta, e como ela correspondia à paisagem ao redor do cemitério. — Ela obedece à sequência de Fibonacci — expliquei. — Basicamente, significa que existe uma sequência de quadrados, um maior que o outro, conectados por uma espiral que corre através deles. O padrão na manta para depois do décimo quadrado e acho que é aí onde a tumba termina, mas a espiral continua no que seria o décimo quarto quadrado, onde minha mãe costurou o segundo *X*. — Eu estava falando rápido, me apressando para dizer tudo de uma vez. — E, se você continuar desenhando a espiral até o local onde o vigésimo primeiro quadrado se localiza, acabará na matriz da Gnosis. Tipo, bem no meio do prédio. Então acho que os três são interligados no subsolo: a tumba, o negócio secreto embaixo do reservatório e o complexo da Gnosis.

– Uau – North disse. – Parece que estamos em um filme ruim do Nicolas Cage de sei lá quanto tempo atrás.

– Não sei quem esse cara é.

– Você não sabe quem é Nicolas Cage? – North soava incrédulo. – Você precisa ver *A lenda do tesouro perdido* agora. Quer dizer, é um filme horrível, mas, já que você está vivendo a trama, pelo menos deve assistir ao filme.

– Mais foco, por favor. O Reservatório Enfield. O que os Raros colocariam ali embaixo, e por quê? – Enquanto falava, avistei o diretor Atwater do outro lado do pátio e meu corpo se contraiu. Agora que o pátio começava a ficar mais vazio, a calçada entre Hamilton e Jay estava bem em sua linha de visão. Eu me escondi atrás dos prédios, fora de vista.

– Não faço ideia – North estava dizendo. – Quer passar lá hoje à tarde e descobrir? Saio às quatro.

– Com certeza – respondi, afastando o Gold da orelha. 8h44. A dra. Tarsus fecharia a porta da sala em um minuto. – Preciso ir – disse. – Passo no Paradiso depois da minha última aula.

Cheguei à aula de prática exatamente às 8h45, no momento exato em que a professora estava empurrando a porta para fechá-la. Parei-a com minha mão.

– Se sentindo melhor hoje? – ela perguntou ao me ver.

– Bem melhor – respondi, e mostrei meu melhor sorriso. – Ansiosa para a reposição.

– Que bom – ela disse, e enfiou a mão no bolso de seu *blazer*. – Você vai precisar disso. – Olhei para sua mão e vi um pequeno envelope entre os dedos. Ela o entregou para mim com a mão abaixada, como se tentasse mantê-lo fora da vista alheia. Rapidamente guardei-o na bolsa. – Vamos começar – anunciou, então, mais alto, para a classe inteira.

Entrei no casulo e joguei minha bolsa em um compartimento ao lado do assento, não sem antes pegar o envelope de volta. Ao levantá-lo de lado, ouvi o som de algo deslizando e senti um peso na ponta oposta.

– O objetivo hoje é escapar – ouvi Tarsus dizer. – Vocês serão avaliados com base em sua habilidade para raciocinar sem depender de sua percepção sensorial. Vocês conseguem tomar boas decisões no escuro?

Rasguei o envelope e fitei seu conteúdo. A corrente e o pingente de prata estavam emaranhados no fundo. Ela estava *devolvendo* o colar?

Minha tela foi ligada, mas a cena estava tão mal iluminada que eu não sabia para o que estava olhando. Por um instante, achei que a tela estava quebrada, até que ouvi novamente a voz da professora.

– Dependemos de nossos sentidos para nos guiarmos. Mas e se vocês estivessem em uma situação na qual seus sentidos estivessem comprometidos? Como sua mente compensaria essa ausência?

Olhei para o colar de novo. *Você vai precisar disso*, ela tinha dito. Para quê?

– Vocês estão no último andar de um prédio em chamas – a dra. Tarsus dizia. – Há um único elevador, ligando todos os andares, e um lance de escada a cada andar. Todavia, as escadas não são contínuas, ou seja, cada lance se localiza em partes diferentes dos andares. – Esses detalhes eram importantes, mas eu não estava ouvindo inteiramente. Enfiei o envelope e o colar na bolsa e tentei prestar atenção. *Prédio em chamas. Escadas em localizações diferentes. Escapar.* – O incêndio nesse prédio começou em seu andar – ela continuou –, e avançará rápido. Seu objetivo é sair vivo do prédio. O medidor na parte inferior da tela lhe informará quanta fumaça você inalou. Se ficar inconsciente, a simulação terminará e sua pontuação será zero. Boa sorte.

As luzes na sala diminuíram e a simulação começou. Pisquei algumas vezes, como se fosse me ajudar a enxergar melhor, mas é claro que isso não aconteceu, porque quase não havia luz na tela. Procurei a fumaça mencionada por Tarsus, mas não a encontrei. Nem isso nem outros sinais de um incêndio. *Encontre uma escada*, disse a mim mesma, caminhando lentamente para a frente com os braços abertos. Alguns segundos depois, a palma das minhas mãos tocou uma superfície fria, quase úmida, que parecia de pedra.

Fiquei confusa. Se esse prédio estivesse pegando fogo, as paredes não estariam frias, muito menos úmidas. Será que eu não tinha ouvido parte das instruções?

Agora que minha visão estava acostumada com a quase escuridão, eu conseguia distinguir a silhueta de algo que se projetava, saindo da parede acima da minha cabeça. Levantei a mão e senti algo liso e cilíndrico fixado em uma pequena plataforma. Meus dedos tatearam até a borda arredondada do cilindro, passaram pelo topo do objeto e então desceram. Algo duro começou a se esfacelar embaixo do meu dedo médio, e de repente a ficha caiu. Era uma vela de pavio queimado fixada em uma parede de pedra.

Eu estava na tumba dos Raros.

Precisei me esforçar para não me obcecar com o *porquê* – por que Tarsus tinha me colocado na tumba e me instruído a escapar? – e, em vez disso, focar em *como* – como eu chegaria ao que jazia embaixo do reservatório? O relógio na parte inferior da tela estava correndo.

Depois de descobrir que me encontrava na tumba, demorei apenas alguns segundos para determinar que estava na sala da iniciação. Consegui identificar a forma do altar na parede oposta. Eu havia visto portas em cantos opostos, então saí pela que estava mais perto de mim. A sala em que entrei era menor que a anterior, por isso soube que estava me movendo em direção ao centro. À saída. Mas eu não estava procurando por ela.

Virei-me e corri, de volta à sala do altar, e saí pela outra porta. Diria que eu estava no terceiro ou quarto círculo na sequência, então havia mais seis ou sete até chegar à arena e outros quatro até o reservatório.

Como eu sabia onde as portas estavam – em cantos opostos de paredes opostas –, conseguia me mover de uma sala para outra com rapidez, diminuindo a velocidade apenas quando passava pelas portas estreitas. Ao chegar à arena, parei por um momento para recuperar o fôlego e, novamente, me admirar com o tamanho todo do espaço, ficando completamente imóvel para não perder meu ponto de referência. Estava tão escuro que, se me virassem, ficaria andando em círculos, tentando encontrar a parede oposta.

Quando minha respiração se normalizou, tornei a me mover, correndo em direção à outra ponta do palco gigante e circular, rezando para haver uma porta. Meu coração deu um pulo ao sentir uma abertura na pedra. Era um túnel.

O relógio na tela mostrava 10:00:00. Eu tinha dez minutos para chegar embaixo do reservatório. Agarrei-me à parede da direita, mantendo uma palma na pedra e a outra estendida à frente conforme dava passos lentos e compassados, a parede se curvando na forma de uma espiral. Embora estivesse correndo no mesmo lugar em meu casulo, eu nunca chegaria ao final se tentasse disparar em alta velocidade.

Calculei que demoraria pelo menos sete minutos para cobrir aquela distância, mas, pouco antes de se completarem seis, bati com toda a força em uma parede. Não a vi na escuridão. Ela era feita de pedra, como a parede atrás de mim, e tateei em busca de uma abertura, me recusando a acreditar que era um beco sem saída. Passei a mão de lado a lado de uma pedra saliente. Por instinto, apertei-a, e a parede deslizou, abrindo espaço.

Atrás dela, havia mais uma parede, esta feita de vidro e iluminada. Pisquei rápido, cega pela luz forte. Do outro lado do vidro, havia uma parede lisa de aço com uma porta de cofre no meio, entalhada com um *G* gigante. O logo da Gnosis. Ao lado da porta encontrava-se um microfone suspenso na parede, acima de um botão vermelho e embaixo de uma tela retangular. À direita do microfone, um painel de controle com fileiras de luzes verdes.

Toquei o vidro à frente para sentir sua espessura, e ele se tornou uma tela *touchscreen* com um teclado. Apareceram doze espaços, com números nos primeiros quatro.

2 5 8 4 _ _ _ _ _ _ _ _

Era uma senha. Meu cérebro começou a trabalhar, buscando um padrão. Dois mais três era igual a cinco, e cinco mais três era igual a oito, só que oito mais três não era igual a quatro. Maldição. Meus olhos se voltaram rapidamente para o lado inferior da tela. Faltavam 2:59:45. Senti meu humor piorar. A contagem regressiva acabaria antes que eu conseguisse sair dali.

Vamos lá, Rory, disse a mim mesma. Minha mãe tinha pensado em tudo. Ela devia ter me deixado uma pista para isso. Mentalmente, repassei tudo o que ela me deixara. O colar, o envelope, a manta.

A manta. Com seu padrão matemático.

De repente, entendi. Não era 2, 5, 8 e 4. Era 2.584, o vigésimo número na sequência de Fibonacci. Eu tinha calculado na noite anterior. Qual era o próximo número na sequência? Meu cérebro empacou. Não conseguia lembrar. Eu precisaria começar do início. Os primeiros dois números eram zero e um, e cada número depois disso era a soma dos dois números anteriores. Fazendo as contas, o número logo depois de 2.584 era 4.181. Apressada, digitei quatro, um, oito e um nas quatro caixas seguintes. Agora, para os últimos quatro espaços: 2.584 + 4.181 = 6.765. Digitei esses números, respirei fundo e toquei o *Enter*.

Blém.

Pulei com o barulho alto de metal. Uma fechadura se abria. Um instante depois, ouvi uma lufada de ar e um barulho quando o vidro se retraiu e deslizou, abrindo caminho. Olhei para o relógio. Faltavam: 1:45:00.

Entrei na câmara e, assim que fiz isso, o vidro se fechou atrás de mim, produzindo um barulho de sucção. Eu estava presa entre vidro e aço. E agora? Examinei a pequena câmara. O botão vermelho piscava, como se o microfone estivesse gravando. Eu deveria falar alguma coisa? Se havia uma senha, definitivamente não sabia qual era ela. Observei a tela acima do microfone se acender com a modulação em movimento de uma voz, como se eu *estivesse* falando.

Em seguida, ouvi um *bip* quando as luzes do painel de controle passaram de verde para vermelho, seguidas por um barulho metálico quando a porta se destrancou.

Ela estava me deixando entrar.

Quando fui abrir a porta, notei pela primeira vez que a pele do meu braço era negra. Examinei o resto do meu corpo e entendi por que o sistema havia me deixado entrar. Ele achava que eu era Tarsus. Durante a simulação toda, eu tinha sido ela sem perceber. Por isso havia chegado aqui tão rápido – as pernas dela eram o dobro das minhas.

Com apenas dez segundos restantes na contagem regressiva, corri pela abertura heptagonal e para a maior sala na qual eu já tinha entrado.

O lugar era diferente de tudo que eu vira, iluminado por uma sinistra luz azul e cheio de fileiras e fileiras de máquinas idênticas, do chão ao teto. Era tão frio que parecia uma geladeira.

O chão tinha grades de metal e suspendia-se a alguns metros do solo, que, por sua vez, parecia ter sido cortado de uma pedra cintilante. Olhei para o teto, a mais de um campo de futebol de distância. Essa era a sala de servidores da Gnosis. Tinha de ser.

Olhe para a direita!

As palavras foram um estrondo, como um trovão, me enchendo de medo e alívio. A voz estava aqui, me ajudando, e se importava com isso tanto quanto eu. Virei para a direita e vi uma máquina diferente das outras. Havia três telas suspensas sobre uma mesa de vidro dentro de uma jaula cor de cobre. Dei um passo em direção a ela, e a tela ficou preta.

– Não – deixei escapar. – Ainda não.

Mas a contagem regressiva tinha chegado ao fim e a simulação, acabado. Alguns segundos depois, a tela se acendeu com a lista da sala; os nomes estavam ranqueados por tempo de fuga. O meu estava no meio da lista, imperceptível. Para o resto da sala, eu havia realizado a mesma simulação. Apenas Tarsus e eu sabíamos da verdade: por alguma razão que eu nem imaginava, ela estava tentando me ajudar. Tarsus não apenas tinha me soltado na tumba, mas também me mostrara como acessar a central de servidores da Gnosis.

A professora passou o resto da aula falando sobre os vários erros que meus colegas tinham feito em suas simulações. Não prestei atenção em uma palavra sequer. Apenas fitei meu pingente.

Seria ela a pessoa que havia deixado uma cópia das notas da minha mãe embaixo do travesseiro? Ela que tinha escrito o nome da dra. Hildebrand no livro de North? Bem então, ouvi a voz em alto e bom som, não estrondosa como antes, e sim ecoando. Duas palavras ressoando na minha cabeça.

Confie nela.

31

Feliz por estar de tênis, corri do Salão Hamilton até o Paradiso, com o pingente de ípsilon batendo contra minha clavícula, e pulei a cerca no cemitério. Enquanto cruzava o gramado, olhei rapidamente ao redor para garantir que estava sozinha. Quando meus olhos pousaram na estátua do arcanjo, estaquei. Seu braço apontava para a entrada do cemitério, o que fazia sentido agora que eu havia visto uma ilustração de *Paraíso perdido*. Ele estava expulsando Adão e Eva do Éden. Mas eu tinha certeza de que ele apontava para o céu na noite em que os Raros me chamaram à sua asa.

Corri até a estátua. Era quase imperceptível, mas havia uma fenda em seu ombro esquerdo, como se o braço fosse uma alavanca. Agarrei seu pulso e o empurrei para cima. O braço não se moveu nem um centímetro. Cerrei os dentes e empurrei de novo, afastando as pernas para dar impulso. O braço se mexeu lentamente e ouvi um barulho áspero à esquerda. Pedra deslizando sobre pedra.

O barulho vinha do mausoléu.

Saí correndo até a construção e entrei. Mesmo antes de levantar a tampa do caixão, sabia o que tinha feito. Eu havia aberto a entrada para a tumba.

A base do esquife de mármore se retraiu alguns centímetros, revelando uma escada em espiral que descia em direção ao breu. Espreitei, tentando decifrar o que havia ali embaixo, mas não conseguia ver mais de três metros à frente.

Endireitei o corpo, alarmada. E se eu tivesse acionado um alarme silencioso? Sem contar que havia deixado a porta do mausoléu aberta em plena luz do dia. Bati a tampa, fechando o caixão, e deixei o mausoléu tão rápido quanto tinha entrado, parando apenas para puxar o braço do anjo antes de sair correndo até a cerca.

Kate estava atrás do balcão quando me precipitei pela porta do café.

– Oi, Rory – gritou. – O North não está aqui.

– Como assim, não está aqui? – exigi saber. – Ele precisa estar aqui.

Ela me encarou.

– Você está bem?

– Só preciso ver o North – respondi. – Você sabe onde ele está?

Kate sacudiu a cabeça.

– Mas o intervalo dele acaba em cinco minutos. Você quer alguma coisa enquanto esp...

– Não, valeu – eu disse, e saí com pressa.

Eu me enchi de alívio quando o vi através da porta de vidro da assistência técnica do Ivan. Seu *laptop* estava aberto em cima do balcão, e Ivan mexia em algo na palma de North. Abri subitamente a porta, tocando a sineta. De supetão, North se endireitou, apertando o que trazia na mão, e, ligeiro, fechou o aparelho.

– Rory – ele disse ao me ver, relaxando um pouco, mas sua testa estava enrugada de preocupação. – O que está fazendo aqui?

– Preciso ver o que há no meu colar – respondi, apressada. – Acho que ela colocou algo nele. Foi por isso que o pegou.

Ivan já estava destrancando o gabinete onde guardava os *laptops* para empréstimo.

– O que você tem na mão? – perguntei a North. Seus dedos ainda apertavam com força sua palma.

Ele hesitou e olhou rápido para Ivan. O velho assentiu.

– Ele está pronto.

North abriu a mão, revelando o medalhão de pomba que eu vira na vitrine naquela noite em que ficamos de bobeira. Ele era ainda mais delicado de perto. O ouro se fazia presente em intrincados detalhes, e a asa era levemente levantada da superfície.

– Comprei pra você – North disse, olhando de viés para Ivan. – Pra substituir seu colar. –Vacilou. – Quer dizer, sei que nada pode substituí-lo, mas pensei que...

– Eu adorei – respondi, juntando meu cabelo em um rabo de cavalo. – Coloca em mim? E tira o outro, pra vermos o que tem no arquivo?

Sentir os dedos de North roçarem na minha nuca me deixou arrepiada. Como eu desejava que fôssemos dois adolescentes normais que não precisassem interromper uma conspiração biotecnológica!

O medalhão de pomba ficou dependurado pouco abaixo do pingente, se acomodando no colo.

– O que há dentro dele? – perguntei subitamente, lembrando que era um medalhão. A dobradiça se encontrava em cima, então enfiei a unha entre o bico da pomba, o lugar mais óbvio para abri-lo.

– Não abre – North disse rápido. Ele tirou o colar com o pingente e o tomou em sua mão.

– Não é um medalhão?

– O dono anterior selou a abertura – Ivan explicou.

– Ah – eu disse, escondendo minha decepção. Passei a mão embaixo dele, levantando-o para vê-lo melhor. Achava que o olho da pomba fosse uma pedra turquesa, mas devia ter me enganado, porque ela não era azul, e sim preta, e refletia como vidro espelhado. – Bom, eu amei! – disse, me virando e sorrindo para North. – Obrigada.

Ele retribuiu com um sorriso radiante.

– De nada. – North tirou o *plug* USB do pingente e o espetou no *laptop*. – Como você o encontrou?

– Foi a Tarsus – eu disse. – Ela me devolveu esta manhã. Parece loucura, mas acho que esse tempo todo ela vinha tentando me ajudar.

– Ajudá-la a fazer o quê? – North perguntou.

– Não sei. Mas na aula de prática de hoje ela me mostrou o interior da tumba e me deixou usar suas credenciais para entrar no que acredito ser a sala de servidores da Gnosis ou algo parecido. É isso que está embaixo do reservatório.

North respondeu alguma coisa, mas eu estava preocupada demais com os dois arquivos que haviam aparecido na tela para ouvi-lo. Um era um JPEG, o outro era um arquivo de áudio com sete minutos e quarenta e cinco segundos. Levantei o rosto e olhei para Ivan. – Você pode me emprestar um fone de ouvido? – Não é que eu não quisesse que North ouvisse, ou mesmo Ivan; eu só queria ouvi-lo primeiro.

– É claro – o velho respondeu, e buscou no gabinete de empréstimos um par de fones antigos, do tipo que se coloca sobre as orelhas. – Se quiser privacidade, pode ouvir no meu escritório, lá nos fundos – disse, gentilmente. Ele gesticulou para eu contornar o balcão e apontou para uma porta atrás da cortina que separava a parte da frente da dos fundos.

– Valeu – agradeci, voltando o olhar para North enquanto levantava o *laptop* do balcão. – Volto daqui a pouquinho.

O escritório estava abarrotado de coisas, mas era limpo. A mesa comportava um antigo transistor de rádio encostado contra a parede e ligado no que parecia ser um canal de notícias. O volume estava baixo demais para eu entender o que era dito. Ouvi as palavras "explosão solar" e aumentei o volume. Era o fim de uma reportagem.

– ... o vento lançaria uma explosão de radiação eletromagnética em nossa direção – a repórter dizia. – Viajando a mais de doze milhões de quilômetros por hora, essa nuvem de plasma solar e campo magnético atingiria a atmosfera terrestre em menos de um dia, apresentando grandes riscos à nossa rede de energia.

Uma tempestade solar. Era o tipo de coisa que deixaria o antigo Beck nas nuvens. Mas o novo Beck provavelmente nem a veria. Lux garantiria isso. Afinal de contas, eventos climáticos estavam em sua lista de ameaças.

O pensamento me trouxe de volta ao momento presente. Abri o arquivo JPEG primeiro e uma imagem em preto e branco apareceu na tela. Era uma fotografia tirada da seção de esportes de um anuário. Um jogador de basquete com uma camiseta da Noveden fazia uma cesta de três pontos nos quatro segundos finais do jogo. Atrás dele, nos assentos baratos, os espectadores estavam de pé. Quase no mesmo instante vi o rosto da minha mãe, sua boca aberta em um grito alegre, abraçando a garota ao seu lado. Uma garota de afro cujos olhos negros como carvão não haviam mudado nada em dezessete anos.

Elas eram amigas.

Enfiei os fones no computador e cliquei no outro arquivo.

– Você certamente tem perguntas a fazer – a voz da dra. Tarsus veio dos alto-falantes. – Tenho algumas respostas, mas não todas. Não sei por que sua mãe deixou a Noveden daquele jeito, ou se a morte dela foi de fato um acidente, embora suspeite que não tenha sido. Mas sei que Griffin Payne é seu pai verdadeiro, que ele e Aviana estavam profundamente apaixonados e que ela tinha certeza que você fora concebida na noite de núpcias. – Tarsus inspirou, vacilante. Senti meu corpo se retesar, se preparando para o que ela estava prestes a dizer.

"A última vez em que falei com sua mãe foi no dia da morte dela. Aviana estava desaparecida desde junho, mas usou o celular de uma enfermeira para me ligar e dizer que estava em trabalho de parto e que achava que os Raros a haviam encontrado. Ela não explicou por que tinha fugido, apenas que algo horrível acontecera e que, por essa razão, você não poderia crescer como filha do Griffin. Para isso, ela garantira que Griffin não suspeitasse que você fosse filha dele, e que você cresceria acreditando que seu pai era um homem chamado Duke Vaughn." Meus olhos se encheram de água à menção do meu pai. Como minha vida com ele parecia distante. "Ela falou que estava ligando para se despedir", a dra. Tarsus continuou. "E para me pedir que protegesse sua filha. Prometi a ela que faria isso.

"A essa altura, você sabe que o colar com o ípsilon é meu. Sua mãe nunca foi membra dos Raros. Nem seu pai. Griffin nem foi considerado, apesar dos apelos do pai. O Q.I. dele não cumpria o requisito. Sua mãe foi convidada e passou pelo processo de avaliação, mas se recusou a fazer o juramento. Nunca esquecerei suas palavras. Ela tirou o capuz e disse 'Apenas os impotentes se escondem atrás de máscaras e becas'. O resto de nós estava iludido com o prestígio e a exclusividade, com a adulação de ouvir que éramos destinados à grandeza. Isso é difícil de recusar, sabe? É fácil racionalizar, chamar a vida na sociedade de nosso dever, fazer com que soe importante e até bom. Acho que é a maneira como fomos feitos. Como Milton descreveu? 'Capaz de suster-se, embora livre para cair'. A escolha era nossa, e escolhemos a nós mesmos. Mas não Aviana. Ela era mais sábia que nós.

"No começo, não sabia se você era parecida com ela. Não parecia ser enquanto crescia, pelo menos à distância. Quando decidiu vir à Noveden, eu precisava me certificar disso. Foi por esse motivo que pedi à Hershey para vigiá-la. Quando ela disse que falaria com o diretor, vi que precisaria afastá-la do jeito que pudesse. Em retrospecto, seria melhor nunca tê-la envolvido. No fim das contas, não precisei daqueles relatórios semanais. Soube que você ouvia a Dúvida no primeiro dia de aula, quando se jogou na frente daquele bonde. Aviana teria feito o mesmo." A dra. Tarsus fez uma pausa, e imaginei que estivesse sorrindo.

"Eu não via as coisas como ela. Não naquela época. Então fiz meu juramento naquela noite sem saber a real profundidade do poder da sociedade. Agora eu sei até demais. Eles têm membros em todas as cidades, em todas as indústrias, no topo das maiores empresas. Gnosis e Soza são apenas a ponta do *iceberg*. De forma lenta e constante, eles têm criado a infraestrutura para seu próprio domínio." – "A infraestrutura para seu próprio domínio." Estremeci. A frase parecia parte de um *thriller* conspiratório assustador. Mas não; essa era a vida real.

"Mas os Raros têm um oponente que ainda não conseguiram derrotar", Tarsus continuou. "A Dúvida. Um nome dado por eles para fazer com que a voz interior parecesse pouco confiável. Irracional. Não foi difícil convencer as pessoas. Afinal, quem a ouve age de um jeito que não faz sentido para o resto do mundo: abrem mão de seus ganhos, ajudam pessoas que não merecem, renunciam àquilo que desejam. Elas não se colocam em primeiro lugar, e pessoas altruístas são impossíveis de se controlar. Então, os Raros começaram a alimentar a ideia de que não se podia confiar na Dúvida. Inventaram que era um transtorno psicológico, como se a voz pudesse ser descartada através de uma explicação científica, quando, na verdade, é o conceito mais complicado da nossa existência. Uma inexplicável cutucada da Providência que tem guiado o espírito humano desde o começo dos tempos. É, como passei a acreditar, aquilo que faz de nós humanos. Oriunda de Deus, de nossa consciência coletiva ou de alguma parte desconhecida dentro de nós mesmos; qualquer que seja sua origem, a voz não pode ser estudada em um laboratório ou categorizada em um compartimento. Ela é muito maior que isso.

"Os Raros ajudaram as pessoas a se esquecerem disso. Devagar, metodicamente, se esforçaram em alterar a percepção delas. A voz em que outrora confiavam se tornou inimiga da felicidade. Algo temível. Sabendo que ela não gritaria para ser ouvida, os Raros garantiram que o mundo ficasse barulhento com músicas, filmes, notícias vinte e quatro horas e incessantes conversas na *internet*. Se não podiam silenciar o sussurro, bombardeariam o mundo com outras vozes e escolhas infinitas.

"Funcionou, mas não foi perfeito", ela prosseguiu. "Houve aqueles que escolheram a voz. Que não podiam ser distraídos, que não podiam ser enganados. Assim nasceu o Projeto Hiperion. Os Raros lançariam uma nova companhia de tecnologia, que desenvolveria um aplicativo de tomada de decisões, o qual, por sua vez, se tornaria uma necessidade social. Eles conheciam bem o mundo. E eram pacientes.

"No verão do meu último ano, a sociedade me arranjou um estágio na Gnosis", Tarsus continuou. "Foi assim que me tornei assistente da dra. Hildebrand naquela primavera. Terem colocado meu nome na lista do memorando interno que você encontrou no pingente foi um incidente fortuito. Assim que o vi, fui correndo falar com sua mãe. Eu não temia pela minha vida, não naquela época. Apenas pela perda do meu *status*. Eu era a garota do Bronx que tinha recebido uma nova vida. Uma vida que não queria perder." Envergonhada, sua voz vacilou um pouco. Ela limpou a garganta e continuou falando.

"Sua mãe nem sequer titubeou quando descobriu. Ela queria expô-los, denunciá-los. E, com o memorando e a lista da sociedade compilada por mim, Aviana tinha a prova de que precisava. Seu plano era escrever uma carta aberta aos maiores jornais do país, anexando os dois documentos. Todos eles teriam publicado a história. Os repórteres ainda faziam suas próprias escolhas. Mas ela disse que, antes, queria confrontar o padrasto do Griffin. Naquela época, Atwater era o Divino Segundo, isto é, o segundo cargo mais importante da sociedade. Aviana queria extrair uma confissão dele, pelo menos para mostrar ao Griffin."

A voz da dra. Tarsus adquiriu um tom sombrio.

– Não sabíamos do que os Raros eram realmente capazes. Sabíamos que eram poderosos e implacáveis, mas não imaginávamos que fossem assassinos. Não posso afirmar que mataram sua mãe, mas sei que assassinaram seu pai. – Sua voz falhou. – Não gostaria que você descobrisse assim, Rory, mas o Griffin está morto. – Meus olhos se encheram de lágrimas, mesmo já sabendo. Fiquei comovida pela comiseração na voz dela, por sua compaixão desmedida. – Ele morreu na noite da festa – disse, baixinho. – De um coágulo no cérebro. Ele não imaginava o que estava enfrentando quando subiu naquele palanque. Ele sabia que a versão do Lux no Gold tinha um algoritmo diferente, desenhado para afastar as pessoas da Dúvida, mas não tinha ideia de que estavam sendo quimicamente manipuladas para confiar no aplicativo, ou que o *spray* antigripal que tinha tomado em setembro estava infestado de nanorrobôs. – Sua voz tornou a se endurecer. – Ou que seu guarda-costas, Jason, recebia ordens de outra pessoa.

Eu me perguntei quem teria pressionado o botão causador do coágulo. Quanto de nossa conversa Jason teria ouvido? Seria eu a razão de Griffin estar morto?

– Sei que você deve me achar uma covarde – Tarsus disse, sua voz vacilando de novo. – Com minha posição e meu trânsito, eu deveria ter feito algo muito tempo atrás, antes que a situação chegasse a esse ponto. E você tem razão. Mas eu não podia enfrentá-los e manter a promessa à sua mãe ao mesmo tempo. Então a protegi, esperando que um dia isso não fosse mais preciso. Gostaria que esse dia fosse hoje. Meu maior desejo é que você deixasse a Noveden, desaparecesse como sua mãe tentou fazer. Mas, embora eu não seja tão sábia como sua mãe ou você, também não sou tola. Vi a expressão em seus olhos quando você subiu no altar hoje à noite. Foi a mesma expressão que vi nos de Aviana quando ela tirou o capuz. Assim, se você escolher voltar à tumba, farei o que puder para que saia viva de lá.

Ela começou a dizer mais alguma coisa, mas pareceu mudar de ideia. Ouvi um som de gravação se embaralhando, e o áudio foi cortado. Lágrimas rolavam pelo meu rosto, pingando na mesa. Ela não havia contado nada que eu já não soubesse, ou pelo menos nada de que não suspeitasse. Mas suas palavras tinham consolidado as coisas para mim. Eu não correria. Não podia correr. Não depois do que aquelas pessoas haviam feito a meus pais. A Beck. A milhões de pessoas.

– Rory? – A voz de North estava abafada por causa dos fones. Tirei-os das orelhas, deixando-os cair na mesa. – O que ela disse?

Eu só balancei a cabeça.

– Ela está mesmo do nosso lado?

– Mais que isso – respondi, rouca por conta das lágrimas. – Tudo o que ela fez foi por mim. A Tarsus prometeu à minha mãe que me protegeria. – Puxei o pingente do *laptop* e o entreguei a North. – Você pode passar a gravação pro seu celular? Quero ouvi-la de novo mais tarde.

North fez que sim com a cabeça.

– É claro. – Ele sentou na beirada da mesa do Ivan. – Quer conversar sobre isso?

Enxuguei as lágrimas.

– Quero conversar sobre nossa estratégia pra derrubar esses malditos.

– Certo. Você disse que viu uma sala com os servidores da Gnosis em sua simulação – North disse. – Como ela era?

Eu a descrevi o mais detalhadamente possível.

– E a segurança?

– Senha numérica e com reconhecimento de voz.

– Reconhecimento de voz. Droga. Como você passou por ele na simulação?

– Eu era ela. Tarsus. Não conseguia ouvir o que ela estava dizendo, mas sua voz me fez passar pela porta.

North mordiscou o lábio.

– Você disse que ela estará na sua iniciação, certo? Se conseguíssemos chegar à sala sem sermos notados, ela nos deixaria passar?

A esperança que tinha quase desaparecido voltou num arroubo.

– Você tem um plano – eu disse, levantando-me de um salto e batendo com os joelhos na parte de baixo da mesa.

– Bem, tecnicamente é *seu* plano – North respondeu, os cantos de sua boca levantando-se um pouquinho. – Mas eu adoro um desafio. Além disso, o momento é perfeito. Parece até um presente.

– Como assim?

– As companhias de abastecimento de energia elétrica vão desligar a rede de energia amanhã à tarde para proteger os transformadores da tempestade solar. A Gnosis diz que seus sistemas são independentes, então vai tirar os servidores da rede à meia-noite de hoje.

– Por quê?

– Acho que para mantê-los funcionando durante o apagão. As empresas estão dizendo que podemos ficar sem energia por um dia inteiro.

– Deus me livre que as pessoas fiquem sem o Lux por tanto tempo – eu disse, sarcástica.

– A boa notícia pra nós é que o sistema inteiro da Gnosis vai ficar *off-line* para manutenção da meia-noite de hoje até às duas da manhã.

– Inclusive o Lux – eu disse, sentindo meus batimentos aumentarem.

North concordou.

– Isso significa que, se conseguirmos fazer isso enquanto os servidores estiverem desligados, talvez passemos despercebidos.

– Mas não haverá pessoas na sala durante esse tempo? Tipo, trabalhando nos servidores ou algo assim?

– Duvido – North respondeu. – Salas de servidores são supergeladas e muito barulhentas. E os funcionários da Gnosis não precisam estar na sala para acessá-los. Eles podem entrar por meio da rede interna da empresa.

Meu coração estava acelerado.

— Meu Deus. A gente vai conseguir mesmo fazer isso.

— Ainda precisamos planejar muita coisa. Presumindo que a Tarsus consiga nos passar pela segurança, ainda teremos de encontrar o terminal e então...

— O terminal. O que é isso?

— O ponto de entrada pro sistema. Uma máquina com um teclado e uma tela. É como você...

Interrompi-o mais uma vez.

— Eu o vi. Três telas e uma mesa de vidro que parecia um *touchpad* gigante. Estava rodeada em uma malha de cobre.

— Certo, então temos a localização do terminal — North disse. — Mas ainda não sabemos o nível de segurança da máquina em si. E só saberemos quando estivermos lá.

— *Nós* não — corrigi. — *Eu*. Vou fazer isso sozinha.

— Até parece — North disse, sarcástico. — Em primeiro lugar, isso não vai dar certo sem a minha ajuda. É impossível saber o que fazer no terminal até estar lá. Mesmo que eu quisesse, não conseguiria te orientar. Não até eu estar no terminal. Em segundo lugar, te amo demais pra te deixar entrar sozinha naquele lugar.

Com um bate agudo, percebi que essa talvez você minha última chance de dizer que também o amava. Embora me forçasse a ignorar esse fato, eu sabia como nosso plano era perigoso. — Também te amo — respondi, baixinho. — Mas como vamos te colocar pra dentro?

— O Liam sempre te leva, não é? Em uma beca com capuz? — North deu de ombros. — Eu serei o Liam.

— Se eles te pegarem...

— Eles não vão me pegar. E daí se pegarem? Você disse que há uma serpente, uma coruja e uma raposa, certo? Com a Tarsus do nosso lado, serão três contra um. — O nó no meu estômago se afrouxou um pouco. A segurança de North era contagiosa. — A única questão é: como nos livramos do Liam por algumas horas? — ele perguntou.

— Damos rohypnol para ele — eu disse, sem hesitar. — Vai incapacitá-lo sem matá-lo, e bagunçará a memória dele.

— Ah, claro. Devo ter um boa noite Cinderela por aqui. Deixa eu pegar umas pílulas.

— Pílulas, não – corrigi. – Precisa ser injetável. Não teríamos certeza de que ele beberia o líquido em que colocássemos a droga.

North me lançou um olhar incrédulo.

— Você está mesmo falando sério?

— Qual é o problema? É exatamente do que precisamos.

North puxou seu moicano com força.

— Sei que não temos tempo pra entrar nessa agora, mas, caralho, Rory, essa merda é realmente perturbadora.

— Você tem razão, não temos tempo. Precisamos comprar rohypnol.

— Onde, na farmácia? Aposto que vai estar ao lado do paracetamol.

Cruzei os braços, irritada com o sarcasmo.

— Você tem um moicano e é todo tatuado. Você não tem seus contatos?

— Contatos que vendem *rohypnol*?

— Então você não conhece ninguém que pode descolar pra gente?

Ele começou a balançar a cabeça, mas pareceu pensar em algo.

— Um dos meus clientes é farmacêutico. Pode ser que eu consiga a receita de um calmante com ele. Algo potente, mas dentro da lei. Posso mandar uma mensagem pra ele do meu apartamento.

— Precisamos atualizar a Hershey mesmo... – eu disse, agarrando o *laptop* e os fones.

Agradecemos ao Ivan e nos apressamos para sair. Depois de uma rápida parada no Paradiso para contar à Kate que North não voltaria ao trabalho, seguimos para o apartamento dele com café e um salgado de cada tipo que estava na vitrine.

— Hershey? – gritei quando entramos. Mas a sala estava em silêncio.

— Ela está com o garoto misterioso – North disse. – Ela passou aqui de manhã para pegar sua bolsa. Disse que ficaria na casa dele por alguns dias. – *Na casa dele*. Então ele definitivamente não morava no *campus*. Ou com os pais.

Mordisquei a parte interna do lábio inferior. Meu namorado não estudava na Noveden nem morava com os pais, mas isso não fazia dele um psicopata assassino. Hershey estava ficando com esse cara, seja lá quem ele fosse, por um tempo. Ele não era um desconhecido. E era a Hershey. Ela podia cuidar sozinha de si.

North havia entrado no escritório. Quando entrei também, ele já tinha aberto na tela o que parecia ser uma janela de conversação.

– É assim que me comunico com meus clientes – explicou. – É um programa de conversas privadas. Vai ligar pro portátil dele e tocar três vezes, um sinal de que ele deve se conectar.

Minutos depois o cara fez isso, e North começou a digitar.

– Ele concordou – North disse e abriu um sorriso largo. – Ele está na farmácia agora. A receita vai ficar pronta em quinze minutos. – Ele se virou na cadeira e olhou para mim.

– Vamos mesmo fazer isso – eu disse.

A testa dele se enrugou.

– Você quer fazer isso, certo?

– Com toda a certeza. E só que... – Minha voz fraquejou. – Não quero que nada de mal aconteça com você.

– E eu não quero que nada de mal aconteça com *você*.

– Mas eu me meti nisso sozinha. Você não. Eu que te arrastei pra isso.

– Você claramente não me conhece tão bem quanto eu pensava – North disse. – Não sou arrastado, Rory. Estou fazendo isso porque quero. Porque o que essas pessoas estão fazendo é errado. E porque a voz na minha cabeça está dizendo o mesmo que a sua.

– Não temas – sussurrei. North encontrou meu olhar e assentiu com a cabeça.

– Não temas.

32

Enquanto North foi de moto até a farmácia, fiquei esperando por Hershey. Decidimos ir para o apartamento em Manhattan assim que saíssemos da tumba, então essa poderia ser minha última chance de me despedir dela. Se tudo desse certo, precisaríamos desaparecer.

Na verdade, o plano era bem simples. Decidimos fazer o circo pegar fogo reprogramando o Lux de maneira a redirecionar os usuários do Gold *para* suas ameaças e fraquezas, em vez de afastá-los delas, permitindo que vivessem os momentos dos quais os Raros estavam tão determinados a isolá-los – e, no processo, bagunçando completamente as agendas deles. Não era exatamente uma quebra de grilhões, mas, se a vida das pessoas estivesse um caos, elas talvez levantassem a cabeça de suas telas. Talvez procurassem conselhos de algo que não fosse uma caixa dourada e brilhante em seus pulsos. Era tudo que poderíamos fazer. Estabelecer a base para a mudança. No fim das contas, elas precisam escolher por si mesmas.

"Eu os formei judiciosos e livres, e assim devem permanecer." Agora eu via a citação de *Paraíso perdido* com outros olhos. Os Raros não tinham mudado a natureza humana. Eles haviam tirado o livre-arbítrio sem ter o poder para isso. Sim, os nanorrobôs no cérebro das pessoas criavam uma sensação de confiança, levando-as a acreditar cegamente no Lux, mas aquelas máquinas minúsculas não ditavam suas escolhas. Ninguém ditava. Ninguém podia ditar, nem mesmo Deus. Era essa a mensagem do anel do Griffin. O *timshel* de Steinbeck. Poderás. Com o Lux, os indivíduos estavam simplesmente escolhendo não escolher. Precisávamos lembrá-los de que eles ainda podiam.

Estávamos otimistas. Depois de ver o perfil do Beck no Lux e minha reação a ele, North começara a entrar em perfis aleatórios, analisando as ameaças e fraquezas dos usuários. No fim das contas, algumas apareciam no perfil de quase todos os usuários, então ele começou a catalogar as ocorrências repetidas. Sincronicidade, acasos felizes e pores do sol, por exemplo, eram ameaças em comum, bem como expectativas não satisfeitas e atrasos imprevistos. Ao passo que as mesmas cinco características apareciam quase universalmente como fraquezas: paciência, compaixão, humildade, gratidão e piedade. Sua antítese – imediatismo, presunção, arrogância, privilégio e indiferença – estavam no topo de quase todas as listas de força. Nosso plano era manter o algoritmo já existente do Lux, mas alterar as variáveis. Se North acertasse o código, nossa versão modificada do aplicativo fabricaria os cenários que ele tinha sido previamente programado para evitar. Eu não sabia o que esperar se nossa missão fosse bem-sucedida, mas sabia que, se os Raros estavam mantendo as pessoas longe dessas experiências – de momentos de compaixão, piedade, gratidão e humildade –, elas deveriam ser poderosas. Fiquei pensando no jeito como Hershey agiu depois de eu ajudá-la a estudar para as provas. Ela recebeu minha piedade naquela noite, e isso a mudou.

Coloquei os fones de ouvido e apertei *play* na gravação de Tarsus. North a colocara em seu iPhone, como eu pedira, e desde que ele tinha saído eu a havia ouvido mais três vezes. Enquanto minha professora falava, sentei sobre as pernas e fechei os olhos. Concentrando-me em minha respiração, tentei desobstruir minha mente de seu turbilhão de preocupações infrutíferas. Inspirar... Expirar... Inspirar. Minha respiração soava como o oceano ou o vento.

"O vento sopra onde quer", ouvi a voz dizer. "Ouves a sua voz, mas não sabes de onde vem, nem para onde."

Notei que as coisas eram assim com a voz. Como o vento, ela não podia ser prevista ou contida. Agarrei-me a essas palavras, deixando-as se repetirem como um refrão enquanto eu acalmava minha respiração. Eu não podia controlar a quem a voz falaria, nem mesmo quando escolheria falar comigo. Podia apenas decidir ouvi-la sempre que ela falava.

A paz tomou conta do meu coração enquanto eu estava sentada, sua presença reforçou a certeza de que nosso plano tinha um propósito e a confiança de que conseguiríamos cumpri-lo. Recordei as palavras que a voz havia dito no dia em que cheguei à Noveden, a promessa da qual tinha me esquecido até agora. *Você não vai falhar*, ela sussurrou. Agora, eu esperava por uma garantia de que nada de mau aconteceria conosco, mas nenhuma chegou.

– Rory? – Senti uma mão pousar em meu ombro e me sacudir gentilmente. Grogue de sono, abri os olhos. A luz havia deixado a sala de estar, e o sol era de um âmbar quente através das frestas da veneziana. Embora os fones ainda estivessem em meus ouvidos, a gravação havia terminado fazia tempo. North estava ao meu lado no sofá, com uma sacola da farmácia no colo. Ele afastou o cabelo do meu rosto.

– Achei que você estava meditando – ele disse, e sorriu. – Até ouvir um ronco.

Dei um soquinho em seu braço.

– Conseguiu?

North mexeu na sacola, tirando dela um pequeno frasco e uma caixa de agulhas.

– Uma dose de triazolam venoso. Deve sedá-lo em minutos e deixá-lo desacordado por no mínimo oito horas. Se tudo correr de acordo com o plano, devemos estar em Manhattan antes de ele acordar.

Apenas assenti. *Se tudo correr de acordo com o plano.* Muita coisa dependia desse "se".

North olhou para o relógio.

– São quase seis – ele disse. – Preciso levar todos os meus aparelhos pro depósito antes que ele feche. E você provavelmente precisa empacotar tudo o que quiser levar pra Nova York antes de encontrar com o Liam. – O plano era que eu fosse até o dormitório dele pouco antes do toque de recolher, alegando estar nervosa com a iniciação. Naquela manhã seu colega de quarto tinha viajado para Birmingham para o funeral da avó e só voltaria no dia seguinte, então Liam estaria sozinho. Ele certamente mantinha sua beca escondida, por isso eu precisaria arranjar um jeito de convencê-lo a me mostrá-la antes de picá-lo com a agulha. Tínhamos considerado a possibilidade de esperar Liam ir para o cemitério, mas decidimos que deixá-lo a céu aberto seria arriscado demais, para ele e para nós. Era mais seguro para todos se Liam passasse a noite no dormitório. Depois que o colocasse na cama, eu roubaria sua beca, encontraria North no cemitério e esperaria pela mensagem dos Raros. Ele queria me acompanhar até o quarto de Liam, mas não podíamos arriscar que alguém o visse, principalmente com a ordem de restrição ainda em vigor.

– Ainda não – eu disse a North, deitando no sofá e o puxando para cima de mim. Seu corpo se retesou com a surpresa. Segurei-o com força contra mim, arqueando as costas para me pressionar contra seu corpo. Ele envolveu meu rosto com os braços e me beijou, primeiro gentilmente, depois mais forte. Com as mãos tremendo, tateei à procura do botão de seu *jeans*.

– Opa – North disse, se afastando. Encontrei seu olhar e voltei a mexer no botão, abrindo-o. – Rory – ele começou.

– Podemos morrer esta noite – eu disse, suavemente.

– Não vamos...

Interrompi o que ele ia dizer.

– E, se morrermos, não quero me arrepender de não ter feito isto. – Abri o zíper e senti uma excitação em sua cueca xadrez azul. Ele tomou minha mão na sua, e a segurou.

– Rory – ele disse, ainda mais suave. – Eu quero isto. E quero você. Quero tanto que às vezes nem consigo respirar só de pensar. – Ele entrelaçou seus dedos nos meus. – Mas não assim. Não porque você está com medo. "Não temas", lembra?

– Não temas – sussurrei, as lágrimas enchendo meus olhos. North se inclinou para me beijar mais uma vez, com tanto carinho que me tirou o fôlego. Por um instante parecia que o tempo tinha parado e se expandido, e quase acreditei que nosso beijo nunca acabaria. Meu peito doeu quando ele finalmente se afastou.

– Depois retomamos de onde paramos – concluiu, sentando-se.

Dei um sorriso débil. North ficou de pé e me ajudou a fazer o mesmo.

– Então nos encontramos aqui em mais ou menos uma hora pra colocar as coisas na moto? – Concordei e pressionei os lábios contra os dele de novo antes de ir embora. Agora cada beijo era precioso.

O sol havia se posto atrás das árvores quando voltei para o *campus*. A porta dupla do refeitório estava aberta, com um peso impedindo-a de se fechar, e o ar gelado carregava os sons e cheiros da hora do jantar. Meu estômago roncou, mas não havia tempo para comer. Precisava empacotar minhas coisas e levá-las para o apartamento de North, para ele colocá-las na moto, e depois voltar para tomar banho e me trocar antes de ir até o quarto de Liam.

Pisquei, sentindo lágrimas sob minhas pálpebras. O *campus* era mais bonito no crepúsculo, pouco depois de os postes serem acesos, mas antes de ficar completamente escuro, quando o céu mostrava seu tom mais belo e mais rico de azul. Mesmo sabendo tudo aquilo sobre as pessoas que tinham construído esse lugar e os egomaníacos que agora o comandavam, eu não estava pronta para deixá-lo. Eu adorava a Noveden. O *status*, a sensação de pertencer a um lugar e de ser destinada a grandes feitos. Era exatamente o que a dra. Tarsus dissera na gravação. A Noveden havia me dado uma vida inteiramente diferente. Uma vida que eu não queria perder.

Mas, de certa forma, eu já a tinha perdido havia semanas, quando decidi confiar na Dúvida, não importava aonde ela me levasse. O pátio estava vazio, com exceção de uma figura solitária sentada no banco mais próximo ao Salão Ateniense. Quando me aproximei, vi que era Liam.

– Rory – ele disse ao me ver, se levantando. – Onde você esteve?

– Resolvendo coisas – respondi, vagamente. – No centro. O que foi?

– Rudd estava te procurando. – O corpo de Liam estava tenso, como se estivesse nervoso.

– O sr. Rudman? Por quê?

– Ele disse que vão remarcar sua iniciação. – Liam notou meu olhar inexpressivo. – Ele é o Divino Terceiro, Rory. Com a máscara de coruja.

Rudd era membro dos Raros? E, ainda por cima, terceiro na linha de comando? O "Divino Terceiro". Só o título bastava para minha pele pinicar. Toda aquela arrogância.

– E o diretor Atwater é o Divino Primeiro? – Eu já tinha concluído que ele era o homem por trás da máscara de serpente. O aceno de Liam apenas confirmou isso.

– Ele, Rudd e Tarsus estão esperando por você na tumba – ele disse, olhando em volta. Mas a cautela não era necessária. Não havia vivalma por perto. Todos estavam jantando. – Fiquei de esperar você aqui e te levar para eles.

– Vai acontecer *agora*? – O pânico tomou conta de mim. Eu havia deixado a seringa no apartamento de North. Não podia ser a hora da iniciação. Ainda nem estava escuro.

– É o que Rudd disse. – Ele parecia incomodado.

– O que foi, Liam?

– É que... se eles vão te iniciar, por que não pediram pra eu levar nossas becas? O medo disparou pelo meu corpo. *Eles sabem de tudo.*

– Merda – sussurrei.

– O que está acontecendo, Rory? O que você fez?

– Eu descobri algumas coisas sobre a sociedade – respondi, com cautela. Esperei pela reação de Liam, mas ela não veio. – Eles não são quem você pensa. Eles são...

Com um movimento brusco, Liam agarrou meu pulso com força.

– Não são "eles", Rory. Não pra mim. – Puxei meu braço como se tivesse sido picada. Ele me fitou, seu olhar frio e duro como as paredes de pedra da tumba, e subitamente entendi. Para Liam, os Raros eram "nós", não "eles". A sociedade prometera uma vida de aceitação, a garantia de que Liam sempre pertenceria a um lugar, e isso lhe bastava. – Olha – ele disse, então. – Se quiser vazar, não vou atrás de você. Mas eles estão nos esperando na tumba, e não vou deixá-los plantados. – Liam se levantou.

Por um ou dois segundos, me permiti acreditar que poderia correr. Para o North, para a segurança, para o meu futuro. Mas meus pés continuaram fincados no chão. Eu não poderia correr disso. Tinha aberto mão dessa opção quando decidi derrubar os Raros. À distância, o sino do *campus* se dobrou, marcando o horário. Eram sete da noite. Uma hora antes do meu encontro marcado com North. Ele só começaria a se preocupar depois das oito, e demoraria mais quinze minutos para chegar ao cemitério. A compreensão de que eu talvez nunca o visse de novo fez meu corpo inteiro doer. Mas, se voltasse para ele agora, não teríamos nenhuma chance de entrar naquela sala de servidores. Minha única opção era tentar enrolá-los.

Por mais de uma hora.

Não consigo fazer isso, a Aurora em mim declarou. Esperei pela voz dizer que eu estava errada, mas havia apenas silêncio.

Liam tinha se virado e estava caminhando em direção ao bosque.

– Espere – gritei. – Vou com você.

Foi apenas então, depois de eu tomar minha decisão, que a voz finalmente falou.

"Não temas, porque estou contigo."

– Não estou com medo – sussurrei de volta, e por um instante falei a verdade.

33

Já estava quase escuro quando chegamos ao centro do cemitério; o último feixe de luz se dissipava rapidamente no horizonte. O braço do anjo já estava apontando para o céu. Eles haviam deixado o caixão aberto para nós. Não deixei de notar a ironia. Tinham me chamado para um túmulo.

– Por que você está fazendo isso? – Liam perguntou ao entrarmos no mausoléu. Como o lugar parecia diferente agora, nesse momento, com esse cara. As gravuras no mármore eram ameaçadoras, não belas; o espaço, claustrofóbico, não aconchegante.

– Eles são os Raros – respondi. – De que adiantaria fugir? – Forcei uma risada. – E eles não vão me matar só porque não quero entrar pra sociedade. – Na verdade, eu tinha quase certeza de que era exatamente isso que fariam. E, pela sua expressão, Liam guardava suas próprias suspeitas sobre meu destino. Era visível que ele estava em conflito quanto ao seu papel em tudo isso. Mas, claramente, seu conflito não era tão grande a ponto de desistir.

– Eu gostava mesmo de você, Rory. – "Gostava." No pretérito, como se eu já não existisse mais. Ele acenou para o caixão. – Você primeiro. Espere por mim lá embaixo.

– Sem vendas?

Ele não me olhou nos olhos.

– Rudd disse para não me importar com isso.

Engoli com dificuldade, entendendo que não importava se eu soubesse como entrar se nunca sairia de lá.

Segurei firme no corrimão ao descer a escada em espiral até a sala escura. Liam estava bem atrás de mim. Ele colocou a mão embaixo do último degrau e puxou um pequeno bastão de metal. Parecia uma lanterna, mas, quando ele apertou o botão em sua base, ela acendeu com fogo de verdade.

– O altar fica na terceira câmara – Liam disse, baixinho. – Eles estarão lá.

Ele segurou meu cotovelo e me puxou pela única porta, uma arcada estreita que levava à próxima sala. Quadrada, é claro, como a anterior, mas maior e mobiliada com sofás carmesim de *plush* e mesas de canto feitas de mogno, tudo arranjado em volta de um tapete fino de tear que formava uma curva de uma arcada à outra. Uma linha diagonal reta teria sido mais eficiente, mas os Raros preferiam a elegância matemática. Mesmo sem ver o resto da curva, eu sabia que ela se tornaria uma espiral dourada conforme serpenteava em direção ao túnel.

A meio caminho, ouvi vozes na sala seguinte.

– Você deveria me agradecer – Rudd disse.

– Agradecer a você? – o diretor Atwater repetiu.

– Sim – Rudd replicou, soando mais inseguro. – Eu resolvi seu problema.

Tínhamos chegado à beira da arcada. Liam parou e olhou para mim. Dava para ver que estava tão curioso quanto eu.

– E como, exatamente, você fez isso? – o diretor perguntou, com sangue-frio. – Dormindo com uma garota de dezesseis anos?

Liam disparou os olhos para os meus, suas sobrancelhas arqueadas como pontos de interrogação. Balancei a cabeça rápido. Não, essa garota não era eu.

– Você achou que eu não sabia? – o diretor perguntou, como Rudd não respondeu. Eu ainda não tinha ouvido a voz da dra. Tarsus. Será que ela não estava junto? Meu estômago se contorceu com essa possibilidade. Ela era minha única esperança.

– Foi um erro de julgamento da minha parte – Rudd disse por fim, debilmente.

– De fato. O que é um problema, percebe? Porque leva a crer que tenha sido um erro de julgamento da *minha* parte.

Incompreensivelmente, senti pena de Rudd. Ele não tinha calculado bem as coisas.

Ouvi um farfalhar atrás de um dos sofás à minha esquerda. Mas, assim que virei a cabeça em direção ao barulho, Liam agarrou meu cotovelo. Acho que o comentário do diretor sobre mau julgamento o lembrou de qual lado ele estava. Com uma arrancada, Liam me puxou pela porta com a arcada.

– Mas se não fosse pelo meu relacionamento com ela não saberíamos sobre a Rory – Rudd dizia quando entramos na sala. Ele estava na defensiva, argumentando em seu favor. De repente, adivinhei com quem Rudd estava dormindo. No fim das contas, o garoto misterioso de Hershey não era exatamente um garoto.

– E o que *ela* sabe?

– Ela não sabe de nada. Nada que importe, pelo menos. Depois que a internarem...

Tropecei, e três cabeças se viraram em nossa direção. A dra. Tarsus estava lá. Diferentemente das outras duas salas, essa estava acesa com tochas fixadas à parede, lançando um brilho ameaçador sobre as três figuras do centro, que, distantes umas das outras, formavam um triângulo cujas alianças não eram claras. Liam pareceu não saber a quem se dirigir. Ele tinha recebido ordens de Rudd, mas era óbvio quem estava no comando.

– Liam – o professor disse, gesticulando para ele.

O garoto hesitou e então caminhou até o diretor. O velho olhou para mim, não para meu acompanhante.

– Obrigado, Liam – disse, seus olhos pregados nos meus. – Pode retornar ao seu dormitório.

As mãos do garoto ainda estavam em meu braço, por isso senti sua surpresa. Ele largou meu cotovelo como se estivesse queimando.

– Sim, senhor. – Sem nem uma olhada rápida em minha direção, ele se virou e foi embora.

O diretor continuava me encarando. Estavam separados por apenas alguns metros, e seu olhar me deu uma quentura, como se fosse um holofote. Gotas de suor brotaram em cima dos meus lábios e na minha testa.

– Olá, Aurora – Atwater disse. A repulsa rasgou minhas entranhas quando ele falou meu nome. Naquele momento, meu desprezo por ele era tão grande que achei que minha pele fosse pegar fogo. Consegui fingir um sorriso confuso.

– O que está havendo? – perguntei.

– É isso que gostaríamos de saber – ele respondeu. Sua mão livre estava enfiada no bolso do casaco, como se segurasse algo. Algo como uma arma. O suor frio começou a escorrer da minha testa.

Balancei um pouco a cabeça. Mais confusão. Outro sorriso. Dei uma olhada rápida para a dra. Tarsus. À luz tremeluzente, suas íris escuras estavam negras, opacas e completamente inescrutáveis.

– Não estou entendendo... Pensei que... Liam disse que vocês decidiram antecipar minha iniciação.

– Então está pronta para fazer seu juramento? – Atwater perguntou.

– Claro – respondi, com calma. – Só tenho algumas perguntas antes disso.

O diretor parecia estar se divertindo.

– *Você* tem perguntas. – Ele tirou a mão do bolso. O objeto que segurava parecia uma arma, mas eu nunca tinha visto uma igual àquela. No lugar do cano, havia um frasco cheio de um líquido azul. – Acho que está confusa, Aurora, sobre quem deve uma explicação aqui. – Ele firmou a mão no gatilho.

– Vou responder a qualquer pergunta que você tiver – eu disse, tentando ganhar tempo. – Só quero saber o que aconteceu com a minha mãe.

– Pelo que sei, sua mãe morreu em decorrência de um coágulo – o diretor Atwater disse, com tranquilidade. – Uma complicação comum depois de uma cesárea. – Suas palavras me encheram de raiva.

– Eu li o atestado de óbito – devolvi, brava demais para ficar com medo. – Quero a verdade. Eram nanorrobôs? Você a matou do mesmo jeito que assassinou o Griffin?

O diretor levantou as sobrancelhas.

– Sim, eu sei o que aconteceu com o Griffin – continuei, do jeito mais calmo que consegui. – Entendo a morte dele. Griffin era CEO da Gnosis. Você não podia deixá-lo destruir o que os Raros haviam construído. Mas minha mãe era uma colegial. Como ela podia ser uma ameaça?

– Ela não era – Atwater disse, ríspido e frio como gelo. – Mesmo que Aviana tivesse ido a público com o que pensava saber, ninguém acreditaria nela. – Seus lábios se torceram em um sorriso. – Não com seu histórico médico.

– Então por que matá-la?

Ele suspirou.

– Porque ela era uma inconveniência, Aurora. Porque se meteu em nosso caminho. – As lágrimas brotaram em meus olhos contra minha vontade. Tentei piscar para segurá-las, mas era tarde demais. Sabia que ele as tinha visto. Lutei para manter minha compostura. Ele também notou isso.

– Sim, os nanorrobôs a mataram – o diretor disse, querendo que eu mordesse a isca. – Eles foram injetados por terapia intravenosa, tornando bastante difícil prever como o coágulo viajaria por seu corpo. Foi mesmo um golpe de sorte que tenha funcionado tão bem.

Sorte. Tive vontade de arrancar meus próprios olhos. Mas sabia que essa era justamente a reação esperada por Atwater. Eu não lhe daria essa satisfação. Mantive um olhar firme.

Ele continuou.

– Hoje em dia, temos uma solução mais elegante – Atwater disse, levantando a arma. Usamos camisas de força e salas acolchoadas.

Senti até minha espinha se arrepiar, mas não recuei.

– Então esse líquido azul... vai me deixar louca?

– Não, seu cérebro fará isso sozinho – o diretor replicou com um sorriso doentio. – Assim que os nanorrobôs chegarem ao seu lóbulo frontal e começarem sua cacofonia. Rugidos. Explosões. Gritos. No fim das contas, a privação de sono é que vai enlouquecê-la, mas garantirei que você seja internada muito antes disso.

– Você está agindo como se já tivéssemos nos decidido – a dra. Tarsus disse. Ouvi o clique agudo de seus saltos na pedra e então a senti ao meu lado. – Me parece, Robert, que devemos dar o benefício da dúvida a nossos iniciados.

– O *benefício* da *dúvida* – o diretor repetiu. – Qual é exatamente o *benefício* da dúvida, Esperanza? Certamente a Dúvida não apresenta nenhum benefício; não é sobre isso que estamos falando?

– Temos apenas a palavra de Kyle contra a dela – Tarsus respondeu, e deu um passo à frente, ficando a poucos centímetros de mim. Notei que ela estava na ponta dos pés, como um gato preparando-se para pular na presa. – Não temos nenhuma evidência de que ela seja uma condenada. – "Condenada." Como se a Dúvida fosse uma maldição.

– Vocês estão de brincadeira? – a voz de Rudd veio de trás de mim. – É tão óbvio. Espero que não estejam acreditando nesse teatrinho.

– Não é um teatrinho – declarei, do jeito mais convincente que consegui. – Não sou minha mãe.

– Verdade? – o diretor disse.

– Não seja tolo, Robert – Rudd advertiu, de um jeito zombeteiro.

Os olhos do diretor dispararam para Rudd, às minhas costas.

– Vá embora. Agora.

– Mas eu...

– Agora – berrou. Com raiva, o professor saiu pela porta batendo os pés.

– Então você não a ouve? – o diretor me perguntou depois que Rudd saiu, seu dedo firme no gatilho. – Você não ouve a Dúvida?

Era apenas uma palavra. "Não." Mas não consegui dizê-la, e hesitei.

Atwater não. Ele puxou o gatilho.

Ouvi um clique e então um estalo. De repente, eu estava de joelhos e a dra. Tarsus se encontrava em meu lugar. Um dardo saía de seu ombro esquerdo.

– Esperanza! – ouvi o sobressalto do diretor. Boquiaberto, ele fitou a arma em suas mãos, e em seguida a professora.

– Rory – Tarsus disse, calmamente. – Preciso que me ouça. – Girei a cabeça em direção a ela, que agarrou o dardo com a mão direita e o arrancou. – Sou alérgica a gelatina, o componente principal do soro usado nesse dardo. É apenas uma questão de tempo até minha garganta começar a se fechar. – Seu tom de voz era prático. – Não sei o que você está planejando, mas...

– O que *ela* está planejando – o diretor disse friamente, girando a câmara da arma para carregar outro dardo – é menos que irrelevante agora. – Ele tinha recuperado sua compostura; o choque e o espanto do momento anterior haviam desaparecido de seu rosto. Atrás dele, algo se moveu nas sombras. *Alguém*. Com o rosto coberto por uma máscara de esqui preta, ele trazia nossa seringa na mão. Prendi a respiração ao perceber que se tratava de North. Como ele havia me encontrado?

– Rory – ouvi Tarsus dizer. – Não tenho muito tempo.

Algo em mim cedeu.

– Você é um monstro – gritei para o diretor, me levantando. O velho *riu*.

– E você é uma garotinha tola – ele disse, apontando a arma para meu pescoço. – Igual à sua... – North agarrou seu braço e o torceu contra as costas. Atwater gritou, e ouvi um osso se quebrar. Rangendo os dentes como um animal, North enfiou a seringa tão fundo no pescoço do diretor que pensei que ela desapareceria em sua carne. Ouvi passos, e então Rudd irrompeu na sala. Ele levou alguns segundos para entender o que tinha acontecido. Segundos demais. Ouvi um baque e um gemido, e, em seguida, vi seu corpo tombado para a frente.

Hershey estava de pé atrás dele, segurando uma tocha apagada. Com um olhar selvagem e inconsequente, ela trazia manchas pretas de rímel no rosto, como se fossem parte de uma pintura de guerra.

– Babaca – ela rugiu, e deixou a tocha cair.

Rudd ainda estava respirando, embora estivesse inconsciente. Furiosa, ela o chutou com sua bota.

– Hershey – gritei, correndo em direção a ela. – Você está bem?

– Agora estou. O que está acontecendo com ele? – Ela estava olhando para o diretor, preso no chão por North. O velho estava piscando rapidamente, tentando ficar acordado.

– Ele está caindo no sono – eu disse.

– Vocês vão deixá-lo *viver*?

– Não podemos matá-lo, Hershey.

Ela cruzou os braços.

– Por que não?

– Porque – North disse, se levantando –, se o matarmos, ele ganha.

Os olhos dela se voltaram para a dra. Tarsus, que, ajoelhada na frente de Atwater, desamarrava o cadarço dos oxfords azul-marinhos dele.

– E ela? Por que ainda está consciente?

– Tarsus está do nosso lado – expliquei. – E sempre esteve. Explicarei melhor quando sairmos daqui. – *Quando*. Trinta segundos atrás era "se".

Ajoelhei em frente à professora, que envolvia os tornozelos do diretor com um cadarço, apertando-o.

– Onde está sua injeção de adrenalina? – perguntei.

Ela pousou a palma da mão na minha bochecha e sorriu. A pele em volta de seus olhos tinha começado a inchar.

– Eu a usei ontem à noite.

Lágrimas brotaram em meus olhos. Ela a havia usado em mim.

– Não há tempo para isso – Tarsus disse em voz de comando, agarrando os pulsos do diretor e puxando-os para as costas dele. Fina e seca como papel, a pele dele deslizou como escamas de cobra quando Tarsus lhe empurrou as mangas. – Temos trabalho a fazer.

Corri em direção a Rudd. North o havia deitado de bruços e estava amarrando seus tornozelos. Ele me entregou um cadarço e fiz o mesmo com os pulsos. Rudd gemeu um pouco quando apertei o cadarço, cortando sua pele e derramando sangue.

– Meu Deus, ainda bem que não aconteceu nada de mau com você! – North disse, sem fôlego.

– Como você me encontrou?

– Seu colar – disse, acenando com a cabeça para a pomba. – Coloquei um rastreador nele. E uma câmera. – Ele deu um sorriso. – Não queria que você fizesse nenhuma maluquice sem eu saber. – Minhas pernas ficaram bambas de gratidão. Por ele, pela dra. Tarsus, pelo fato inexplicável de eu ainda estar bem.

– E você trouxe a Hershey junto?

– Não, ela...

– Eu segui o Kyle – Hershey disse baixinho. A audácia do momento anterior desaparecera. Ela fitava o corpo imóvel de Rudd, com lágrimas enchendo-lhe os olhos, que não mostravam mais raiva ou valentia, e sim tristeza. Ela parecia tão nova ali, daquele jeito. Como uma criança perdida. Puxei-a para meus braços.

– O que aconteceu? – perguntei.

– Eu usava a chave mestra dele – Hershey disse, em desalento. – Foi assim que consegui tudo aquilo. Achei que os outros professores também tinham aqueles documentos. Não sabia que ele... – Sua voz falhou. – Ele me pegou no ato hoje de manhã, e contei a verdade. Disse que estávamos tentando derrubar os escrotos que haviam matado sua mãe. Achei que ele pudesse nos ajudar. Achei... – Suas lágrimas se derramaram. – Ele ligou pro maldito departamento de psiquiatria, para eles me pegarem, Rory. Disse que estava chamando um táxi, mas o vi discando o número, o mesmo número que nos deram no primeiro dia de aula. – Ela se afastou e, nervosa, esfregou os olhos. – Sou uma idiota. Ele disse que me amava. E eu acreditei nele, porra.

– Vamos fazer isso? – a dra. Tarsus chamou. Ela estava arquejando um pouco, e apertava o braço direito como se estivesse doendo. Sem esperar por uma resposta, desceu de seu *escarpin* de camurça e caminhou em direção à escuridão do túnel.

– Fazer o quê? – Hershey perguntou.

– Quanto menos você souber, melhor – eu disse. – Volte por onde chegou e espere por nós no apartamento do North. – Esperava que Hershey fosse discutir comigo ou exigir mais detalhes, mas ela simplesmente fez que sim com a cabeça. North lhe entregou sua chave.

– Tenha cuidado – ela sussurrou, seu lábio tremendo um pouco.

– Estaremos de volta em umas duas horas – garanti enquanto North buscava uma das tochas. Rezei para que eu estivesse certa.

34

A dra. Tarsus morreu a cerca de nove metros do centro de dados da Gnosis. Seu braço inchou rapidamente, dobrando de tamanho, e era nítido que estava doendo muito, mas ela não reclamou uma vez sequer, nem mesmo quando sua pele começou a ficar azul. Quando ela começou a tossir, eu desabei a chorar. Sabia que não era justo da minha parte chorar quando era ela que estava morrendo, mas era como se meu coração estivesse literalmente sendo arrancado do meu peito. Não havia assimilado completamente a ideia, mas quando ouvi a gravação que Tarsus me dera tive a sensação de que, talvez, de um jeito meio maluco, ela pudesse se tornar a figura materna que eu nunca tivera. Sim, eu a tinha odiado quase o tempo todo desde que a conhecera, mas tudo que ela fizera fora por mim. Eu não era especialista em maternidade, mas me parecia ser exatamente isso.

Havíamos acabado de descer a última espiral quando Tarsus caiu contra a parede. Ela olhou para North primeiro.

– Não conseguirei chegar lá – ela disse. Suas palavras saíam com dificuldade, mas seu tom de voz era direto e neutro. – Você precisa usar uma gravação. Não sei se vai funcionar, mas vale a pena tentar. – Ela deslizou parede abaixo cuidadosamente até se sentar, com os calcanhares afastados e os joelhos se tocando, como uma garotinha. Ajoelhei ao lado e peguei sua mão enquanto North procurava pelo iPhone dele.

Tarsus se virou para mim e sorriu.

– Sua mãe estaria tão orgulhosa de você, Aurora. – Ela falava devagar e seu peito arfava por conta do esforço. – Prometa pra mim... prometa que, quando for embora, nunca olhará pra trás.

– Eu te amo – disse em vez de "eu prometo". Pousando sua mão em meu joelho, ela conseguiu dar um sorriso débil.

– Também te amo.

– Estou à disposição assim que você estiver pronta – North disse delicadamente, com o polegar pairando sobre o botão de gravação. Sua voz estava esquisita, como se tivesse um nó na garganta, igual a mim. A dra. Tarsus fez que sim com a cabeça e ele pressionou o botão.

– Livre para cair – ela disse, com a voz rouca e uma respiração superficial entre cada palavra. Seus olhos se fecharam lentamente, e Tarsus meneou a cabeça. – Vou tentar de novo – disse, ofegante, e tentou respirar pela boca. – Livre. Para. Cair.

Meu ânimo murchou. Eu tinha bem pouca experiência com *software* de reconhecimento de voz, mas suspeitava que ela precisaria pelo menos soar como a pessoa a quem deveria pertencer. "Tente de novo", implorei silenciosamente a ela. Alguns instantes se passaram. O pouco fôlego que Tarsus guardava agitava-se em seu peito.

Tomei a mão dela na minha e a apertei. Seus lábios formaram a palavra "vá". Muda, mas tão autoritária quanto sua voz sempre fora. Nós duas sabíamos que não havia outra alternativa para mim. Quando ajoelhei e beijei sua bochecha, as lágrimas que eu estava segurando se derramaram, molhando seu rosto.

– Obrigada – sussurrei. – Por tudo. – Ela sorriu, o suor em seu rosto brilhando sob a luz tremeluzente da tocha segurada por North. Então seu rosto perdeu o vigor. Ela se fora.

Nem eu nem North falamos no caminho para a parede de pedra.

– Cuidado com os dedos – ele avisou quando a fachada de pedra se retraiu, nos banhando com sua luz fluorescente. – Digitais.

Assenti e toquei o vidro com o nó do polegar. A tela se acendeu mostrando doze espaços, como antes, mas os primeiros quatro números eram diferentes desta vez.

1094 _ _ _ _ _ _ _ _

Preparando-me para esse momento, eu havia escrito os primeiros cinquenta números da sequência de Fibonacci na parte interna do antebraço – ideia de North –, e 10.946 era o vigésimo terceiro da lista. Sendo assim, os próximos oito dígitos eram 6, 1, 7, 7, 1, 1, 2 e 8. Digitei-os o mais rápido que pude.

Assim que pressionei o 8, a porta de vidro deslizou, se abrindo com uma golfada de ar quente, igual à minha simulação. Segui North para dentro da pequena câmara. Alguns segundos depois, o vidro se fechou e a fachada de pedra voltou ao seu lugar, nos prendendo ali dentro. Ele pegou o celular e se aproximou do microfone da sala.

– Você acha que vai funcionar? – perguntei.

– Talvez – North disse, mas parecia incerto. Ele tentou a primeira gravação. Mesmo antes de ouvir as palavras "acesso negado", soube que estávamos ferrados. Nem eu reconheceria a voz da dra. Tarsus se não estivesse estado junto quando o áudio foi gravado. O segundo áudio era ainda pior.

– Merda – sussurrei, e apertei os olhos. Esperei que a Dúvida me desse uma direção, mas, em vez disso, ouvi a voz da dra. Tarsus.

"Capaz de suster-se, embora livre para cair."

Meus olhos se arregalaram.

– North – eu disse, com urgência. – Você ainda tem aquela gravação no seu celular? A que a Tarsus fez para mim?

– Sim, por quê?

– Ela diz "livre para cair". Acho que é no começo.

North já estava abrindo o arquivo, e arrastou a barra para a direita e apertou *play*. A pequena câmara foi preenchida pela voz da dra. Tarsus – sua voz saudável de sempre.

– É logo depois disso – eu disse a ele, que deslizou a barra mais para a frente. "É como fomos feitos, acho eu. Como Milton descreveu? 'Capaz de suster-se, embora livre para cair.' A escolha era nossa, e escolhemos a nós mesmos."

North retrocedeu a barra e tornou a aproximar o celular do microfone. Enquanto ele apertava o botão de gravação, segurei o fôlego. Era a voz da Tarsus, mas será que a entonação estava correta?

Por favor, permita que funcione.

– Olhe – North disse subitamente, apontando o painel de controle que eu tinha visto na simulação. Uma a uma, as luzes verdes se tornavam vermelhas. – É um painel de segurança. Cada uma dessas luzes é ligada a uma câmera. Acho que estão desligando. – Segundos depois, ouvimos um *blém* alto conforme o aço deslizava e a porta de cofre se destrancava.

Tínhamos conseguido entrar.

Parte de mim ainda esperava encontrar funcionários trabalhando ali dentro, mas North tinha razão. O enorme espaço, iluminado por uma luz azul, estava totalmente vazio. E era barulhento. E gelado. Fechei a porta atrás de nós, mas não por completo. Não fazia ideia de como abri-la por dentro, se é que isso era possível.

North estava enfiando um par de luvas. Elas eram finas e revestidas com borracha na ponta dos dedos.

– Mãos de *hacker* – explicou, gritando sobre o zumbido das máquinas. – Sem digitais. – Ver as luvas me lembrou de que esse momento, ou pelo menos uma versão dele, sempre fizera parte de nosso plano. Mas, em vez de me tranquilizar, isso deixou ainda mais claro como nosso plano era imoral. Pisquei rápido, com medo do que veria se minhas pálpebras se ficassem fechadas por muito tempo.

– Achei que os servidores só fossem desligar à meia-noite – eu disse, enquanto seguia North pelas fileiras de máquinas, em direção ao terminal. O chão era feito de um tipo de malha de metal e, muitos metros abaixo dele, havia concreto cinza e liso.

– E você está certa – North respondeu, tocando o teclado na frente do terminal para acender suas três telas. – O que faz com que seja mais difícil, mas não impossível, esconder nossos rastros. – As telas estavam protegidas, e no centro de cada uma havia uma caixa de *login*.

– E agora? – comecei a perguntar, mas ele já havia burlado o *login*. North estava digitando na velocidade da luz, sem olhar uma vez sequer para os próprios dedos enquanto linhas e linhas de código de programação apareciam na tela. Seu olhar se revezava entre as telas enquanto ele abria e fechava centenas de janelas diferentes à procura do código do Lux. E se ele não o encontrasse?

Comecei a andar de um lado para outro.

– Rory? – ouvi North dizer.

– O quê?

– Pare de andar de um lado para outro. Isso está me deixando maluco.

Sentei atrás dele, no chão de grades de metal.

– Me sinto tão inútil. O que posso fazer para ajudar?

Sem tirar os olhos das telas, ele enfiou a mão no bolso de trás da calça e me entregou seu iPhone.

– Encontre umas músicas legais pra gente. – Horas se passaram enquanto as faixas tocavam. North cantarolava um pouco enquanto trabalhava. Eu fiquei quieta, atrás dele, observando a ação e esperando pelos cliques se silenciarem. Finalmente, isso aconteceu. Já passava das onze.

– Rory – ele disse, com urgência. Eu estava contornando os quadrados da grade com a ponta dos dedos. – Estou no algoritmo. Preciso que você verifique meu trabalho pra ver se fiz as mudanças corretamente.

Levantei-me de um salto. Havia uma fileira de palavras e símbolos em uma janela na tela do meio.

– Hum, não faço ideia do que essas coisas significam.

– Sei disso – North disse, meio irritado. Olhei para ele e percebi como parecia cansado.

– O que posso fazer? – perguntei.

– Leia em voz alta – ele disse, fechando os olhos. – Minha vista está cansada, não consigo ver mais nada. Só leia exatamente o que você está vendo.

Enquanto eu lia, North manteve os olhos cerrados e a testa bem enrugada. No fim do texto, os músculos do seu rosto se desanuviaram.

– North?

Vários segundos se passaram. Eu estava morrendo de preocupação. Disse seu nome de novo, dessa vez mais baixo, quase como um sussurro.

– Há cerca de uma hora, passei quinze minutos convencido de que isso não poderia ser feito – ele disse, de olhos fechados. – O algoritmo possuía nuances demais pra substituir uma entrada por outra, e assim por diante, sem fazer as pessoas baterem seus carros ou arriscar um suicídio em massa. – "Suicídio em massa." Ao capricho de um algoritmo e nada mais. Lembrei-me do sorriso débil no rosto de Beck enquanto ele interagia com o Lux, e estremeci. – Não conseguia avistar uma saída – North disse. – Estava pronto pra desistir. – Ele abriu os olhos e, por fim, olhou para mim.

– Mas?

– Mas então ouvi a voz. Tudo que ela falou foi "está aí". – Ele sacudiu a cabeça, assombrado. – E, naquele momento, percebi uma variação muito sutil no jeito com que o algoritmo tratava certas categorias de ameaças. E notei que, se eu pudesse isolar essas categorias e inventar um jeito de tratá-las como uma espécie de "oportunidade preferida", quase um trunfo, eu poderia sobrescrever a fórmula em vez de apenas revertê-la. Para isso, seria necessário criar uma linha de comando a mais dentro do algoritmo, o que deixou tudo mil vezes mais difícil, mas acho que vai funcionar.

Envolvi seu pescoço com os braços e subi na cadeira dele, escorregando os joelhos ao lado de seus quadris. Ele pousou as mãos em minhas coxas, arrepiando meu corpo todo.

– Você é um gênio – eu disse.

North me deixou beijá-lo, mas depois se afastou e balançou a cabeça.

– Não. Não posso aceitar o crédito por isso. Se dependesse de mim, teria desistido.

Comecei a discutir com ele, mas pensei melhor e decidi parar. Os Raros precisavam do crédito por suas vitórias. O homem que eu amava não. E era por isso que eu o amava.

– Agora podemos dar o fora daqui? – perguntei.

– Quase – North disse. – Só preciso copiar essas mudanças para um sistema de controle de versão, executar o código nos servidores e esperar a Gnosis começar a reinicialização. – Dei uma olhada rápida para o relógio na tela. Eram 23h53.

– Você consegue fazer tudo isso em sete minutos? – perguntei.

– Acho que sim – North disse. – Então, assim que o sistema for reiniciado, vou executar um *worm* pra esconder meus rastros e implantar o vírus. Aí sim poderemos dar o fora daqui.

– O vírus?

– É nossa distração – North explicou. – Caso um funcionário da Gnosis descubra que entramos na rede. Eles vão ver o vírus e achar que nos pegaram.

– Que criativo! A voz disse pra você fazer isso também?

Ele abriu um sorriso de orelha a orelha e beijou meu nariz.

– Nããão. Essa ideia foi toda minha.

North me contornou, se inclinando para digitar no teclado na mesa. Mantive o olhar em seu rosto, observando-o trabalhar. Todo o cansaço que eu tinha visto antes havia desaparecido. Acariciei sua orelha com meu nariz.

– Você é incrível – sussurrei e fui beijar sua bochecha.

– Merda – ele disse, retesando o corpo todo.

Recuei com um solavanco.

– O que foi?

– Acionei um alarme – ele disse, xingando baixinho enquanto digitava furiosamente.

– Que tipo de alarme? – perguntei, tentando sair de seu colo sem tocar nenhum de seus braços. Meu coração estava disparado e minhas pernas pareciam gelatina de tão moles. Em que momento devemos correr?

– Não sei.

Olhei para a tela central. Primeiro achei que fossem linhas de código, mas depois percebi que se tratava de fileiras de caracteres gregos.

– Espere – eu disse a North, tocando seu braço. – Acho que é um enigma.

– Um *enigma*?

– Sim – acrescentei, menos segura do que parecia. – Espere um pouquinho. – Assim que ele levantou os dedos do teclado, seis linhas no meio da tela foram traduzidas.

Eu os formei judiciosos e livres, e assim devem permanecer
Até escravizarem a si próprios;
De outra maneira, terei que mudar sua natureza.
PRESSIONE A DEVIDA TECLA PARA CONTINUAR

De esguelha, vi North arregalar os olhos de surpresa.

– São versos de *Paraíso perdido*. Os que sua mãe deixou pra você. – Ele olhou para mim. Foi assim que soube o que os caracteres gregos diziam?

Assenti.

– Não sabia o que diziam, só que era um enigma. Todos os enigmas que precisamos resolver durante o processo de avaliação começavam como um texto vermelho em grego. Mas aquelas eram... – Eu ia falar "cronometradas", mas bem então o pequeno relógio no canto inferior direito da tela começou uma contagem regressiva, partindo do sessenta. Um minuto. Isso era tudo o que tínhamos. – Depressa – disse, com urgência. – Temos apenas sessenta segundos.

– Rory, não consigo *hackear* a resposta tão rápido. Sem chance.

– Então vamos achar a resposta. "Pressione a devida tecla para continuar." A resposta tem de estar na citação. É por isso que ela está aí.

Ficamos quietos por vários segundos, apenas fitando a tela.

– Rory, existem mil e uma teclas nesse teclado – North disse, afinal, puxando seu moicano em frustração. – E restam apenas trinta e dois segundos. Não acho que...

– Será que precisamos apagar a letra duplicada? – perguntei. – Ela aparece em algumas palavras. Delles, elles. Talvez devamos excluí-la.

North meneou a cabeça.

– Acho que não. Milton escreveu essas palavras com a letra "l" duplicada. É assim que o texto aparece no original.

– Certo, então tem de estar ligado ao significado. Sobre o que...?

Subitamente, North se endireitou na cadeira.

– Milton está falando sobre o aprisionamento do homem – ele disse, animado. – Então a devida tecla é o ESC, de *escape*. Escapar.

Ponderei. Fazia sentido. E era inteligente, o que me levava a achar que deveria estar certo. O dedo dele pairava sobre a tecla ESC, esperando minha confirmação. Restavam apenas vinte segundos. Com o coração acelerado, fechei os olhos. Era o momento da decisão.

E livres devem permanecer. De repente, me lembrei do que a serpente havia dito na iniciação. *O tolo sempre buscará um mestre.*

– Não – eu disse abruptamente, meus olhos abrindo de supetão. – Não há nada de que escapar. Era essa a ideia do Milton, certo? "Até que se escravizem a si próprios." Só se torna uma jaula se a deixarmos. Para continuar, só precisamos *entrar*. A tecla é *Enter*.

North não hesitou nem me questionou. Ele tocou na tecla *Enter* e, no mesmo instante, todas as palavras desapareceram. Todas, menos uma.

CONTINUE

Quase imediatamente, uma nova janela se abriu e os dizeres COMANDO_COMPLETADO apareceram na tela.

– Obrigado – North murmurou ao se jogar na cadeira, e olhou para mim. – Achei que estávamos ferrados.

– Mas não estamos? – perguntei, só para me certificar.

– Ainda não – ele disse, apoiando a testa na minha barriga. – Agora a gente espera.

Encarei o relógio na tela conforme ele mudava de 23h58 para 23h59 e 00h00. Como nada aconteceu, cutuquei North.

– É meia-noite – eu disse. – Não está acontecendo nada.

– Pode levar alguns minutos – ele respondeu, sua voz abafada pelo meu agasalho. – Um funcionário da Gnosis precisa reiniciar o sistema, e ele se certificará de que ninguém está conectado à rede interna antes de fazer isso.

– E o novo algoritmo começará a funcionar assim que os servidores voltarem? – perguntei.

– Deve começar. – Ele se recostou na cadeira. – Embora eu não saiba como a tempestade solar afetará o Lux no geral. Mas, se o aplicativo estiver funcionando, o algoritmo também funcionará.

– E nós vamos ficar bem?

– Ah, vamos ficar ótimos – ele disse, me puxando de novo para seu colo. – Vamos hibernar no meu apartamento, jogar eletrônicos a pilha e comer miojo.

À 00h02, houve uma onda de sons quando as fileiras e fileiras de máquinas à nossa volta começaram a desligar. O terminal foi o último, e quando se apagou a sala ficou em silêncio completo. As luzes de emergência davam um brilho esverdeado sinistro ao lugar.

– E se alguém descer aqui? – sussurrei.

North não levantou o olhar.

– Aí nós corremos.

Mas ninguém desceu. Minutos mais tarde, os servidores foram religados em uma sucessão de *bips* e com uma atividade frenética. Depois do silêncio, o barulho era enervante, e fiquei apreensiva.

Um estrondo às minhas costas me fez me virar tão violentamente que a cabeça de North girou para trás.

– O que foi aquilo? – sussurrei.

– Não sei – North disse. A preocupação em sua voz era a mesma que eu sentia. Ele girou na cadeira e nós dois a vimos. Havia uma parede no lugar da porta secreta da sociedade.

– Ela deve ser programada para fechar quando os servidores reiniciam – ele disse, parecendo doente.

Não respondi. *Estamos presos*, disse para mim mesma, porque claramente meu cérebro não conseguia assimilar o que estava acontecendo. Se conseguisse, eu estaria surtando, e em vez disso fiquei sentada, completamente imóvel, fitando a parede. Ninguém adivinharia que havia existido uma porta ali.

– Rory? – ouvi North me chamar.

– Deve haver outra saída – eu disse, com calma. Com tanta calma que me peguei de surpresa. Minha mãe havia costurado dois X laranja na minha manta, e ela ainda não tinha me desapontado. O X no cemitério era uma entrada e uma saída. O X no reservatório devia ser também.

– Só estou vendo dois elevadores – North replicou. – Dois elevadores da Gnosis que exigem identificação com crachá. Mas a porta pela qual entramos tem de abrir por dentro, certo? – Sua voz parecia preocupada. Em pânico.

– Não sei – respondi com sinceridade. – Não sei se os Raros arriscariam que alguém descobrisse um jeito de abri-la. Mas não acho que estamos presos. Acho que existe um jeito de sair daqui. – Apontei para a tela do terminal. – Termine o que precisa fazer que eu vou tirar a gente daqui.

North parecia cético, mas assentiu e voltou os olhos para a tela, que agora estava acesa com a caixa de *login* da Gnosis.

Primeiro circulei pelas extremidades da sala. As únicas saídas visíveis eram os dois elevadores vistos por North e uma porta protegida por alarme com uma inscrição que dizia "Saída de emergência". Não havia nem um banheiro lá embaixo. Em seguida, examinei o teto, mas ele era tão absurdamente alto que, mesmo que houvesse uma abertura, nunca conseguiríamos alcançá-la. Se havia um jeito de sair daqui, tinha que ser pelo chão. Comecei no canto oposto da sala, pelo menos a cem metros de North, e inspecionei fileira por fileira, rastelando o cimento embaixo da grade de metal. Mas eu via apenas concreto liso. Meu estômago se revirou. Será que eu tinha errado?

Esperei que a voz dissesse algumas palavras de conforto ou garantisse que havia uma saída, mas não ouvi nada. Não *tinha ouvido* nada, não desde que havíamos bolado esse plano. A voz não tinha me prometido nem uma vez sequer que nos livraríamos dessa.

Meu Deus. As câmeras de segurança. Se a reinicialização ligou a porta, ela provavelmente fez o mesmo com elas. Abri a boca para gritar o nome de North, mas logo a fechei e corri de cabeça baixa em direção a ele.

Eu estava no meio do caminho quando a ponta do meu sapato ficou presa na grade, e voei pelos ares. Primeiro bati com as mãos no chão, o metal duro entrando na minha carne, e logo depois meus joelhos aterrissaram. Esbugalhei os olhos de dor, mas logo me esqueci disso quando percebi o que havia embaixo de mim. Uma tampa de bueiro no concreto com as letras έξοδος gravadas. Não sabia o que as letras significavam, mas tinha certeza de que tampas de bueiro não vinham de fábrica com letras gregas. Fiz uma varredura no chão, procurando um jeito de passar pela grade. Ele estava alinhado junto à borda inferior de um banco de servidores próximo, por isso quase não o notei. Um ferrolho.

Levantei-me de um salto e corri até North. Sem dizer nada, puxei seu capuz para lhe cobrir o rosto.

– As câmeras – sussurrei em seu ouvido. Seu corpo inteiro se retesou. Nesse exato momento, os alto-falantes acima e em volta de nós começaram a apitar, emitindo um som estridente e lancinante. Alguém tinha nos visto.

– Encontrei uma saída – eu disse, meus lábios pressionados contra a orelha de North, e dei um puxão em seu braço.

– Espere – ele disse. – Consigo deletar essa gravação. Preciso deletá-la.

Minhas unhas se cravaram em seu antebraço.

– Não temos tempo pra isso.

– O complexo da Gnosis fica a quase dez quilômetros de distância – North disse, já digitando. Uma sequência de janelas se abriu e se fechou conforme ele viajava pela rede. – Mesmo se houver um trem subterrâneo entre aqui e lá, eles vão demorar pelo menos cinco minutos pra chegar aqui. Posso fazer isso em um minuto. Vi o *feed* mais cedo. Sei onde é. – O suor tinha voltado à sua testa, mas ele estava determinado a conseguir. Fitei os dois elevadores; meu coração batia tão forte que minhas costelas doíam. – Pronto – concluiu, por fim, afastando sua cadeira com tanta força que ela voou pra trás.

Corri em direção à tampa no chão com North em meus calcanhares. O ferrolho fez exatamente o que eu tinha imaginado – liberou parte da grade, que se levantou como a porta de um porão. Uma vez embaixo dela, aferrolhamos a grade e, de joelhos e com os dedos nos furos, começamos a girar a tampa, que virou com facilidade. Erguê-la foi mais complicado. Ela devia pesar cerca de vinte quilos e, na posição em que estávamos, era difícil nos apoiarmos para levantá-la, principalmente com o alarme apitando em nossos ouvidos.

Tínhamos acabado de levantar a tampa de lado quando ouvimos a porta dos elevadores se abrir. North mexeu a boca, dizendo em silêncio "vá", e apontou para o buraco. Espreitei na escuridão. Era impossível adivinhar o comprimento, mas, como não havia escadas, imaginei que não fosse muito grande. Devagar e com cuidado, coloquei as pernas na abertura, depois virei de barriga para baixo e baixei o resto do corpo até ficar dependurada pelas mãos. Quando minha cabeça passou pela abertura, fui pega por um fedor de ovos podres e um medo terrível de ter cometido um erro.

– Por favor – murmurei, tirando o sapato esquerdo com o pé direito. "Por favor, não me deixe quebrar meu pescoço; por favor, faça isso dar certo; por favor, não os deixe nos encontrar." Ao ouvir o sapato bater no chão um segundo depois, me soltei.

Mantive os joelhos flexionados e, quando meus pés pousaram no chão, o impacto me jogou para a frente, na direção das minhas mãos. O chão era espinhento e irregular, como uma pedra áspera. Eu não estava a mais de cinco metros abaixo do solo, mas a luz da sala quase não iluminava o espaço frio e úmido. Ouvi gritos e correria acima e o barulho de algo deslizando enquanto North se esforçava para recolocar a tampa no lugar antes de se soltar. Dependurado e com o pé logo acima da minha cabeça, ele tinha os dedos encaixados nos orifícios da tampa, e tentava erguer o disco de metal sobre o buraco. Ela voltou ao lugar, fazendo um *blém* metálico e nos deixando na escuridão completa. Com um leve baque, North aterrissou a meu lado.

– Você acha que eles te viram? – perguntei.

— Melhor não esperarmos pra descobrir — ele respondeu, e seu rosto foi iluminado pela lanterna do seu celular. Devagar, North o girou com o braço estendido, e a luz fraca revelou o tamanho reduzido do espaço em que nos encontrávamos. As paredes de pedra brilharam ao ser iluminadas, como se tivessem sido salpicadas de ouro. Elas talvez fossem lindas se sua presença não significasse que estávamos presos. Senti um peso angustiante, sufocante em cima de mim. A abertura pela qual havíamos entrado estava selada com uma pesada placa de metal. Mesmo que eu subisse nos ombros do North, não conseguiria alcançá-la e, mesmo que conseguisse, não seria capaz de levantá-la o bastante para empurrá-la para o lado.

— Rory — ouvi North dizer. — Há uma abertura ali. É estreita, mas parece que foi construída pra ser usada como passagem. — Segui sua lanterna e vi uma fenda cinzelada na pedra atrás de mim, quase escondida sob a sombra. — Vamos — ele disse, e pegou minha mão.

Do outro lado da fenda o chão se inclinava para baixo, nos afastando ainda mais da superfície. A passagem era estreita, obrigando os ombros de North a roçarem as paredes conforme andávamos, e o teto era baixo demais para ficarmos de pé. À medida que avançávamos pela inclinação rochosa, agachados para não bater a cabeça, foquei em minha respiração, determinada a não entrar em pânico de novo. Se estivéssemos mesmo presos lá embaixo, haveria bastante tempo para surtar assim que tivéssemos certeza disso. O cheiro sulfúrico de ovo piorou quando descemos.

— O que é isso? — perguntei, cobrindo meu nariz com a blusa.

— Não sei — North respondeu. — Mas ainda bem que não comemos antes de vir pra cá.

Minutos mais tarde, paramos de descer. Estávamos em uma sala maior que a primeira, porém, com um pé direito mais baixo. North conseguia ficar de pé, mas por pouco. As paredes à nossa volta eram texturizadas e desniveladas, e pareceram feitas de bronze quando North as iluminou. Havia apenas uma rota a seguir, outro túnel, esse mais redondo e mais irregular, como se tivesse sido construído havia mais tempo. No caminho, o celular de North iluminou uma inscrição na parede que levava a ele. Era um desenho de traços grosseiros que reproduzia um carrinho de mina se movendo até um túnel. Observando a imagem, me dei conta de que estávamos na antiga mina de pirita. O brilho nas paredes não era de ouro, mas de seu impostor barato. Era irônico, ou talvez apenas apropriado, que os Raros tivessem requisitado esse espaço para seu império. Eles haviam construído seu castelo em uma fundação feita de ouro dos tolos.

Segui North até o túnel. Este fazia uma subida e era ainda mais escorregadio que o primeiro, com pedras deslizando umas sobre as outras. Desequilibrei-me mais de uma vez e caí com as mãos no chão. Fiquei tentada a tirar os sapatos. Devia ser mais fácil andar descalça do que com um tênis sem antiderrapante. Mas não havia como saber em que eu pisaria, então continuei calçada. Quando o caminho se tornou íngreme, North parou para me deixar passar. Era mais fácil me equilibrar sabendo que ele estaria ali para me pegar se eu caísse.

Estávamos escalando havia um tempo quando o celular de North emitiu o barulho que eu tanto temia. A bateria estava acabando. Não falamos sobre isso, só continuamos escalando; o som de nossos pés e mãos nas pedras era o único barulho em meio ao silêncio. Não havia por que dizer o que ambos pensávamos: se esse fosse um beco sem saída, estaríamos fritos.

Escorreguei de novo. Dessa vez, a pedra embaixo das minhas mãos estava molhada.

– Há água nas pedras – comentei, por cima do ombro, para North. Eu o sentia logo atrás de mim. – Deve estar vindo de algum lugar acima do solo, certo?

– Provavelmente – ele respondeu, sua voz salpicada pela esperança que eu estava sentindo. Continuamos escalando.

Quando o chão se nivelou, North agarrou meu braço.

– Espere – avisou. – Pode haver um declive. – Ele apontou a lanterna para o chão e à nossa volta. Recebi um balde de água fria ao ver as paredes sólidas. O túnel pelo qual havíamos passado era a única saída.

Minha vontade era de gritar e amaldiçoar a voz que me mandara não temer sabendo que acabaríamos aqui. Mas, embaixo de toda aquela raiva, eu percebia que esse era exatamente o momento para o qual a voz vinha tentando me preparar. *Não temas, porque eu estou contigo.* Não como um amuleto para me proteger de todo o mal, mas como um refúgio para o qual me voltar quando não havia mais saída.

Você fez o que veio aqui para fazer, sussurrou a voz. E, em vez de raiva, em vez de medo, senti paz.

North estava na frente da parede, examinando a superfície com a lanterna.

– Ei, venha ver isto – gritou. Era outro desenho, gravado em preto na pedra brilhante. Embora fosse simples, composto de apenas um círculo e três linhas, formava claramente a imagem de uma pomba. Estiquei a mão para tocá-lo. Palavras não poderiam descrever minha emoção diante de sua presença. *O que aquilo estava fazendo ali? Por que uma pomba?* Parecia um sinal. Um presente.

Enquanto eu traçava seu contorno simples com a ponta dos dedos, a bateria do celular de North finalmente descarregou. Nenhum de nós reagiu, afinal de contas, estávamos esperando por esse momento. E para mim era um alívio não esperar mais, não temer mais a hora em que a luz se apagaria. Agora que isso tinha acontecido, poderíamos continuar.

North esticou o braço na escuridão, me puxando para ele. De meus braços, suas mãos subiram para o meu rosto, e, embora não conseguisse vê-lo de jeito nenhum, de alguma maneira estranha eu conseguia. Não com os olhos, mas com a memória, o que fazia as coisas parecerem mais reais. Mais verdadeiras. Quando ele me beijou, esqueci todo o resto. A escuridão, o fedor, a sede. As únicas sensações que eu tinha eram de seus lábios nos meus, do seu corpo contra o meu. Os únicos cheiros que eu sentia eram o de sua pele e o de seu xampu cítrico. Os únicos sons que eu ouvia eram da sua respiração e da minha, quente e rápida enquanto nos agarrávamos, um querendo cada vez mais do outro.

De repente ouvimos estrondos acima de nós, tão altos que achei que a terra estava se dividindo. Gelamos.

– Isso foi um...?

– Trovão – North disse.

Na mesma hora, toquei no desenho de pomba e, subitamente, entendi sua existência.

– Os mineiros – eu disse, sem fôlego. – Os que ficaram presos na mina. Eles estavam *aqui*.

– O quê? Como você sabe?

– Li no Panopticon. Os suprimentos de emergência enviados aqui para baixo eram chamados de "pombas". O buraco que usaram acabou sendo alargado para que os mineiros saíssem.

O trovão ressoou novamente, dessa vez mais alto.

– A abertura está acima de nós – eu disse. – Não vimos antes porque não olhamos pra cima.

Inclinei a cabeça para trás.

Uma gota de chuva caiu na minha bochecha.

Não reagi na hora. Esperei por outra, e mais outra, até que a chuva estivesse molhando meu rosto inteiro, e então ri.

– O que foi? – North perguntou.

– Está chovendo – respondi, puxando-o para a água gelada.

– Está chovendo – ele repetiu, admirado. Então riu também.

Precisamos tentar algumas vezes antes de eu conseguir subir em seus ombros, mas, quando consegui, foi fácil sentir a abertura na pedra. Era um círculo perfeito, tão largo quanto o bueiro pelo qual tínhamos entrado. E, alguns centímetros para dentro, havia a ponta esfiapada de uma corda.

35

– É bem sinistro, não é?

Eu estava sentada no terraço do apartamento – *nosso* apartamento, como North me corrigia – havia horas, fitando a massa de prédios escuros. As companhias de abastecimento haviam desligado a rede de energia às três horas, assim que algo chamado "ejeção de massa coronal" deixara a superfície solar e começara a se dirigir com rapidez à nossa. A tempestade estava oficialmente a caminho. Era esperado que a massa enorme de plasma solar atingisse a atmosfera terrestre pouco depois da uma da manhã. Agora era meia-noite e meia.

As últimas vinte e quatro horas tinham sido um completo borrão. A abertura que encontramos na mina nos levou a um poço de pedra, que deu para o bosque, a quase vinte metros da cerca elétrica que circundava o Reservatório Enfield. Se eu não soubesse a verdade, acharia que ela era tão antiga como faziam parecer. Não havia sequer uma placa celebrando o resgate da mina nem nada que indicasse que o buraco levava a algum lugar – o que, acredito, era o objetivo. Aquela era a rota de fuga dos Raros. Sua saída secreta.

Hershey estava esperando por nós no apartamento de North. Apesar de abatida, no geral ela estava bem. Tentamos convencê-la a ir conosco para Nova York, a deixar o Rudd e a Noveden para trás, mas ela queria ficar.

Despedir-me dela foi mais difícil do que pensei. Nosso relacionamento sempre seria complicado, mas ela era parte de mim. Parte de quem eu tinha me tornado.

Ficamos abraçadas na viela atrás do apartamento por bastante tempo. Quando finalmente nos afastamos, nossos ombros estavam ensopados de lágrimas.

North e eu cruzamos a Ponte RFK pouco depois das seis da manhã, bem quando o sol estava nascendo sobre o East River. O apartamento dele ficava na 47th Street, bem na Times Square. Depois de um gorduroso café da manhã na lanchonete da esquina, subimos para o apartamento e dormimos abraçados, o corpo de North por trás do meu, de conchinha. O sol estava se pondo quando acordamos, ainda vestidos. North estendeu a mão e começou a mexer no meu cabelo. Olhando para ele e sentindo a palma de sua mão em meu rosto, o vazio dentro de mim começou a se encher. Estávamos bem. Na verdade, estávamos mais que bem. Estávamos livres.

Tínhamos jantado miojo, como ele prometera, e agora eu estava aqui, no terraço, olhando para a cidade na escuridão. Uma veneziana cobria a porta de vidro atrás de mim para bloquear as luzes neon, mas não precisaríamos da proteção essa noite. Nenhum dos letreiros estava aceso. A lua também não estava dando muito as caras. Havia apenas uma lasca de um amarelo pálido. Mas havia estrelas – uma grossa camada de estrelas no céu escuro e sem nuvens. Imaginei com que frequência os moradores de Manhattan conseguiam ver as estrelas. Tanto quando os moradores de Seattle, presumi – ou seja, quase nunca. Havia luzes demais para isso. Mas nenhuma essa noite. A Costa Oeste inteira estava apagada.

Lá embaixo, na calçada, pessoas contemplavam as estrelas. Pela frequência com que conferiam os retângulos brilhantes em seus pulsos, sabia que o Lux as havia levado para fora. Noites estreladas. O cosmos. O aplicativo era programado para afastá-las desse tipo de experiência. Mas não essa noite.

Nosso algoritmo parecia estar agindo exatamente do jeito que deveria. Aproximando as pessoas de suas ameaças, em vez de as afastar delas. Todos estavam comentando o comportamento errático do Lux. Estávamos dormindo enquanto isso acontecia, mas o aplicativo tinha passado o dia provocando um caos. Congestionamentos, longas filas, pessoas que deixavam o trabalho no meio do expediente. Pessoas que nem iam trabalhar. A Gnosis afirmava que os problemas decorriam de uma interferência do vento solar no GPS, e insistiam em que as pessoas parassem de usar o aplicativo até que os satélites voltassem a funcionar depois da tempestade. Os usuários do Lux ignoravam com gosto a sugestão. Os nanorrobôs em seus cérebros os faziam confiar no aplicativo mais do que em seus criadores, mesmo dirigindo quilômetros fora de sua rota ou saindo de salas de conferência no meio de uma reunião. Seria engraçado se não fosse tão triste.

Mas nem todos ouviam o Lux. North disse que havia um papo na internet sobre pessoas "de-Luxando" – isto é, desinstalando o aplicativo do celular. Elas usavam *hashtags* como #conduzidos e #guiados. Ainda não era exatamente um movimento, mas #deluxe estava nos *trending topics* do Fórum, e as principais fontes de notícias cobriam os erros do Lux. Não havia como saber quanto tempo a Gnosis levaria para detectar as mudanças que tínhamos feito no algoritmo. Só esperava que fosse tempo suficiente para tirar Beck de seu estupor induzido por nanorrobôs. Quantos pores do sol seriam necessários para lembrá-lo da verdade?

O rádio estava ligado no apartamento. Eu ouvia a voz do novo CEO da Gnosis, um homem que fracassava em suas tentativas de igualar-se ao seu antecessor. As pessoas ainda não sabiam que Griffin estava morto. Segundo a declaração mais recente da Gnosis, ele estava "se acomodando" em um centro de tratamento em local não divulgado. Com sorte, a verdade viria à tona assim que a energia voltasse. Tínhamos enviado cópias do boletim médico de Griffin por *e-mail* para todos os canais de informação que conhecíamos, juntamente com o memorando interno da Gnosis sobre o Projeto Hiperion, esperando que pelo menos um deles divulgasse a notícia antes que a empresa descobrisse as mudanças que tínhamos feito no algoritmo do Lux.

O vídeo no meu colar foi enviado a apenas duas pessoas: o diretor Atwater e Rudd. O corpo do *e-mail* explicava que, se algo um dia acontecesse comigo ou com a Hershey, ou se um dia eu sentisse que os Raros estavam tentando me localizar, a gravação iria a público. Eu tinha certeza de que havia comprado o silêncio dos dois com isso. Ambos tinham muito a perder.

– Nossa infraestrutura de ponta usa luz e fibra ótica em vez de metal – o novo CEO da Gnosis dizia –, protegendo nossos aparelhos de interferência eletromagnética. Assim, os usuários poderão usar seus Golds e G-*tablets* sem problemas durante o apagão. Claro, o GPS demanda o uso de satélites e, infelizmente, eles não podem ser imunizados. Mas estejam certos de que, assim que a tempestade solar terminar, o Lux funcionará novamente sem erros. – Eu me encolhi de medo. "Sem erros." – Enquanto isso – continuou –, recomendamos que as pessoas abstenham-se de usar o aplicativo e mantenham-se dentro de casa durante a tempestade.

Nenhuma menção ao vírus que North havia plantado na rede da Gnosis. Felizmente para nós, parecia que ela não suportaria a má publicidade de um *hacker* ter conseguido entrar em sua rede, por isso estava escondendo o fato.

– O que eles estão fazendo? – ouvi North perguntar. Tinha me esquecido de que ele estava ao meu lado. Segui seu olhar por cima do corrimão do terraço. Havia pelo menos cem pessoas na rua, todas olhando para o céu.

– Aproveitando uma oportunidade – eu disse, irônica. Na verdade, uma noite estrelada era *mesmo* uma oportunidade: de ser maravilhado e desarmado pelo desconhecido infinito, de esbarrar na transcendência. Por saberem disso, os Raros se esforçavam para manter as pessoas isoladas de todas essas experiências. A transcendência era capaz de transformá-las. Era isso que fazia dela um perigo.

– Alguma coisa está acontecendo, Rory – North disse, se levantando. – Há literalmente centenas de pessoas na rua. – Ele tinha razão. Estava começando a parecer véspera de Ano-Novo, com gente enchendo todo o espaço da praça lá embaixo. Como as estações de recarga de veículos elétricos tinham sido desligadas junto com a rede de energia, os únicos carros na rua eram uns poucos com motor a combustível, o que era bom, porque as pessoas estavam tomando as vias.

Meu estômago se contorceu. Era por nossa causa que elas estavam lá fora. E se algo ruim acontecesse? Um tumulto ou algo parecido? Ou um efeito imprevisto da tempestade solar? Devia haver centenas de milhares de cidadãos fora de suas casas. E não apenas na Times Square. Havia pessoas tão longe quanto a vista alcançava, na Broadway, em terraços e em lajes também. Tudo isso era por causa das estrelas? O céu estava lindo, mas não era nada particularmente espetacular. Nenhum cometa nem meteoro, e a lua não estava baixa no céu. Então por que isso estava no topo da lista de oportunidades de todos os usuários? O pôr do sol do fim de tarde havia sido mais empolgante, e o Lux tinha levado menos gente às ruas por causa dele.

Eu fitava a multidão, observando a massa de pessoas interagir com suas telas. Elas pareciam tão confusas quanto eu sobre o motivo de sua saída naquela noite. A maioria tinha parado de olhar para o céu, e agora tocava suas telas, esperando que o Lux lhes dissesse que encerrassem a noite.

Eu olhava o amontoado de gente, desejando que voltassem para suas casas, quando tive um formigamento e senti os ossos serem picados por agulhas, como se fosse estática. Durou apenas um segundo. Ao meu lado, North estremeceu. Ele havia sentido o mesmo. Pelos sobressaltos e murmúrios na rua, presumi que todos tinham.

– O que foi isso? – ele perguntou.

– Não sei – eu disse, com o coração palpitante. Os pelos no meu braço estavam eriçados e minha língua tinha gosto de cobre. – Foi por causa da tempestade? – Espreitei do terraço. Era difícil afirmar com certeza na escuridão, mas todos pareciam estar bem.

Nesse momento, North inspirou pela boca, fazendo barulho.

– Ah – suspirou. – Aurora. – Era estranho ouvi-lo usar meu nome, e mais estranho ainda o jeito como ele falou. Bem nesse momento houve um sobressalto coletivo na rua, seguido por uma onda de mais sobressaltos, conforme os olhos passavam rapidamente da tela para o céu.

Cada célula do meu corpo estava alerta, apreensiva. Inclinei a cabeça para trás. No exato momento em que olhei para o horizonte, ouvi meu nome de novo, dessa vez na minha cabeça.

Aurora.

Vacilei ao ver a extraordinária faixa neon. Espetacular, misteriosa e vividamente colorida, demorou para que meu cérebro a assimilasse. As faixas verdes que se inclinavam para baixo, as faixas roxas que se inclinavam para cima, a mistura de cores onde as duas riscas se encontravam. A aurora era de tirar o fôlego e formava o esboço de uma pomba com as asas abertas. Tonta de tanta admiração, inspirei profundamente, enchendo os pulmões com o frio ar noturno. O espaço pareceu se retrair naquele momento, levando-me para mais perto da infinidade acima.

North segurou minha mão e, maravilhados, ambos fitamos o céu.

– É para você – sussurrou.

Lá embaixo havia o som abafado de conversas. Desviei o olhar do céu e mirei a rua. Uma a uma, as luzes retangulares e minúsculas dos celulares se apagavam devido à inatividade, mas ninguém parecia notar. Seus olhos e suas mentes estavam em outro lugar. No céu. Um no outro. Pela primeira vez em muito tempo, as pessoas estavam conectadas a alguém, não a algo. Eu nunca tinha visto nada assim antes, não nessa proporção. A pulsação efervescente causada pela interação humana. Pessoas olhando além de suas telas. Era um esplendor por si só.

Cada parte do meu corpo foi tomada por esperança, e o sorriso que se abriu, largo, em meu rosto veio da profundeza da minha alma.

Muito bem, a voz sussurrou. *Muito bem.*

Epílogo

— Feliz solstício de primavera — ele diz, pousando uma pequena caixa na mesa. Dá para ver que ele mesmo a embrulhou.

— Parece até que é meu aniversário — brinco, porque realmente é. Hoje faço dezessete anos.

— Espero que goste — ouço North dizer enquanto levanto a tampa —, porque não posso devolvê-lo. — Dentro da caixa, há um pedaço de papel dobrado. É um *e-mail* endereçado a mim, estampado com o logo roxo da Universidade de Nova York. "Cara Aurora, parabéns! Estamos felizes em informar que você foi aceita na turma de 2035 da Universidade de Nova York."

— Chegou esta manhã — North diz. Volto o rosto para ele e vejo seus olhos brilhando. — Você passou.

— Curioso, já que não me inscrevi.

— Ah, se inscreveu, sim — North responde e se debruça sobre a mesa para tomar minhas mãos. — E sua inscrição foi bastante convincente, principalmente a carta de intenção. Você escreveu sobre a pessoa que mais a inspira. — Ele leva a palma da minha mão a seus lábios e a beija. — E ele parece um cara incrível. — North baixa a voz, embora seja desnecessário. O lugar ao nosso lado está vazio, e o garçom está ocupado com uma mesa de seis pessoas do outro lado do restaurante, respondendo a perguntas sobre o cardápio. Agora, fazer uma refeição demora muito mais tempo, sem o Lux para guiar as pessoas. Há tantas decisões a tomar. – Sei que não é a mesma coisa que passar por conta própria – North diz baixinho. – Mas, assim que estiver lá, os méritos serão todos seus. E Atwater não contará a eles que você não se formou na Noveden neste ano. Não estou te pressionando a fazer o curso, você decide. Se não quiser...

– Eu te amo – eu digo, me apoiando nos cotovelos para beijá-lo.

Ele abre um sorriso largo.

– Então você vai fazer?

– Bem, um de nós precisa ter um emprego respeitável – brinco e o beijo novamente.

Quando o garçom traz nossa conta, pagamos em dinheiro. Seis meses atrás, isso seria bastante incomum. Não mais. Agora as pessoas desconfiam de eletrônicos e preferem coisas tangíveis. Notas de dinheiro. Mapas de papel. Chaves de metal. Não está tão ruim como nos dias que se seguiram à tempestade, quando a maioria nem tocava em seus celulares. Naquela época, a paranoia havia se espalhado e criado raízes. Depois que a verdade veio à tona, alguns médicos disseram que era efeito da abstinência. Quando os nanorrobôs se desligaram, os cérebros ainda estavam viciados na alta carga de confiança que tinham sido programados a esperar, e demorou algumas semanas para que o nível natural de oxitocina se normalizasse. Mas então a história já havia sido revelada, e não foi a paranoia que afastou as pessoas de seus aparelhos, e sim os fatos.

Cientistas garantiram que aquilo que sentimos pouco antes da aurora não havia feito nenhum mal a nós. O corpo humano podia aguentar um pulso eletromagnético muito mais forte do que o induzido pela tempestade solar. "Ela foi o equivalente a passar por uma ressonância magnética", um geofísico disse durante uma das muitas conferências da NASA nos dias após a tempestade. "Nosso corpo mal a percebeu."

No entanto, os nanorrobôs nesses corpos eram feitos de óxido de ferro, um composto altamente magnético, e tinham sido construídos com um dispositivo de segurança em caso de mau funcionamento. Se algo desse errado, uma ressonância magnética poderia ser usada para induzir um curto-circuito.

Uma ressonância ou, como acabou acontecendo, uma corrente eletromagnética induzida pelo sol. Quase vinte anos de planejamento e os Raros não haviam considerado essa possibilidade.

Na verdade, foi irônico como as coisas aconteceram. Os Raros tinham escolhido o grego Hiperion como o nome do seu sagrado projeto. Hiperion, o deus que controlava o Sol. E, ainda assim, foi o Sol que no fim das contas destruiu o Hiperion dos Raros, em uma explosão flamejante. Acho que haviam julgado mal a divindade de Hiperion, assim como tinham julgado mal a sua própria divindade.

As consequências apareceram alguns dias depois. Sem nanorrobôs para persuadi-los, os cento e onze repórteres para os quais tínhamos enviado o memorando da Gnosis puderam decidir sozinhos se o divulgariam ou não.

Todos decidiram divulgar.

O órgão nacional responsável por medicamentos imediatamente retirou das prateleiras o *spray* antigripal, e o Departamento de Justiça abriu uma investigação sobre a Gnosis, o Lux e o Gold. Uma semana antes do Natal, o grande júri emitiu setenta e sete indiciamentos. Quando vi as prisões na TV, senti pena daqueles executivos algemados. Quantos deles eram como Griffin e não faziam ideia do que realmente estava acontecendo? Os verdadeiros culpados não estavam na folha de pagamento daquelas empresas, e seus nomes nem foram mencionados nos jornais televisivos.

Os Raros não haviam sido derrotados. Nem por nós nem pela tempestade. Eles podiam não ser deuses, mas eram espertos e – como a dra. Tarsus tinha dito – pacientes. Tentarão de novo, eventualmente. Mas pelo menos eu estou fora do seu radar. Por enquanto, isso é suficiente.

Segundo a Hershey, especularam sobre minha saída do *campus* por um dia. Então Rudd também deixou a Noveden e as pessoas começaram a fofocar, afirmando que ele tivera um caso com uma aluna, e todos presumiram que era comigo. A escola não prestaria queixas e Hershey também não, então os rumores permaneceram apenas rumores, e Rudd não foi preso. Odeio o fato de ele estar solto por aí, mas Hershey diz que é melhor assim.

– Quer parar na biblioteca? – North pergunta quando saímos na calçada. É uma pergunta boba. Vamos para lá quase todas as noites, agora que a principal unidade na Quinta Avenida fica aberta até a meia-noite. Todas as bibliotecas ficam, por causa da alta demanda. A unidade principal possui mais de quinhentos terminais de computador públicos, mas esta noite, como sempre, a fila de pessoas esperando para usá-los passa pela porta e vai até seus icônicos degraus de pedra. Essa fila diz muito sobre nós. Diz que estamos cautelosos demais para usar nossos celulares, preocupados demais com nossa privacidade para entrar na rede de casa. E também diz que não queremos cortar completamente a ligação. Podemos carregar maços de notas no bolso e manter mapas de papel no carro, mas, como mosquitos à luz, somos atraídos àquelas telas.

Quando minha vez chega, me sento no terminal e começo meu ritual noturno. Usando um perfil falso, faço *login* no Festival, o *site* que substituiu o Fórum quando o governo o derrubou, e dou uma checada nas pessoas que eu amo.

Na caixa de entrada, há uma mensagem do meu pai me desejando um feliz aniversário. Ele não entende por que uso um perfil falso, ou por que não lhe dou meu endereço, mas parece aceitar que as coisas têm de ser assim por um tempo. Não estou me escondendo – me recuso a fazer isso –, mas estou sendo cuidadosa. Passei por coisas demais para que seja descuidada com a minha liberdade.

Beck é o próximo. Meu melhor amigo saiu de seu estupor induzido pelo Lux no momento em que os nanorrobôs se desligaram, e jogou seu Gold no rio Columbia antes que a aurora deixasse o céu. Agora ele usa o Galaxy da mãe e começou a fotografar com uma câmera analógica. Tem havido uma onda de interesse em aparelhos antigos como esse. Sem dúvida, o Ivan está faturando um monte.

Hoje vejo que uma das fotografias de Beck – tirada no dia em que a notícia foi veiculada, quando milhares de pessoas se reuniram na Pioneer Square para queimar seus Golds em uma fogueira improvisada, que a polícia de Seattle nem tentou parar – será parte de uma mostra no Centro Internacional de Fotografia, perto da Times Square, e que ele estará aqui quando a mostra for aberta, em junho. Sorrio, imaginando como será pegá-lo de surpresa. Como será abraçar seu pescoço magrelo e passar horas conversando.

Agora é meia-noite, e a voz no alto-falante nos informa que está na hora de começar a desligar os computadores. A biblioteca está oficialmente fechada.

– Só um segundo – digo a North, pegando em sua mão quando rapidamente dou um último clique.

O perfil da Hershey é o mais difícil de olhar, então sempre o deixo para o final. Ela ainda está na Noveden como queria, mas os *status* alegres e as *selfies* sorridentes não me enganam. Conheço-a melhor que isso. Ainda assim, acho que nunca vou entendê-la, ou perdoá-la, pela decisão que ela tomou. Por, sabendo o que ela sabe, ter decidido ficar. Mas, bem, era esse o objetivo de toda essa briga. A aterrorizante, mas gloriosa, liberdade para cair.

Agradecimentos

Em primeiro lugar, agradeço Àquele que meu deu a ideia para este livro, o verdadeiro Paracleto. Espero não tê-la destruído muito em sua execução.

Obrigada à incomparável Kristyn Keene, minha extraordinária agente, cujo entusiasmo por esta história nunca esmoreceu e cuja sensibilidade a moldou e a aprimorou a cada fase. E ao Kyle Kallman, o melhor estagiário que a ICM já contratou, que gostou o bastante da minha ideia maluca para comentá-la quando não precisava fazê-lo. Desculpe por nomear um vilão em sua homenagem.

Obrigada também à minha editora Sarah Landis na HarperTeen, cujo cuidado e ideias para estas páginas me banharam de gratidão por mais de uma vez, e a toda a equipe da HarperTeen, especialmente Jen Klonsky, Mary Ann Zissimos, Christina Colangelo, Sarah Kaufman (que marcou 2 golaços em uma dobradinha de capas incríveis), Jon Howard, Kaitlin Severini e Alice Jerman, pelo trabalho duro e por serem maravilhosos de modo geral.

Por todo o seu incrível conhecimento em tudo que é relacionado a nanorrobôs (e por praticamente me deixar viciada em oxitocina), mil vezes obrigada à brilhante Katrina Siffred. Pelas minhas cenas de *hacker*, estou em dívida com Mike Siley, que não é um, mas consegue ser durão mesmo assim. Por favor, volte para Los Angeles. E agradeço a Alex Young, da NASA, o físico mais legal do mundo, que conseguiu explicar tempestades solares de um jeito que meu cérebro sem inclinações científicas pudesse entender. Sem sua ajuda, eu talvez nunca houvesse terminado este livro, e especialmente não com um espetacular brilho verde.

Também agradeço a Ryan Dobson, por criar o nome "Dúvida" (caramba, eu escrevi alguma parte deste livro sozinha?) a Brent Robida, por sua amizade consistente e complicada, mas também por ler a primeiríssima versão desta história (aquele esquecido roteiro para TV que a AMC não quis) e por me mandar o Wendell Berry quando eu estava empacada; a Bobbi Shiflett, por ler o primeiro rascunho deste livro em três dias e, sem nenhuma ajuda, me salvar de um buraco negro de insegurança, e a Jordanna Fraiberg e Natalie Krinsky, por me encorajarem e me inspirarem do outro lado da mesa enquanto eu escrevia estas páginas e por me lembrarem de que essa coisa de escrever que fazemos não precisa ser um trabalho solitário.

Estes agradecimentos não estariam completos sem um enorme OBRIGADA em letras maiúsculas a Niki Castle, que leu este livro ainda mais rápido que Bobbi e disse coisas tão bacanas que não sei se devo confiar nela ou não. Se alguém pode me convencer a me mudar para o outro lado do país, esse alguém é você, minha cara. Desde que prometa me fornecer *cookies* de abóbora e vinho verde *rosé*.

Por último, mas definitivamente não menos importante, agradeço à minha família por seu amor e apoio infinitos, e principalmente ao meu marido, à minha filha e ao feijãozinho a caminho, que não será mais um feijãozinho quando a obra chegar às livrarias, mas sim uma pessoa de verdade. Estou animada com este livro, mas ainda mais animada com você, Miller. Que você e sua irmã sempre confiem naquela vozinha interior.

Este livro foi composto com as famílias tipográficas
Zooja para os títulos e Garamond Premier Pro para os textos.
Impresso para a Tordesilhas Livros em 2023.